Marc Feuermann

Les mondes de glace 1

Le dernier voyage de l'Albatros

Éditions Dédicaces

LE DERNIER VOYAGE DE L'ALBATROS

Dépôt légal :
Bibliothèque et Archives Canada
Bibliothèque et Archives nationales du Québec

Un exemplaire de cet ouvrage a été remis
à la Bibliothèque d'Alexandrie, en Egypte

POUR TOUTE COMMUNICATION :

Site Web : http://www.dedicaces.ca
Courriel : info@dedicaces.ca

Blogue officiel : http://www.dedicaces.info
MonAvis : http://monavis.dedicaces.ca

Marc Feuermann

Les mondes de glace 1

Le dernier voyage de l'Albatros

Première partie

Uranus

Chapitre 1

La Grande Bleue

L'Amiral Alphonsius Tulk attendait impatiemment le signal. Des signes d'inquiétude commençaient à apparaître sur le visage ridé du vieux loup de mer. Il contemplait l'immensité bleue qui s'étendait sous le cargo, à travers la gigantesque baie de cristal renforcé, immense bulle transparente surplombant l'avant du vaisseau. Debout dans cette bulle protectrice, il avait l'impression de voler au-dessus de l'océan bleu infini, comme un oiseau. Un bleu verdâtre, pâle, étrangement uniforme. Il avait l'air si calme... Un calme pourtant trompeur. Pas le moindre petit panache blanc, pas le moindre signe de turbulence n'était visible à des centaines de kilomètres à la ronde. Au loin, une frontière abrupte séparait cette étendue sereine du noir profond des cieux. C'était l'horizon. Les étoiles étaient invisibles. Seuls, les lunes et le Soleil étaient assez lumineux, mais ni les unes, ni l'autre, ne se trouvaient dans le champ de vision de l'Amiral. La courbure de la frontière entre les deux univers était à peine perceptible. Les deux mondes étaient très ressemblants dans leur uniformité glaciale. Et ils cachaient tous deux leurs pièges mortels. Le bleu et le noir semblaient s'affronter dans un éternel combat. Selon l'humeur de l'Amiral, l'un ou l'autre semblait prendre le dessus et emporter cette guerre silencieuse. Ce jour-là, Tulk avait l'impression que le noir dominait.

Tulk passait des heures à admirer ce fabuleux spectacle, en particulier lors des périodes de récoltes, lorsque ses hommes étaient en plongée, loin en dessous du vaisseau, dans les nuées bleues. Mais ce jour-là, Tulk était inquiet. La météorologie était exceptionnellement clémente et les vents réguliers. Le site de plongée avait été choisi pour cette raison. Et pourtant, il n'y avait toujours pas de signal !

Les autres étaient déjà rentrés depuis plus d'une heure et leur récolte avait été transbordée dans les énormes cuves de *l'Albatros*. Il s'était sûrement passé quelque chose. Leur métier était dangereux et il leur était arrivé de perdre une capsule de plongée. Mais depuis plus d'une heure, deux d'entre elles manquaient à l'appel. Avaient-elles décroché toutes les deux ? Le matériel venait pourtant tout juste d'être vérifié !

La concurrence était rude et les actes de sabotages fréquents. Mais les capsules avaient été contrôlées par son propre équipage et il avait une totale confiance en son équipage. À bord de *l'Albatros*, l'équipage formait une famille. Leur survie exigeait une confiance mutuelle. Ils partageaient tout à bord. À plusieurs, on est plus fort, c'était la base même de leur existence. Les derniers arrivés l'étaient déjà depuis au moins dix ans.

Et pourtant, quelque chose avait dû se produire ! Aucun autre cargo n'avait été signalé dans les parages. La Grande Bleue, comme on l'appelait dans le métier, était bien assez vaste et chacun y trouvait son territoire. Dans cette immensité, il y avait de la place pour des milliers de fois plus de cargos qu'il n'en existait.

L'Albatros était le plus grand et le plus vieux des cargos récolteurs encore en service et surtout le dernier récolteur indépendant. Tulk et sa troupe résistaient autant que possible, mais combien de temps allaient-ils encore tenir face au rouleau compresseur que représentait le cartel dirigé par Narcisse ? Avec son âge avancé, il sentait ses forces le quitter peu à peu, même s'il essayait de ne rien laisser paraître. Il y avait bien la relève, mais serait-elle à la hauteur ? Bill en serait capable, mais Bill n'était pas là. Et l'Amiral était de moins en moins certain de le revoir un jour.

L'Albatros avait fière allure avec ses presque sept cents mètres de long. Mais il commençait sérieusement à afficher ses quatre-vingt-cinq années de service. C'était déjà un vieux cargo lorsque le jeune Tulk s'était lancé dans l'aventure de la récolte, il y avait de cela presque cinquante ans. L'Amiral avait exactement le même âge que son vaisseau. Les deux étaient devenus une seule et même légende et, partout dans les mondes habités, se racontaient les aventures à peine exagérées du vieux cargo, de l'Amiral et de son équipage. Ils avaient aussi leurs ennemis. Narcisse en était le fer de lance. Ils laissaient entendre tout haut qu'il était grand temps de mettre le navire et son commandant dans un musée. *« Plutôt sombrer dans la Grande Bleue ! »* songeait Tulk.

L'Albatros n'était pas simplement un gigantesque astronef, c'était un monde en soi. Tulk avait su en faire un îlot de tranquillité.

Sans doute l'un des derniers endroits dans le monde des hommes où ne régnait pas la méfiance de l'autre.

La perte matérielle importait peu. Rien que durant les deux années qui avaient précédé, cinq capsules avaient disparu dans les profondeurs sans laisser la moindre trace. Sur les vingt-cinq que comptait *l'Albatros* à ses débuts, il n'en restait plus que quinze. Les conditions en bas mettaient à rude épreuve les capsules à chaque plongée et exigeaient des réparations fréquentes. L'âge avancé du matériel n'arrangeait en rien la situation. Quatre capsules étaient immobilisées en permanence pour l'entretien.

De toute manière, l'équipage n'était pas assez important pour faire fonctionner plus de dix capsules à la fois. Les bons plongeurs se faisaient rares et la plupart préféraient s'engager dans la flotte de Narcisse. Être plongeur à bord de *l'Albatros* était plus un art de vivre qu'un métier. Et, malgré la difficulté, ils aimaient tous ce travail. Ils étaient fiers d'être les marins de *l'Albatros*.

Pour des raisons de sécurité, une capsule ne s'aventurait jamais seule dans les profondeurs, et les plongées s'effectuaient toujours par paires. Et voilà que, pour la première fois, deux capsules d'une même paire manquaient à l'appel ! Les pilotes étaient de loin les meilleurs et une collision entre les deux capsules semblait improbable, pour ne pas dire impossible !

Et pourtant quelque chose s'était produit ! Deux capsules, cela représentait six hommes ! La perte, si elle devait se confirmer, serait catastrophique ! Tulk se sentait impuissant. Il savait qu'ils étaient là en dessous, quelque part, avec sans doute un problème majeur.

Le cargo émettait son signal de position. Il aurait été insensé d'envoyer d'autres capsules à leur recherche. Dans cette immensité, ça n'aurait servi à rien, sauf à mettre en péril d'autres membres de l'équipage. Ils devaient par eux-mêmes retrouver le vaisseau-mère. Ils savaient qu'ils ne pouvaient compter sur aucune aide extérieure.

Et Bill faisait partie des manquants. L'Amiral le considérait comme son propre fils. Bill n'était encore qu'un adolescent lorsqu'il était arrivé à bord pour la première fois. Tulk n'avait jamais oublié comment il avait fait la connaissance de Bill, comme si cela s'était passé la veille. Leurs chemins s'étaient croisés lors de l'une des nombreuses escales de Tulk à Messina. Les choses n'avaient pas bien commencé entre eux. Bill n'avait alors pas de famille et encore moins de toit. Il survivait tant bien que mal dans la grande cité en détroussant les passants plus ou moins innocents. Sa robustesse et sa dextérité avaient impressionné Tulk lorsque ce dernier eut le malheur d'avoir été choisi comme sa dernière victime. Et l'Amiral fut effectivement sa dernière victime.

À peine le jeune Bill avait-il glissé discrètement sa main dans l'une des nombreuses poches du veston du marin que la poigne de fer de l'Amiral se referma sur son bras. Bien que Bill fût de forte constitution pour son jeune âge, il ne faisait pas le poids en face de l'impressionnant Tulk. L'Amiral avait d'abord songé à livrer le jeune délinquant aux forces de l'ordre. Mais cela n'aurait rien changé. Les geôles étaient bourrées à craquer et sous peu, le gamin se serait à nouveau retrouvé dans la rue. Finalement, il ne lui laissa pas le choix, l'enrôlant de force dans son équipage pour payer sa dette. C'était la seule façon de le tirer de sa vie misérable. Des Bill, il y en avait des milliers à Messina. Tulk se consola en se disant qu'il en avait sauvé au moins un. Depuis, vingt-deux années s'étaient écoulées, songea l'Amiral. Le jeune garnement était devenu son meilleur élément. Et en ce moment, il était quelque part là en dessous, dans le monde bleu, de l'autre côté de la frontière. Était-il seulement encore en vie ?

Il y avait aussi Fran, la jeune et timide Fran. Elle n'avait pas encore trente ans. Elle était la fille de l'Amiral Ovidan, un vieil ami et concurrent de l'Amiral. Son père l'avait envoyée faire ses classes dans l'équipage de Tulk dans l'espoir qu'elle reprenne un jour le commandement du Casablanca, son propre vaisseau récolteur. Le destin en voulut autrement. Le *Casablanca* et tout son équipage sombrèrent un jour sans laisser la moindre trace. Le mystère de cette disparition ne fut jamais résolu. Narcisse n'était sans doute pas étranger à cette tragédie. Fran n'avait jamais plus quitté le bord de *l'Albatros*, si ce n'était pour plonger.

Et il y avait les autres, Alan, Freddy, Yvan et Phil. Tous des plongeurs expérimentés. L'Amiral les avait tous formés personnellement. La plupart d'entre eux avaient connu plus ou moins le même parcours que Bill.

Tulk essayait de se rassurer en se disant qu'ils avaient des réserves d'air suffisantes pour plonger plus de six heures et qu'il y avait encore des chances pour qu'ils puissent remonter. Les communications étaient impossibles sur de grandes distances si près de la planète géante. Son champ magnétique et ses ceintures de radiations brouillaient toutes liaisons avec les capsules plongeantes. Il ne pouvait qu'attendre, une attente pénible pour un homme habitué à agir.

Chapitre 2

Agapa

Ici, dans les entrailles de la petite planète Ariel, nous n'avions pas vraiment la notion de jour ou de nuit. La montre, pour ceux d'entre nous qui en possédaient une, était notre unique repère temporel. Même en haut, en surface, Sol était si loin que la différence entre le jour et la nuit était à peine perceptible. D'ailleurs, cela n'avait pas grande importance puisque le jour et la nuit duraient quarante-deux années standard. C'était l'un des inconvénients lorsqu'on habitait sur un monde renversé de presque quatre-vingt-dix degrés sur son orbite lointaine autour de l'étoile centrale. Mais le temps avait-il vraiment une importance ? Les horloges atomiques des Centres du Temps Standard étaient constamment sous surveillance et entretenues avec soin. Mais c'était plus par tradition que par nécessité. On vivait au jour le jour et demain n'existait pas. Et, chaque soir, on était heureux d'avoir survécu un jour de plus.

Et pour moi, un nouveau soir arrivait. Il était grand temps de rentrer chez moi pour un repos que je jugeais bien mérité. La relève arrivait enfin, signe que ma période de travail journalier tirait à sa fin. Elle avait été spécialement éprouvante ! Depuis dix heures, je m'étais démené à essayer de colmater les fuites. Cinq incidents en une seule journée, c'en était trop ! Et ce n'était sans doute pas fini. Mais ça, c'était maintenant devenu le problème de la relève.

Les conduits de méthane étaient dans un état lamentable et, de jour en jour, les problèmes de fuites ne faisaient que s'accentuer. Il faut dire qu'avec une température ambiante de moins deux cents degrés, le matériel était soumis à rude épreuve. Il fallait en permanence chauffer l'ensemble des canalisations. Les conduits de méthane étaient emboîtés dans des conduits d'eau. L'eau était chauffée jusqu'à vingt degrés dès son extraction, puis pompée vers la cité. Si l'une des pompes tombait en panne, l'eau s'arrêtait de circuler. En stagnant dans les conduits, elle se refroidissait rapidement et finissait par geler. Nous avions moins d'une heure pour réparer et relancer la pompe défectueuse avant que l'eau ne gèle. Sinon, les conduits externes se rompaient sous la pression de dilatation de la glace. Les conduits internes de méthane n'étaient alors plus chauffés et le méthane à son tour finissait par se condenser, puis par geler. Tout cela se passait dans les tunnels creusés dans la glace et qui reliaient les mines d'extraction et la cité. Nous portions des combinaisons thermo-isolantes car il n'était pas possible de chauffer les tunnels eux-mêmes.

La situation politique générale était grandement responsable du manque d'approvisionnement de matériel neuf. Nous devions nous débrouiller avec ce que nous avions, et nous bricolions comme nous le pouvions pour colmater les fissures dans les canalisations. Nous n'étions pas les seuls à nous plaindre de ce problème. Nos collègues chargés de l'entretien des pipelines d'hydrogène qui reliaient le cosmoport, où la précieuse marchandise était apportée jusqu'à la cité, affrontaient les mêmes problèmes. Notre industrie et, par conséquent notre économie, tournaient au ralenti.

Après cette journée bien remplie, une bonne période de sommeil s'avérait nécessaire. Je ne me faisais pas d'illusions, je savais que le lendemain, le travail ne serait pas plus facile ! Mais je ne pouvais pas me plaindre. Au moins, j'avais un boulot qui me permettait de survivre. J'étais même plutôt un privilégié. Et ce privilège, je le devais à mon vieil ami Alex, le gouverneur de notre petit monde. J'avais un temps rêvé d'un poste dans l'administration. Mais ces postes étaient très prisés et ceux qui avaient la chance d'en avoir un s'y accrochaient comme des sangsues à leur proie. Avec la crise, le laxisme s'était généralisé et les fonctionnaires en place n'étaient plus contrôlés. Souvent, le travail fourni se limitait à faire acte de présence. C'était la conséquence logique d'un système faible. Alex s'en plaignait souvent. Mais ses pouvoirs étaient très limités et il n'avait aucune emprise sur la machinerie bureaucratique incontrôlable qui parasitait nos mondes.

Le malheureux gouverneur était pris entre deux feux : celui, volontaire, de ses ennemis externes qui ne désiraient que sa perte et la fin de l'indépendance de notre monde, et celui, involontaire et stupide, de ses ennemis internes qui accentuaient sa faiblesse en brisant le moindre espoir d'un sursaut de notre économie. L'invasion tant redoutée aurait au moins le mérite de mettre fin à ce système.

La sortie du tunnel vers la cité n'était pas très éloignée. J'avais donc décidé de faire le chemin à pied. Les rovers mis à notre disposition par la Direction des Mines étaient plutôt inconfortables et leur vitesse limitée à seulement dix kilomètres par heure. Au bout de dix minutes de marche, j'aperçus enfin les lueurs de la cité qui transperçaient le double sas de cristal renforcé qui bouchait l'entrée du tunnel et préservait la chaleur de la cité. En même temps, il empêchait la chaleur de pénétrer dans les tunnels et de faire fondre les parois de glace. J'accélérai le pas vers la lumière et ce qu'il restait de civilisation. Cinq minutes plus tard, j'entrai enfin dans la cité.

Le tunnel débouchait juste à côté de l'entrée Nord de la ville. Aucune personne étrangère à la mine n'osait s'y risquer. Même les rats flairaient le danger et ne s'y aventuraient pas.

Pour me rendre chez moi, je devais traverser le quartier Nord d'Agapa. Il était plus prudent de prendre le taxirail. C'était le quartier industriel où arrivaient et étaient traités tous les produits issus des mines de la cité, ainsi que l'ensemble des matières premières importées.

Les logements avaient été peu à peu abandonnés par les habitants qui fuyaient le bourdonnement incessant des usines à électrolyse, des raffineries et des pompes assurant le transport des fluides dans les canalisations. Les bâtiments abandonnés s'étaient très rapidement dégradés. Les éclairages défectueux n'étaient plus remplacés et les ordures n'étaient plus ramassées. Le quartier était devenu insalubre et infréquentable. Les brigands en tous genres y trouvaient refuge. C'était pourtant le seul chemin entre mon lieu de travail et mon logement. Même le taxirail ne s'arrêtait plus dans le quartier, et le trajet était relativement sûr. Je ne fus cependant pas mécontent lorsque nous traversâmes le boulevard circulaire qui faisait office de frontière entre le quartier nord et mon propre quartier, plus proche du centre de la cité. La métamorphose était étonnante. De l'autre côté du boulevard, les rues étaient beaucoup plus animées, grouillantes de gens. Des groupes d'enfants s'amusaient sous les lampadaires qui brillaient en permanence.

Arrivé dans mon petit studio, j'eus enfin le grand plaisir de me débarrasser de ma combinaison imbibée de sueur et de me plonger sous une bonne douche bien chaude. Quelle récompense ! J'étais fier d'être en partie responsable de l'approvisionnement de l'eau et du méthane, carburant utilisé pour la chauffer. L'eau était d'ailleurs aussi utilisée pour fabriquer l'oxygène si précieux de notre cité. C'était une bonne motivation pour retourner au boulot le lendemain. Ce n'était cependant pas une raison pour abuser de cette denrée précieuse sur notre petit monde et je décidai donc de ne pas trop prolonger cet instant de rêverie. Rêvasser était mon passe-temps favori sur Ariel. C'était un moyen efficace d'échapper aux soucis quotidiens. Je n'avais pas besoin d'alcool ni d'une quelconque autre drogue à la mode à cette époque.

Je n'eus pas le temps de m'essuyer que retentit le bruit caractéristique de mon communicateur mural, qui se trouvait dans la pièce principale de mon studio et qui me servait à la fois de séjour de cuisine et de chambre à coucher. Ce ne pouvait être qu'Alex. Je n'avais que très peu d'amis ou même de relations sur Ariel.

Lorsque j'appuyai sur l'interrupteur du com, je n'eus donc aucune surprise de voir apparaître le visage souriant du gouverneur. Un visage rond surmonté de cheveux coupés très courts. Un long nez légèrement de travers surmontait une bouche fine. Il n'avait pas beaucoup changé depuis notre première rencontre. Ses tempes commençaient cependant à grisonner et quelques rides étaient apparues au coin des yeux. Le sourire était sincère.

Nous nous étions rencontrés pour la première fois lorsque nous étions étudiants. Originaire de Messina, je venais de débarquer sur Ariel pour poursuivre mes études de géologie. Agapa n'était encore qu'un énorme chantier, mais son université avait une certaine réputation. J'avais la naïveté de croire que des études pouvaient être un atout pour réussir sa vie. Alex était né sur Ariel, dans la cité de Yangoor. Il connaissait tous les recoins d'Agapa. Il avait loué un petit appartement et cherchait un colocataire pour partager le loyer. Depuis, nous avions suivi chacun notre chemin, mais régulièrement nos pas s'étaient croisés.

Il était d'un tempérament plutôt insouciant, ce qui expliquait sans doute le fait qu'il avait semblé vieillir moins vite que moi. Mais depuis qu'il avait accédé au poste de gouverneur, son attitude avait profondément évolué. Cela faisait plusieurs semaines qu'il ne m'avait plus contacté. Je ne lui en voulais pas. Je savais qu'il n'avait que très peu de temps à consacrer à autre chose qu'à la politique.

– Salut, Vic, me lança-t-il, sans autre préambule et visiblement ravi de lire la surprise sur mon visage.

Il connaissait parfaitement mes habitudes de vieux célibataire et savait très bien que je venais juste de rentrer de mon travail. Il avait la fâcheuse habitude de me surprendre aux moments les moins opportuns.

– Salut, Alex, répondis-je. Que peut bien vouloir le gouverneur en personne d'un simple ouvrier des mines comme moi ?

J'avais pris l'habitude de commencer systématiquement nos conversations avec cette réflexion. Ça le mettait toujours mal à l'aise.

La réponse fut brève et précise :

– Ce soir, tu dînes chez moi à la Tour ! Je t'attendrai en bas dans exactement trente minutes. Ciao !

Et le contact fut interrompu.

Cette invitation ressemblait davantage à un ordre. C'est donc résigné mais tout de même heureux que je revêtis mon plus beau costume, puisque c'était aussi l'unique de ma garde-robe, et que je pris le chemin de la tour centrale. En taxirail, j'avais tout juste le temps d'arriver à destination.

◆◆◆

La récolte de *cocktail* touchait à sa fin et les cuves étaient presque pleines. La météo était exceptionnellement bonne et ils pensaient pouvoir remonter et s'arrimer à *l'Albatros* plus tôt que prévu. William Cooper, dit Bill, le commandant du groupe composé des capsules Six et Sept décida de remonter un peu plus haut, dans la couche brumeuse où le *cocktail* était plus riche en méthane. Tulk serait content de faire le plein de méthane pour les besoins personnels de *l'Albatros*. Les cuves d'hydrogène étaient pleines. L'hydrogène, voilà la substance précieuse qu'ils étaient venus récolter. C'était le composé le plus abondant dans le *cocktail*. En tous cas, à cette profondeur ! C'est dans le gigantesque océan gazeux d'hydrogène, d'hélium, de méthane et autres gaz qui composaient le *cocktail* que les capsules évoluaient déjà depuis bientôt trois heures. Les pompes et les compresseurs tournaient à plein régime et les filtres fonctionnaient parfaitement pour séparer les différents constituants de l'atmosphère locale.

L'hydrogène était la grande ressource énergétique des Mondes Extérieurs, où les rayons de Sol étaient si faibles. C'était lui qui fournissait l'énergie pour chauffer les villes, fabriquer l'électricité pour l'éclairage, les transports, le fonctionnement de n'importe quel appareil, du plus simple au plus complexe. Il servait aussi de carburant pour les grands vaisseaux interplanétaires. Depuis la découverte et la maîtrise de la fusion thermonucléaire par les humains, c'était devenu l'un des éléments les plus utilisés, et encore plus particulièrement sur les Mondes Extérieurs privés de l'énergie de Sol. Bien qu'il fût le composé le plus abondant de l'univers, le seul lieu où cette ressource était aisément exploitable, c'était dans les strates supérieures de l'atmosphère d'Uranus.

Dans le système de Sol, quatre géantes gazeuses en étaient principalement composées. Uranus était la plus froide et la moins tourmentée. Pourquoi était-elle si froide alors que ses trois sœurs émettaient tant de chaleur ? Les théories cherchant à expliquer ce mystère étaient nombreuses mais personne n'avait encore pu se vanter de l'avoir résolu définitivement. On savait que l'intérieur était chaud, mais la façon dont cette chaleur était piégée restait une énigme. Parfois, une petite bouffée de gaz chaud remontait des profondeurs pour se condenser en de gigantesques nuages d'un blanc éclatant qui s'étiraient sur des milliers de kilomètres avant d'être déchirés par les vents violents. Mais ces vents n'étaient que de petites brises, comparés à ceux rugissant sur les tumultueuses Jupiter, Saturne ou encore Neptune, où ils pouvaient dépasser deux mille kilomètres par heure. Aucun équipage sensé ne se serait risqué dans ces enfers tempétueux. Et ceux qui avaient essayé n'avaient jamais redonné signe de vie.

Malgré la stabilité relative de sa météorologie, Uranus restait un monde extrêmement dangereux. Les plongeurs connaissaient les risques. Les autres représentants de l'humanité les prenaient pour des fous, mais les respectaient car ils savaient qu'ils étaient très utiles. On les admirait pour leur courage.

La technique consistait à plonger dans un courant stable et évoluer à la même vitesse que ce courant. On avait alors l'impression d'un calme absolu, alors qu'en réalité on se déplaçait à des centaines de kilomètres par heure. C'était l'unique moyen d'avoir une chance de remonter. C'est dans un tel courant qu'évoluaient les deux capsules *Six* et *Sept*.

La se déroula très bien et l'incident se produisit lorsque Bill décida qu'il était temps de rejoindre *l'Albatros*. Un choc brutal secoua les passagers de la capsule *Sept*, comme si elle venait de heurter un objet solide. Or, le seul autre corps solide présent dans les parages n'était autre que la capsule *Six*. Et pourtant *Six* se trouvait à quinze mètres devant *Sept*, les senseurs ne pouvaient pas se tromper. De plus, l'équipage de *Six* n'avait enregistré aucune secousse, aussi petite fût-elle.

Les statoréacteurs calèrent net. Heureusement les stabilisateurs atmosphériques réagirent immédiatement. Les ballons de secours se gonflèrent automatiquement. La capsule pouvait ainsi dériver passivement sans danger de décrochage aussi longtemps que les courants aériens restaient stables. Malheureusement, ces courants aériens n'étaient jamais stables bien longtemps. Bill réagit dès que le signal d'alarme se fit entendre dans Six et se jeta sur les commandes pour s'approcher le plus possible de Sept afin de déployer le tunnel de sauvetage. On réfléchirait plus tard à ce qui s'était passé. La manœuvre était plus que délicate et, comme le redoutait Bill, les vents commençaient à montrer des signes d'instabilité. Parfois, une rafale éloignait Sept de plusieurs dizaines de mètres et il fallait pousser les réacteurs pour rattraper la capsule en détresse.

Le manque de visibilité compliqua la tâche. Comble de malchance, l'incident s'était produit dans la couche principale de nuages de méthane qui recouvre l'ensemble de la planète à cette altitude ! Quelques dizaines de kilomètres plus haut ou plus bas, la visibilité aurait été bien meilleure ! Quand Six put enfin rejoindre Sept, Bill et ses coéquipiers purent se faire une idée plus précise de ce qui était arrivé. C'est abasourdis qu'ils se rendirent compte que le stabilisateur droit était endommagé et que les deux réacteurs qui devaient se trouver à cet endroit avaient été arrachés. Miraculeusement, la capsule avait malgré tout pu se stabiliser grâce aux deux énormes ballons gonflés d'hydrogène chaud qui s'étaient déployés au moment du choc, l'empêchant de sombrer dans les profondeurs infernales de la planète géante.

Les manœuvres d'arrimage durèrent près d'une demi-heure et il fallut encore autant de temps pour installer le tunnel de transfert pressurisé et transférer l'équipage de Sept dans Six. Finalement, les six plongeurs se retrouvèrent à l'étroit dans une capsule prévue pour deux fois moins d'occupants, mais ils étaient saufs. Avant de prendre le chemin du haut, il fallait encore compenser l'augmentation du poids par la vidange d'une petite partie de leur récolte. Ensuite, ils s'affairèrent à localiser le signal de position de *l'Albatros* dans la soupe des interférences de la planète et de prendre la direction du vaisseau-mère.

L'attente anxieuse de l'Amiral fut récompensée au bout de deux heures et demie lorsque les voyants de la passerelle de pilotage se mirent à clignoter pour indiquer l'approche d'une capsule. Il fallut encore attendre quinze minutes avant que la distance ne fût assez faible pour permettre enfin les communications dans le brouillage électromagnétique de la planète. C'est alors seulement qu'il apprit que les six membres d'équipage étaient sains et saufs.

La Tour, c'était le centre nerveux d'Agapa. C'était là qu'étaient prises toutes les décisions politiques et économiques de la cité, mais aussi de l'ensemble d'Ariel depuis qu'Agapa en était devenue la capitale. Et c'était là que demeurait mon ami Alex, entouré de ses conseillers, tous plus incompétents les uns que les autres. La Tour était le plus haut bâtiment de la cité. Elle en était située en plein centre, au sommet d'une colline d'une cinquantaine de mètres d'altitude. Elle servait de pilier central pour soutenir la merveille de technologie que représentait la gigantesque coupole transparente de cristal renforcé qui recouvrait Agapa et protégeait ses habitants du vide glacial extérieur.

Agapa avait été bâtie dans une vaste cuvette naturelle d'environ quarante-cinq kilomètres de diamètre. C'était à l'origine une ancienne cicatrice laissée par l'impact d'un astéroïde sur la croûte gelée de notre petite planète. Les parois de ce cratère servaient d'assise au bord de la coupole protectrice. Des piliers plantés le long des boulevards circulaires qui séparaient les différents quartiers se répartissaient le poids du dôme et soulageaient ainsi la Tour. La cité s'organisait de façon parfaitement concentrique. Un revêtement ultra-isolant épais de quatre mètres séparait le sol de la cité de la surface gelée de la planète.

Au centre, autour de la Tour, se regroupait l'ensemble des bâtiments administratifs. Ce quartier comportait les constructions les plus modernes et les plus espacées. On s'était même permis le luxe d'y planter par endroits de la végétation. Les quartiers des logements encerclaient le quartier administratif, au-delà du boulevard circulaire intérieur, appelé le Boulevard Central. Les habitations étaient de moins en moins spacieuses et salubres au fur et à mesure qu'on s'éloignait du centre. Ces quartiers étaient divisés en deux par le boulevard extérieur, le Boulevard des Glaces. Des commerces et des centres de loisirs étaient dispersés dans ces quartiers. À la périphérie, au pied de la couronne montagneuse qui entourait Agapa, étaient installés les centres de production et de traitement des matières premières, dont les fermes végétales et animales.

L'ensemble des cités construites durant la Grande Colonisation l'avait été sur le même modèle. On avait mis à profit l'existence de structures naturelles, les bassins d'impact circulaires pour simplifier la construction des dômes. Dans les premiers temps de la colonisation, les cités devaient avant tout être fonctionnelles. Un certain confort y avait parfois été ajouté par la suite.

Quatre grandes portes étaient situées aux quatre points cardinaux. Elles étaient constituées chacune d'un tunnel qui perçait à travers la couronne montagneuse de glace. Les deux extrémités étaient fermées avec un double sas, ce qui permettait de limiter au maximum la fuite de notre précieuse atmosphère lors des passages entre la cité et l'extérieur. La porte nord donnait accès aux extracteurs d'eau et de méthane, situés à environ cinq kilomètres de là. Ces mines assuraient la totalité de la production de ces deux substances pour Agapa. De l'ammoniac était parfois aussi extrait lorsqu'on avait la chance d'en trouver une veine. C'était là que je travaillais.

La porte ouest donnait accès à un passage souterrain qui menait vers le cosmoport d'Agapa, bâti à une trentaine de kilomètres de la périphérie. Neuf navettes sur rails assuraient le transit journalier des marchandises et des passagers. Depuis quelques mois, le flux d'émigration s'était accentué alors que l'immigration avait pratiquement cessé. Les délais pour avoir un billet sur un vaisseau en partance étaient d'ailleurs de plus en plus longs. Les signes du malaise étaient de plus en plus évidents.

Les portes sud et est ouvraient le chemin vers les autres cités d'Ariel. En direction de l'est, c'était le chemin de Mélusine, une petite cité dont la construction n'avait jamais été réellement terminée. C'était un chantier à l'abandon. D'où son surnom : le « Chantier ». Seul le quart ouest de Mélusine était habité et fonctionnel. Le reste constituait en quelque sorte la mine de métal d'Ariel. C'est là que nous allions chercher les pièces de rechange pour nos canalisations défectueuses. Mélusine, c'était une voie sans issue. La colonisation de la région située à l'est d'Agapa s'était interrompue lorsque la population de la planète avait cessé de croître. La voie est constituait le seul lien entre Mélusine et le reste d'Ariel, un cordon ombilical bien fragile.

La voie sud menait à Yangoor, la plus importante cité d'Ariel. Yangoor se trouvait au centre d'un réseau complexe de tunnels reliant seize autres petites cités bâties dans l'hémisphère sud de la planète. La plus éloignée d'entre elles, Kachina, avait été élevée au bord d'un gigantesque canyon comparable à la vallée Marineris sur Mars. Yangoor était la seule autre cité dotée d'un cosmoport. C'était l'ancienne capitale d'Ariel, avant que la plus moderne Agapa ne la remplace. Ariel comprenait un total de dix-neuf cités avec une moyenne de deux cent mille habitants par cité, un nombre qui ne cessait de diminuer.

Ce n'était pas la première fois que je me rendais à la Tour mais, à chacune de mes visites, elle m'impressionnait davantage. Le taxirail s'arrêta au bas de la colline. Un long et majestueux escalier conduisait vers l'entrée de la Tour, située cinquante mètres plus haut. Un funiculaire était disponible pour les visiteurs les moins courageux. Afin d'éviter les sarcasmes d'Alex, je choisis la solution sportive. Le gouverneur qui m'attendait au sommet de la colline avait l'air si minuscule devant le gigantesque mégalithe qui s'élançait vers le ciel.

— Tu as failli arriver en retard ! me lança-t-il avec bonne humeur forcée, alors que je finissais de grimper les dernières marches. La pesanteur sur notre petite Ariel étant très faible, l'exercice fut moins épuisant que je ne l'aurais cru.

Mon hôte m'accueillit chaleureusement d'une poignée de main. Sa poigne n'avait pas la force habituelle. En le regardant de plus près, je pus constater que ses traits étaient bien plus tirés que d'habitude, son teint bien plus pâle. Cet homme croulait sous les soucis !

Nous nous dirigeâmes lentement vers les entrailles du monstre, dans un silence religieux. Le hall d'entrée n'avait rien en commun avec ce qu'on avait l'habitude de voir à Agapa. Il était immense, en standards uraniens. Quel gâchis de place ! La grande baie vitrée entourant le porche accentuait encore cette impression d'espace. Personne n'était visible à l'accueil. La tour était pratiquement déserte, tous les employés étaient déjà rentrés chez eux depuis au moins deux heures. Alex m'expliqua avec humour qu'il préférait presque cette situation. Au moins pouvait-il profiter des lieux en toute tranquillité.

Nous traversâmes les neuf mètres nous séparant de l'ascenseur. Il nous fallut un certain temps avant d'atteindre notre destination au cent troisième étage. L'appartement d'Alex était situé au dernier étage de la Tour. Juste au-dessus, la structure métallique de la tour s'ouvrait comme une corolle de fleur pour recevoir le sommet de la coupole. J'aimais bien y venir pour admirer le panorama.

La Tour s'amincissait avec l'altitude et l'appartement ne comportait que cinq petites pièces réparties autour d'un corridor d'une dizaine de mètres de long. À droite de l'entrée se trouvait la chambre à coucher, suivie d'une petite cuisine. À gauche, c'était le bureau, prolongé par un petit séjour. Au fond, la salle de bain. Comparé à mon minuscule studio, cet appartement me paraissait énorme. On pouvait trouver des appartements bien plus grands aux étages inférieurs, mais Alex avait privilégié le panorama à l'espace vital.

Lors de mes rares visites, nous avions pris l'habitude de nous rendre dans le bureau. Alex n'avait pas tellement le sens de l'ordre, ce que la pièce reflétait bien. Il y avait là des centaines de dossiers empilés les uns sur les autres. On en trouvait aussi bien sur le bureau lui-même que sur les autres meubles et à même le sol. Je me demandais toujours comment il arrivait à s'en sortir dans tout ce fouillis.

– C'est un bordel ordonné, disait-il. Tout est à sa place.

J'avais du mal à le croire.

Trois des façades avaient été recouvertes de panneaux synthétiques sensés imiter le bois. Du moins, c'est ce qu'on disait. Personnellement, je ne pouvais pas le confirmer, n'ayant jamais vu de vraie façade en bois, matériau inexistant sur Ariel. En dehors du bureau, deux fauteuils en polymère synthétique bien usés par les différentes rencontres politiques et nos propres discussions, une commode et une petite table basse complétaient le mobilier. La façade située en face de la porte d'entrée, derrière le bureau était intégralement transparente. C'était elle qui donnait sur l'extérieur du bâtiment. Au milieu de la façade de droite était accroché un tableau représentant un paysage terrestre. Une planète bien étrange, la Terre, avec ses profusions de formes et de couleurs. L'image montrait une montagne recouverte de neige blanche, sous un ciel bleu azur. Au premier plan, la neige cédait la place à la verdure. J'essayais d'imaginer l'activité bourdonnante des insectes, les bruits des oiseaux. J'avais entendu des sons de la Terre en regardant des enregistrements holographiques au centre culturel de la cité, mais l'impression sur place devait être bien différente. Comme à mon habitude je me dirigeais vers la façade transparente. Toute la partie est de la cité s'étendait là sous mes yeux. C'est de là qu'on pouvait le mieux se rendre compte de l'agencement concentrique d'Agapa. Et à l'horizon, la muraille circulaire qui encerclait le tout et empêchait de voir les territoires sauvages qui s'étendaient derrière. À travers le dôme parfaitement transparent, au-dessus de nos têtes, on pouvait apercevoir la voûte étoilée.

Un jour, j'avais décidé de quitter la ville pour voir à quoi pouvaient ressembler les contrées sauvages. Il y avait là-bas des grandes falaises, des gouffres, des montagnes. Le paysage était très accidenté et d'une teinte grise uniforme sur le fond noir du ciel. La faible lueur de Sol accentuait encore ce côté lugubre. La couleur n'était représentée que par le gigantesque globe bleuté d'Uranus suspendu immobile au-dessus de nos têtes. Je ne m'y suis pas senti en sécurité. Je préférais l'ambiance protectrice de la cité et je n'avais jamais plus retenté l'expérience.

Ces longs moments de silence étaient fréquents durant nos rencontres. Après trois minutes, je finis par m'installer dans l'un des fauteuils que j'avais dû au préalable débarrasser d'une pile de paperasse. Alex s'était absenté quelques instants pour aller chercher deux pseudo-bières produites dans les fermes locales. Lorsqu'il revint avec les boissons rafraîchissantes, il s'assit en face de moi et commença :

— Alors, tu es toujours aussi passionné par la mécanique des fluides ?

Il faisait allusion à mon travail.

Je lui racontai ma journée et en profitai pour lui expliquer l'état de délabrement du matériel. Il reprit :

— Je sais que les choses ne sont pas faciles ces temps-ci. Ma situation n'est pas enviable non plus.

Ça, je voulais bien le croire !

Il continua :

— Nous avons encore perdu un cargo sur la route de Jupiter. Évidemment, le client ne paiera pas la marchandise qu'il n'a pas reçue. C'est le sixième en trois mois. C'est sans doute un coup de Narcisse.

Narcisse, l'ancien gouverneur de Titania, pompeusement auto-proclamé Empereur des Mondes Unis d'Uranus, était le responsable de tous nos soucis. L'homme était ambitieux et sa petite planète ne lui suffisait pas. Il voulait contrôler l'ensemble des mondes uraniens et était sur le point de parvenir à ses fins. Sa petite armée avait déjà occupé les trois lunes extérieures et maintenant il jetait son dévolu sur Ariel et Miranda. Ses actes de sabotage lui avaient déjà assuré un quasi-monopole sur la récolte et le marché de l'hydrogène et du méthane. S'il hésitait à envahir Ariel, c'était parce que notre petit monde était sous protection officielle de la puissante Confédération Terrienne. Ariel avait signé avec la Terre un accord de monopole de livraison. La Confédération voulait par ce moyen montrer son opposition au régime tyrannique de Narcisse. Mais la Terre était loin et n'avait pas vraiment besoin de notre hydrogène. Et elle avait d'autres problèmes bien plus importants avec son voisin martien. Narcisse savait qu'au pire, il risquait une protestation officielle, mais aucune réponse militaire n'était à redouter. Narcisse ne tarderait plus à nous envahir.

— Il faut partir ! dit soudain Alex, après une longue minute de silence.

— Pour aller où ? demandai-je alors, à peine surpris. Nous sommes entourés par des territoires ennemis !

— C'est là le problème, et c'est pour ça que je t'ai demandé de venir. À nous deux nous devrions trouver une solution !

◆ ◆ ◆

Après les chaleureuses retrouvailles, on laissa les six rescapés se remettre de leurs émotions devant un casse-croûte, comme il en était de coutume au retour des plongées. Bill n'avait pas très faim et alla directement dans sa cabine. Il s'étala sur son matelas posé à même le sol. Couché à plat sur le dos, il essaya de se reposer. Il ne dormit cependant pas. Ses yeux grands ouverts fixaient le plafond, mais Bill ne vit pas la surface grise métallique qui le surplombait, il avait quitté son corps, il était retourné en bas. Dans ses songes, il revivait le moindre détail de ce qui s'était passé le matin même. Il percevait à nouveau les mêmes sensations, l'anxiété de se perdre, de perdre ses camarades, puis la jouissance de s'en être sorti une fois de plus. Bill se rendit compte que cette expérience l'avait grisé. Son taux d'adrénaline avait atteint des sommets, son cerveau avait fonctionné à plein rendement, ses muscles avaient obéi avec précision. Avait-il vécu une plongée critique? Celle au-delà de laquelle on perdait le sens de la sécurité, pour l'unique plaisir de se doper avec sa propre adrénaline ? Combien de plongeurs avaient fini par disparaître dans les fonds à force de rechercher toujours plus le danger ? On appelait cela le syndrome des Sirènes. Il fut tiré de sa transe par le signal sonore aigu qui convoquait tous les membres de l'équipage sur la passerelle de commandement.

L'Amiral avait décidé de réunir l'ensemble des cinquante-deux membres de l'équipage pour analyser la situation et essayer d'en tirer les leçons. L'incident allait retarder la fin de la moisson et il ne restait qu'un petit mois avant la prochaine fenêtre de désorbitation sur une trajectoire économique vers Saturne, où les clients attendaient la fourniture de la précieuse récolte.

Lorsque Bill arriva sur la passerelle de commandement tous les autres étaient déjà là. L'impressionnante silhouette de Tulk se profilait devant le bleu éclatant de la gigantesque planète, par-delà la paroi transparente de la bulle de cristal renforcé. Le silence total accentuait encore l'atmosphère particulière de ce moment. Tous attendaient le signal de l'Amiral pour entamer la discussion. Mais Tulk n'était pas pressé. Il aimait bien ces moments de calme, entouré de tous ses compagnons. Et il ne se privait pas pour les faire durer. Et puis soudain, il brisa le silence. D'un ton très calme, il leur décrivit la situation. Il leur proposa d'immobiliser pendant une semaine toutes les capsules pour des vérifications supplémentaires. Ce temps serait mis à profit pour préparer le départ. Tulk et quelques compagnons profite-raient de cet arrêt momentané de la récolte pour se rendre à Messina afin de faire le plein de provisions et surtout régler les nombreuses et fastidieuses formalités administratives avant le départ. La proposition fut considérée comme sage et fut approuvée à l'unanimité. L'Amiral savait qu'il aurait très bien pu se passer de leur accord, mais dans un monde où le mot démocratie n'avait plus grand sens, il estimait que c'était là un bel exemple à donner.

— La situation n'est pas si grave et nous pouvons nous permettre ce léger contretemps, avait finalement conclu l'Amiral.

Après la matinée d'anxiété, il avait retrouvé un peu de sa bonne humeur et de son optimisme.

Il continua, un peu plus sombre :

— L'incident d'aujourd'hui nous rappelle les dangers de la Grande Bleue !

Il lança un regard vers Bill qui comprit que c'était à lui de parler. Il raconta en détail l'incident et décrivit les dégâts subis par *Sept* tels qu'il avait pu les constater.

— Êtes-vous certains que *Six* n'est pas entré en collision avec *Sept* ? demanda l'un des mécaniciens.

— Impossible, répondit Bill. Nous aurions ressenti un choc. D'ailleurs, aucune trace d'accrochage n'a été détectée sur la coque de *Six*.

— Mais ce n'est pas possible, il faut bien que quelque chose ait heurté *Sept* pour provoquer les dégâts que tu nous as décrits ! Et à notre connaissance, il n'existe rien de solide à cette altitude, s'exclama à nouveau le mécanicien. À moins qu'un énorme bloc de méthane gelé ne se soit formé dans la couche nuageuse. Ça c'est déjà vu ailleurs.

C'était au tour d'Oliver, l'expert en météorologie uranienne, de s'exprimer :

— Il est vrai que des particules solides se forment parfois dans les nuages, mais les dégâts étaient trop importants pour être imputés à de la grêle de méthane. Il aurait fallu que le bloc soit vraiment énorme, ce qui me semble inconcevable.

— Nous ne cherchons peut-être pas dans la bonne direction, intervînt l'Amiral. Une défaillance mécanique comme l'explosion d'un statoréacteur pourrait très bien être à l'origine de l'incident. Et je ne parle pas de sabotage ni de mines laissées là par Narcisse.

— Nous pouvons déjà exclure l'hypothèse de l'explosion, intervint à nouveau le mécanicien. Je ne vois pas comment une explosion de l'un des réacteurs, ou même des deux, pourrait arracher tout un stabilisateur !

— Je ne veux pas mettre en doute les propos de notre ami Bill, reprit l'Amiral, mais comme il nous l'a dit, la visibilité n'était pas très bonne et il se peut très bien que la brume ait pu le tromper. Nous n'avons aucun moyen de vérifier puisque Sept a été laissé sur place et a dû sombrer à l'heure qu'il est.

— Encore un incident que l'on pourra mettre sur le compte des *Uranoptères* ! conclut Bill.

Cette dernière exclamation fit sourire l'assemblée.

Déjà à l'époque des premiers explorateurs sur les océans de la Terre, couraient des légendes sur des monstres venus des profondeurs. Cette habitude ne s'était pas éteinte avec l'exploration d'autres mondes et Uranus elle aussi avait ses monstres mythiques. Le premier aurait été aperçu il y avait plus de cinquante années par un groupe de quatre plongeurs lors des toutes premières explorations en profondeur. Ils prétendirent avoir aperçu une énorme chauve-souris noire. Depuis, régulièrement, on disait en avoir observé. On les avait appelés les *Uranoptères*. Ils étaient issus de l'imagination alcoolisée de quelques vieux marins retraités cherchant un public et un petit moment de gloire dans les bars dans les bas-fonds de Messina. C'est ainsi que naissent la plupart des légendes.

Trente années plus tôt, l'affaire avait été relancée par un sombre exobiologiste à la recherche d'une renommée qu'il ne trouva jamais. Dans son *Encyclopédie des Uranoptères,* il avait essayé d'imaginer le mode de vie de ces êtres fabuleux, dans les profondeurs insondables de la planète, là où la lumière solaire n'arrivait jamais et où la pression des gaz était si grande qu'aucun engin humain n'y accéderait jamais. Il expliquait que parfois certains d'entre eux se trouvaient piégés dans les rares courants de gaz chauds ascendants et entraînés vers les hautes altitudes où on les avait aperçus. L'ouvrage avait connu un succès passager. Une copie devait se trouver à bord, dans la bibliothèque. Tous les vaisseaux de récolte en avaient une. Une sorte de tradition pour conjurer le mauvais sort. Les superstitions étaient encore très vivantes.

« Non, les seuls Uranoptères que je connaisse sont les mines dérivantes laissées là par notre ami Narcisse ! » songea encore Bill. Et pourtant, les détecteurs à bord des capsules n'avaient rien signalé !

Chapitre 3

La Planète Mère

Virginia Enora détestait être tirée de son sommeil. Elle savait que c'était forcément important. La petite bonne femme à la soixantaine bien sonnée, les cheveux courts et blanc éclatant se leva à contrecœur pour se rendre dans le bureau de son appartement de fonction. Depuis qu'elle avait été nommée à la tête de la Confédération Terrienne, elle s'était habituée à dormir très peu. Les relations interplanétaires étaient plus tendues que jamais et les conflits au sein du système de Sol ne faisaient que s'étendre. La guerre menaçait maintenant aux portes-mêmes de la toute puissante Confédération. Avait-elle vraiment tout fait pour éviter cela ? La paix avait pourtant semblé définitivement acquise après l'expansion de l'humanité autour de l'étoile centrale durant la Grande Colonisation. Une telle entreprise avait nécessité la coopération de tous les humains. Les livres d'histoire étaient unanimes pour qualifier cette période de l'Âge d'Or de l'humanité. Mais c'était sans compter sur la nature humaine profonde. Petit à petit, certaines colonies avaient repris le pas sur d'autres, de nouvelles petites puissances s'étaient reconstituées. Et voilà que de partout réapparaissaient des empereurs. Un mot qui n'était utilisé plus que dans les livres d'histoire avait subitement ressurgi dans la réalité. Le titre d'empereur faisait à nouveau rêver et le moindre petit monde glacé pouvait subitement se voir doté d'un empereur ! La Confédération avait échappé à cette mode.

« Le pouvoir corrompt, l'ambition et la cupidité finissent toujours par prendre le dessus sur la morale. C'est ça la nature humaine ! » Lasse de ce constat, le temps de régler les affaires courantes, elle allait présenter sa démission au Conseil Confédéral. Mais elle était encore Présidente et se devait de prendre connaissance du message urgent qui venait d'arriver. Comme elle s'en doutait, il venait de Mars :

« Sa majesté Atama, Empereur de Mars, vous souhaite le bonjour. » Ça commençait bien. Elle savait qu'Atama lui souhaitait tout, sauf une bonne journée !

« Nous vous informons que le gouverneur de Titania a lancé une nouvelle offensive vers les lunes proches de la Géante de Glace et a ainsi pris le contrôle de

l'ensemble des mondes uraniens, cela depuis une période de deux jours. Vos propres informateurs vous ont sans doute déjà fait parvenir la nouvelle ! »

– Eh bien, justement, non ! ragea Virginia.

« *Bien que le petit monde d'Ariel soit officiellement sous la protection de la Confédération, nous nous permettons de vous rappeler humblement que cette dernière n'aurait rien à gagner à intervenir dans une petite querelle locale, loin à l'extérieur. Cela ne ferait qu'attiser des tensions déjà très fortes !* »

Cela ressemblait plus à une menace qu'à un conseil. Le message se terminait avec les salutations habituelles. Il était bref mais parfaitement clair. Comment le Martien pouvait-il donner une leçon de diplomatie à la Confédération, et s'immiscer dans une affaire de politique qui ne regardait que la Terre ? À son grand regret, Virginia fut obligée d'admettre qu'Atama avait raison. La Confédération ne pouvait pas se permettre de se lancer dans le conflit, au risque d'embraser tout le système de Sol. Elle était folle de rage.

Elle se sentit d'autant plus frustrée qu'elle était dans l'incapacité d'avoir une conversation directe avec le Martien pour lui exprimer face à face le fond de sa pensée. Virginia n'était pas réputée pour son sens de la diplomatie. Mars se trouvait à près d'une heure lumière, ce qui rendait toute discussion impossible. Les ondes ne pouvaient pas aller plus vite que la lumière. On avait fait des progrès importants dans la mise au point de systèmes de propulsions, ce qui rapprochait considérablement les mondes habités. On ne se trouvait jamais à plus de quatre mois de voyage de sa destination, quelle qu'elle fût. Mais on n'avait toujours pas trouvé le moyen de communiquer plus vite que la lumière !

Le fait que ce fût Atama qui lui avait annoncé la nouvelle n'attisa que davantage sa frustration. Que faisaient ses propres espions ? Il l'avait humiliée une fois de plus et elle savait très bien qu'il n'était pas étranger à cette histoire. La Terre ne l'avait que trop laissé faire. Elle décida de convoquer le Conseil Confédéral sur le réseau de vidéoconférence. Elle espérait que les événements auraient au moins l'avantage de bousculer un peu l'administration engluée de la Confédération Terrienne qu'elle représentait.

La Confédération était composée de six États dirigés par six gouverneurs élus par les peuples, ce qui en soi était déjà un exploit. Le Conseil des six gouverneurs nommait le président. Son seul rôle reconnu par la constitution était d'arbitrer les débats et de représenter officiellement la Confédération lors de cérémonies traditionnelles souvent ennuyeuses. Virginia n'avait pas oublié le jour de sa propre nomination. Il ne fallut pas moins de quatre tours de scrutin pour arriver à un accord. Et c'était avec cette même équipe qu'il fallait maintenant tenter de prendre une décision historique.

Chaque gouverneur pouvait participer au Conseil depuis sa capitale grâce au système de téléconférence à brouillage. Ils pouvaient ainsi discuter librement sans risque d'être entendus par des oreilles indiscrètes. Seul le gouverneur Yann Farney de l'État du Pacifique rejoignait Virginia dans son bureau présidentiel. Sydney était à la fois la capitale du Pacifique et de la Confédération. Sydney était la plus belle ville de la Terre. Ses innombrables bâtisses blanches s'étendaient sur des kilomètres le long de l'océan. Le vieil opéra fraîchement rénové trônait toujours au centre de la ville. Son architecture particulière rappelait les voiles gonflées des bateaux qui entraient au port. Virginia trouvait qu'il ressemblait davantage à une petite famille de coquillages attachés sur leur rocher et défiant la mer.

Elle pouvait lancer la demande de réunion d'urgence depuis son ordinateur personnel situé dans son appartement de fonction. Le signal ferait le tour du monde pour réunir les gouverneurs devant leurs coms respectifs. Elle savait qu'elle avait alors deux heures pour se préparer. Deux heures, c'était vraiment très court pour préparer un Conseil. Elle allait devoir se passer de petit déjeuner. Elle n'aurait de toute manière pas pu avaler quoi que ce soit. Atama lui avait bel et bien coupé l'appétit.

Les systèmes faibles avaient une tendance naturelle à s'affaiblir par eux-mêmes dans un cercle vicieux. De leur côté, les pouvoirs forts s'étaient développés considérablement. La Confédération était dotée d'un système faible, elle le savait. Elle s'était ardemment battue pour faire évoluer la situation vers un gouvernement confédéral uni, mais de crainte d'une dérive dictatoriale, les gouverneurs ne l'avaient jamais suivie. Elle avait fini par jeter l'éponge et de se contenter de son rôle d'arbitre. Et maintenant la Confédération était en train de payer ses erreurs.

Virginia ne se rendit pas compte du temps qui passait et lorsqu'elle reprit contact avec la réalité, elle s'aperçut qu'elle était encore dans la même tenue que lorsqu'elle était sortie du lit. Elle eut juste le temps de finir de vêtir l'une de ses combinaisons mauves légendaires qui accentuaient sa silhouette rondouillarde lorsque le gouverneur Farney se présenta à la porte de son appartement.

Virginia aimait bien Farney. C'était un homme intelligent et travailleur, deux qualités qui se faisaient rares, même chez les gouverneurs. Il n'était pas très grand lui non plus, mais il avait beaucoup de charme. En homme galant, il était venu la chercher pour l'accompagner sur le chemin vers le bureau Présidentiel, lieu stratégique où Virginia avait mené toutes ses batailles. Elle en avait gagné beaucoup, mais elle en avait aussi perdu quelques-unes. Elle savait que celle qui s'annonçait serait difficile.

Ils se dirigèrent vers le lieu de la bataille situé onze étages plus haut. Le gouverneur Farney semblait plus soucieux qu'à son habitude. Il resta silencieux durant tout le trajet dans le dédale de couloirs qui les menait vers l'ascenseur. Virginia avait un don pour lire sur les visages, et il était difficile de lui cacher quelque chose. Le gouverneur n'essaya même pas. Lorsqu'ils se retrouvèrent face à face dans l'ascenseur Virginia creva l'abcès :

— Alors, Yann, vous allez finir par me dire ce qui vous tracasse? Ce ne sont tout de même pas les nouvelles de l'Extérieur qui sont responsables de cette tête d'enterrement !

Elle se doutait que la raison devait être d'importance, mais elle essayait d'alléger un peu l'atmosphère. Elle redoutait cependant la réponse.

— Les *Gaïans*, grommela-t-il.

Cela suffisait pour que Virginia comprenne.

— Une nouvelle menace, je suppose ! Quand est-elle arrivée ?

— Hier, dans la soirée. Un message télé émis. Nous n'avons pas encore localisé la source.

— Vous pouvez arrêter les recherches, à l'heure qu'il est. Ils ont dû bouger depuis. Et que disait le message ?

— La même chose que la dernière fois. Si les gouvernements de la Terre ne lancent pas un programme de contrôle de la natalité, ils dissémineront leur bactérie au-dessus des dix plus grandes villes pour stériliser de force les habitants.

— Cette bactérie n'existe pas ! C'est du bluff. Ne faites pas cette tête. Ce sont des illuminés qui font plus de peur que de mal. Gardez plutôt votre énergie pour le Conseil qui nous attend. Je sens que ça va être dur !

Le gouverneur ne partageait pas le même optimisme au sujet des *Gaïans*. Mais il n'insista pas. La priorité allait évidemment au Conseil.

Les portes de l'ascenseur s'ouvrirent enfin et ils quittèrent la cage métallique pour se diriger vers le bureau présidentiel au travers d'un autre dédale de corridors d'un blanc uniforme.

Les *Gaïans*, Virginia les avait presque oubliés. Comme si elle n'avait pas assez de soucis avec l'Extérieur. Ils s'étaient dénommés eux-mêmes les *Gaïans*. Une bande d'éco-terroristes disaient les uns, une secte d'illuminés pour les autres. Ils prônaient la suprématie de la Nature et de la Terre. Selon eux, tous les êtres vivants ne faisaient partie que d'une seule conscience, d'une seule existence, Gaïa. On naissait de Gaïa et on y retournait à la mort, en l'enrichissant des expériences, des sensations, des sentiments accumulés durant sa vie. Tout ce qui n'était pas de la Terre était ennemi. Tous ceux qui avaient quitté la Terre pour s'installer sur un des autres mondes qui orbitait autour de Sol, avaient trahi Gaïa et étaient devenus des ennemis, des infidèles. Virginia Enora était considérée comme une infidèle parce qu'elle essayait de pactiser avec les Extérieurs au lieu de tout faire pour les anéantir. Et voilà qu'ils s'étaient mis en tête de réduire la population de la Terre ! Ils disaient que la planète n'était plus capable de supporter une population humaine qui s'était remise à croître.

Virginia ne savait pas de qui elle devait se méfier le plus, ses ennemis Extérieurs ou ses ennemis terrestres. Elle se réconforta en se disant que ce ne pouvait pas devenir encore pire. Elle se trompait.

Farney marchait à côté d'elle, lui aussi semblait perdu dans ses pensées. Finalement, ils arrivèrent devant la porte blindée du bureau présidentiel. Virginia apposa sa main droite sur le senseur digital et les deux énormes battants s'ouvrirent pour les laisser entrer. Ils se refermèrent dans un grand bruit dès que les deux Terriens furent dans la pièce.

Les écrans encore noirs des coms placés au milieu de la paroi à droite de l'entrée indiquaient qu'aucun contact avec les autres capitales n'avait encore été établi. Comme c'était le cas lors de chaque conseil, il la suivit derrière l'énorme bureau de marbre glacial et s'installa à ses côtés, en face de la façade aux écrans. Dommage qu'il fût tellement plus jeune qu'elle, pensa Virginia.

Il faisait encore nuit à Kiev et Johannesburg, et les gouverneurs d'Eurasie et d'Afrique apparurent encore somnolents sur les deux premiers écrans. Virginia leur présenta ses excuses et leur expliqua qu'elle-même avait eu droit à ce traitement deux heures plus tôt. Puis, ce fut au tour du visage bouffi du gouverneur d'Amérique, siégeant à Vancouver, d'apparaître. Virginia ne l'aimait pas.

– Désolée de vous déranger dans votre golf, mais la situation requérait votre présence ! lui lança-t-elle sur un ton ironique.

Il ne daigna même pas répondre et attendit le début de la réunion. Perez, le gouverneur de la Latinie depuis Lima, apparut enfin sur le quatrième écran.

– Je suis ravi de vous revoir, dit-il avec un sourire charmeur. Vous êtes encore plus rayonnante au réveil !

— Votre hypocrisie vous perdra! se contenta de répondre Virginia en lui rendant son sourire. Lui aussi elle l'aimait bien. Dans le Conseil, il y avait autant de personnes qu'elle appréciait que de personnes qu'elle n'aimait pas. Farney, Perez et Bakuru faisaient partie du premier groupe. Kovalsky, MacBrook et Hiria avaient l'honneur de faire partie du second.

Le contact avec Séléna était toujours le plus long à obtenir. Quelle drôle d'idée avaient donc eue les colonies de la Lune pour placer leur capitale sur la face de la Lune toujours opposée à la Terre ? C'était sans doute un moyen d'exprimer une certaine indépendance vis-à-vis de la planète-mère. Les relais satellites devaient à chaque fois être repositionnés. De plus, le système de brouillage qui permettait d'éviter l'écoute par des oreilles indiscrètes entre la Terre et la Lune était long à se mettre en place…

Finalement, le visage blême d'Eleonor Hiria apparut sur le cinquième écran. Elle avait toutes les caractéristiques physiques des Extérieurs. L'absence de lumière de Sol avait fini par donner une teinte grisâtre à leur peau. Ils étaient aussi plus grands. En moyenne, ils mesuraient vingt centimètres de plus. Une conséquence des faibles gravités qui sévissaient sur leurs mondes.

L'évolution de la race humaine avait poursuivi son œuvre. Les humains de l'Extérieur avaient une vue bien plus perçante et un métabolisme adapté à des températures bien plus basses. Les atmosphères artificielles des cités extérieures n'étaient rarement chauffées à plus de treize degrés et même la pression était la moitié de celle de l'atmosphère terrestre au niveau de la mer. Les hommes s'étaient adaptés à leurs nouvelles conditions de vie. La Terre était devenue un piège mortel pour les Extérieurs. Non seulement la proximité de l'étoile centrale, la gravité, ou encore la pression atmosphérique, mais aussi les nombreux germes terrestres pouvaient leur être fatals ! Ils avaient perdu toute immunité dans leur environnement stérile. Les épidémies de grippes et autres infections terrestres étaient redoutées sur les autres mondes. Elles avaient décimé des cités entières par le passé. Les Terriens n'étaient jamais les bienvenus dans les Mondes Extérieurs. Les Extérieurs avaient fini par devenir bien plus nombreux que les Terriens et représentaient maintenant la norme humaine. Virginia avait, quant à elle, un physique typiquement terrien. Petite, le teint basané et solidement charpentée pour résister à la forte gravité terrestre.

Finalement, le Conseil avait été réuni à une vitesse record, mais Virginia ne se réjouissait pas. Elle se doutait que les discussions risquaient de se prolonger et qu'il serait difficile de négocier une décision. Les intervenants étaient si différents qu'une unanimité était quasi-impossible. Pourtant les décisions ne pouvaient être prises que lorsqu'il y avait unanimité du Conseil. Cette loi stupide était en grande partie responsable de l'immobilisme de la Confédération dans un environnement très changeant. Le système politique de la Confédération faisait partie de ces systèmes faibles et inefficaces. Virginia ne cessait de le répéter. Si la Confédération ne changeait pas rapidement de constitution pour se doter d'une tête forte, elle ne survivrait pas.

Quand tous les voyants indiquèrent que les systèmes de brouillages étaient opérationnels, Virginia exposa rapidement les faits, sans pour autant omettre les détails. Elle devait se forcer de garder un air détaché et jouer son rôle d'arbitre. Les gouverneurs avaient été élus et uniquement eux pouvaient prendre les décisions.

— Faut-il intervenir, et si oui, comment ? demanda-t-elle d'emblée pour lancer le débat.

— Une intervention, quelle qu'elle soit, serait dangereuse du point de vue diplomatique, répondit immédiatement Kovalsky avec son air grave. Comme nous l'a justement suggéré Atama, le risque de confrontation générale est grand.

Virginia ne fut pas étonnée de cette intervention. Depuis quelques temps, il avait tendance à prendre systématiquement la défense du Martien. Il pressentait lui aussi les bouleversements imminents et se préparait à retourner sa veste. Kovalsky était le genre de personnage qui paraissait très sympathique, très amical au premier contact. Virginia elle-même s'y était laissée prendre. Et puis, après avoir travaillé quelque temps avec lui, elle avait fini par réaliser qui se cachait réellement sous cette carapace, ce faux air chaleureux. Kovalsky n'était finalement qu'un être ambitieux et très égoïste, comme la plupart des humains qu'elle connaissait. Il savait ce qu'il voulait et surtout il savait comment l'obtenir. Sa ruse lui avait permis d'accéder à l'un des postes les plus prestigieux dans la Confédération. L'amitié n'avait de sens pour lui que lorsque cela lui rapportait quelque chose — et le temps pendant lequel elle lui rapportait quelque chose. Virginia avait fini par le détester. Le fait qu'il chercha de nouvelles amitiés avec Atama n'étonna donc pas Virginia. Entretenir de bonnes relations avec Atama était devenu à la mode et Kovalsky était loin d'être le seul à jouer à ce jeu.

— Lâcheté ! rétorqua Perez. Atama fait ce qu'il veut depuis des années et jamais nous ne bronchons. Nous avons perdu toute crédibilité aussi bien aux yeux de nos ennemis que de nos alliés. Je devrais d'ailleurs dire notre allié, puisque seuls les gens de Titan nous sont encore fidèles. La confrontation tant redoutée a déjà lieu et nous sommes en train de la perdre !

Perez avait l'habitude de dire à haute voix, ce que les autres pensaient tout bas. C'était l'une des raisons pour lesquelles Virginia l'appréciait. Lui aussi tout le monde ne pouvait que l'apprécier. Il était très intelligent, bien plus que la moyenne des gouverneurs réunis. Il était capable de converser de n'importe quel sujet avec n'importe qui. Était-ce une sorte d'hypocrisie ? Ou plutôt une ouverture d'esprit ? Virginia optait pour la seconde solution, tout en gardant à l'esprit que la première pouvait être la bonne.

— Si nous intervenons, c'est la Lune qui aura droit aux premiers assauts ! Je ne peux pas prendre ce risque, osa à son tour Eleonor Hiria avec son ton péremptoire habituel.

Elle était incapable de parler calmement et sereinement. Derrière son air assuré se cachait un manque d'assurance absolu. Elle jouait ce rôle de dominatrice en permanence, avec sans doute la peur d'être mise à nu.

— Atama n'a pas encore la puissance nécessaire pour s'en prendre directement à la Confédération ! rétorqua Bakuru, détruisant ainsi l'argument du gouverneur de la Lune.

Bakuru était sans doute le plus philosophe des gouverneurs. C'était aussi de loin le plus calme. Rien ne semblait le stresser et il prenait tout avec philosophie. Virginia trouvait sa compagnie reposante.

MacBrook, le dernier du groupe, ne daigna même pas cacher son ennui et n'intervint pas dans la discussion. Fils de gouverneur, il ne semblait pas avoir eu d'autre choix que de reprendre le flambeau. Son père avait été un excellent gouverneur, mais il était clair que le fils n'était pas du tout intéressé par cette tâche. Il approuvait de temps en temps aux propos de Kovalsky dont il suivait systématiquement les opinions. N'en ayant pas lui-même, il préférait suivre celles d'un autre. Kovalsky avait remarqué cela très vite, avant Virginia elle-même. Quand Virginia s'en était rendue compte, il était déjà trop tard.

Le débat venait tout juste d'être lancé et déjà les deux clans habituels s'étaient formés : Pacifique-Afrique-Latinie contre Eurasie-Amérique-Lune. Le match nul était inévitable et Virginia savait qu'aucune décision importante n'allait être prise durant ce conseil. Le hasard avait fait qu'il y avait un nombre pair de gouverneurs. Un nombre impair aurait facilité les choses en permettant une majorité relative qui aurait peut-être pu faire pencher la balance vers une décision ou une autre. Mais avec une force égale, aucun des deux camps n'était prêt à faire la moindre concession.

Après une demi-heure de discussions stériles, on décida tout de même d'envoyer des émissaires un peu partout pour avoir des renseignements supplémentaires. On se réunirait à nouveau à une date ultérieure. Une fois de plus l'immobilisme de la Confédération allait faire la grande joie d'Atama.

Avant de conclure la réunion, Virginia demanda encore si quelqu'un dans l'assemblée avait quelques informations sur les *Gaïans*.

— Ce sont quelques agitateurs illuminés. Ils ne me semblent pas bien dangereux, se contenta de grommeler Kovalsky.

— Oui, mais ils prônent tout de même la destruction des colonies sur la Lune ! rétorqua le gouverneur Hiria, visiblement choquée par cette remarque.

— Balivernes, renchérit Kovalsky. Comment pourraient-ils vous nuire ? Ils ne quitteraient pour rien au monde la Planète Mère. C'est ce qui leur ferait le plus horreur. Quoi de pire pour eux que de mourir loin du monde natal et ne jamais réintégrer Gaïa !

« *Voilà qui est intéressant. Ils ne sont pas si unis que ça !* » constata Virginia.

— Il n'empêche qu'ils représentent un facteur déstabilisant sur la Terre et que rien ne nous dit qu'ils ne vont pas mettre leurs menaces à exécution, reprit Farney en jetant un œil inquiet en direction de Virginia.

Bakuru ajouta :

— Depuis la Grande Révolution Culturelle et l'interdiction des religions qui prêchaient l'intolérance, tous les gouvernements successifs se sont donné pour mission d'étouffer dans l'œuf toute tentative de création d'une nouvelle secte. Il faut éviter que les *Gaïans* prennent une quelconque importance dans l'avenir, même s'ils ne semblent pas dangereux pour le moment. Nous devons retenir les leçons de l'histoire. Il est de notre devoir de nous occuper des *Gaïans*.

— Peut-on vraiment les traiter de secte ? reprit Kovalsky.

— Ne jouons pas avec les mots, intervint Virginia. Si ce n'en est pas une, ça y ressemble beaucoup !

— Mieux vaut effectivement prévenir que guérir. Nous devons au moins les localiser pour pouvoir intervenir en cas de besoin, ajouta Perez.

MacBrook, de son côté, était toujours absent et semblait ignorer le problème *Gaïan*.

Il fut finalement décidé de s'occuper sérieusement des *Gaïans* et, dans un premier temps, d'essayer de les identifier et de les localiser. Finalement, cette histoire de *Gaïans* avait permis à la réunion de se terminer en demi-succès puisqu'une décision avait été tout de même prise, même si le problème Amata avait été éludé.

Kovalsky s'était proposé de s'occuper personnellement du choix des limiers. Les espions de Kiev étaient réputés pour leur efficacité. *« Et pourtant ils avaient failli sur l'affaire d'Ariel,* pensa Virginia. *À moins que.. ? »*

— Farney, nous allons envoyer nos propres limiers, suggéra-t-elle à ce dernier lorsque le contact com avec les autres capitales fut rompu.

— Je vois que vous avez aussi peu confiance que moi en Kovalsky. Vous pensez qu'il joue double jeu ?

— Je ne sais pas trop, mais je veux en avoir le cœur net. Il joue un peu trop le jeu d'Atama et je le soupçonne de préparer quelque chose. Il va falloir le surveiller de plus près. D'ailleurs, nous ferons de même avec les autres gouverneurs.

— Mais Perez et Bakuru ont toujours été de notre côté ! protesta Farney.

— Lorsque le fruit est pourri à l'intérieur, on ne le voit pas forcément en surface ! se contenta de répondre Virginia avant de lui faire signe de la laisser seule.

« Lui aussi, il va falloir le surveiller d'un peu plus près ! » songea-t-elle.

L'opération avait été rondement menée et le Doc était fier de sa petite troupe. Le message était arrivé à destination. Il faisait les cent pas dans la petite cabane en bois, perdue dans ce qui restait de l'ancienne gigantesque forêt tropicale amazonienne. Il n'y avait pas de meilleur endroit pour se terrer. Bien qu'elle n'atteignît plus que le dixième de sa surface initiale, la forêt restait une excellente cachette. Deux de ses jeunes recrues étaient assises à même le sol. Elles attendaient l'arrivée de douze autres nouveaux membres pour recevoir leur première leçon.

L'homme long et maigre qui se faisait appeler le Doc, parlait tout seul, sans se soucier des deux jeunes qui attendaient là.

— Ils finiront par nous prendre au sérieux ! marmonna-t-il. Ils ont détruit la majorité de Gaïa, puis ils sont partis. Et voilà qu'ils veulent à nouveau nous imposer leurs lois.

Il regarda sa montre et se tourna vers les deux jeunes.

— Bon, on va commencer sans les autres. J'ai beaucoup de travail, je ne peux me permettre d'attendre plus longtemps.

Il inspira un bon coup, prit un air magistral et se lança :

– Depuis le début des temps, l'homme a toujours utilisé la nature à ses propres fins, sans se soucier des nombreuses destructions. Regardez autour de vous, que reste-t-il des paysages d'autrefois ? Combien d'espèces ont-elles disparu ces derniers siècles ? La Terre est en train de mourir.

L'une des recrues, un adolescent d'à peine quatorze ans, leva la main pour intervenir.

– Oui, je t'écoute, dit simplement le Doc essayant d'user un ton paternel.

– Docteur, commença timidement le jeune, les derniers gouvernements ont fait beaucoup pour réparer les dégâts. Depuis des dizaines d'années, les campagnes de reboisement n'ont pas cessé. Nous avons tous abandonné les énergies sales grâce aux centrales solaires orbitales. De grosses parties des continents ont été déclarées sites protégés. Certains endroits comme celui où nous nous cachons sont formellement interdits d'accès aux hommes.

– Ça suffit ! l'interrompit le Doc agacé. Tout ça, ce n'est que du vent. Tôt ou tard, ils recommenceront à tout polluer. Les impératifs économiques priment. Et la population sur la Terre recommence à augmenter après son déclin suite à l'émigration des lâches vers les autres mondes ! Les gouvernements doivent avant tout stopper la natalité. C'est le message que nous avons envoyé à la Présidente.

Le Doc fut à nouveau interrompu. Les autres arrivaient enfin et s'installèrent près de leurs deux camarades. Le cours put enfin véritablement commencer.

Chapitre 4

Direction Yangoor

Deux jours s'étaient écoulés depuis mon dernier entretien avec Alex. Je venais juste de me coucher, après une journée que j'avais pu qualifier de relativement calme. « Le calme avant la tempête… » pensai-je.

Et ce fut juste à ce moment que la tempête se déclencha !

Je ne réalisai pas tout de suite que le sifflement strident qui s'était mis en route était en fait le hurlement des sirènes de la ville. Cela ne pouvait signifier que deux choses : soit une brèche s'était formée dans la coupole qui nous protégeait, soit Narcisse s'était décidé à agir. Je me précipitai vers la porte de mon appartement. Dehors, les gens paniqués couraient dans tous les sens, criaient, pleuraient. La pression de notre atmosphère me semblait normale, ce qui signifiait qu'elle ne s'échappait pas dans le vide glacial de l'espace.

J'en conclus que l'invasion par les troupes de Narcisse avait commencé. C'était le signal du départ, tel que nous en avions convenu avec Alex. Bien que sachant que c'e serait inévitable, je ne pensais pas que ce moment arriverait si vite. S'il suivait notre plan, Alex devait me rejoindre chez moi. C'est de là que nous avions prévu de partir. J'avais à peine rempli ma petite sacoche qu'il surgissait devant ma porte. Il était essoufflé. Son visage apeuré et pâle reluisait de sueur. Lui aussi n'avait qu'une petite sacoche pour tout bagage. Il m'apprit que la flotte de Narcisse avait fait irruption au-dessus des deux cosmoports d'Ariel, à Agapa et Yangoor, il y avait une quarantaine de minutes. Sous la menace d'un bombardement massif sur les coupoles des cités voisines, les responsables des cosmoports n'avaient d'autre choix que de céder et ouvrir les sas.

Ariel était une petite colonie neutre, elle ne possédait pas de défenses militaires. Pas de batteries anti-aériennes. On croyait toujours que les accords de protection avec la toute puissante Confédération Terrienne suffiraient à écarter toute envie d'agression.

Bien que Narcisse n'eût pas pour but la destruction des cités, il n'aurait pas hésité à s'attaquer à l'une d'elles pour en faire un exemple. Narcisse n'avait aucun intérêt à envahir un monde mort. Il voulait régner sur des cités parfaitement fonctionnelles. Sa tactique était très simple, mais efficace. En se rendant maître des cosmoports il se rendait maître de la planète. Ses troupes avaient pris le contrôle du cosmoport et se dirigeaient maintenant vers la cité. Elles ne rencontraient aucune résistance. Le lieu qu'elles viseraient en premier, c'était la Tour, bâtiment aussi bien symbolique que stratégique.

Nous n'avions plus beaucoup de temps avant que les envahisseurs ne fassent irruption dans l'enceinte même de la cité, tel un fleuve en crue qui s'écoule par la brèche d'une digue. Comme nous l'avions planifié, je donnai l'une de mes combinaisons thermo-isolantes de rechange à Alex. Je revêtis moi-même celle que j'avais quittée quelques heures plus tôt. Elle était encore humide de ma sueur, mais ce détail n'avait pas grande importance en comparaison de ce que nous risquions. Alex avait à peu près la même taille que moi, mais il était légèrement plus mince. Je jetai un regard plein de nostalgie sur mon petit studio et toutes mes affaires que je devais abandonner définitivement. Après avoir vérifié que j'avais pris toutes mes économies, je regardai une dernière fois derrière moi, pour garder à jamais en mémoire les lieux où j'ai vécu tant d'années, puis nous partîmes. Je ne me donnai même pas la peine de verrouiller la porte de mon appartement.

Il fallait que nous arrivions dans le tunnel où je travaillais avant que les troupes de Narcisse ne rejoignent dans la ville. Les envahisseurs bloqueraient toutes les issues et tous les moyens de transport. Ils avaient pour ordre de capturer en priorité le gouverneur pour l'amener auprès de Narcisse. Les taxirails semblaient encore circuler. Nous nous frayâmes un chemin vers la station taxirail la plus proche. La cohue nous ralentissait, mais elle pouvait aussi jouer en notre faveur en nous dissimulant. Lorsque nous arrivâmes à la station, un taxirail qui se dirigeait vers le nord venait de s'arrêter. Il était bourré et nous eûmes beaucoup de mal à nous y infiltrer. Nos combinaisons thermo-isolantes étaient très encombrantes. On râla beaucoup autour de nous lorsque nous forçâmes le passage vers l'intérieur. Personne ne semblait avoir reconnu Alex.

Le véhicule essayait lui aussi de se frayer un chemin dans la cohue. Pendant près d'une demi-heure, nous n'avançâmes que très lentement. Puis, nous arrivâmes au Boulevard des Glaces et la cabine se vida d'un coup. Les habitants se précipitaient tous chez eux. Ils ne pouvaient pas fuir les envahisseurs. Ils se consolaient en espérant que le rattachement à l'empire de Narcisse apporterait à nouveau la richesse, la prospérité. Narcisse avait sans doute beaucoup d'adhérents à sa cause dans les populations d'Ariel. Il avait depuis longtemps envoyé des agents déstabilisateurs afin de soulever les populations contre leurs gouverneurs locaux.

L'atmosphère était beaucoup plus calme de l'autre côté du boulevard. L'alarme résonnait toujours, mais les rues étaient restées désertes dans cette partie de la ville et notre véhicule put enfin prendre sa vitesse normale de soixante kilomètres par heure. Je réalisai que nous étions maintenant seuls dans la cabine.

À moins d'un kilomètre de l'entrée du tunnel notre progression s'arrêta nette. L'alimentation des voies venait d'être coupée. Nous forçâmes la porte arrière de la cabine pour nous extraire et nous continuâmes à pieds.

Nous pressâmes le pas, mais nos combinaisons nous empêchèrent de courir. Après une dizaine de minutes, nous arrivâmes en vue du sas d'entrée du tunnel. Juste à sa droite stationnaient trois des rovers. Deux d'entre eux étaient branchées sur le générateur de chargement. Heureusement, les batteries du troisième étaient chargées. Nous prîmes le véhicule, et grâce à ma carte d'accès au tunnel, nous traversâmes le double sas et nous nous enfonçâmes dans les entrailles de la planète. La première partie de notre évasion s'était déroulée exactement comme prévue, alors que les troupes de Narcisse ne devaient plus être loin de la Tour.

La traversée du tunnel sombre nécessita près d'une demi-heure. Nous profitâmes de ce répit pour nous reposer un peu et reprendre nos esprits. Au bout du tunnel se trouvait l'ensemble des bâtiments de contrôle des extracteurs d'eau et de méthane. Le travail automatisé ne requérait aucune présence humaine, sauf en cas d'avaries. Lorsque l'ordinateur de contrôle détectait une panne, il la signalait à la Direction des Mines, côté cité. Des mécaniciens étaient alors dépêchés sur place pour les réparations. Un bâtiment carré situé à la surface avait été aménagé pour eux. Un petit ascenseur situé au bout du tunnel nous y conduisit. Notre cachette provisoire était en contact direct avec le vide spatial. Les hublots donnaient sur les paysages désolés de notre petite planète Ariel. Il y avait là cinq minuscules pièces. Trois servaient de chambres, une de cuisine et une de salle de bain. Il y avait aussi un garage contenant deux jeeps de surface. Derrière les jeeps, j'aperçus avec angoisse le sas donnant sur l'extérieur.

Un bourdonnement sourd nous indiqua que les extracteurs fonctionnaient toujours. À travers le hublot de la cuisine nous pouvions distinguer la grande excavation au fond de laquelle les machines continuaient leur travail de creusement. De longs tapis roulants emmenaient les débris arrachés au sol vers un gros bâtiment en forme de cône qui se trouvait plus à droite. C'était là que le méthane et l'eau solides étaient chauffés dans les fours puis séparés avant d'être envoyés vers la cité.

Des combinaisons de mécaniciens étaient disponibles dans les chambrettes. C'est avec plaisir que nous nous séparâmes de nos combinaisons thermo-isolantes pour revêtir ces habits beaucoup plus confortables. Nous profitions aussi de ce répit pour nous rafraîchir et manger quelque chose. Les réserves de nourriture de la cuisine étaient régulièrement approvisionnées.

Nous n'avions pas de contact radio avec la cité et nous ne savions pas ce qui s'y passait. Les soldats ennemis devaient être en train de fouiller Agapa de fond en comble à la recherche du gouverneur. Nous estimions qu'il leur faudrait au moins trois jours pour se rendre compte que le gouverneur n'était plus dans la ville. Nous espérions qu'ils iraient d'abord fouiller du côté de Mélusine avant de penser venir ici. Nous avions donc un peu de temps pour préparer la suite de notre voyage.

La seule façon de quitter notre cachette était de passer par l'extérieur à l'aide d'une des jeeps. Nous redoutions ce moment. Notre objectif prioritaire était de quitter Ariel. Le cosmoport d'Agapa était sous très haute surveillance. Nous espérions que nous aurions plus de chance pour trouver un moyen de nous glisser dans une navette à Yangoor. Seulement Yangoor était à plus de trois cents kilomètres de notre emplacement. Nous décidâmes de prendre la plus petite des deux jeeps, qui nous paraissait plus discrète. Elle était constituée d'une cabine pressurisée de quatre mètres de long, deux mètres cinquante de large et un mètre cinquante de haut, le tout monté sur quatre roues motrices hérissées de crampons. L'énergie était fournie par deux grosses batteries situées au fond de la cabine. Lorsque ces dernières étaient pleines, elles avaient une autonomie de cinq jours environ. Leur vitesse de croisière de trente kilomètres par heure devait nous permettre de rejoindre Yangoor en deux ou trois jours au maximum. Encore fallait-il que nous ne nous fassions pas repérer. Dans notre jeep nous serions sans défense si une navette de Narcisse nous repérait et se décidait à nous bombarder !

Nous devions quitter notre cachette pendant que les envahisseurs fouillaient encore Agapa. Je m'occupait de reprogrammer l'ordinateur de bord pour nous rendre vers notre destination. Pendant ce temps Alex s'occupait à charger les batteries et de stocker quelques provisions à bord. De l'eau et des biscuits énergétiques pour trois jours. Nous devions aussi charger plusieurs bombonnes d'oxygène. Le terrain semblait très accidenté et pouvait nous ralentir et allonger la durée de notre périple en surface. Le pilote automatique était capable de nous diriger vers les coordonnées de Yangoor. Il était aussi capable d'éviter les obstacles lorsque ceux-ci n'étaient pas trop importants. Mais il y avait beaucoup de montagnes et de gouffres sur Ariel. Heureusement, une carte géologique précise avait été programmée dans la mémoire de l'ordinateur de bord.

Nous décidâmes de contourner Agapa par l'est pour éviter de passer près du cosmoport. Un peu plus loin, nous rencontrerions l'obstacle majeur sur notre trajet, le gouffre de Sylph Chasma. Le terrain serait ensuite relativement plat jusqu'à Yangoor. Par endroits, la pente abrupte des parois de Sylph se faisait plus douce et devenait praticable avec la jeep. Nous devions choisir le point de passage une fois sur place. Lorsque tout fut prêt, nous décidâmes de prendre encore une petite heure de repos avant de partir. Nous ne savions pas si nous trouverions encore beaucoup d'occasions pour dormir par la suite.

◆◆◆

Les Conseils se suivaient et se ressemblaient. Virginia était exaspérée. Mais sa journée était loin d'être terminée. Desmond Gallaway, le président de la puissante Compagnie Terrienne du Commerce avait demandé à être reçu par la Présidente. Gallaway était un homme très influent. À la tête de sa compagnie, il dominait l'économie planétaire. Depuis toujours, le pouvoir économique était de loin plus fort que le pouvoir politique. La perte d'influence de la Confédération inquiétait beaucoup la CTC. La Compagnie avait en effet de grands projets concernant les Mondes Extérieurs. Il y avait là-bas un marché gigantesque à conquérir, mais la Confédération était de plus en plus isolée. Les filiales de la CTC installées sur les Mondes Extérieurs commençaient même à afficher leurs désirs d'indépendance. Bien que Gallaway lui rappelât, par beaucoup d'aspects, Kovalsky, elle devait s'en faire un allié avant que d'autres ne le fassent à sa place.

Gallaway était un petit homme très mince dont le physique ne reflétait absolument pas la personnalité. Se hisser au sommet de la CTC était bien plus difficile que d'accéder à la présidence de la Confédération. Virginia savait que l'homme qui était assis en face d'elle serait un allié de poids. Elle devait absolument l'attirer dans son camp. Il avait la mine très sombre.

— Vous êtes entourée d'incapables ! s'insurgea-t-il, après avoir entendu Virginia lui raconter le dernier Conseil.

— Je le sais bien, mais la constitution m'oblige à tenir compte de leurs décisions. Je ne suis qu'un arbitre !

— Au diable, la constitution ! enragea Gallaway. Ils sont en train de démanteler complètement notre image. Nous avons perdu toute crédibilité. Les Extérieurs sont de plus en plus sûrs de leur puissance. Ils commencent à nous regarder de haut. Ils se permettent même de fixer les prix et les quotas d'exportation. Même nos filiales là-bas ne suivent plus notre politique commerciale.

— Je sais tout ça, se contenta de répondre Virginia. Mais au moins, vous avez encore le monopole ici sur la Terre. Vous fixez les règles comme bon vous semble !

Virginia remarqua trop tard qu'elle venait de parler un peu trop vite. La réponse ne se fit pas attendre.

— Et vous pensez que s'il n'y avait personne pour gérer le commerce mondial, ce serait mieux ? Souvenez-vous du passé, lorsque la planète était encore morcelée et que chacun avait sa monnaie. C'était l'anarchie totale ! Il suffisait qu'un dirigeant soit impliqué dans un scandale quelconque pour que le prix du pain augmentât de l'autre côté de la planète !

— Je ne dis pas que la CTC n'est pas utile, mais ne croyez-vous pas que le commerce devrait être géré par les politiques ?

— Les politiques sont de piètres économistes. Il vaut mieux que chacun reste sur son propre terrain. Si le commerce a été si stable ces cent dernières années, c'est justement parce qu'il a su rester totalement indépendant de toute politique. Cela ne nous empêche pas d'avoir une vision d'avenir qui va dans le même sens.

— Et c'est de cette vision commune que vous êtes venu me parler ?

— Ça me fait très plaisir de discuter avec quelqu'un d'intelligent et de direct comme vous, loin de toute hypocrisie. Ça nous permettra de gagner du temps.

— Alors que vouliez-vous me proposer ?

— Comme nous en avons déjà discuté, on ne peut pas continuer comme ça ! Nous devons réagir vite et fort. Nous devons montrer que nous sommes encore la plus grande puissance. Les gens en doute de plus en plus.

— Et que proposez-vous de faire concrètement ?

— Une petite expédition de remise en ordre ! Atama est depuis trop longtemps une épine dans le pied pour la Confédération. En nous débarrassant de lui, non seulement il ne se mettra plus en travers de notre chemin, mais en plus, tous les autres mondes nous craindront à nouveau !

— Vous n'êtes pas sérieux ?

— Si absolument.

— Jamais vous n'aurez l'accord du Conseil. Surtout que depuis peu, une partie semble se rapprocher du Martien.

— Si Atama prend le pouvoir ne serait-ce que sur une partie de la Confédération, c'est Mars qui imposera ses propres règles. Vous savez très bien que jamais la CTC n'acceptera cela.

— Je le sais, mais je ne peux pas faire grand-chose. Et surtout je ne pourrais pas convaincre le Conseil.

— Je ne suis pas venu vous demander de convaincre le Conseil. Je ne suis même pas venu vous demander votre accord. Je suis simplement venu vous prévenir de nos propres plans. Nous allons essayer de nous débarrasser d'Atama. Ce sera alors à vous de réagir pour imposer la Confédération à Mars avant que l'État martien n'ait eu le temps de se réorganiser et de se doter d'un nouveau maître. Sinon, tous nos efforts auront été vains !

— Et si je ne suis pas d'accord avec votre façon de faire ?

— Vous n'avez pas à être d'accord ou non. C'est uniquement notre problème. Mais le moment venu, je sais que vous saurez choisir la meilleure solution pour nous tous. Et comme vous aurez été prévenue, vous serez prompte à réagir, alors que les autres seront encore tous sous le choc de la surprise.

— Mais vous êtes en train de me rendre complice d'un attentat ?

— Nous ferons en sorte que vous ne soyez pas impliquée.

◆◆◆

Finalement, l'heure du départ arriva et nous nous engouffrâmes dans la jeep. Lorsque la cabine fut hermétiquement close, j'appuyai sur une des touches rouges du tableau de bord pour déclencher l'ouverture du sas du garage. Aussitôt, des pompes se mirent en route pour vider le garage de son atmosphère, puis, le sas s'ouvrit devant nous pour laisser apparaître le paysage glacé de l'extérieur. J'avais pris place aux commandes. Une pression de mon pied sur la pédale de droite mit en mouvement notre véhicule. Nous sortîmes prudemment de notre garage en suivant une longue rampe qui nous menait vers le sol de notre monde. Le contact de la jeep avec le sol extérieur se fit en douceur. Nous roulions sur un sol de poussière de glace, une neige de méthane, de carbone et d'eau.

Je bifurquai vers la gauche pour contourner l'ensemble des bâtiments gris métalliques qui composaient le complexe d'extraction. Ils se fondaient presque dans le paysage du même gris. Je me rassurais en me disant que notre jeep était de la même couleur et nous serions bien camouflés. Notre trajectoire nous mena dans un premier temps droit vers la cité. Sa barrière montagneuse circulaire surmontée de la gigantesque coupole transparente s'étendait devant nous. À moins d'un kilomètre d'Agapa nous virâmes sur la gauche pour la contourner. Nous passâmes par-dessus la voie souterraine qui reliait Agapa à Mélusine, enfin nous nous éloignâmes d'Agapa.

Le paysage gris et vallonné s'étendait à perte de vue. Agapa s'éloignait petit à petit et finit par disparaître après trente minutes derrières les collines de glaces. À gauche, au loin, commençait à poindre le sommet du dôme de Mélusine, lui aussi illuminé de l'intérieur. Nous avions d'abord songé à nous y cacher. Mais il s'agissait d'une voie sans issue et on nous aurait retrouvés tôt ou tard.

Le globe immobile d'Uranus était presque plein et nous nous étions adaptés à la faible luminosité ambiante. Elle était suffisante et nous n'avions pas besoin d'allumer nos feux. Cela permettait aussi d'économiser nos batteries. Lorsque nous fûmes à plus de dix kilomètres au sud d'Agapa, je pus enfin enclencher le pilotage automatique. Nous filions droit vers le canyon de Sylph à la vitesse de croisière. Le paysage monotone ne se modifiait que très lentement. Les jeeps n'avaient pas été conçues pour les longs trajets et nous devions nous contenter de nos trente kilomètres par heure. Il n'y avait aucun risque de rencontrer un quelconque autre véhicule de surface à cette distance de la cité. Les humains ne s'aventuraient que très rarement loin des cités. Ils ne voyageaient que dans les tunnels souterrains, ou par la voie des airs. Nous savions qu'il faudrait du temps à nos ennemis pour réaliser que nous étions partis avec un véhicule de surface. Sur Ariel, comme c'était le cas pour les autres mondes extérieurs, les humains se terraient comme des rats sous les coupoles et dans les tunnels.

Au bout d'une heure et quarante-cinq minutes le tableau de bord tinta et le véhicule s'arrêta. L'ordinateur de bord venait de détecter un obstacle infranchissable. Nous étions arrivés au bord du gouffre de Sylph. À cet endroit, le canyon était profond d'au moins un kilomètre. L'autre face se trouvait vingt kilomètres plus loin. On pouvait à peine l'apercevoir à l'horizon. Les pentes du gigantesque canyon qui s'étendait devant nous étaient trop abruptes pour que nous puissions les emprunter. Le fond était parfaitement lisse, recouvert d'une coulée de glace qui s'était solidifiée dans un passé relativement récent. Notre petite planète était encore active et des volcans de glace crachaient encore leurs laves d'eau et d'ammoniac liquides dans les immenses plaines de l'hémisphère nord.

Nous décidâmes de longer le gouffre par la droite jusqu'à trouver un passage praticable. La tâche fut plus difficile que prévu et, pendant près d'une heure, le canyon ne fit que devenir de plus en plus profond. Puis cette tendance s'inversa. Une demi-heure supplémentaire nous avait été nécessaire pour repérer un point de la paroi beaucoup moins pentu. Il s'agissait sans doute d'un ancien éboulement. La pente de trente degrés seulement était praticable. C'est par-là que nous nous enfonçâmes dans le gouffre, en espérant trouver une voie de sortie de l'autre côté. La traversée fut réalisée en moins de quarante minutes. Arrivés au pied de la falaise opposée, nous choisîmes de la longer vers l'est.

La paroi défilait à notre gauche depuis à peine trente minutes lorsque subitement elle s'incurva vers l'extérieur. Nous remarquâmes que plus loin devant nous elle réapparaissait. Nous étions devant une sorte d'affluent d'à peine une vingtaine de mètres de large et qui venait du Sud se jeter dans Sylph. Nous décidâmes de suivre ce nouveau chemin en espérant qu'il ne s'agissait pas d'un cul-de-sac. Il n'était pas assez large pour apparaître sur notre carte. Il était bordé par les mêmes hauts murs. Au fur et à mesure de notre progression nous eûmes la bonne surprise de constater que la hauteur des parois diminuait. Nous prenions de l'altitude et bientôt nous nous retrouvâmes au niveau des plaines environnantes.

Nous avions traversé avec succès le plus gros obstacle entre Agapa et Yangoor. Devant nous s'étendaient à nouveau à perte de vue les collines douces et grises. Des cuvettes éparpillées un peu partout marquaient les emplacements où étaient tombés les cailloux et les glaçons qui venaient du ciel. Il y avait très peu de gros blocs de glace susceptible de nous faire obstacle. Le paysage ressemblait beaucoup aux paysages que l'on pouvait admirer sur la lune de la Terre. Les mêmes reliefs arrondis, la même teinte grise. La différente était que la poussière sur Ariel était composée d'un mélange de diverses glaces et de carbone et non de poussière de roche. Nous pouvions à nouveau enclencher le pilotage automatique.

Dix heures plus tard, nous arrivâmes sur un plateau strié par une série de petites vallées parallèles de faible profondeur ressemblant à des lits de fleuves asséchés. C'est au fond de l'une d'entre elles que nous décidâmes de nous arrêter quelques heures pour nous reposer et faire une nouvelle fois le point sur notre situation, histoire de nous rassurer un peu. D'après la carte affichée sur l'écran du tableau de bord, nous avions pratiquement fait la moitié du chemin entre Agapa et Yangoor. Le paysage était beaucoup moins accidenté que prévu nous n'avons été obligés de contourner que deux cuvettes d'impact récentes, la première avait un diamètre de cinq cents mètres et la seconde d'environ deux kilomètres. Aucun autre obstacle infranchissable ne s'était présenté en travers de notre chemin.

Je n'arrivai pas à m'endormir immédiatement, bien que je fusse exténué par ces dernières heures de stress. Quelque chose me dérangeait, mais je ne savais pas quoi. Et puis, je compris. Le silence. Quel silence ! Dans les cités, on vivait dans le bourdonnement incessant des pompes, les bruits des transports, des passants, des voisins. Ici, au milieu de nulle part, c'était la première fois que je fis connaissance avec cette nouvelle sensation : le silence ! C'était à la fois agréable et angoissant. La jeep était arrêtée dans ce désert de glace. Et si elle ne redémarrait plus ? Je finis enfin par m'endormir.

À mon réveil, la jeep était déjà en mouvement. Alex était aux commandes. Il n'avait pas daigné me réveiller pour le départ. Je fus rassuré de constater que la jeep avait bien voulu redémarrer.

Toutes les deux heures l'ex-gouverneur et moi nous continuâmes à nous relayer aux commandes pour surveiller notre progression, laissant le soin du pilotage à l'ordinateur de bord. Une autre longue journée s'écoula avant que ne commençât à poindre à l'horizon le gigantesque dôme illuminé de Yangoor. Notre anxiété se fit plus intense.

Notre salut passait par le cosmoport de Yangoor qui grouillait sans doute d'ennemis. Il devait se trouver quelque part à droite du dôme. Il nous fallut nous approcher encore au moins pendant une longue heure avant de pouvoir repérer le complexe de bâtiments de surface qui marquait l'emplacement du cosmoport. Des mouvements de points lumineux dans le ciel indiquaient que le trafic frénétique entre la ville et les autres mondes uraniens était intense. Narcisse était en train de réorganiser Ariel, d'apporter ses troupes, et de déplacer les populations.

Nous nous approchâmes très lentement des imposants bâtiments englobant les aires d'atterrissage et de décollage. À un kilomètre à gauche de ces derniers, en direction de la cité, patrouillaient cinq jeeps analogues à la nôtre. Avec l'augmentation du trafic, les crashs devaient être plus fréquents. Les nouvelles autorités qui dépendaient maintenant de Narcisse avaient mis en place des patrouilles de reconnaissance des dégâts. Il s'agissait de rapatrier les marchandises de grande valeur et à un moindre degré, des rescapés éventuels.

Nous nous arrêtâmes derrière un bloc de glace assez important pour nous dissimuler et restâmes cachés là pendant quelques heures à observer le va-et-vient des patrouilles. Le seul moyen de pénétrer dans le complexe était de nous joindre à l'une d'elles.

Trois jeeps surgirent non loin de notre emplacement. Elles se dirigeaient en ligne droite vers l'entrée. C'était une chance inespérée et nous décidâmes de la tenter. Nous nous approchâmes de la petite troupe en prétextant venir du complexe d'extraction de Yangoor. Les patrouilleurs se laissèrent convaincre facilement et nous permirent de prendre le chemin du cosmoport en leur compagnie. D'ailleurs, qui aurait cru que nous venions d'une autre cité par la surface ?

Avec nos combinaisons de mécaniciens, personne ne prêta vraiment attention à nous et nous pûmes librement nous promener à l'intérieur du complexe du cosmoport. Des soldats à la solde de Narcisse étaient en faction à l'entrée de chaque secteur. Ils surveillaient les arrivages et les départs de marchandises, mais ne firent aucunement attention à deux mécaniciens comme il y en avait tant d'autres et qui avaient toutes les raisons de se trouver en ce lieu. La surveillance était moins renforcée qu'à Agapa, où l'ex-gouverneur était censé se trouver et était activement recherché. Nous nous glissâmes aisément dans une navette en partance, en compagnie d'autres mécaniciens.

◆ ◆ ◆

Il était furieux ! Comment ses troupes avaient-elles pu laisser s'échapper le petit gouverneur, et ce, malgré la rapidité de l'invasion ? Sa victoire n'était pas totale. Il contrôlait maintenant l'ensemble des mondes uraniens. Mais il voulait la soumission officielle du gouverneur. C'était un rituel presque sacré pour Narcisse. Et celui-ci était introuvable !

Narcisse avait déjà eu l'occasion de rencontrer le gouverneur lors de réunions politiques et ce dernier ne lui semblait pas exceptionnellement futé. *« Il aurait été incapable de trouver la sortie de son propre appartement tout seul ! »* ironisait souvent Narcisse. Alors comment avait-il pu leur filer sous le nez ? Avec quelle aide ? Quoi qu'il en fut, il semblait que le gouverneur n'était plus sur Ariel.

— Aménor ! lança-t-il à son chancelier. Un petit homme frêle, sans grande envergure, mais sans doute assez rusé au point de s'être fait remarquer par Narcisse, entra dans la grande salle et s'approcha du trône où se vautrait le corps flasque de celui qui se prétendait empereur. Narcisse s'ennuyait. Et quand Narcisse s'ennuyait, il cherchait un prétexte pour se mettre en colère et se défouler sur son chancelier. Et Narcisse avait toutes les raisons de ne pas être content, Aménor le savait.

Il se prosterna longuement. Il se sentait ridicule, humilié même, à quatre pattes aux pieds de cet immonde personnage qu'il servait maintenant depuis deux années. Mais Narcisse détenait le pouvoir. Il en avait les moyens financiers et militaires, et Aménor savait qu'il devait jouer ce jeu si un jour il espérait le remplacer. Le sacrifice en valait la peine, se disait-il pour se redonner du courage.

— Assez ! cria l'empereur, laissez ça pour le peuple ! Donnez-moi plutôt des nouvelles de notre petit gouverneur !

— Pour l'instant, nous ne l'avons pas encore retrouvé, Excellence, mais nous suivons sa piste. Nous savons qu'il s'était caché dans le complexe d'extraction d'Agapa lors de l'invasion. Il était accompagné. Nous avons aussi retrouvé sa trace à Yangoor, mais il semble qu'il ait quitté Ariel à l'heure qu'il est.

— Vers quelle destination ?

— Pour l'instant nous l'ignorons ! Ce dernier mot fut presque inaudible.

— Je m'en doutais ! Envoyez des limiers partout autour d'Uranus. Je les veux, vous entendez ?

Le ton employé donnait une assez bonne idée de sa détermination. Il reprit, d'une voie plus calme :

— Et avez-vous des nouvelles de la Confédération ? Quelle punition ont-ils décidé de nous infliger ?

Aménor ressentit un brin d'inquiétude chez Narcisse lorsqu'il posa cette question.

— Pour l'instant Virginia Enora n'a pas essayé de nous contacter. Et je ne pense pas qu'elle le fera. Nous avons par contre reçu un message de félicitations de la part du Martien. Il a indiqué qu'il s'était personnellement chargé d'Enora et que la Confédération n'interviendrait pas. Au pire nous risquons une protestation officielle.

Le visage bouffi de l'empereur se décrispa. Satisfait, il reprit :

— Excellent. J'ai toujours considéré la démocratie comme un mauvais système. Une décision ne peut être prise que par une seule personne. Dans un groupe, chacun pense différemment en fonction de ses motivations personnelles. C'est pourquoi la Confédération est totalement bloquée.

Aménor ne pouvait être que d'accord avec cette leçon de politique. Narcisse continua :

– Les temps des hommes forts et des empires et de retour ! Et nous aurons la grosse part du gâteau. Messina est en passe de devenir une grande capitale, la capitale de l'énergie !

Il jubilait.

Aménor tempéra ce sentiment en rétorquant :

– Ne vous fâchez pas, Excellence, mais n'oubliez pas que sans Atama, tout cela n'aurait pas été possible. Il peut très bien nous reprendre ce qu'il nous a donné si nous le défiions.

Narcisse s'étonna que son chancelier ait eu l'audace d'exprimer ainsi sa pensée. Cela ne lui plaisait pas, mais il fit mine de ne pas l'avoir aperçu. Du moment que ça ne devenait pas une habitude, il était prêt à fermer les yeux. Il venait d'agrandir son territoire et avait retrouvé sa bonne humeur. Il répondit simplement en ricanant :

– Je n'en suis pas si certain. Les mondes de Sol sont nombreux et il sera incapable de contrôler l'ensemble du vaste territoire qu'il convoite. C'est là que nous interviendrons. Et maintenant, filez au boulot et tâchez de me retrouver le gouverneur !

Et Aménor, obéissant, se retira de la salle du trône sans broncher pour se remettre au travail. Aménor était écœuré par ce personnage autosuffisant et pourtant extrêmement intelligent. Narcisse n'avait cure de ce que pouvaient penser les autres. Il avait même adopté avec cynisme le surnom qu'on lui avait donné alors qu'il n'était encore que gouverneur de la cité-état de Messina. Peu de gens se souvenaient d'ailleurs encore de son vrai nom. Il avait alors un physique d'apollon, le savait et surtout il avait bien su s'en servir. Les conquêtes féminines avaient été nombreuses et toujours de courte durée : le temps d'obtenir ce dont il avait besoin après d'une riche veuve ou d'une épouse de politicien haut placé. Mais, à force de tromperies et trahisons en tous genres, il avait fini par se retrouver seul. Il n'avait jamais aimé personne à part lui-même. C'était d'ailleurs encore le cas, même s'il ne subsistait plus rien de son corps d'apollon que cette ridicule longue queue de cheval blanchie par les années. Le temps où il aimait se regarder dans les miroirs était révolu. Pourtant, Narcisse continuait à s'adorer et à mépriser les autres représentants de son espèce. Sa vivacité d'esprit n'avait, quant à elle, pas changé. Son regard perçant continuait à impressionner ses interlocuteurs. Son assurance permanente continuait à désarçonner ses ennemis.

Aménor avait conscience des risques qu'il prenait en affichant de plus en plus son désaccord, mais il devait savoir jusqu'où il pouvait aller. Il testait son maître.

Chapitre 5

Messina

Nous avions débarqué à Messina depuis bientôt vingt-quatre heures. Narcisse devait maintenant savoir qui avait aidé Alex à s'échapper et que nous n'étions probablement plus sur Ariel. Nous avions quitté la navette de transfert avec un petit groupe de mécaniciens. Puis nous nous faufilâmes dans un taxirail qui partait en direction de la cité. Dix minutes plus tard, nous entrâmes dans Messina. Nous quittâmes le véhicule au premier arrêt. Nous préférions rester à la périphérie, non loin du chemin de retour vers le cosmoport. C'était notre seul chemin pour repartir. Nous avions trouvé refuge dans un vieux bâtiment abandonné tout au bord de la cité, à moins de deux kilomètres de la voie qui menait au cosmoport.

Alex était une personnalité connue, donc facilement identifiable, ce qui n'était pas mon cas. C'est pourquoi je me proposai d'aller à la recherche de provisions. Je laissai donc l'ancien gouverneur seul dans notre cachette. Nos combinaisons passaient difficilement inaperçues à Messina même. Il était tard, et seules quelques échoppes ouvraient encore leurs portes aux retardataires. L'éclairage était diminué au strict minimum lors des périodes de nuit artificielle.

Le fourmillement incessant de la journée s'était enfin calmé. Contrairement à ce que l'on pouvait observer sur Agapa, même les quartiers reculés étaient très peuplés. Messina n'était que deux fois plus grande qu'Agapa, mais sa population était cinq fois plus importante. Elle profitait bien de sa nouvelle situation de capitale d'un jeune empire florissant. Des travaux d'agrandissement étaient d'ailleurs toujours en cours. De nouvelles cités satellites sortaient de terre un peu partout autour de la cité principale, toutes recouvertes de leur propre dôme, comme autant de champignons. Et tous ces champignons étaient reliés par un réseau complexe de tunnels creusés dans la croûte de Titania. Nous avions d'abord hésité sur le choix de notre cachette. Une cité satellite aurait été plus sûre, mais cela nous aurait éloignés du cosmoport.

Malgré la densité de la population, l'ambiance à Messina restait très froide. Les habitants se savaient surveillés. Tout le monde se méfiait de tout le monde et chacun vaquait à ses occupations sans regarder ce que faisait le voisin. La paranoïa typique des régimes despotiques régnait ici plus que partout ailleurs dans le système solaire.

Je me dirigeai tout droit vers le centre, espérant trouver rapidement une petite boutique. L'éclairage du jour venait de céder sa place à celui plus discret de la période de nuit artificielle. Les rues n'étaient pas encore totalement désertes. Les taxirails eux aussi fonctionnaient encore, mais ils n'étaient plus surchargés. Beaucoup de citoyens devaient attendre ce moment pour quitter leur travail et se rendre à leur domicile plus confortablement.

Je déambulais dans les rues depuis quinze minutes et je n'avais toujours pas trouvé de boutique. Je dus m'approcher encore davantage du centre. Je constatai que malgré la surpopulation la cité était bien entretenue.

Je fus étonné par l'odeur qui régnait dans cette ville. À la fois une odeur d'ozone issue de l'activité industrielle et des taxirails mais aussi une forte odeur de sueur. Toutes les cités étaient confinées dans un espace clos et les recycleurs de l'air n'arrivaient pas à faire disparaître totalement les odeurs. Ainsi chaque cité avait son odeur propre. Elle dépendait de l'activité industrielle et humaine de la cité. La population importante de Messina expliquait la composante très humaine de son odeur. Certains grands voyageurs étaient capables de reconnaître une cité uniquement à son odeur. Comme tout citoyen, je m'étais habitué à l'odeur de ma propre cité. Celle qui régnait en ce lieu ne m'était pas familière et me rappelait en permanence que j'étais en territoire étranger.

Enfin, j'aperçus une échoppe encore illuminée au bout de la petite rue que je venais d'emprunter. J'y pénétrai.

— Bonsoir, m'accueillit le commerçant, un petit bonhomme grassouillet, assis derrière son comptoir. Vous avez de la chance, j'étais sur le point de fermer boutique.

— Bonsoir, lui répondis-je poliment. Je suis désolé, j'avais beaucoup de travail aujourd'hui. Heureusement que vous étiez encore ouvert.

— Je vois ça, dit-il en me jugeant de bas en haut. Vous n'avez même pas eu le temps de vous changer. Vous travaillez sans doute dans les raffineries, à en juger par votre accoutrement. C'est loin d'ici. Vous n'avez pas trouvé de boutique plus proche ?

Il était bien curieux, ce commerçant. « *Mais ne le sont-ils pas tous* ? » me dis-je. Sans trop réfléchir, je lui répondis :

— J'avais une livraison de dernière minute à faire dans le coin.

Il sembla se contenter de cette excuse. Je lui achetai quelques victuailles ainsi que deux costumes à la mode dans cette cité. Je ne m'éternisai pas pour éviter toute question supplémentaire. Je devais retrouver mon chemin dans le dédale des ruelles.

À mon retour dans notre cachette, je trouvai Alex endormi. Je le réveillai pour nous puissions manger, puis nous changeâmes de costume. Heureusement, j'avais pensé à emporter avec nous mes petites économies. L'argent était le même partout dans le système solaire et ne nous trahirait pas. Notre nouvelle vie n'était pas de tout repos, mais je la trouvais excitante.

Il était temps pour nous de discuter de la suite des événements. Nous devions trouver un moyen de nous rendre en territoire ami, s'il en existait encore. La Terre était évidemment la première idée qui nous vint à l'esprit. Mais la Terre était loin, trop loin. De plus, la Planète-Mère était bien trop dangereuse pour nous, adaptés aux cités stériles de l'Extérieur, mais les colonies situées sur son satellite auraient pu nous accueillir.

La seule autre solution possible était Titan, autour de Saturne. Encore fallait-il que nous identifiions un vaisseau en partance pour cette destination. C'est pourquoi nous décidâmes d'aller flâner régulièrement au cosmoport afin de nous renseigner.

◆◆◆

Deux jours s'étaient écoulés depuis sa dernière rencontre avec Aménor et Narcisse était une fois de plus de bonne humeur. Atama venait de lui envoyer un autre message. Il lui promettait de mettre ses propres hommes en quête des fugitifs si ce dernier voulait bien lui donner un petit coup de main en échange. Il s'agissait d'arrêter les livraisons d'hydrogène vers Titan, le dernier allié de la Confédération. Cela affaiblirait ce royaume bien gênant. Narcisse qui avait lui-même des vues dans le système de Saturne trouvait que c'était une bonne idée. Surtout que des compensations financières avaient été promises. Titan était justement en retard de paiement d'une livraison effectuée un mois plutôt. Mais avait-il vraiment besoin d'une excuse ?

Tout en prenant son copieux petit déjeuner il convoqua son chancelier qui n'était jamais bien loin. La salle à manger était tout aussi spacieuse que la salle du trône, mais elle semblait beaucoup plus petite en raison du mobilier surchargé. Particulièrement, la table massive placée au centre occupait au moins le quart de la superficie de la pièce. Deux énormes chandeliers dorés y trônaient. Tout ici évoquait le mauvais goût baroque surchargé du maître des lieu : les tapisseries, les tentures, les meubles sculptés, les bibelots en bois ou en or. Il fallut du temps à Aménor pour repérer son maître, au bout de la table, caché par les chandeliers. Il s'installa à gauche de l'empereur.

— Aménor, lui chuchota-t-il, aujourd'hui nous allons encore donner un petit coup de pouce à notre ami Atama. Il a une fois de plus besoin de nous. Nous allons stopper nos livraisons vers Titan. Ils n'auront plus rien de notre part.

— Titan est un gros client, nous allons perdre beaucoup d'argent dans cette histoire ! s'indigna le chancelier.

— Rassurez-vous, Atama nous dédommagera. Sinon, quelles sont les nouvelles en ce qui concerne nos fugitifs.

— Nous ne les avons pas encore repérés, mais il se pourrait qu'ils soient moins loin qu'on pourrait le croire !

Quelque part entre le centre et la périphérie de Messina, à une heure matinale, bien avant que la cité n'eût retrouvé son activité journalière, deux personnages se revoyaient pour la première fois depuis plusieurs mois. Le plus maigre des deux était nerveux. Il portait le nom de code de Bêta. L'autre se faisait appeler Alpha. Ils prenaient un risque sérieux en se réunissant en cet endroit.

— Vous n'avez pas été suivi ? demanda Alpha.

— Rien à craindre. J'ai pris toutes mes précautions, répondit Bêta.

— C'est de plus en plus difficile de passer inaperçu ! constata Alpha.

— Oui, le vieux Narcisse est de plus en plus méfiant. Il y aura bientôt plus de policiers que de citoyens à Messina.

— Et ce n'est pas seulement le cas à Messina. Il contrôlera bientôt tous les mondes d'Uranus.

— Je crois que c'est officiellement le cas. La résistance sur Miranda n'a pas tenu bien longtemps. Et Mélusine, sur Ariel, est tombée hier. Les troupes de Narcisse avaient bloqué le passage vers la cité. Les citoyens ont préféré se rendre plutôt que de mourir de faim.

— Narcisse ne s'arrêtera pas là.

— Je sais, les fragiles mondes de Saturne semblent d'ors et déjà l'intéresser. Ça lui permettra de rapprocher encore davantage son influence du centre.

— Il faut absolument que nous intervenions.

– Mais je ne suis pas sûr que nous soyons prêts.

– Moi non plus, mais je crois qu'il devient dangereux d'attendre plus longtemps. Bientôt nous ne pourrons plus rien contre Narcisse. Et Narcisse risquerait de réduire à néants tous nos plans. L'heure est venue de nous lancer dans la partie. Excepté le cas de Narcisse, la situation interplanétaire n'a jamais été aussi favorable. Ils n'ont jamais été aussi vulnérables !

Alpha comme Bêta avait vraiment l'air excité, comme s'ils attendaient tous deux ce moment depuis de longues années, ce qui était d'ailleurs le cas.

– D'accord. Alors, allons-y.

Le temps du changement était arrivé. Ils s'entretinrent encore un long moment au sujet de la conspiration, modifièrent quelques détails de leur plan, puis Alpha dit encore :

– Il faudrait aussi penser à surveiller de près le gouverneur fugitif, il ne faut pas que Narcisse et ses hommes le trouvent. Mais n'intervenez qu'en cas de nécessité absolue.

– C'est une mission délicate ! Les hommes de Narcisse sont partout. Il n'y aurait pas un autre moyen de sauver le l'ex-gouverneur ?

– Je n'en vois pas d'autre. Et puis, nous pourrions mettre à notre profit cette fuite.

– Et pour le reste ?

– Comme vous le savez, Delta est actuellement à Messina. Je l'ai rencontré il y a deux jours. Vous donnerez les consignes à Delta qui vous contactera avant son départ.

Alpha se retourna et s'en alla. Bêta attendit qu'Alpha fut loin pour faire de même.

◆◆◆

Les nouvelles n'étaient pas très bonnes. Nous apprîmes la nouvelle du blocus décidé contre Titan lors de l'une de nos escapades au cosmoport. Tous les vaisseaux en partance pour ce monde avaient été bloqués au sol. Nous étions à Messina depuis six jours et il devenait urgent de quitter la ville. Deux jours plus tard je me risquai à nouveau dans le cosmoport. Je n'avais pas beaucoup d'espoir de trouver un moyen de partir, mais nous espérions que Narcisse changerait d'avis.

C'était une girouette. Malheureusement, le blocus avait été maintenu. Par contre, je m'aperçus que la navette personnelle du légendaire Amiral Tulk s'était posée depuis notre précédente visite. L'engin teinté de rouge avec l'insigne de *l'Albatros* était reconnaissable entre tous. Tulk n'aimait pas Narcisse, tout le monde le savait. Rentré dans notre cachette, j'expliquai à Alex ce que j'avais vu. Nous décidâmes de tenter notre chance dès le lendemain.

Chapitre 6

La dernière plongée

Je ne sais pas comment nous avions fait, mais nous avions réussi à nous glisser à bord de la navette de transfert de *l'Albatros*. Notre seule chance de monter à bord était de nous mêler discrètement aux hommes qui chargeaient la navette avec les provisions que l'Amiral était venues chercher. Cela signifiait que *l'Albatros* se préparait à quitter les mondes d'Uranus. Cependant, chaque homme et sa cargaison était fouillé par la police de Narcisse avant de pouvoir accéder à bord. Je ne voyais pas comment nous aurions pu monter à bord sans nous faire remarquer. Ce fut là qu'intervînt la providence ! Un bruit sourd suivi de gerbes de flammes éclata soudain du côté d'un petit transporteur en train de faire le plein de carburant, à une cinquantaine de mètres de la navette qui nous intéressait. Cet incident tombait à point nommé pour semer la confusion sur l'aire de décollage et occuper l'attention des miliciens. Ces derniers se dirigeaient vers les lieux de l'accident pour se renseigner sur ce qui s'était passé. Nous savions qu'ils reviendraient très vite à leur poste et nous n'avions même pas une minute pour rejoindre la navette depuis notre cachette. Notre cœur se mit à battre à toute allure, c'était l'occasion rêvée pour tenter notre chance. Et c'est ce que nous fîmes. La peur d'être pris nous donna l'énergie nécessaire pour traverser ces quelques dizaines de mètres. Tous les regards étaient tournés vers l'incendie et personne ne nous vit courir vers notre salut.

Une fois à l'intérieur de la spacieuse soute encombrée de fournitures diverses, il était facile de nous cacher. Nous restâmes terrés là pendant au moins un jour standard. Puis, soudainement, les parois se mirent à vibrer et un ronronnement sourd nous indiqua le démarrage des moteurs. Quinze minutes plus tard nous nous retrouvions plaqués contre le sol. La navette s'élevait et nous quittâmes enfin Messina. Nous avions provisoirement échappé à Narcisse, mais nous étions maintenant entre les griffes du légendaire Amiral. Nous ne savions pas si c'était un mieux ou si le pire nous attendait.

◆◆◆

L'Amiral pouvait enfin respirer. Ses cales étaient chargées et après deux jours d'attente, le bureau des douanes lui avait accordé les autorisations nécessaires pour le départ. Bien que de nature coléreuse, il savait que s'il ne voulait pas encore compliquer la situation, il valait mieux qu'il accepte les tracasseries administratives sans faire trop d'éclats. L'administration de Narcisse avait sans doute eu pour ordres de faire traîner les choses, mais pour l'instant, Narcisse se contentait de ce genre de tracasseries. Un accident de remplissage du réservoir d'un petit transporteur sur le cosmoport avait encore davantage retardé le règlement administratif. Il préférait se charger lui-même de cette corvée car sa renommée lui donnait une certaine priorité sur les autres demandeurs de visas. De plus, aucun administrateur n'avait envie d'affronter l'une de ses colères légendaires.

Dès son arrivée à bord de *l'Albatros*, il se dirigea vers la passerelle de pilotage pour prendre des nouvelles des récoltes de *cocktail*. Il restait deux semaines pour finir de remplir les gigantesques cuves du cargo. Il était hors de question de faire le trajet jusqu'à Saturne avec des cuves non remplies à craquer. La vente devait rapporter assez d'argent pour tenir jusqu'à la récolte suivante, c'est à dire pas avant au moins quatre mois. *L'Albatros* ne réalisait pas plus de trois cycles de récoltes par an, parfois seulement deux. Le reste du temps il errait de clients en clients, d'une planète à l'autre. La récolte se présentait bien et il estimait que deux missions de plongées avec dix capsules suffiraient à finir le travail. Ses plongeurs auraient ensuite plusieurs mois pour se reposer.

Le signal d'appel l'extirpa de ses pensées. Sa présence était requise d'urgence à bord de la navette. *Que se passe-t-il encore!* Si on faisait appel à lui, c'est que c'était grave. Le temps de retraverser les trois coursives et de descendre les deux étages vers la passerelle d'accostage, il se retrouvait devant la navette qu'il avait quittée quelques minutes plus tôt. Deux de ses hommes l'attendaient à l'entrée de la soute, les armes à la main.

– Qu'est-ce que ça veut dire ? demanda l'Amiral en s'approchant d'eux.

Igor, celui de gauche, lui indiqua l'intérieur de la soute en guise de réponse. L'Amiral y pénétra. Deux formes humaines étaient perceptibles dans la pénombre, au fond de la soute. Igor qui l'avait suivi dirigea sa lampe torche sur les silhouettes humaines et l'Amiral dut admettre que ces deux-là ne faisaient pas partie de l'équipage.

– Tiens, tiens, quelle surprise, des passagers clandestins ! Emmenez-les et enfermez-les dans l'une des chambres vides au niveau trois, ordonna-t-il à ses compagnons armés. Je verrai plus tard ce qu'il faudra faire d'eux.

◆ ◆ ◆

Après la longue attente dans la soute de la navette, nous étions à nouveau enfermés dans une autre pièce, avec toujours un minimum de confort. Une petite veilleuse assurait l'éclairage. Les parois métalliques ne présentaient aucune aspérité. Dans un coin, des sanitaires sommaires représentaient le seul luxe auquel nous avions droit. Les deux vieux matelas usés qui traînaient dans un coin et une petite table carrée placée au milieu de la pièce complétaient le décor. Une fois de plus, nous n'avions rien d'autre à faire que d'attendre. C'était ce que nous avions d'ailleurs fait la plupart du temps depuis notre départ précipité d'Agapa, il y avait plus d'une semaine.

Nous étions allongés sur les matelas, somnolents, lorsqu'enfin nous entendîmes des pas lourds tapant sur le sol métallique du navire qui s'approchaient. Ils furent suivis du cliquetis de la serrure. La porte de note geôle s'ouvrit. L'Amiral en personne apparut. Il était seul et portait un petit étourdisseur électrique bien en vue. Il s'avança vers la petite table sur laquelle il finit par s'asseoir. De là, il nous observa silencieusement. Il avait une carrure impressionnante et nous dominait depuis sa position, nous qui étions affalés au sol. Enfin, il parla :

– Vous vous êtes mis dans un sale pétrin ! Vous savez qu'il est absolument défendu de monter clandestinement à bord d'un navire ? Je ne sais pas quoi faire de vous. Je n'ai pas le temps de vous réexpédier à Messina. Par contre, je peux contacter la police de Narcisse pour qu'elle vienne vous récupérer ici ! Ou alors je peux très bien faire justice par moi-même. J'en ai le droit, nous sommes à bord d'un navire indépendant, en dehors du territoire légal de Messina. Je crois que le plus simple serait de vous jeter dehors tout simplement. Vous n'y survivriez pas plus de deux secondes. Qu'avez-vous à dire pour votre défense ?

Ce long monologue n'était guère encourageant. Mais l'homme était juste, du moins c'est ce qu'on disait. Pour notre défense, nous lui expliquâmes qui nous étions et nous lui racontâmes notre aventure. Au fur et à mesure que nous parlions, la sévérité du visage de notre hôte fit place à un grand sourire, presque sadique.

– Ainsi, j'ai eu le gros lot ! reprit l'Amiral. J'ai beaucoup entendu parler de vous. Vous êtes des célébrités. On vous recherche partout. Et c'est chez moi que vous venez vous réfugier. Cela me fait grand honneur. Je suis malgré tout tenté de vous livrer aux autorités de Messina, ça m'éviterait beaucoup de problèmes. J'espère au moins que personne ne sait que vous vous cachez ici !

— Je peux vous l'assurer, osai-je répondre.

— Mais un jour ou l'autre Narcisse finira par le savoir. On ne peut rien lui cacher très longtemps. Je suis étonné que vous ayez pu vous cacher de lui si longtemps, spécialement sur son territoire et sans aucune aide.

— Il faut croire que la chance était avec nous, répondis-je.

— Je ne crois pas en la chance, interrompit-il net. Je n'aime pas Narcisse, et le fait de vous aider lui fera les pieds. Mais en même temps il est très dangereux. Bon, reprit-il après réflexion, je vous donne un sursit en attendant une décision définitive. Cependant, ne croyez pas que mon hospitalité sera gratuite. Vous intégrerez provisoirement mon équipage et travaillerez comme les autres. D'ailleurs, des mains supplémentaires seront les bienvenues. Et surtout n'oubliez pas, je peux à tout moment contacter Messina !

C'était ainsi que nous avions intégré l'équipage de *l'Albatros*. Les débuts furent difficiles car les autres membres se méfiaient de nous. Cette méfiance s'estompa après deux jours. Nous restions les cibles des plaisanteries, mais ce n'était jamais bien méchant. Nous ignorions tout de leur travail et ils s'en amusaient. Durant la semaine qui suivit, on nous apprit comment entretenir les capsules de plongée. On nous promit aussi un baptême de plongée, mais nous n'y prêtions pas attention.

— Tout compagnon à bord de *l'Albatros* doit au moins avoir fait l'expérience une fois, disaient les autres.

Nous étions persuadés que c'était uniquement pour nous faire peur. Nous avions tort. Après onze jours passés à bord, l'Amiral nous convoqua sur la passerelle du cargo. L'Amiral arborait son sourire habituel en nous voyant arriver. Difficile à dire si c'était par sympathie ou par sadisme. Il commença :

— Aujourd'hui nous avons notre dernière mission de récolte. Après cela, les cuves seront pleines. Vous allez devoir nous montrer si vous êtes dignes de faire le voyage avec nous. Vous allez participer à cette récolte.

— Mais nous ne saurons pas quoi faire, s'inquiéta Alex.

— Pas de problèmes pour ça, on vous montrera sur place. Vous, le gouverneur, vous ferez équipe avec Freddy et Alan, tandis que vous, il me regarda, vous irez avec Bill et Louisa. Ça vous changera de vos petits boulots de fonctionnaires.

C'était ainsi que je me retrouvai à bord de la capsule *Quatre*. Je ne me sentis vraiment pas bien. Quelles étaient nos chances de revenir ? Tant d'histoires se racontaient sur les disparitions de plongeurs. La moitié ne revenait pas, disait-on. L'Amiral essayait-il de se débarrasser de nous de cette manière ?

Louisa était assise juste à ma gauche. Bill était placé devant nous aux commandes. Il pilotait et nous étions chargés de manipuler les pompes et les compresseurs, vérifier la bonne fonction des filtres et évaluer la récolte.

– Bill est le meilleur pilote de tout l'équipage, m'expliqua Louisa, sans doute pour essayer de me rassurer. Je soupçonnai Alex d'être dans le même état que moi dans la capsule *Un*.

Je regardai Louisa en essayant de lui rendre un sourire. Je n'étais pas sûr de mon effet. Quel âge pouvait-elle bien avoir ? Elle paraissait très jeune. Pas plus de trente ans en tout cas. Elle n'était pas très grande et semblait si frêle. Elle avait de longs cheveux noirs, des petits yeux très sombres et légèrement bridés, et un long nez très fin. Sa bouche elle aussi était très fine. Son sourire était magnifique. Que pouvait-elle faire à bord de *l'Albatros*, avec toutes ces brutes ? L'équipage était composé de presque autant de femmes que d'hommes, sans doute les compagnes des marins qui vivaient en permanence à bord, mais Louisa n'avait rien de commun avec les autres. Elle était plus distinguée, plus féminine. Ses longs cheveux noirs rassemblés en queue de cheval y étaient sans doute pour quelque chose.

Je fus tiré de mes songes par la mise en mouvement subite de notre capsule. Nous venions de nous désarrimer du cargo. Maintenant nous ne pouvions plus que compter sur nous-mêmes. Et nous prîmes la direction de l'enfer. Par la baie de cristal renforcé devant nous, je pouvais observer notre destination. Jusqu'alors, nous étions toujours enfermés entre quatre murs et c'était la première fois que je me rendis compte que nous étions si près du monstre. *L'Albatros* lui-même était minuscule. Les trois quarts de notre champ de vue étaient occupés par cet immense océan bleu. Je réalisai alors l'incroyable beauté de cette planète fascinante.

Bill nous expliqua que nous allions explorer les couches les plus profondes, à la recherche d'un *cocktail* plus riche en composés azotés et soufrés, situés plus bas dans l'atmosphère. Déjà, nous ressentions les vibrations de notre coque qui se frottait contre la haute atmosphère. Je n'étais pas rassuré. En dessous de nous, la couche bleue uniforme se transforma en nuages distincts.

– Ça va secouer un peu, reprit Bill, nous allons traverser la couche de nuages de méthane.

Effectivement, la capsule se mit à vibrer davantage dans tous les sens. Cela dura près de dix minutes, pendant lesquelles nous traversâmes une brume opaque. J'avais l'impression d'étouffer. Puis, soudainement, les vibrations cessèrent en même temps que se dissipait l'épais brouillard. Nous avions traversé la première couche de nuages.

– Nous avons de la chance, pas de tempête en vue !

Cette plaisanterie de Bill ne me fit pas rire du tout. Tout le monde savait que nos chances de survie dans une tempête uranienne étaient nulles.

Les instruments indiquaient une altitude de moins trente kilomètres et un vent de deux cent quinze kilomètres par heure. Je demandai à notre pilote par quel miracle nous ne ressentions pas les effets du vent.

– Nous sommes dans un courant stable, me répondit-il, et les statoréacteurs nous poussent automatiquement à la même vitesse que notre environnement. De temps à autre, vous ressentirez des secousses. Elles sont dues aux variations de la vitesse des gaz qui nous entourent. Ces variations sont brutales, mais pas de forte intensité. Il faut quelques secondes aux statoréacteurs pour compenser et réajuster notre propre vitesse à celle du courant environnant.

Une sonde externe nous permettait d'analyser la composition de l'atmosphère locale, le *cocktail* dans le jargon des plongeurs. Essentiellement de l'hydrogène et de l'hélium. Mais aussi une multitude d'autres composés dont la teneur variait en fonction de la profondeur. Dans la haute atmosphère on récoltait des substances complexes comme l'acétylène, l'éthane. Des produits issus de l'action du rayonnement solaire sur la couche de gaz supérieure. Plus bas, c'était essentiellement le méthane. Les couches les plus profondes s'enrichissaient en ammoniac et ses dérivés, ainsi qu'en dérivés soufrés. C'était là que nous nous rendions, escortés de notre double, la capsule *Cinq*. Alex avait sans doute eu plus de chance en plongeant moins profondément. Ce n'était pas pour rien que nous avions le meilleur pilote à notre bord.

Nous continuâmes à descendre. La luminosité diminuait et le bleu environnant était peu à peu remplacé par un gris qui lui aussi avait tendance à s'assombrir. Jusqu'à présent, les indicateurs ne percevaient que très peu de substances azotées ou soufrés dans le *cocktail*. Il fallait aller encore plus bas. Nous étions maintenant à moins soixante-six kilomètres sous la couche nuageuse de méthane. La pression externe dépassait les soixante atmosphères.

– Jusqu'à quelle pression pouvons-nous descendre sans prendre de risques ? demandai-je.

Bill répondit :

– Les risques, nous les prenons déjà. Les capsules sont conçues pour résister à plus de cent atmosphères, mais personne n'est jamais allé si bas, à ma connaissance. Du moins personne qui ne soit revenu pour en parler.

Cette précision me semblait tout à fait inutile.

Il commençait à faire vraiment sombre. *Cinq* nous suivait toujours. L'attente fut longue. Quelques secousses nous rappelèrent de rester vigilants. Depuis combien de temps étions-nous en plongée ? J'étais incapable de le dire. Pour moi, cela faisait déjà trop longtemps. Et nous n'avions pas encore commencé la récolte. Nous continuions à chercher la profondeur idéale.

Deux minutes plus tard, notre attente fut récompensée. Les indicateurs d'azote commencèrent à bouger. Il en fut de même pour le soufre. Une minute plus bas, et ces composés étaient dix fois plus abondants. Ils représentaient toujours moins de un pour cent du mélange total, mais nos filtres étaient capables de les extraire et les concentrer. Bill stabilisa la capsule à cette altitude et immédiatement nous enclenchâmes les pompes et les compresseurs. Les filtres avaient été préréglés pour extraire les composés spécifiques que nous étions venus chercher. Je ne fis que copier les manœuvres que réalisai Louisa à ma gauche. De leur côté, nos compagnons de *Cinq* faisaient de même. À ce stade nous n'avions plus qu'à attendre. Le remplissage des cuves prenait d'autant plus de temps que les composés extraits du *cocktail* étaient rares. Nous étions venus en chercher les plus rares. Il nous fallait au moins quarante-cinq minutes. J'en profitai pour somnoler. Ce n'était pas évident dans la mesure où nous étions régulièrement secoués par des variations de vélocités, qui se firent d'ailleurs de plus en plus fréquentes.

À ce sujet, notre pilote finit d'ailleurs par m'inquiéter :

– Ça risque de secouer un peu lors de la remontée, les vents sont de plus en plus instables…

Bill échangea quelques mots avec le pilote de *Cinq* pour s'informer si tout allait bien à leur bord. Il ne semblait pas plus inquiet que cela, mais je savais que ces hommes savaient cacher leurs sentiments, donc leurs inquiétudes.

Après avoir été réveillé pour la troisième fois en moins de deux minutes, je décidai de me concentrer sur l'extérieur. C'est en me penchant un peu plus vers la baie transparente pour augmenter mon champ de vision que je crus apercevoir quelque chose au loin. Une sorte d'ombre gigantesque. L'objet disparut rapidement dans la brume lointaine de cette dense atmosphère. Il faisait très sombre et j'étais fatigué du stress de notre plongée et de la longue attente. Il s'agissait sans doute d'une hallucination.

Ma surprise dut se lire sur mon visage puisque Louisa me demanda si quelque chose n'allait pas. Je ne voulais pas me ridiculiser davantage avec mes hallucinations et les répondit que tout allait bien. Visiblement, aucun de mes compagnons, qui sont des spécialistes en plongée, n'avait rien vu. Je classai définitivement l'affaire.

Les secousses se firent plus fortes et plus fréquentes. Heureusement, les cuves étaient presque pleines.

Quand enfin les aiguilles indiquèrent que nous avions fait le plein, nous pûmes arrêter les pompes et les compresseurs. Nous avions joué notre rôle. C'était à nouveau à Bill de prendre les commandes et nous sortir de là. Il nous fallait encore patienter jusqu'à ce que nos compagnons de *Cinq* soient aussi prêts à remonter. Nous étions beaucoup plus lourds du fait de notre chargement et l'atmosphère était bien plus turbulente. Je supputai une remontée plus difficile encore. En réalité, ce ne fut pas vraiment le cas et je fus surpris lorsque Bill enclencha la manette libérant deux énormes ballons auxquels nous étions accrochés. De l'hydrogène extrait de l'environnement et chauffé par les statoréacteurs fut injecté dans ces derniers. Ce système astucieux nous permit de remonter très rapidement. Ce ne fut qu'après avoir retraversé la couche nuageuse de méthane, notre référence du niveau zéro, que les moteurs à fusion prenaient le relais pour nous sortir définitivement de l'atmosphère.

La dernière étape consistait à retrouver le vaisseau mère en nous calant sur son signal de position. La localisation fut rapide et nous permit d'identifier *l'Albatros* au loin, sous forme d'un minuscule point lumineux. Devant nous, l'immensité noire du vide spatial contrastait avec cet océan bleu qui se trouvait maintenant derrière nous, et donc hors de vue. Le ciel noir ponctué de millions d'étoiles, le ciel tel que je l'avais toujours connu, le ciel rassurant. Et devant cette toile de fond, en haut à gauche, sur le bord de mon hublot, brillaient deux croissants de lunes. Je reconnus les deux lunes Miranda et Umbriel. Plus à droite était aussi visible le croissant d'Ariel. Je ne pensais pas le revoir, et c'était sans doute la dernière fois que je le voyais avant très longtemps. Quelques arcs difficilement perceptibles me rappelaient que la planète Uranus avait aussi des anneaux. Mais ils n'avaient pas la majesté des anneaux de Saturne, ils étaient très fins et très sombres. D'autres points lumineux correspondaient sans doute à quelques-uns uns des trente-quatre petits satellites proches de la planète. De gros blocs sombres composés eux aussi de glaces et de carbone. Aucun d'eux ne dépassait cent kilomètres de diamètre. Je fus soulagé de constater que les lunes Obéron et surtout Titania, sur laquelle se trouvait Messina et son tyran, Narcisse, n'étaient pas en vue. Elles se trouvaient de l'autre côté de la Géante Bleue.

L'*Albatros* grossissait à vue d'œil. C'était la première fois que je pouvais admirer le cargo. Je me demandai pourquoi on l'avait appelé l'*Albatros*. Sans doute en raison de ses longs voyages. Sûrement pas pour sa forme. Il était constitué de trois parties bien distinctes. À l'arrière se trouvaient les quatre énormes moteurs avec leurs chambres de fusion et leurs tuyères. Le compartiment suivant comprenait l'ensemble des douze cuves sphériques réparties sur trois rangées situées aux trois sommets d'un triangle équilatéral. Chaque sphère avait un diamètre de trente mètres environ. Vu de face, ces énormes cuves donnaient à l'*Albatros* une forme triangulaire, aux angles arrondis. Le compartiment habité se trouvait à l'avant. Les petites sphères rouges sous le ventre de la partie avant étaient autant de capsules de plongée arrimées. Elles n'étaient rentrées dans la soute que lorsque l'*Albatros* quittait les alentours d'Uranus. Des petits sas d'un mètre de diamètre permettaient de passer directement dans l'*Albatros*. Les trois compartiments étaient reliés par une colonne vertébrale métallique le long de laquelle couraient des kilomètres de câbles et de tuyaux. Chaque compartiment était séparé de son voisin d'au moins dix mètres. De cette manière on était certain que les gaz stockés dans les cuves, et en particulier l'hydrogène, ne pouvaient jamais se trouver en contact avec l'oxygène présent dans le compartiment avant, et tout risque d'explosion était écarté.

L'arrimage sous le ventre du gros animal en métal se fit en douceur. L'expérience que je venais de vivre était exceptionnelle et j'en rêvais encore de longues nuits par la suite. L'Amiral m'avait fait un cadeau fabuleux, et je le trouvai du coup plus sympathique. C'est lui-même qui nous accueillit à la sortie de *Quatre* et *Cinq*, avec ce sourire auquel nous devions nous habituer. Je savais maintenant qu'il n'était pas sadique.

— Vous êtes tous conviés au banquet de départ, lança-t-il avec sa voie percutante. De plus, nous fêterons l'arrivée parmi nous de nos deux nouveaux compagnons qui ont brillamment réussi leur baptême de plongée. Ils sont des nôtres maintenant !

En réponse, un HOURRA généralisé se fit entendre sur la passerelle d'accostage. Toutes les capsules étaient revenues et tous les équipages étaient rassemblés ici. J'aperçus Alex dans la foule. Lui aussi semblait ravi. Une nouvelle vie plus agréable nous attendait.

Le banquet fut effectivement fastueux. Nous étions tous réunis dans une salle à manger presque aussi grande que la passerelle de pilotage, autour d'une gigantesque table longue de vingt mètres au moins et large de trois. Tout l'équipage était rassemblé. Cinquante-quatre personnes, nous compris. La table était garnie de mets divers comprenant des viandes et des légumes rares ainsi que de la vraie bière. On nous expliqua que c'était une coutume de célébrer la fin de la récolte. Lorsque l'Amiral descendait à Messina, il ramenait toujours de quoi festoyer. Cet homme était réellement extraordinaire. On nous posa des tas de questions, nous racontâmes nos aventures, ils racontèrent les leurs. Ils furent heureux de nous accueillir, et le fait que cela puisse déplaire à Narcisse les ravissait encore davantage. *L'Albatros* me semblait être le seul territoire encore vraiment libre dans le système solaire.

La semaine suivante nous apprîmes à mieux connaître les lieux. On nous montra tout dans les moindres détails. Nous participions aussi aux préparatifs pour le grand départ. L'Amiral s'affairait dans les calculs de trajectoire.

Et le grand jour arriva. Nous fûmes une fois de plus conviés sur la passerelle de commandement. Quitter les alentours d'Uranus n'était pas une mince affaire pour *l'Albatros*. Il était impossible de s'arracher à l'attraction de la géante simplement à l'aide des quatre énormes moteurs à fusion du navire. Cela marchait pour les petits transporteurs, mais *l'Albatros* était bien trop gros et trop lourd. Il fallut donc utiliser l'assistance gravitationnelle de la planète géante. Cela consistait à pousser les moteurs à plein régime, non dans la direction opposée à la planète, mais en nous précipitant vers celle-ci. La trajectoire était calculée de manière à passer le plus près possible de la haute atmosphère sans évidemment y pénétrer. Habituellement cette distance de sécurité était de cinq mille kilomètres. L'attraction de la planète combinée à la poussée des moteurs nous permettait d'acquérir la vitesse d'évasion nécessaire. Il fallait aussi choisir le bon moment pour être propulsé vers la destination choisie, ce qui évitait des manœuvres de changement de trajectoire coûteuses en énergie.

On nous indiqua des sièges où nous devions nous sangler. Le compte à rebours avait commencé. Il restait moins de quinze minutes avant la mise à feu et déjà les moteurs en train de chauffer faisaient vibrer le vaisseau. L'alarme générale qui résonnait partout à bord indiqua à l'équipage qu'il fallait se rendre dans ses quartiers respectifs et se sangler comme la procédure l'exigeait.

Cinq minutes avant le départ le système de gravitation artificielle de *l'Albatros* se désactiva. La gravitation ne serait réactivée que lorsque la vitesse de croisière serait atteinte. En même temps, les stores métalliques extérieurs s'abaissaient pour protéger les baies de cristal renforcé. Une gigantesque paupière métallique se refermait autour de la bulle transparente qui entourait la passerelle de commandement. Les écrans situés devant les quatre pilotes en services s'illuminèrent pour montrer divers points de vues pris par les caméras de surveillance externes, mais aussi situés dans les divers compartiments. Toutes les zones sensibles du vaisseau pouvaient ainsi être surveillées durant l'étape critique d'accélération qui nous permettrait de nous affranchir de l'attraction gravitationnelle d'Uranus et de quitter notre orbite.

Les dix dernières secondes me parurent très longues et quand enfin le zéro s'afficha sur l'écran central, je fus brusquement plaqué au fond de mon siège. Le vrombissement des quatre moteurs résonnait dans tout le vaisseau, les parois tremblaient et la sensation d'écrasement ne faisait qu'augmenter. Nous étions en pleine accélération. Je ne m'attendais pas à cet effet. Les transporteurs que j'avais occasionnellement empruntés accéléraient bien plus doucement. Je me sentis horriblement mal, j'avais l'impression que mon cerveau essayait de sortir par mes oreilles. Mon rythme cardiaque s'accéléra comme il ne l'avait jamais fait. Et cela dura ainsi près de vingt minutes. Nous frôlâmes la géante puis nous nous éloignâmes à vive allure. J'essayai de me concentrer sur les écrans montrant d'abord le gonflement puis le dégonflement du ballon bleu afin d'oublier ce que j'étais en train de vivre. Puis, en un instant, tout cessa. Les moteurs se turent, les vibrations s'arrêtèrent. Nous avions atteint notre vitesse. Nous étions lancés vers Saturne. Nous venions de quitter Uranus, Messina, Narcisse et tout notre passé. Au bout de sept minutes supplémentaires, la gravitation fut rétablie, la nausée était oubliée.

Chapitre 7

La poursuite

Il était encore très tôt et les rues étaient désertes. Il faisait sombre et silencieux. La cité était encore endormie. Quelque part dans une pièce à peine éclairée, deux silhouettes chuchotaient à voie basse. Le personnage qui avait pour nom de code Bêta parlait :

— La situation politique générale est catastrophique. Nous pensons qu'il est largement temps pour nous d'intervenir. Le terrain est favorable pour lancer la première offensive. Si nous attendons trop longtemps, même nous, nous ne pourrons plus contrôler quoi que ce soit.

— Je suis parfaitement d'accord, répondit Delta, son interlocuteur. Quelle sera notre première cible ? Enora ?

— Bien qu'Enora soit imprévisible et très dangereuse, elle a quelques soucis pour contrôler ses gouverneurs. De plus, elle a à faire à certains activistes sur la Terre, ce qui occupera son esprit quelque temps. Nous allons commencer par semer la pagaille dans le clan du Martien.

— Je me demande bien comment nous allons nous y prendre.

— Très facilement. Le Plan est d'une simplicité déconcertante ! Les principaux alliés du Martien sont Narcisse de Messina avec son empire de l'hydrogène et Zerdan de Memphis, le maître de Jupiter. Zerdan le Taciturne, après avoir pris le contrôle des mondes de Jupiter, s'était très vite allié au Martien pour se protéger des représailles de la Confédération Terrienne. Narcisse n'a fait que recopier dans le domaine d'Uranus ce que Zerdan avait fait avant lui autour de Jupiter. Les deux sont en compétition pour prétendre à la place de second derrière Atama. Ils ne se rendent pas compte qu'ils ne sont que des pions entre les mains du Martien. Il s'en débarrassera dès qu'ils lui seront devenus inutiles. Actuellement, Narcisse et Zerdan se livrent une bataille diplomatique. C'est Zerdan qui a lancé les enchères en cédant officiellement le monde d'Europa à la puissance martienne. Europa est trop près de Jupiter et de ses ceintures de radiations pour que quiconque puisse s'y installer, mais le fait qu'il y avait peut-être des traces de vie indigène dans son océan souterrain en fait un cadeau extrêmement appréciable. Le geste de Zerdan a été très remarqué. En réponse, Narcisse a pris la décision surprenante de ne plus approvisionner la Terre, ennemie juré de Mars, ce qui pour lui signifie une réduction d'un quart de son chiffre d'affaires.

Les choses devenaient plus claires dans l'esprit de Delta. Il était vrai que les relations entre les deux petits empires s'étaient considérablement refroidies, et c'était là le point faible de l'Alliance.

Bêta continua :

— Nous allons tout simplement jouer avec les frustrations et les susceptibilités des uns et des autres. Nous allons lancer une offensive psychologique.

— Diabolique ! fit remarquer Delta, un grand sourire aux lèvres, avant de reprendre :

— Cela étant réglé, qu'en est-il des deux fugitifs ? demanda Delta.

— Ils ont réussi à quitter Messina.

— En voilà une autre bonne nouvelle ! Narcisse était pourtant sur ses gardes, et tous les vaisseaux arrivants comme partants ont été soigneusement fouillés. Moi-même, j'en ai eu la pénible expérience.

— Oui, mais une petite diversion a suffi.

— Ah, je comprends, l'explosion sur le cosmoport n'était pas un accident finalement. Bien joué !

— C'était la panique sur l'aire d'envol, les gens couraient dans tous les sens, les soldats se précipitaient pour aider ou simplement regarder. Les fugitifs ont parfaitement bien réagi et ont profité de la situation pour se glisser dans une navette.

— Et où sont-ils maintenant ?

— Ils doivent être à bord de *l'Albatros*.

— Le vieux Tulk n'a pas dû apprécier la présence des clandestins ! Êtes-vous sûrs qu'il ne les livrera pas à Narcisse ?

— Le vieux Tulk apprécie encore moins Narcisse, je pense que ça lui fera plutôt plaisir de lui jouer ce tour.

— Dans ce cas, ils ne pouvaient mieux tomber. J'ai entendu dire que *l'Albatros* était en route pour Saturne

— Je suis soulagé du départ des fugitifs. Ça me fait un sacré poids en moins. Vous et Omega prendrez le relais autour de Saturne pour continuer la surveillance.

Cet ordre de Bêta conclut la discussion. Ils se séparèrent, chacun redevenant un citoyen presque ordinaire du système solaire.

◆◆◆

Narcisse attendait vautré sur son trône, impatient. Aménor avait demandé à le rencontrer. Ce devait être important pour que ce dernier se permette de le déranger en pleine sieste. C'était sans doute pour lui annoncer la capture des deux fugitifs. Le chancelier finit par se présenter devant lui.

— J'espère que c'est important ! vociféra-t-il d'entrée. Je déteste être dérangé l'après-midi. M'apportez-vous au moins de bonnes nouvelles ?

La situation ne se présentait pas bien pour Aménor. Et pourtant, il fallait bien annoncer à son maître les deux mauvaises nouvelles de la journée. Il respira un bon coup et se lança, incapable de cacher sa peur :

— Que Votre Excellence me pardonne, mais les nouvelles que je vous apporte risquent de ne pas vous plaire.

— Je vous écoute.

La phrase était courte, mais l'intonation la remplissait de sens.

— Des rumeurs courent à Messina, Excellence. On raconte partout que Zerdan le Taciturne complote contre vous. Il est sur le point de prendre officiellement la place de second aux côtés d'Atama. Atama aurait porté son choix sur lui à vos dépens.

— Vous dites vous-même que ce sont des rumeurs. D'ailleurs Zerdan a toujours comploté contre moi, ce n'est pas une nouvelle ! Je m'étonne que le Martien soit dupe de ces intrigues. Je suppose que vous avez essayé d'avoir une confirmation ?

— Bien évidemment, Excellence. J'ai envoyé un message prioritaire à Zerdan en personne. Il n'a pas daigné nous répondre. Nos agents nous ont informés que les mêmes histoires circulaient aussi autour de Saturne et Jupiter.

— Il est bien capable de nous doubler. Je ne comprends pas l'intérêt d'Atama pour ce guignol de Zerdan. Ses mondes sont grands, mais dépourvus de richesses. De notre côté, nous avons pratiquement le monopole de l'hydrogène. Je vais envoyer un message à Atama pour lui demander des explications.

Narcisse sentait le pouvoir lui filer entre les mains. Mais il se battrait. Zerdan n'allait pas lui voler ce qui lui revenait de droit ! Après une petite minute de silence, Narcisse reprit :

— Et nos fugitifs ?

Aménor avait complètement oublié cette seconde mauvaise nouvelle.

— Ils ont réussi à s'échapper. Ils ont profité d'un accident sur l'aire de décollage pour se faufiler dans une navette. On ne pouvait prévoir l'incident.

— Ne cherchez pas d'excuses ! l'interrompit Narcisse, maintenant rouge de fureur. Comment deux minuscules personnages, non armés de surcroît, ont-ils pu se jouer de nos hommes ? Je suis entouré d'incapables ! Où sont-ils maintenant ?

— Ils ont trouvé refuge sur *l'Albatros* qui est parti hier vers Saturne.

C'était vraiment une mauvaise journée pour Narcisse.

— Ainsi, Tulk les a pris sous son aile. C'en est trop ! Armez le *Redoutable*. Je veux que nos meilleurs éléments aillent à leur chasse et qu'ils réduisent *l'Albatros* en cendres. Ce sera un merveilleux baptême de feu pour notre nouveau croiseur ultramoderne. Demandez à Nagashi de se préparer. En même temps je me débarrasserai du dernier gros récolteur indépendant !

— Ils ont pris de l'avance et il nous faut au moins une journée pour préparer le *Redoutable* et son équipage.

— Je n'accepterai pas plus d'une demi-journée. Même si Nagashi ne les attrape pas avant leur arrivée, je vais leur préparer un petit comité d'accueil. Nous avons beaucoup d'hommes fidèles autour de Saturne. Et maintenant filez au boulot !

Aménor se retira sans demander son reste.

« Il faut vraiment que je m'occupe de tout ici ! » se dit Narcisse.

La vie à bord était très agréable. Nous avions quitté les abords d'Uranus depuis quatre jours et je découvrais toujours de nouveaux recoins intéressants dans notre nouvelle maison. On avait mis à notre disposition des cabines personnelles situées au second niveau. C'était de petites pièces de quinze mètres carrés à peines, comprenant simplement un lit, un chevet et un petit bureau. Pour vêtements de rechange, on nous avait donné des combinaisons de travail vertes avec le sigle de *l'Albatros* dessiné sur l'épaule droite : un gros oiseau aux longues ailes déployées. Une ceinture ornée d'une lampe torche complétait notre accoutrement.

Une salle d'eau commune se trouvait au même niveau. Tous nos compagnons vivaient dans les mêmes conditions. Les cabines permettaient à chacun d'avoir un chez-soi, mais la vie à bord se passait ailleurs. Habituellement, les compagnons ne s'y rendaient que pour dormir ou pour préserver l'intimité des couples.

Louisa s'était mise à ma disposition pour me faire visiter les trois niveaux qui composaient la partie habitable de *l'Albatros*. Tout avait été prévu pour tuer l'ennui qui aurait pu régner à bord, surtout durant les longues périodes de trajets entre Uranus et les planètes clientes.

Au premier niveau, à côté de la passerelle d'arrimage des capsules, avait été aménagée une vaste salle où les compagnons pouvaient venir se défouler sur divers engins de torture. La passerelle d'arrimage, quant à elle, n'était pas désertée pendant les trajets, bien au contraire. C'était le moment de démonter les capsules de plongée, vérifier et réparer le matériel qui resservirait à la saison suivante. J'avais personnellement été mis à contribution pour aider à repeindre les coques des capsules. En rouge vif, la couleur qui permettait de les repérer le plus facilement dans l'environnement de la Grande Bleue.

Mais, lorsque je n'étais pas occupé dans mon travail de peinture, je préférais passer mon temps à flâner en compagnie de Louisa. Elle me fit découvrir au troisième niveau l'endroit où j'allais passer la plupart de mon temps libre à bord de *l'Albatros*. C'était la bibliothèque-vidéothèque. Je fus étonné de trouver un tel endroit sur un navire comme *l'Albatros*. Et à ma grande surprise, le lieu était très fréquenté. En particulier la vidéothèque. La bibliothèque n'était pas très fournie, m'expliqua Louisa, mais on pouvait y trouver une documentation assez complète concernant les mondes d'Uranus. Les livres en papier n'étaient plus guère utilisés, ce que me confirma la couche de poussière dont ils étaient recouverts. Louisa m'apprit aussi que seul l'Amiral était encore assidu des livres et qu'il hantait régulièrement ce lieu, lors des périodes de nuit artificielle, lorsque l'endroit était calme. L'Amiral ne dormait que rarement plus de deux heures par nuit.

Au soir du onzième jour passé à bord, ne trouvant le sommeil, je décidai de faire comme l'Amiral en allant flâner du côté de la bibliothèque. Les coursives étaient désertes et on entendait quelques chuchotements à travers les portes de certaines cabines, des ronflements à travers d'autres. Il faisait sombre, et seules quelques veilleuses me permettaient de me repérer dans le labyrinthe de métal. J'espérai que peut-être je croiserais l'Amiral, et pourquoi pas, qu'il accepterait de discuter avec moi. C'était un homme fascinant et je pensai qu'il avait sans doute beaucoup de choses à m'apprendre.

Je fus déçu de n'apercevoir personne dans la bibliothèque. Un interrupteur à l'entrée me permit d'illuminer la pièce d'une lumière douce. À bord, on ne gâchait pas. Tout comme la nourriture, l'énergie et l'eau n'étaient pas inépuisables, et on ne savait jamais combien de temps il fallait attendre jusqu'au prochain ravitaillement. L'eau était évidemment recyclée, tout comme l'air, mais avec de grandes pertes à chaque cycle.

Les livres étaient rangés contre le mur opposé à l'entrée de la pièce, sur six niveaux. J'estimais qu'il n'y avait là pas plus de quatre cents livres. Les deux rangées du haut contenaient des livres historiques. On y trouvait tout sur la période s'étalant de la conquête spatiale jusqu'à la colonisation d'Uranus. Étrangement, rien sur la période pré-spatiale. En dessous, se trouvaient les traités de géographie, d'économie et de politique. Plus bas encore, les documents étaient d'ordre plus scientifique et technique, traitant essentiellement du *cocktail* et de la manière de le récolter. Enfin, tout en bas, se situait ce que l'on pouvait appeler la littérature uranienne. Quelques romans et recueils de poèmes tristes. La littérature uranienne n'était pas une littérature particulièrement gaie. C'était compréhensible, sur des mondes froids et sombres. Il y avait dans le lot quelques grands auteurs renommés sur tous les mondes habités, bien que ceux-ci fussent rares. La grande littérature restait terrienne. Dans les colonies spatiales, il fallait avant tout travailler pour survivre, on n'avait pas beaucoup le temps de rêver, et surtout d'écrire.

Un livre en particulier attira mon attention. Il me donnait l'impression de ne pas être à sa place. C'était indiscutablement un livre ancien, mais son état de conservation prouvait qu'il était très peu consulté. Pourtant, il n'était pas aussi poussiéreux que les autres, signe que quelqu'un l'avait consulté récemment. *L'Encyclopédie des Uranoptères.* Quel titre étrange ! L'auteur : Andrei Deeves, Professeur à l'Université Mondiale de Londres, spécialité : biologie de l'évolution des espèces. En couverture un dessin, une sorte de chauve-souris sans tête. Un air de déjà-vu. « *Mais quand et où ? Ça me reviendra.* »

Soudain, je ressentis une présence derrière mon dos. En me retournant, je vis, devant l'entrée, la silhouette de l'Amiral qui me fixait du regard. Je ne l'avais pas entendu arriver.

— Je ne vous ai pas effrayé, au moins ? commença-t-il, parlant très bas.

— Oh non, répondis-je un peu gêné à la manière d'un enfant qui venait de se faire surprendre en train de faire une bêtise. Je n'arrivais pas à trouver le sommeil et je me suis permis de venir ici.

— Mais vous avez bien fait, continua-t-il. Vous faites partie des nôtres maintenant.

Puis, il fixa le livre que je venais de prendre. Il soupira puis reprit :

— Je ne pense pas que c'est là le plus intéressant de la collection. Il me semblait que je l'avais jeté aux ordures. Je ne sais pas comment il est arrivé à bord. Une plaisanterie, je crois.

— Mais c'est un livre, rétorquai-je, c'est sacré, on ne détruit pas les livres parce qu'on ne les aime pas.

— C'est sans pour cela qu'il est encore là. Si vous le voulez, je vous l'offre.

J'acceptai le cadeau d'autant plus volontiers que ce livre m'attirait. Je ne tardai d'ailleurs pas à me rendre compte du pourquoi. Je le remerciai et m'apprêtai à retourner dans ma cabine avec le précieux cadeau lorsque l'Amiral reprit :

— Ne partez pas si vite. Il faut que vous et votre ami le gouverneur vous sachiez quelque chose. Le moment est idéal pour discuter. Je pense qu'il est inutile de réveiller votre ami, vous lui répéterez notre conversation demain.

Il avait l'air soucieux. Il me fit signe de m'asseoir dans un petit fauteuil et s'assit lui-même en face de moi. N'étais-je pas venu en ce lieu en espérant ce moment ? D'un autre côté, je redoutai ce qu'il allait m'annoncer. Il resta assis en face de moi les yeux fermés dans un silence qui semblait s'éterniser. S'était-il endormi ? Soudain, il se mit à parler :

— Nous avons reçu un message de Narcisse. Il a fini par apprendre que vous étiez à bord et il est très furieux. Il m'a sommé de vous livrer à ses hommes. Un de ses croiseurs armés est en ce moment même à nos trousses. Le *Redoutable*.

— Et qu'allez-vous faire ? demandai-je, inquiet.

— Si ça peut vous rassurer, je ne vais pas vous livrer. Je le répète, vous faites partie des nôtres maintenant, et jamais nous n'abandonnerons l'un des nôtres.

— Mais il va s'en prendre à *l'Albatros* !

— Nous avons beaucoup d'avance sur le *Redoutable* et il ne pourra pas nous rejoindre avant l'orbite de Saturne. Même si c'était le cas, nous sommes de taille à nous défendre. *L'Albatros* transporte une cargaison de valeur et nous sommes parfaitement armés. Ce qui est plus préoccupant, c'est notre arrivée à Saturne. Narcisse a beaucoup d'alliés là-bas et je suis sûr que nous aurons droit à un accueil explosif.

— Alors pourquoi ne pas prendre une autre direction ?

– C'est absolument impossible. Aucune autre escale n'est à notre portée sur la trajectoire que nous suivons. De plus, nous n'aurons jamais assez de vivres pour passer notre chemin.

– Dans ce cas, le mieux pour votre sécurité, c'est qu'Alex et moi nous quittions *l'Albatros*. Vous pourriez mettre une navette à notre disposition. Nous nous débrouillerons. Vous en avez déjà fait beaucoup.

– Ça ne changerait rien. Narcisse sait que nous vous avons aidés, et que vous soyez à bord ou non, il a décidé de nous punir. Et puis, nous n'avons pas l'habitude d'abandonner nos compagnons. Rassurez-vous, je trouverai bien un moyen. Maintenant, allez-vous reposer.

Je me retirai dans ma cabine le laissant seul avec ses pensées. Je dormis très mal le restant de la nuit. Dans mes rêves, j'étais poursuivi par des chauves-souris avec des visages de Narcisse.

Chapitre 8

Olympe

Il régnait une frénésie inhabituelle dans le quartier administratif de Memphis. L'endroit était d'habitude très calme, même morne. Zerdan, dit le Taciturne, le maître des lieux, était certes un dictateur, mais il ne faisait pas souffrir sa population comme Narcisse. Son ambition était ailleurs.

Depuis une semaine les rumeurs allaient bon train et n'annonçaient rien de bon. Et ces rumeurs finirent par arriver aux oreilles de l'empereur.

— On dit que tu as perdu tes faveurs auprès de l'empereur de Mars, dit simplement Halana, la compagne de Zerdan.

Halana avait sans doute été une très belle femme quand elle était plus jeune, mais le temps et la gourmandise avaient fini par avoir raison de cette beauté. Sa façon de se maquiller outrageusement n'arrangeait rien, mais elle s'obstinait.

— Ne dis pas de bêtises, tu as encore écouté les racontars, grommela Zerdan, un homme grand et fort, les traits tirés.

Zerdan et Halana formaient un vieux couple plutôt classique. L'amour les avait réunis il y avait bien longtemps. À l'époque, ils étaient jeunes, pleins de rêves et d'espoirs. Avec le temps, cet amour s'était peu à peu dissipé pour finir par disparaître complètement. Seule leur ambition commune les unissait encore. Zerdan ne vivait plus que pour le pouvoir. Non pour l'exercer, mais juste pour le posséder ! Il voulait être au sommet, non pour soumettre les autres, mais pour ne pas être soumis lui-même. Il ne supportait pas que quelqu'un pût lui donner un quelconque ordre. Son peuple était de ce fait libre d'agir à condition de ne pas remettre en cause son statut d'empereur. C'était un homme simple qui détestait le luxe. Il n'avait ni l'allure, ni les manières d'un empereur.

Halana, de son côté, aimait bien jouer à l'impératrice. Elle savait parfaitement que son compagnon ne l'aimait plus et qu'il la tolérait tout simplement. C'était sans doute en raison de ce manque cruel d'affection qu'elle se réfugiait dans la gourmandise et dans les voyages officiels. On ne la voyait pas souvent à Memphis et il était rare qu'ils dînassent ensemble, et pour une fois que c'était le cas, elle lui avait coupé l'appétit avec ses remarques stupides.

— Tu sais, reprit-elle, avec son empire de l'énergie, Narcisse pèse beaucoup plus lourd que toi dans la balance d'Atama.

— Narcisse ne pèse rien du tout ! rétorqua Zerdan. Atama peut s'approprier son pseudo-empire quand il le veut. Son armée d'amateurs ne fait peur à personne. De notre côté, nous avons une véritable armée, avec une véritable flotte qui a déjà eu l'occasion de faire ses preuves. En moins d'une semaine, nous pourrions assiéger l'ensemble des mondes qu'il contrôle.

— Moi, je ne te répète que ce que j'ai entendu. Rien de plus. Tu dois mieux savoir que moi ce qui se passe réellement. Mais dis-moi, depuis combien de temps tu n'as plus eu de contacts avec le Martien ? Ah oui, j'avais oublié, son emploi du temps est surchargé, surtout depuis qu'il travaille avec Narcisse dans le but d'affaiblir de la Confédération.

Zerdan dut admettre qu'il y avait du vrai dans ce que sa compagne venait de dire. Elle était souvent taquine, mais Zerdan remarqua qu'elle était réellement soucieuse, sans doute de perdre son propre rang de Dame influente au sein des mondes colonisés.

— Bon, j'enverrai un petit message à Atama dès qu'il fera jour à Olympe pour lui demander des explications. Maintenant tais-toi ! lui ordonna-t-il sèchement.

Ce qu'elle fit, et elle reprit une seconde part de dessert. C'était sa façon à elle de s'inquiéter de leur avenir. Il connaissait son ambition et il savait qu'elle ferait tout pour l'aider à revenir au premier plan. Elle venait malgré tout de gâcher son dîner.

Ce qu'Halana venait de lui raconter concordait avec le message que lui avait envoyé Aménor la veille. Il prétendait vouloir se renseigner au sujet de rumeurs concernant les relations entre Atama, Zerdan et Narcisse. *« Tu pensais que je ne croirais qu'à de simples rumeurs. Je ne suis pas aussi stupide ! »* Halana avait parfois des sursauts de lucidité et Zerdan se félicita de l'avoir gardée auprès de lui.

◆ ◆ ◆

Olympe avait été construite sur le flan est du plus grand volcan du système solaire : Olympus Mons. La ville primitive avait été fondée à la base du volcan, mais rapidement, elle s'était mise à grandir, à ronger le pied du volcan telle une moisissure sur un fruit. Le dôme en cristal renforcé avait petit à petit été remplacé par un dôme plus léger en toile transparente et imperméable pour maintenir la pression atmosphérique de la cité. Bientôt, même cette protection ne serait plus nécessaire. La terraformation de la planète avançait bien et bientôt l'atmosphère martienne serait supportable, du moins dans les profondeurs des grands canyons martiens, situées plusieurs kilomètres plus bas.

Atama avait conscience de la stupide erreur de ses ancêtres d'avoir voulu bâtir la cité à une telle altitude. La localisation de la capitale sur les flancs du plus grand volcan de tous les mondes des hommes était un symbole très fort. De plus, lors de sa fondation, il y avait de cela plus de trois ans années, la terraformation de la planète n'était encore qu'une utopie. Tout cela avait changé et Atama était sur le point de corriger cette erreur.

Le palais impérial était situé à l'extrême ouest d'Olympe, surplombant toute la cité. Tous les matins, Atama, Empereur de Mars et bientôt Empereur du système solaire espérait-il, admirait le lever du soleil au-dessus de sa capitale. Ce matin-là, il n'y avait pas la moindre trace de brume dans le ciel rose saumon. La veille encore, subsistaient quelques nuages de poussières, dernières traces de la tempête planétaire qui avait fait rage le mois précédent. Comme tous les ans martiens, lorsque commençait le printemps dans l'hémisphère sud, le réchauffement de la calotte polaire sud provoquait des vents violents qui se transformaient en une gigantesque tempête de poussière planétaire. Le ciel n'était plus visible depuis la surface qui était alors complètement recouverte de nuages de poussières. Sur l'ensemble de la planète régnait une pénombre orangée. Les vents violents soulevaient la poussière et le sable des déserts. Durant le mois de tempête, les communications entre les cités étaient très difficiles. De la même façon, les décollages et atterrissages des vaisseaux étaient aussi le plus limités possibles. La planète vivait au ralenti. Et puis soudain, tout se calmait, les vents disparaissaient, la poussière finissait par retomber. C'est ce qui venait d'arriver durant la nuit.

C'était un bon signe, la journée allait être excellente. Atama décida de profiter de la journée pour se reposer un peu, il l'avait bien mérité. Il en profiterait aussi pour rectifier les plans de sa future nouvelle capitale qui s'élevait tout au fond du gigantesque canyon de Valles Marineris ou l'eau liquide commençait enfin à exister. La nouvelle cité devait être parfaite, à l'image de son empire. Il trouvait toujours un tracé de rue à modifier, un nouveau bâtiment administratif à construire, au grand dam de ses architectes. Il songeait même à faire bâtir une seconde capitale, loin vers le sud, au fond du titanesque bassin d'Hellas. Là-bas, l'atmosphère était encore plus dense, mais il y faisait bien plus froid. Atama aimait sa planète. Bien que deux fois plus petite que la Terre, c'était Mars qui présentait les plus grands volcans, les plus grands canyons, les plus grands déserts et les plus grands bassins. Tout y était gigantesque. Et bientôt il y aurait des lacs, et peut-être même un océan autour du pôle nord.

Atama fut tiré de ses rêves de grandeur par l'arrivée d'un message interplanétaire. Toutes les pièces de son palais comportaient un COM mural afin qu'il puisse prendre connaissance des messages importants quel que soit le moment ou l'endroit où il se trouvait. Une petite lumière rouge s'alluma à droite des écrans muraux et il lui suffisait d'appuyer sur l'une des dix touches situées sous le voyant pour que la tête de son interlocuteur s'affichât.

Il activa l'enregistrement et vit apparaître le visage de Zerdan sur l'écran. Zerdan avait un air crispé qui lui était inhabituel.

– Bonjour, Empereur Atama, excuse-moi pour le dérangement, mais c'est très important. Ça fait longtemps que nous n'avons pas eu de conversation. Tes relations privilégiées avec Narcisse me préoccupent beaucoup. Tu ne penserais tout de même pas à lui céder ma place en douce ? Des rumeurs courent et ça ne me plait pas du tout ! Je peux très bien revenir sur mes engagements !

Le message s'arrêta là, sans aucune forme de politesse. Zerdan avait toujours été plutôt discret. Atama fut très surpris de cette réaction inattendue. Zerdan était un personnage intelligent et voilà qu'il s'inquiétait de rumeurs. Le Martien préféra oublier l'incident qui lui semblait plutôt bénin. Zerdan le contacterait sans doute à nouveau plus tard dans la journée pour lui présenter des excuses.

Deux heures plus tard, un autre message lui parvenait de l'Extérieur. Sans doute Zerdan, pensa Atama. Mais cette fois, ce fut le visage bouffi de Narcisse qui apparut sur l'écran. Lui aussi semblait très en colère.

– Tu veux donner ma place à ce pleutre de Zerdan, n'est-ce pas ? Je te préviens, je ne te laisserai pas faire. J'ai fait beaucoup de sacrifices pour toi, je n'accepterai pas que tu me trahisses de cette manière !

Le message de Narcisse fut lui aussi très court et inhabituel. Atama en resta bouche bée. Quelle mouche avait donc piqué les deux compères ? La situation était grotesque.

La journée ne commençait pas aussi bien que ça finalement !

Et Atama n'était pas au bout de ses surprises. En début d'après-midi, alors qu'il venait de rejoindre son bureau après un copieux déjeuner, l'alerte générale se mit à résonner dans toute la cité. Au même instant, deux signaux indiquaient que le directeur du cosmoport d'une part, le général Ovasov, commandant suprême de l'armée d'autre part, désiraient le joindre d'urgence. Sans hésiter, Atama enclencha simultanément deux coms et vit apparaître les visages paniqués des deux hommes sur deux écrans muraux.

– Que se passe-t-il donc ? demanda-t-il, agacé.

– Un vaisseau fou s'approche de Mars. Il s'agit d'un grand cargo terrestre de la CTC. L'équipage qui nous a contactés nous dit avoir perdu le contrôle du bâtiment. Le directeur du cosmoport semblait essoufflé.

Le commandant de l'armée prit lui aussi la parole :

– Ils se dirigent droit sur Olympe, nous devons lancer les missiles avant qu'il ne soit trop tard !

– Dans combien de temps vont-ils s'écraser ? demanda alors Atama.

– Pas plus de quinze minutes, répondit le directeur du cosmoport. Ovasov confirma l'information puis continua :

– Ils sont déjà très proches de la planète. S'ils sont contaminés, nous risquons une épidémie générale. Ça ressemble à une attaque !

Atama n'eut pas tellement le choix. Il ordonna donc la destruction du cargo. Cinq minutes plus tard, il avait confirmation de la destruction. Il ne fut cependant pas complètement soulagé. Comme l'avait si bien souligné Ovasov, ça ressemblait fort à une attaque surprise. Le cargo avait passé sans encombre les contrôles orbitaux. La soi-disant perte de contrôle ne s'était produite qu'après, fichtrement près de la planète. De plus, le point d'impact était exactement le palais d'Olympe. L'enquête devait être menée rapidement. Après, Enora aurait des comptes à lui rendre. Cet incident lui fit oublier durant un court instant les deux messages qu'il avait reçus le matin même.

♦ ♦ ♦

Trois jours s'étaient écoulés depuis qu'Atama avait reçu les deux messages étranges de la part de ses alliés, puis échappé à la tentative pathétique d'attentat du cargo fou. Il avait bien essayé de calmer le jeu mais aussi bien Zerdan que Narcisse restaient intraitables. Ils ne voulaient rien entendre et ne demandèrent qu'une chose, l'abandon de toutes relations avec l'autre. Pourtant, Atama ne pouvait se passer ni de l'un, ni de l'autre. Tous ses projets d'avenir pour les mondes orbitant autour de Sol dépendaient de cette double alliance.

La coalition qu'il avait eue tant de mal à réunir était sur le point d'éclater. Il avait toujours été conscient du froid qui sévissait entre les deux petits empires. Mais à force de patience et de diplomatie, il était arrivé à les mettre d'accord pour signer l'Alliance. Tout allait pour le mieux et cette crise soudaine n'avait aucune raison d'être. Atama n'avait absolument pas prévu ce qui arrivait. Et pourtant, il était sûr d'avoir pensé à tout. Il comprenait encore moins ces histoires de rumeurs à l'origine de ses ennuis. Et tout cela tombait en même temps que le faux accident du cargo Terrestre. Il y avait dans tout cela trop de coïncidences suspectes.

Il fallait mener une enquête plus approfondie, et Atama savait qui était la personne la mieux qualifiée pour mener à bien cette mission. Et cette personne se trouvait justement sur Mars. Il adorait jouer aux échecs, un jeu tirant ses origines dans un lointain passé, mais toujours très à la mode. Et cette nouvelle aventure ressemblait beaucoup à ce jeu. Atama était un excellent joueur et ne perdait jamais. Après avoir gagné cette partie et châtié l'ennemi inconnu, il reconstruirait son Alliance. Ces événements désagréables pouvaient se transformer en une partie excitante, après tout.

Cette crise détourna son attention de la construction de sa nouvelle capitale, pour le grand bonheur de ses architectes que les modifications incessantes du plan frustraient de plus en plus.

Chapitre 9

« JE »

« JE » savait qu'il existait. Mais c'est tout ce qu'il savait. Depuis quand en avait-il conscience ? « JE » ne s'était pas posé la question. Il n'avait d'ailleurs aucune conscience du temps. Il existait pourtant déjà depuis plusieurs centaines de millions d'années, mais quelle importance cela pouvait-il avoir ?

Qui était-il ?

C'était là une question qu'on ne se posait pas quand on était seul dans l'univers.

Où était-il ?

Tout simplement là, dans la mesure où ailleurs n'existait pas pour lui.

Que faisait-il ?

Rien, il *était*, tout simplement.

Et voilà qu'un jour quelque chose de nouveau arriva. « JE » perçut soudain une onde, très faible, très anarchique. Puis, à un autre moment, il en perçut une autre, et encore une autre. Elles s'approchaient et s'éloignaient pour disparaître, mais elles revenaient toujours, et de plus en plus souvent. Parfois, « JE » en reconnaissait une, mais la plupart du temps elles étaient différentes. Parfois, aussi certaines s'approchaient davantage, devenaient de plus en plus anarchiques et s'évanouissaient brutalement.

« JE » commença alors à se poser des questions. Il conclut qu'en plus de « JE », il y avait un NON-« JE ». Et s'il y avait un NON-»JE», il devait y avoir un non-là où ce NON-« JE » devait se trouver quand il n'était pas là.

Deuxième partie

Saturne

Chapitre 10

Les Anneaux

La planète aux anneaux ne cessait de grandir derrière les baies transparentes de notre vaisseau. Le spectacle était grandiose. Depuis notre position, Saturne apparaissait comme un magnifique croissant jaunâtre portant son ombre sur le disque très fin et presque parfait que formaient ses anneaux. À la limite de cette ombre, le disque disparaissait complètement, comme s'il était discontinu. J'essayai d'imaginer les milliards de rochers de glaces qui le composaient, tournant tous dans le même sens autour de la planète. En même temps, je savais que le calme apparent de ce disque n'était qu'une illusion de plus. En son sein, les milliards de rochers et autres particules de glaces qui le composaient ne devaient cesser de renter en collision les unes avec les autres dans une guerre silencieuse, une de plus. L'homme n'avait rien inventé. Même pas la guerre. La nature elle aussi était impitoyable.

Nous n'étions plus qu'à deux jours de notre arrivée en orbite saturnienne et nous étions tous extrêmement anxieux, pris en tenaille entre nos poursuivants et la garde avancée de Narcisse qui devait sans doute attendre de pied ferme autour de Saturne. Pendant tout notre voyage, nous n'avions à l'esprit que le moment où nous serions irrémédiablement interceptés. Nos compagnons essayaient de nous rassurer en nous expliquant que l'Amiral les avait déjà sortis de situations bien plus désespérées. Mais eux-mêmes étaient loin d'être rassurés. Notre aventure allait sans doute s'arrêter à notre arrivée en orbite saturnienne.

Nous étions tous rassemblés sur la passerelle de commandement autour de Tulk. Comme à son habitude, l'Amiral semblait serein. Il ne laissait rien paraître de son anxiété. On chuchotait qu'il avait trouvé une solution à notre problème. Lorsque tout le monde fut installé à sa convenance, les uns debout contre une paroi, les autres assis dans un siège ou à même le plancher, l'Amiral put commencer son monologue :

– Je ne vous apprends rien en vous disant que nous sommes actuellement en mauvaise posture, entre le *Redoutable* qui nous poursuit et les hommes de Narcisse qui nous attendent autour de Saturne. Mais nous n'avons pas le choix, nous devons faire escale pour refaire le plein de provisions. Nous avons des armes pour nous défendre, mais nous ne sommes pas un vaisseau de guerre et ne résisterons pas longtemps à une offensive des hommes de Narcisse.

Un silence glacial suivit. Dix secondes interminables, avant que Tulk ne reprît la parole :

– Nous allons nous camoufler à notre arrivée, et personne ne nous trouvera, finit-il par dire, avec un air victorieux et un sourire malicieux.

L'*Albatros* était l'un des vaisseaux les plus gros qui naviguaient à l'époque et passait difficilement inaperçu, même lorsqu'il n'était pas spécifiquement recherché. La réaction de l'équipage ne se fit pas attendre. « C'est impossible ! » disait-on par ici. « L'Amiral est devenu fou ! » entendait-on par-là. Quand les chuchotements cessèrent, l'Amiral reprit :

– Je sais ce que vous pensez, mais laissez-moi vous exposer mon plan. C'est sans doute dangereux, mais ça peut marcher. Il nous est impossible de nous placer en orbite autour de Saturne près d'une de ses lunes. Nous serions rapidement repérés.

– Mais même si nous nous tenions éloignés, nous serions repérés par les sondeurs depuis lunes Saturniennes externes. Les hommes de Narcisse sont partout ici et notre localisation ne leur restera pas inconnue longtemps.

– Nous pourrions nous mettre en orbite autour de Titan. Les Titaniens n'ont jamais été en accord avec Narcisse, proposa Georges, le navigateur en chef de l'*Albatros*. Ils pourraient nous protéger.

– D'après les dernières nouvelles que nous avons reçues, la situation est en train de changer. De surprenantes rumeurs courent au sujet d'une éventuelle alliance entre Titan et Uranus. De toute manière, même si les Titaniens voulaient nous protéger, ils ne pourraient pas. Ils n'ont aucune force militaire et notre arrivée dans leurs parages risquerait de les entraîner dans la confrontation. Ils ne sont sûrement pas prêts à prendre ce risque, expliqua l'Amiral.

– Alors, ce sont des lâches ! s'insurgea encore Georges.

– Nous n'avons pas le droit de les juger. Ils cherchent avant tout à survivre, tout comme nous. Tout comme tous les humains dans notre foutue société !

Cette remarque désabusée de l'Amiral fut suivie par un autre long silence.

Le silence fut brisé par Bill :

– Mais vous nous avez parlé d'un plan pour nous camoufler. Pourriez-vous nous en dire un peu plus ?

– Il y a un endroit autour de Saturne où même les radars les plus puissants auraient beaucoup de mal à nous repérer.

L'Amiral actionna un bouton sur le tableau de commandes et une carte du système saturnien apparut sur l'écran principal. Avec son long index tordu par le labeur et les ans, l'Amiral indiqua l'endroit.

– C'est de la folie ! s'écria Oliver.

– *L'Albatros* est trop gros, nous serons réduits en bouillie, renchérit Fran.

Bill, quant à lui, semblait moins pessimiste:

– Non, au contraire, c'est une idée géniale ! Si nous choisissons la bonne orbite, c'est faisable. Sûrement dangereux ! Mais faisable !

Le visage de Bill venait de se transformer. Le même sourire malicieux que celui de Tulk venait d'apparaître. Tout excité, il reprit :

– Oh oui, c'est même une idée géniale ! Les sbires de Narcisse seront complètement déboussolés. Je paierais cher pour voir leurs têtes.

Nous allions tout simplement nous cacher au sein des gigantesques anneaux saturniens, ce nuage de milliards de débris de glace dont certains dépassaient largement en taille *l'Albatros* lui-même.

L'Amiral attendit que le brouhaha général cessât, puis reprit :

– J'ai déjà réalisé les calculs préliminaires. Vous savez tous qu'il existe au sein de ces anneaux des structures moins denses, les fameuses divisions. Certaines sont presque dépourvues d'icebergs.

Oliver resta sceptique:

– Mais elles ne sont pas complètement vides, et le danger de collisions est très grand. Surtout si nous devons y rester plus d'une semaine, ce qui serait un minimum si nous voulons refaire nos provisions.

– C'est vrai, répondit l'Amiral, mais nous réduirons ce risque si nous orbitons à la même vitesse que les fragments qui nous entourent. Les fragments de glace tournent tous à la même vitesse sur une orbite donnée. Cette vitesse est d'autant plus grande que l'on s'approche de la planète. La troisième loi de Kepler est vraie aussi pour les anneaux.

Donc, si nous pénétrions dans une zone moins dense et évoluons à la bonne vitesse, nous limiterions considérablement les risques. N'est-ce pas ce que nous avons l'habitude de faire lors des plongées avec les capsules ? Il suffit d'avancer à la même vitesse que le courant environnant. Quatre personnes se relaieront en permanence sur la passerelle pour prévenir d'éventuelles collisions. Nous avons les moyens de détruire les blocs qui s'approcheraient un peu trop près de nous. Et si l'iceberg était trop gros, il nous suffirait de modifier légèrement notre trajectoire.

— Nous devrions rebaptiser *l'Albatros* le Titanic ! osa plaisanter Georges, réputé pour son humour très personnel.

— Les hommes de Narcisse finiront malgré tout par savoir où nous nous cachons, objecta encore Oliver.

— Ils comprendront sans doute rapidement notre ruse, mais le volume des anneaux est si grand que, même avec dix vaisseaux, il leur faudrait au moins quinze jours avant de nous trouver. Leurs radars ne seront pas capables de nous repérer dans le bruit de fond. Évidemment, nous ne leur simplifierons pas la tâche. C'est pourquoi le silence radio sera impératif. De même, nous ne fonctionnerons qu'avec un minimum d'appareillages électroniques à bord.

— Reste le problème de l'approvisionnement. Bill venait de soulever le second grand défi de notre étape saturnienne.

— Nous prendrons la navette. La lune habitée la plus proche est Mimas. Le gouverneur Herring maîtrise à peine sa cité d'Herschel. Il n'a aucune influence sur les cités mineures où règne le chaos. L'idéal serait de nous poser à Pelion. Je connais là-bas un endroit où l'on peut se procurer le nécessaire. Pour passer inaperçus, nous devrons maquiller la navette, et surtout masquer l'insigne de *l'Albatros*.

Les mondes de Saturne avaient un statut particulier au sein des Mondes Extérieurs. Mis à part le petit royaume qui s'était développé et maintenu sous les brumes de la grande lune Titan, les autres lunes n'étaient couvertes que de petites colonies indépendantes. Chacun faisait sa propre loi chez lui, et elle n'était jamais la même d'une cité à l'autre. Seules, deux ou trois grandes cités étaient arrivées à s'organiser. C'était le cas d'Herschel sur Mimas, ou encore Samarkhand sur Encelade. Les plus petites cités servaient de refuge à tous les renégats du système solaire. Elles survivaient essentiellement grâce au troc. On racontait que certaines d'entre elles n'hésitaient pas à monter des raids et s'attaquer aux vaisseaux cargos passant dans les environs pour s'emparer de leurs marchandises. J'espérai que ce n'étaient que des rumeurs. La pauvreté de ces mondes s'expliquait par le manque de ressources exportables. Seule la petite Encelade avait essayé de développer certaine activité touristique, profitant de ses paysages blancs éclatants, et surtout de ses gigantesques geysers d'eau qui s'élevaient à des centaines de kilomètres au-dessus du pôle sud. Mais la situation politique n'attirait pas grand monde. Saturne était un endroit éminemment stratégique entre le Centre et les mondes Uraniens, et grouillait d'hommes à la solde de toutes les puissances qui se partageaient les mondes gravitant autour de Sol. Et les hommes de Narcisse étaient de loin les plus nombreux.

– Les provisions nous coûteront très cher, mais nous avons les cuves pleines d'hydrogène. Comme il nous sera impossible de les livrer aux Titaniens, autant qu'elles servent à quelque chose. Mais rassurez-vous, toute la récolte ne sera pas perdue. J'ai bien l'intention de convaincre Zerdan de nous acheter une grande partie de notre hydrogène. Il est en très mauvais termes avec Narcisse. Je crois même que ce dernier a décrété l'embargo vers Jupiter, ce qui fait nos affaires. Dès que nous aurons refait les provisions, nous partirons donc vers Jupiter.

Comme de coutume à bord, le plan de l'Amiral fut soumis au vote. Dans la mesure où nous n'en avions aucun autre, il fut adopté sans difficultés. Chacun repartit ensuite dans ses quartiers dans un silence de mort. L'optimisme de l'Amiral n'avait pas réussi à nous défaire de notre anxiété. Nous avions évidemment tous confiance en lui, il avait toujours su tirer son équipage des problèmes rencontrés, mais cela allait-il encore une fois fonctionner ?

Dès le lendemain, nous nous mîmes au travail. Une équipe avait été chargée de maquiller la navette de transfert afin de la rendre méconnaissable et surtout inintéressante aux yeux des pirates éventuels. On s'attaqua à la coque à coups masses et de pics, avec une grande frustration. L'équipage avait l'habitude de prendre soin du matériel, et spécialement de la navette qui allait se poser dans les cosmoports et véhiculait aussi l'image de *l'Albatros* et de son équipage. Mais c'était à ce prix que notre aventure avait une petite chance de se poursuivre !

Du côté de la passerelle, on s'affairait à préparer la mise en orbite. La manœuvre d'entrée dans les anneaux s'avéra très délicate. La planète occupait maintenant la moitié de la baie vitrée et on se dirigeait droit sur le gigantesque disque microsillon qui l'entourait. Le point d'arrivée avait été choisi et les calculs vérifiés trois fois. Deux petits moteurs latéraux venaient d'être mis à feu pour faire pivoter *l'Albatros* de cent quatre-vingt degrés. Les énormes moteurs du cargo se retrouvaient ainsi à l'avant de la trajectoire. Ils serviraient pour le freinage et ralentiraient le navire afin d'être happé dans le champ de gravité de Saturne. Le joyau aux anneaux avait disparu de la baie vitrée pour céder sa place au noir de l'espace. Puis, petit à petit, nos yeux s'habituant, les étoiles semblaient à nouveau s'allumer. Au loin, un point lumineux un tout petit peu plus gros me donna la chair de poule. Il était légèrement verdâtre. C'était Uranus, le monde que nous fuyions. Pendant un bref instant, les manœuvres d'entrée en orbite m'avaient fait oublier que nous étions en fuite et qui nous fuyions.

Je craignais le moment du freinage, ayant encore en souvenir le départ d'Uranus. Louisa, qui ne me quittait plus depuis une semaine me rassura. Le freinage se ferait sur plusieurs heures et le champ gravitationnel de Saturne étant beaucoup plus intense que celui d'Uranus, n'exigeait pas un ralentissement important. Encore fallait-il que la trajectoire choisie fût optimale. En contrepartie, le départ serait bien plus difficile. Mais allions nous vraiment repartir ?

Un léger ronflement se fit subitement entendre. Le freinage venait de commencer. À part une légère poussée vers l'arrière du navire que nos corps compensaient de façon naturelle, nous ne ressentions effectivement pas grand-chose. Cela dura ainsi près de trente-six heures. Les pilotes ne quittaient plus la passerelle. Il y régnait un silence de mort. La manœuvre n'avait jamais été tentée auparavant. Tout avait été programmé dans l'ordinateur de bord et nous devions nous en remettre à lui. L'opération était si délicate qu'aucun pilote, aussi expérimenté eut-il été, n'aurait pu la réaliser à bien. Il fallait que la manœuvre marchât du premier coup, il n'y avait pas de seconde chance possible.

L'Albatros s'approcha de l'équateur de la géante par le nord suivant une trajectoire sous un angle d'à peine une dizaine de degrés avec le plan des anneaux. Au fur et à mesure que nous nous approchions, ils semblaient se dissoudre petit à petit pour nous laisser voir ce qu'ils étaient vraiment, un réseau de milliards de glaçons dérivants tous dans la même direction. Plus on s'approchait, plus ces icebergs semblaient s'éloigner les uns des autres. Puis, les plus petits d'entre eux, beaucoup plus nombreux, devenaient visibles à leur tour. Leurs tailles variaient de quelques mètres à quelques centaines de mètres. Leur mouvement à contresens de notre trajectoire s'amenuisait à mesure que nous ralentissions. Lorsqu'ils ne semblaient plus bouger, le ronflement des moteurs s'arrêta. Une dernière manœuvre permit à l'Albatros de se placer dans le plan de l'équateur. Nous étions enfin arrivés dans notre cachette. Une fois de plus, les calculs de l'Amiral étaient exacts et l'Albatros avait réalisé l'impossible.

L'Amiral ordonna alors de refaire pivoter de navire de cent quatre-vingt degrés afin que l'avant pointât à nouveau dans le sens de la trajectoire. Immédiatement les quatre premiers volontaires se placèrent devant les écrans de contrôle pour surveiller l'environnement. Nous nous trouvions à peu près à mi-distance entre le sommet des nuages tourbillonnants de la planète géante et le bord extérieur des anneaux. Nous étions restés près du bord supérieur de ce disque de rochers de glace, épais de plusieurs kilomètres, ce qui permettrait une évasion facile vers le haut en cas de besoin. Les sondeurs indiquaient plusieurs îlots de glace dans notre environnement immédiat. Le plus proche se trouvait à environ mille trois cents mètres devant nous. Il mesurait trois mètres de diamètre. Cinq objets avaient été repérés à moins de deux kilomètres. Le plus gros mesurait presque trente mètres de diamètre. Tous semblaient presque immobiles, confirmant que nous évoluions à la même vitesse. Les calculs montrèrent qu'aucun de ces cinq objets ne risquait de s'approcher de manière significative dans les quinze jours qui suivraient.

La relève des gardes se faisait toutes les cinq heures. Je fis partie du second groupe, avec Fran, Louisa, et Alex. Le courant passait bien dans notre petite équipe et c'est pourquoi nous avions décidé de passer les longs moments de garde ensemble. Dans une telle promiscuité, il valait mieux bien choisir ses compagnons.

◆◆◆

Le *Redoutable* venait de se poser sur le cosmoport de Dido, cité principale de la quatrième lune de Saturne, Dioné. Seth Hurley, mercenaire de son état et chef de la légion uranienne de Saturne, vint personnellement accueillir le capitaine Nagashi et son équipage à leur arrivée. Il était entouré de dix gaillards armés jusqu'aux dents.

Nagashi ne prêta pas attention aux salutations pompeuses de Hurley et se dirigea prestement vers le véhicule blindé qui les attendait. Durant tout le chemin vers le quartier général de Hurley, aucun mot ne fut échangé. Nagashi ne parla que lorsqu'ils furent installés autour d'une petite table en acier usé, dans une pièce crasseuse, bien à l'abri des oreilles indiscrètes. Il n'avait confiance en personne. Même ce Hurley pouvait les trahir en se vendant à quelqu'un de plus offrant. Il avait échoué à intercepter sa cible durant le trajet, il ne pouvait plus se permettre aucune erreur.

— Où sont-ils ? commença-t-il net.

— Ils sont arrivés il y a deux jours. Nous le savons car les radars de Samarkhand les ont repérés dans leur champ. Depuis, ils n'ont pas donné signe de vie. Mes hommes surveillent toutes les lunes.

— Ça fait deux jours qu'ils sont là et vous ne les avez pas encore localisés ? Un vaisseau de cette taille est repérable en moins d'une heure. Vous vous foutez de moi ?

Hurley ne s'attendait pas à cette réaction. Il avait déjà réduit en cendres des interlocuteurs trop téméraires pour moins que ça. Mais ce Nagashi était quelqu'un d'important, et surtout il valait cher. Il devait avoir avec lui une cargaison d'or qui lui reviendrait en échange de ses services. Il rétorqua malgré tout :

— Si ça ne vous plaît pas, démerdez-vous tout seul, si vous le pouvez ! Ils sont introuvables pour l'instant mais nous finirons par les repérer. Il n'y a aucun endroit ici pour cacher un cargo comme *l'Albatros*. À moins qu'ils n'aient pas fait escale et qu'ils aient juste profité du champ gravitationnel de Saturne pour se rediriger vers une autre destination.

— Impossible, ils doivent s'approvisionner. Aucune autre planète n'est assez proche pour un trajet de moins d'un mois. Jamais Tulk n'entraînerait son équipage vers une mort certaine. Essayez d'imaginer cinquante personnes enfermées dans une cage métallique pour plusieurs semaines sans rien à manger ni à boire ! Oh non, Tulk est quelque part dans les parages. Mais qu'est-ce qui vous fait penser qu'ils ne sont pas restés ?

— D'après les relevés de Samarkhand, leur trajectoire est passée fichtrement près de la Géante, bien en dessous du bord des anneaux. Ça ne s'est jamais fait pour une mise en orbite, par contre ça se fait quand on veut profiter du champ gravitationnel pour changer de trajectoire.

Après dix secondes de silence, le visage de Nagashi se transforma. Il venait d'avoir une révélation.

— Mais oui, le vieux renard est vraiment très rusé. Il se cache dans les anneaux !

— C'est impossible, il ne peut que se faire ratatiner là-dedans.

— C'est un excellent navigateur, et je le crois capable de tout. Il dirige son énorme vaisseau aussi facilement qu'une bicyclette ! Combien de vaisseaux pouvez-vous mettre à ma disposition ?

— J'en ai six, mais ça vous coûtera un peu plus cher.

— La prix n'a pas d'importance pour le moment.

— Que voulez-vous faire avec ces vaisseaux ?

— Avec le *Redoutable*, ça nous fera sept chasseurs. Nous allons survoler les anneaux de long en large, vingt-quatre heures sur vingt-quatre, jusqu'à ce que nous les trouvions.

— Et si pendant ce temps ils apparaissaient sur une des lunes ?

— Vous n'avez qu'à laisser des hommes à terre en surveillance. Ils pourront nous contacter facilement. Le *Redoutable* sera en mesure de revenir très vite.

— Mais ça en fait des cosmoports à surveiller ! Je n'aurai jamais assez d'hommes. Rien que les sept équipages à bord des vaisseaux de recherche vont représenter la moitié de mes effectifs !

— Il nous suffira de limiter la surveillance aux deux lunes les plus proches. Si, comme je le soupçonne, ils sont dans les anneaux, ils tenteront de se ravitailler sur Mimas ou Encelade. Ils ne vont pas risquer de s'aventurer plus à l'extérieur sous peine de se faire facilement repérer.

— Ça fera quand même encore beaucoup de cités !

Nagashi savait que Hurley était en train de faire monter les enchères. Dès que la mission serait accomplie, il s'occuperait personnellement de son allié du moment. Mais il avait encore besoin de lui. Il se contenta de répondre :

— Payez des gens supplémentaires, démerdez-vous. Si vous voulez votre or, vous devrez vous remuer un peu et faire ce que je dis !

Delta et Omega se rencontrèrent discrètement.

— J'ai entendu dire que *l'Albatros* était arrivé dans les parages ? demanda le premier.

— Oui, ils sont là, répondit le second.

— En sécurité ?

— Pour l'instant. *L'Albatros* a été le meilleur choix que nos fugitifs aient pu faire. Nous avons de la chance. Nous n'avions pas compté avec Tulk. Il nous simplifie les choses.

— Mais les Uraniens sont sur leurs traces. L'alliance Nagashi-Hurley est dangereuse. Ils sont très efficaces.

— Nous ne pouvons pas intervenir pour l'instant. Nous aviserons en cas de problème. *L'Albatros* ne sera sans doute pas découvert avant une semaine. Nous avons du temps devant nous pour trouver une parade.

— J'espère que vous avez raison. Mais savez-vous au moins en quoi ces fugitifs sont si importants pour le Plan ? Ils nous causent beaucoup de soucis supplémentaires.

— Vous comme moi avons juré de suivre le Plan sans poser de questions. Nous devons nous en tenir à notre promesse. Je n'en sais pas plus que vous. Nous devons les protéger autant que possible et c'est ce que nous ferons.

— Et avez-vous des nouvelles concernant notre offensive contre le Martien ?

— L'action que nous avons menée contre l'Alliance martienne semble avoir eu beaucoup de succès. Les relations entre Zerdan et Narcisse ne font que s'envenimer. Atama aura fort à faire pour essayer de raccommoder les lambeaux de son camp. Je lui souhaite bien du plaisir. Bêta m'a fait savoir que nous pouvions d'ors et déjà lancer la seconde offensive. Notre prochaine cible sera la toute puissante Confédération Terrienne. Sigma et Epsilon, nos agents sur Terre sont déjà entrés en action.

Delta sentit un frisson lui parcourir la nuque.

— Pour l'Alliance Martienne, c'était facile et plutôt joué d'avance. Les trois empereurs se détestent cordialement depuis bien longtemps et semer la discorde dans une alliance contre nature n'est pas très difficile. Mais là il s'agit de la Confédération !

Le visage d'Oméga se garnit d'un sourire presque sadique en répondant :

— Ne soyez pas si naïfs. La belle union des États de la Confédération n'est qu'une façade et les gouverneurs se haïssent presque autant que Zerdan et Narcisse. Vous allez voir que ça marchera comme sur des roulettes. Le Plan a été établi sur la base de données politiques, mais aussi et surtout psychologiques. Nous avons les profils psychologiques de tous les dirigeants et nous sommes capables de prévoir les réactions de chaque gouverneur à une situation donnée, comme nous l'avons fait avec les ex-alliés du Martien.

— Une fois de plus, vous me semblez bien optimiste. La psychologie est une loin d'être une science exacte, et beaucoup d'imprévus peuvent surgir. Je continue à croire qu'il est un peu trop tôt pour lancer la seconde offensive. Nous risquons de perdre le contrôle de la situation.

— Nous n'avons jamais vraiment contrôlé la situation. Nous sommes simplement des agents déstabilisateurs, des créateurs de chaos. Lorsque celui-ci sera total, il sera alors possible de reconstruire à partir de zéro.

– S'il reste quelque chose à reconstruire, ou pour le moins quelqu'un pour le faire !

– Vous devez avoir confiance. L'avenir de l'humanité dépend de notre action. Maintenant retournez à votre travail, nous n'avons que trop pris de risques à converser ainsi.

Sur ces paroles, l'agent Delta s'éclipsa discrètement. Pour la première fois depuis qu'il s'était engagé à servir le Plan, il doutait. Avait-il vraiment choisi la bonne voie ? N'étaient-ils pas tous en train de se tromper et de mener l'humanité dans une voie sans issue, vers la catastrophe ultime ? Mais il savait qu'il n'avait pas toutes les données en mains et que tout cela devait suivre une logique qui lui était pour l'instant inaccessible. Alpha et Bêta devaient savoir ce qu'ils faisaient. Quant à lui, il devait continuer à garder confiance, même si cela devenait de plus en plus difficile.

♦♦♦

Depuis notre arrivée autour de Saturne, notre occupation principale était une fois de plus l'attente. Non seulement lors des tours de garde, mais aussi en dehors des gardes. Pour rester le plus discrets possibles, nous avions désactivé tous les appareils non nécessaires à la survie. Les générateurs de courant avaient aussi été stoppés et nous ne pouvions compter que sur les accumulateurs. Ceux-ci étaient capables de tenir douze jours si nous économisions un maximum l'énergie disponible. La vie tournait au ralenti.

Nous enviions tous Bill et Oliver. Ils avaient été désignés pour se rendre à Pelion et se charger de l'approvisionnement. Évidemment nous étions conscients que leur mission était périlleuse, mais n'était-ce pas mieux que la longue attente anxieuse qui nous attendait ? La navette était méconnaissable et les compagnons choisis étaient eux-mêmes inconnus à Pelion. L'Amiral aurait aimé les accompagner, mais il aurait été sans doute très vite reconnu.

Les autres devaient s'occuper comme ils le pouvaient. C'était là que me revint à l'esprit le cadeau de l'Amiral. Depuis le soir où il m'avait donné le fameux livre, je n'avais jamais trouvé le temps de le consulter. Et maintenant, j'avais du temps à revendre. Je devais d'abord me souvenir où je l'avais posé. Ma cabine n'était pas bien grande, mais depuis que Louisa s'était installée chez moi, elle était bien encombrée. Évidemment, ce fut sous mon matelas que je trouvais l'objet recherché : *l'Encyclopédie des Uranoptères*. Était-ce ce que j'avais aperçu lors de mon unique plongée ? Pourtant on prétendait qu'il ne s'agissait

que d'histoires farfelues. Avais-je réellement aperçu quelque chose ?
J'étais incapable de le dire. Durant la plongée, j'avais les nerfs à vif,
j'étais anxieux. Le livre m'apporterait peut-être la réponse.

Chapitre 11

Sydney

La missive qui était arrivée le matin même était très claire. Elle portait le sceau de l'Empereur de Mars. Bien que les mots eussent été choisis pour rester dans la tonalité diplomatique, la menace était bien réelle. Virginia y reconnaissait l'empreinte personnelle du Martien. Elle ne fut pas vraiment surprise et s'attendait à une réaction de la sorte. Ce qu'elle ne savait pas, c'était quand et sous quelle forme celle-ci allait lui parvenir.

— Ils savent que c'était un attentat ! répéta-t-elle pour la troisième fois, comme pour être certaine que son interlocuteur avait bien compris.

Ce dernier resta figé dans son siège, en face d'elle, de l'autre côté du grand bureau en marbre. Il avait perdu sa vergue habituelle. Il n'avait plus rien de l'assurance qu'il affichait lors de leur précédente rencontre. Il resta silencieux. Son teint avait encore pali et la sueur perlait sur son front. Comment Virginia avait-elle pu se tromper à ce point sur cet homme ? Comment avait-elle simplement pu penser en faire un allié de poids ? En l'observant, elle réalisa qu'il serait incapable de l'aider à se sortir de cette situation dans laquelle il l'avait lui-même mise. Il était incapable d'assumer ses responsabilités. Au premier coup dur il s'était littéralement dégonflé, pour ne pas dire liquéfié. Elle savait qu'elle ne pouvait compter que sur elle-même pour rétablir la situation.

— Vous rendez-vous au moins compte dans quelle situation vous m'avez mise ? poursuivit-elle, rouge de fureur. Et dans quelle situation vous avez entraîné toute la Confédération ? Kovalsky va en profiter pour avoir ma peau. Même Farney ne pourrait me défendre !

Le président de la CTC essaya de se défendre maladroitement.

— Mais je vous assure que les martiens n'ont aucune preuve. Ils ont réduit en cendres le vaisseau en question. Rien n'indique que vous étiez directement mêlée à cette affaire.

À peine avait-il parlé qu'il réalisa son erreur.

La réaction de Virginia ne se fit pas attendre :

— Mais je n'ai jamais été mêlée à cette histoire ! s'écria-t-elle, sur le point de perdre son contrôle.

Gallaway ne s'enfonça que davantage dans son siège qui semblait ne plus avoir de fond.

— Et qu'allez-vous faire maintenant ? demanda-t-il d'une petite voix à peine audible.

— J'ai d'abord pensé vous mettre tout ça sur le dos.

Gallaway songeait aux conséquences de ce que Virginia venait de dire. Il savait que sa carrière était ruinée, lui qui avait tout fait pour réussir, pour aller le plus faut possible. Mais si Virginia le vendait aux Martiens, ce serait dans une geôle de la planète rouge qu'il finirait sa vie. Il ne put retenir plus longtemps les larmes qui l'oppressaient déjà depuis plusieurs minutes.

Gallaway n'était plus qu'une loque et Virginia décida que le petit requin ambitieux avait eu sa leçon. Elle l'avait dompté. Il ne retrouverait pas de sitôt son arrogance. Elle essaya de se détendre et reprit plus calmement :

— Allons, un peu de dignité. Vous auriez vraiment mérité de porter le chapeau, mais je ne peux pas discréditer la première compagnie de la Confédération ! Ce serait discréditer la Confédération elle-même. C'est pour éviter un scandale et un incident diplomatique majeur que je n'irai pas dans ce sens.

Une lueur d'espoir apparut sur le visage ravagé de Gallaway.

— Il faut alors trouver un bouc émissaire ! suggéra-t-il, un peu soulagé.

— C'est exactement ce à quoi je pense.

— Les *Gaïans* feront l'affaire, murmura-t-il, tout en s'épongeant la sueur et les larmes sur son visage.

— Je ne vois pas de meilleurs candidats, avoua Virginia.

Un long silence rempli de gêne suivit. Puis elle reprit :

— Ils ne sont pas stupides. Ils savent très bien que les *Gaïans* n'agissent qu'au sol. Jamais aucun d'eux ne quitterait la planète, ne serait-ce que pour voler un vaisseau. Mais ils devront s'en contenter.

Il fallait que tout cela se produise à un moment où ses relations étaient au plus mauvais aussi bien avec Atama qu'avec le Conseil. Si seulement elle avait pu en parler au gouverneur Farney, mais il valait mieux ne pas impliquer davantage de représentants terriens.

Elle renchérit :

— Vous commencerez par envoyer des excuses au Martien. Ensuite, vous lui expliquerez que le cargo en question a été volé dans vos entrepôts spatiaux. Une enquête est en cours et pour l'instant vous ne savez pas qui est derrière tout ça. Et je vous conseille aussi de présenter votre démission au conseil administratif de la CTC.

Gallaway, qui croyait avoir sauvé sa peau, ne s'attendait pas à cette remarque.

– Ce sera interprété comme un aveu de culpabilité, grommela-t-il.

– Non, ce sera interprété comme un aveu d'incompétence. Après tout, c'est vous qui avez décidé de cette action stupide, je ne vois pas pourquoi vous n'en paieriez pas au moins en partie les conséquences. Je crois que c'est une punition minimale quand on pense aux conséquences qu'aurait pu entraîner votre action.

– Si ça avait marché, vous auriez été la première à me féliciter ! lança-t-il comme un dernier affront.

– Mais ça a lamentablement échoué. Je me souviens de notre dernière rencontre lorsque vous me disiez qu'il valait mieux que chacun reste sur son terrain pour me faire comprendre que les politiques n'avaient pas à se mêler d'économie. Je ne me doutais alors pas à quel point vous aviez raison. Regardez ce que ça donne quand les économistes se mêlent de politique ! La CTC va s'en sortir à peu près indemne, avec tout de même un avertissement du Conseil Confédéral pour mieux assurer la sécurité de ses entrepôts.

– Et moi, je rentrerai dans l'histoire comme le président qui s'est fait voler un cargo !

– C'est toujours mieux que de passer pour un criminel ! Maintenant laisser moi, j'ai du travail.

Le jeune homme se leva péniblement et sortit de la pièce sans se retourner.

« Ah ces hommes ! Tout dans la parole, rien dans les actes ! » songea-t-elle encore, avant de se remettre au travail. Elle avait une bombe à désamorcer.

Chapitre 12

Sous les brumes de Titan

Le Soleil se levait sur la plaine. Il ne pleuvait pas ce matin-là. Ruth en profita pour faire une petite promenade matinale. Elle aimait remonter la rivière. Cette dernière était particulièrement sauvage. Elle était encore gonflée par les pluies diluviennes tombées durant les trois jours précédents. Elle avait l'habitude de se faufiler entre les rochers jusqu'au barrage. De là, elle pouvait admirer la chaîne de pics montagneux qui se reflétait sur la surface lisse du lac artificiel. Il n'y avait pas le moindre souffle de vent. Les épais nuages orange stagnaient dans le ciel. Après le déchaînement des jours précédents, la nature semblait complètement épuisée. Elle se reposait.

Tournon lui avait promis qu'il l'emmènerait un jour là-bas, dans les hautes montagnes de Xanadu. Il connaissait parfaitement ses dangers et saurait les lui faire éviter. Son père ne serait évidemment pas d'accord, mais Tournon saurait bien le convaincre. Elle avait maintenant quinze ans, mais ses parents la couvaient toujours, comme si elle était encore une petite fille.

Pour l'instant, elle devait se contenter du lac. Tournon était à nouveau parti en voyage diplomatique faire le tour des mondes de glace. Il était le Premier Ambassadeur de son père, le Roi Louis XXXIII. Bien que son père eût tout fait pour la protéger en lui cachant les problèmes graves auxquels il faisait face en ce moment, elle savait très bien que la situation politique interplanétaire était très mauvaise. Elle avait surpris à plusieurs reprises des conversations entre son père et Tournon. La mine soucieuse de sa mère confirmait ses soupçons.

Le ciel s'éclaircissait. Le printemps tant attendu n'était plus très loin. Elle resta quelques temps à rêvasser au bord du lac, à quelques pas du barrage. L'ouvrage était la seule marque laissée par l'homme dans ce paysage encore sauvage. Il était essentiel pour subvenir aux besoins énergétiques de la ville, lui avait un jour expliqué son précepteur. Les lignes électriques avaient été enterrées pour éviter de défigurer davantage le lieu. Ruth savait aussi que sans le barrage, il n'y aurait pas eu de lac. Il s'intégrait plutôt bien dans le lieu. De temps en temps, le plafond de nuages se déchirait totalement, laissant apparaître la sphère jaune entourée de son anneau majestueux. Ces moments étaient assez rares pour qu'elle en profite un maximum. En même temps ces trous par-delà lesquels on pouvait apercevoir les mondes extérieurs lui glaçaient les sangs. De là où elle se trouvait, la planète centrale se reflétait à la surface lisse du lac. Et puis soudain, le trou dans les nuages se referma. Son monde était à nouveau isolé du reste de l'univers.

Après une bonne demi-heure de rêvasserie, elle décida de reprendre le chemin de la ville. Ses parents devaient l'attendre pour le déjeuner, et s'inquiéter. Les faubourgs de la capitale étaient déserts. Les habitants ne s'aventuraient que très rarement à l'extérieur. La vie de la cité se déroulait essentiellement dans la ville souterraine où les combinaisons thermo-isolantes n'étaient pas utiles. Le palais, un assemblage de sphères métalliques creusées de milliers de petits hublots avait été bâti près de la périphérie, à l'autre bout de la ville. Ruth pouvait flâner à son aise dans les rues de surface presque désertes. Dans sa combinaison, personne n'aurait pu reconnaître la jeune princesse. La surface était bien plus sûre que la ville souterraine grouillante. Elle devait encore contourner le palais sur la droite pour trouver le sas d'entrée le plus proche. Son père avait fait changer les codes d'ouverture pour empêcher Ruth de fuguer de cette manière, mais les gardiens du sas ne savaient pas lui résister. Et s'ils ne lui ouvraient pas eux-mêmes le chemin vers l'extérieur, ils lui donnaient le nouveau code. C'était une façon pour eux d'obéir à la fois aux ordres du père de ne pas lui ouvrir le sas et à ceux de la fille qui désirait sortir. En tant que serviteurs, ils se devaient de ruser pour éviter de s'attirer les foudres de l'un ou l'autre membre de la famille royale. Il n'est jamais aisé de servir une famille compliquée. Heureusement que le couple royal n'avait qu'une seule fille ! C'était la plaisanterie en vogue au sein du personnel du palais.

Lorsqu'elle fut enfin dans l'enceinte du palais, elle se hâta vers ses propres quartiers. Elle ne rencontra personne dans les longs couloirs. *« Où étaient donc les gardes ? »* songea-t-elle. À peine arrivée dans son appartement, elle se hâta de se débarrasser de son horrible combinaison et des réserves d'oxygène presque vides qui l'accompagnaient, puis et se précipita vers les appartements royaux situés au sommet de la construction. Ses parents étaient attablés dans la luxueuse salle à manger royale et l'attendaient, effectivement inquiets.

— Bonjour, leur fit-elle simplement avant de rejoindre sa place habituelle autour de la grande table de cristal.

— Bonjour ma fille, lui répondit tendrement son père. Tu me sembles bien gaie ce matin. Nous t'attendions déjà depuis au moins vingt minutes !

— Ah, désolée ! répondit-elle sans montrer la moindre gêne. Je suis allée faire une petite promenade matinale.

— Tu es encore allée jusqu'au barrage ! s'exclama sa mère, d'un air désapprobateur.

— Oui, c'était magnifique ! J'aurais pu y rester des heures ! Elle souriait de toutes ses dents.

— Tu sais bien que nous n'aimons pas que tu y ailles toute seule. S'il t'arrivait quelque chose, personne ne pourrait te porter secours ! lui dit son père, feignant un air sévère qui ne trompait pas sa fille.

Il savait bien qu'il parlait dans le vide. Sa fille était aussi têtue que lui-même pouvait l'être. C'était une caractéristique familiale qui remontait à plusieurs siècles. Leur prestigieux ancêtre Louis XIV, Roi de France, n'aurait pu les contredire. La dynastie s'était faite plus que discrète après la révolution française et la décapitation du seizième du nom, mais elle ne s'était jamais éteinte. On s'était passé le flambeau de pères en fils jusqu'au moment tant attendu où elle était de revenue sur le devant de la scène politique après la Grande Colonisation. Elle ne régnait plus sur la France, ni même en aucun endroit de la Terre, mais sur Titan, la plus grande des lunes de Saturne, et la seule à posséder une atmosphère conséquente. Louis XXIX fut le premier Roi de la dynastie à avoir été couronné sur Titan, au palais de la Nouvelle Versailles, la capitale. Personne ne croyait en la survie de cette société utopique, mais après plusieurs générations, le petit royaume était encore bien là. La Grande Colonisation avait entraîné l'essaimage de bien des groupements politiques aussi bien que religieux très divers qui avaient trouvé là un moyen d'échapper à l'inquisition de la Révolution Culturelle et à l'uniformisation qu'elle entraînait. Beaucoup d'entre eux avaient disparu mais quelques-uns survécurent.

Les paysages de Titan rappelaient beaucoup ceux de la Terre. On y trouvait les montagnes, les plaines, les rivières et les lacs. Mais les montagnes étaient constituées de glace d'eau et les rivières et les lacs étaient formés par le méthane et l'éthane liquides qui tombaient en fortes pluies durant les tempêtes titaniennes. La lumière du soleil était filtrée par les épaisses couches de brumes et de nuages permanents. C'est la raison pour laquelle l'orange était la couleur dominante dans ces paysages. Au printemps, lorsque la couche de brumes se faisait moins dense, on pouvait de temps en temps voir apparaître dans le ciel la planète aux anneaux.

— Il paraît que sur la planète Terre, c'est encore plus beau !

C'était le leitmotiv de Ruth. Elle rêvait d'y aller un jour.

— Quand est ce que je pourrai y aller ? demanda-t-elle à son père.

— Je ne sais pas, lui répondit tristement son père. La situation actuelle est n'est pas favorable. Il vaut mieux attendre que les choses se calment un peu.

— Là-bas, on peut même se baigner dans les lacs ! poursuivit-elle.

Sa mère était exaspérée, mais resta muette. Son père reprit son monologue habituel quand elle abordait ce sujet :

— Tu sais bien que là-bas, c'est de l'eau qui coule, non du méthane. Il y fait près de deux cent degrés plus chaud que sur Titan. Ce n'est pas une planète aussi agréable que ça quand on n'en a pas l'habitude. C'est un monde gigantesque avec une attraction gravitationnelle beaucoup plus importante ! Tu te sentirais si lourde, et tu te fatiguerais très vite. Le soleil y est brûlant et dangereux pour nous. Et je ne parle pas des nombreux insectes et autres parasites, sans oublier les maladies que l'on peut y attraper. Tu peux déjà être contente d'habiter sur un monde avec une atmosphère. Nous n'avons pas besoin des scaphandres encombrants pour aller nous promener en dehors des cités. Ici, nous ne sommes pas en contact avec le vide spatial. Notre monde ressemble beaucoup à la Terre. Sois contente de pouvoir vivre sur Titan !

Ruth avait déjà entendu cette leçon des centaines de fois. Elle regretta d'avoir relancé cette discussion. Mais c'était plus fort qu'elle. Elle avait tellement envie de voir du pays, d'apprendre à connaître d'autres mondes. Elle songeait à Tournon, le merveilleux Tournon. Il avait un métier difficile, mais il avait la chance de visiter des mondes très différents. Tournon n'était pas originaire de Titan. Il avait été envoyé ici par son père à la mort de sa mère. Il avait une vague relation de parenté avec sa propre famille et ses parents l'avaient adopté.

— En parlant de voyages, j'ai une bonne nouvelle à t'annoncer, reprit le vieil homme. Il venait de trouver un moyen de changer de discussion.

Il continua :

— Tournon est rentré à la Nouvelle Versailles durant la nuit. Il ne va pas tarder à nous rejoindre.

Le visage de Ruth se fit encore plus rayonnant.

— Chouette, il pourra m'emmener à la montagne !

Décidément, sa fille était incorrigible pensa le Roi. La Reine ne prêta pratiquement pas attention à la conversation. Elle était perdue dans ses pensées. Elle ne parvenait pas à cacher son inquiétude aussi bien que son compagnon.

C'est à ce moment qu'un jeune homme de trente-cinq ans fit irruption dans la salle.

– Mes hommages à vous tous, je vois qu'on parle de moi, remarqua-t-il, heureux de retrouver sa famille d'adoption.

Ruth, oubliant toutes les convenances, se leva brusquement et se précipita au cou du nouvel arrivant.

– Un peu de tenue ma fille, s'offusqua la reine qui venait de sortir de sa transe.

Ils avaient tous remarqué l'affection que portait Ruth à Tournon. Ce n'était plus de l'amitié, mais de l'amour. Mais pouvait-on reprocher à une jeune fille de quinze ans de tomber amoureuse d'un jeune homme aussi charmant que Tournon. Le Roi Louis songeait à avoir une discussion sérieuse avec les deux jeunes gens. Il n'était pas convaincu que Tournon éprouvait le même sentiment pour sa fille. Il la considérait davantage comme une petite sœur.

Lorsque Ruth eut rejoint sa place et que Tournon lui-même se fut installé autour de la table, le Roi s'enquit du voyage de son ambassadeur.

– C'était épuisant. Il est de plus en plus difficile de voyager. À chaque escale il faut attendre un temps interminable pour recevoir les autorisations de débarquer, puis de repartir.

– J'ai aussi connu ça quand j'étais plus jeune et que je représentais mon père. Mais à l'époque, il était encore facile de voyager, les contraintes administratives étaient moins importantes. La situation politique interplanétaire était moins tendue et on ne se méfiait pas autant des étrangers.

L'amertume se lisait sur le visage du vieux souverain.

Ruth rompit la tristesse et apporta un peu plus de gaieté dans la discussion en demandant naïvement :

– Tu as réellement visité tous les petits mondes de Saturne ?

– Hélas oui, répondit-il, ces petits mondes sont bien mornes. Seule Encelade à quelques attraits.

Et durant tout le déjeuner, il décrivit les somptueux paysages blancs éclatants avec ses montagnes, ses gouffres, ses plaines gelées et surtout ses geysers de glace.

Ruth avalait les paroles de Tournon avec passion. Lorsqu'il avait enfin fini, la Reine dit à sa fille :

– Laissons maintenant les hommes entre eux. Ils ont sans doute des choses importantes à se dire.

Elles se retirèrent. Les visages des deux hommes se firent plus graves. Tout en remplissant deux tasses de vrai café importé de la Terre, le Roi demanda :

— Où en est la situation ?

— Les choses vont de plus en plus mal. Le divorce entre Narcisse et Zerdan est maintenant officiellement consommé. On est au bord de la confrontation armée. Atama se démène pour sauver son Alliance, mais je crois bien qu'il n'y arrivera pas.

— Ça occupera quelque temps l'esprit du Martien. Pendant ce temps il nous oubliera un peu. Ça nous laisse un sursis ! Et Enora, que pense-t-elle de tout ça ?

— Elle a elle aussi beaucoup de mal à maîtriser ses troupes. La Confédération n'est pas aussi unie qu'elle veut bien le laisser croire. Les gouverneurs passent leur temps à se chamailler, ce qui paralyse toute prise de décision.

— Voilà qui est beaucoup plus préoccupant. La Confédération est notre seule protection contre Atama et Narcisse. Et nos voisins ? J'ai entendu dire que Nagashi était dans le coin.

— Ils sont tout aussi inquiets que nous. Tout le monde croit que Narcisse se prépare à nous envahir. Il en est capable. Il est presque plus dangereux que le Martien ! Mais je n'ai pas réussi à les convaincre de s'allier à nous. Rhéa, Tethys et Dioné n'ont aucune organisation centralisée. Tant que leurs cités ne parlent pas d'une voix commune, nous ne pourrons rien négocier. De plus, ils ont peur de représailles d'Atama s'ils s'alliaient à nous. Nous sommes considérés comme le mouton noir autour de Saturne. Seul Bartolu me semble quelque peu raisonnable. En ce qui concerne Nagashi, il est venu chasser *l'Albatros*.

— C'est bien ce que j'avais cru comprendre. Ils seraient cachés quelque part dans les anneaux. Ils ne pourront pas nous livrer l'hydrogène.

— Ça peut devenir préoccupant ! Nos stocks commencent à se vider ! s'exclama Tournon.

— Pas autant que tu ne sembles le croire, répondit le Roi. Moi aussi j'ai une nouvelle surprenante à t'annoncer. Narcisse vient de reprendre le commerce avec nous. Quatre cargos d'hydrogène sont déjà en route. Depuis son embargo envers Zerdan, il cherche à écouler sa marchandise chez nous. Il ne peut pas boycotter tous ses clients à la fois ! C'est aussi une façon pour lui de provoquer Atama. Je te rappelle que c'est le Martien qui était à l'origine de l'embargo à notre encontre.

— C'est effectivement une nouvelle surprenante. C'est aussi un moyen pour Narcisse d'augmenter encore son influence autour

Saturne. Comme à son habitude, c'est lui qui profite le plus de la situation de crise à laquelle il n'est sûrement pas étranger.

– C'est vrai qu'il n'a jamais été aussi puissant. Les brumes de Titan qui nous faisaient oublier quelque peu ne vont plus suffire longtemps. Le problème est de savoir qui sera le premier à lancer une offensive !

◆ ◆ ◆

Les mauvaises nouvelles ne tardèrent pas à arriver. Mais contre toute attente, elles ne vinrent pas de là où ils les avaient attendues ! Le surlendemain du retour de Tournon, les rumeurs les plus alarmistes et les plus folles avaient envahi les faubourgs souterrains de la Nouvelle Versailles. L'affolement remplaça rapidement l'anxiété qui sévissait déjà depuis quelques temps sur la planète.

Tournon était installé en face du Roi. Ce dernier avait le teint encore plus gris que la veille. L'homme n'était plus de toute jeunesse. Avait-il encore l'énergie pour gérer cette nouvelle crise ? Se demanda Tournon. Les rois "Grand-Père" faisaient de très bons rois en temps de paix et d'abondance, mais étaient souvent incapables de faire face en des temps plus chaotiques. Et le chaos, c'était bien ce qui les attendait. Tournon eut du mal à réprimer son malaise. Comment pouvait-il ainsi juger le vieil homme qui avait tant fait pour lui, qui ne lui avait pas seulement fourni une famille, mais aussi une patrie, et surtout une vie !

Mais Tournon était aussi réaliste. Il savait que cet homme qu'il considérait comme un père ne serait plus capable de mener le Royaume si les informations qui venaient de leur parvenir se confirmaient. Devrait-il choisir entre son amour pour son père adoptif ou celui pour le Royaume ? Il réalisa qu'il devrait sans doute sacrifier l'un des deux pour sauver l'autre. Il n'était d'ailleurs pas le seul à en être arrivé à cette conclusion. Le peuple lui aussi commençait à se poser les mêmes questions. Bien qu'il n'eut rien à reprocher au Bon Roi, le peuple devait penser à son avenir et à se doter d'un dirigeant plus jeune, plus combattant. Tournon était cet homme, tout le monde le savait. Le vieux Roi aussi en avait conscience, mais pouvait-il abdiquer pour céder le pouvoir à un homme qui n'était pas issu directement de la lignée. Si seulement Ruth avait été plus âgée, un mariage aurait pu être la solution. Mais il était encore trop tôt, et malgré son affection pour son fils adoptif, il ne pouvait aller à l'encontre de principes respectés depuis des siècles et qui ont permis à la lignée de perdurer aussi longtemps. La politique était parfois encore plus cruelle envers les dirigeants qu'envers les peuples.

Les deux hommes présents dans la grande salle par ailleurs déserte étaient perdus dans ces mêmes pensées. C'est Tournon qui finalement brisa le terrifiant silence qui régnait.

— Vous pensez vraiment qu'ils ont fait ça ? Qu'ils ont pu nous trahir de cette manière ?

— Enora est pressée de toutes parts. Je peux comprendre qu'elle n'ait pas eu le choix.

Cet air défaitiste du roi conforta Tournon dans son opinion. Il avait plus que jamais perdu son esprit combatif.

— Que la Confédération se soit finalement alliée avec Atama dans un traité de non-agression, c'est effectivement compréhensible, mais comment pouvez-vous accepter la levée de sa protection de notre royaume ? C'est tout simplement nous sacrifier au loup ! C'est de la trahison pure. Nos voisins ne vont pas se priver de s'en prendre à nous maintenant. Les hommes de Narcisse ne sont pas loin et ceux d'Atama ne vont sûrement pas tarder !

— J'en suis bien conscient, reprit mollement le roi, mais nous ne sommes pas responsables du choix d'Enora. C'est une réaction très logique après tout. Narcisse est de plus en plus puissant et il a repris des contacts commerciaux avec nous. Ça n'était ni du goût de la Confédération et encore moins du Martien.

— Pour l'instant, évitons les conclusions hâtives. Nous n'avons aucune confirmation officielle de ces rumeurs, essaya de se rassurer Tournon. Enora est réputée pour son intégrité. J'ai du mal à imaginer qu'elle ait vraiment pu nous faire ça. Après tout, ce ne sont que des rumeurs. Avez-vous essayé de contacter Enora ? demanda-t-il encore.

— J'ai effectivement envoyé un message prioritaire vers la Terre il y a cinq heures. J'attends toujours une réponse.

— En attendant, nous devons réagir. Nous sommes trop isolés, et même si les rumeurs étaient fausses, nous devons nous trouver d'autres alliés plus proches de nous. Nous ne sommes pas une puissance militaire, mais nous nous défendons bien au niveau de la diplomatie. C'est une des raisons pour lesquelles nous avons survécu jusqu'à présent.

— Et c'est toi notre meilleur ambassadeur. Je te fais entièrement confiance. Penses-tu à un nouvel ami potentiel en particulier ? Vue la situation politique interplanétaire actuelle, il va être très difficile de choisir le moins pire parmi eux.

— Nous avons déjà de bonnes relations avec Bartolu ! Il n'est pas très puissant, mais pour l'heure c'est lui, le dirigeant qui contrôle au mieux son monde autour de Saturne, après vous, bien entendu !

— Un petit royaume et une petite cité-état, ça ne nous mène pas très loin.

— C'est un début. Ensemble nous pourrions peut-être fédérer tous les mondes saturniens et en profiter pour faire un grand ménage. Après tout, les mondes de Jupiter aussi bien que les mondes d'Uranus sont unifiés !

— À chaque fois par un dictateur sanguinaire, je te rappelle.

Le vieux roi venait de marquer un point.

Le souverain reprit :

— Tu m'as dit toi-même que nous n'avions pas d'interlocuteurs valables autour de Saturne. Mais je peux tout de même me charger d'essayer de poursuivre nos efforts de rapprochement avec les autres lunes saturniennes. Je vais commencer par convaincre Bartolu de nous aider. Mais nous devons aussi nous rapprocher de quelqu'un qui a un peu plus de poids politique, et aussi militaire.

— Parmi nos proches voisins, il n'y a que Narcisse ou Zerdan, et je crois que toute alliance avec Narcisse me semble suicidaire, même s'il a fini par renouer des liens commerciaux avec nous.

— Il est vrai qu'entre les deux, Zerdan représente sans doute le moins pire. Il n'a jamais montré de désir d'expansion territoriale vers nos mondes, contrairement à Narcisse.

— Mais ça ne signifie pas qu'il n'en ait pas. C'est l'ennemi juré de Narcisse, et l'appropriation de nos territoires par Zerdan déplairait beaucoup à Narcisse qui les convoite, donc ne serait pas pour déplaire à Zerdan.

— Quoi que nous fassions, nous risquons donc d'être perdants. Mais nous devons choisir notre camp, bien que sachant que nous risquons d'être phagocytés pas celui que nous aurons choisi et haï encore davantage par l'autre.

Après trente secondes de silence, le roi reprit :

— Je pense tout de même que Zerdan serait le meilleur choix. Je te propose de te préparer pour un voyage diplomatique vers Jupiter. Je vais te faire préparer un astronef pour demain matin. Mais ce voyage devra rester des plus secrets. Pour l'instant, Narcisse nous livre son hydrogène et semble avoir réfréné son envie de nous attaquer. Alors essayons de faire durer cette situation le plus longtemps possible. Qui sait sa réaction lorsqu'il apprendra notre démarche. De mon côté, je vais essayer de voir ce qui peut être fait localement pour renforcer nos liens avec nos voisins saturniens.

Le roi venait de se métamorphoser sous les yeux de Tournon. Il venait de reprendre en mains la destinée de son royaume. Peut-être que c'était le manque d'action qui l'avait ramolli. Et cela était en train de changer. Cette conversation avec Tournon lui avait redonné un peu d'espoir, en tout cas, l'envie d'entreprendre quelque chose, fut-ce futile, pour essayer de sauver son royaume.

Lorsque Tournon sortit de la grande salle il entendit un faible mais distinct *merci*. Il venait de redonner au peuple un dirigeant actif, et le dirigeant lui-même en était conscient. Le problème de la succession en était du coup réglé pour un petit moment. Le Bon Roi allait encore faire l'affaire quelques temps. Quant à lui, il fallait se préparer à son nouveau voyage. De son séjour à Memphis dépendait l'avenir de tout un peuple.

Le lendemain, dès l'aube, l'astronef s'élança vers les nuages orange du ciel de Titan, les traversa pour entrer dans le vide noir et glacial de l'espace. Tournon quittait une fois de plus son monde adoptif, pour un très long voyage dans l'univers parsemé d'embûches que les humains s'étaient créées autour de leur étoile, Sol. Ruth n'irait pas de sitôt dans les montagnes de Xanadu !

Chapitre 13

La Confédération

Un message urgent venait d'arriver dans le bureau de Virginia. C'était le troisième en moins d'une heure. Le code d'arrivé sur l'écran du com indiquait qu'il venait lui aussi de Titan. Elle l'effaça sans le consulter, comme elle l'avait déjà fait avec les deux précédents.

— Je refuse d'écouter ce traître ! se justifia-t-elle devant Farney.

Ce dernier l'avait contactée deux heures plutôt, le visage grave.

— Que vous arrive-t-il donc mon cher gouverneur ? demanda-t-elle, presque amusée de son air grave.

Elle perdit très vite son sens de l'humour lorsque Farney lui annonça pourquoi il désirait la voir.

— Des bruits courent, Présidente. Les Titaniens nous auraient trahis ! Le petit Roi semble s'être allié avec Narcisse ! Nous venons de perdre notre dernier allié !

— En êtes-vous sûrs ? Ce ne sont peut-être que des bruits ! Quelles preuves avez-vous ?

— D'abord, Narcisse a repris ses livraisons vers Titan.

— Ça ce n'est pas une preuve, l'interrompit Virginia. C'est peut-être simplement un moyen pour Narcisse de défier Atama.

— C'est aussi ce que je croyais, mais les rumeurs prouvent que ne n'est pas seulement ça. Les espions de Kovalsky rapportent les mêmes bruits que les nôtres. Pour une fois qu'ils sont d'accord !

Et maintenant le traître insistait pour les joindre. Ce n'était pas une coïncidence ! Après l'affaire Gallaway, elle estimait qu'il s'agissait là de la goutte d'eau qui allait faire déborder le vase de sa colère. Elle avait eu trop confiance en ce roitelet de pacotille. Il paraissait pourtant inoffensif ! Il fallait absolument réunir le Conseil. Elle espérait que le choc de la nouvelle forcerait la Conseil à prendre une décision forte et unanime.

Ce n'était pas que la petite colonie éloignée fut d'une quelconque importance économique pour la puissante Confédération. Mais il s'agissait d'une alliance stratégique. C'était le dernier lien de la Confédération avec un Monde Extérieur, stratégiquement localisé sur le chemin reliant les Empires de Narcisse et de Zerdan. Tout ce qui venait des mondes d'Uranus devait obligatoirement transiter par Saturne. Et il était d'une importance capitale d'avoir un allié là-bas, surtout en ces temps troubles. De plus, cet événement écorchait encore un peu plus l'image de la Confédération. Partout, on riait de son impuissance et cette trahison n'allait rien améliorer. Un petit royaume décidant de défier la Terre. David narguait une fois de plus Goliath !

Cette fois, Virginia était persuadée que le Conseil allait prendre une décision. Il fallait restaurer l'image de la Confédération.

◆◆◆

Sigma était très excité. Il avait attendu le signal déjà depuis longtemps. Et le signal avait fini par arriver. Le signal avait parcouru près d'un milliard de kilomètres depuis Saturne, mais il était arrivé. Et personne à part lui ne l'avait remarqué. Il avait répété son plan des centaines de fois. Tout avait été calculé. Epsilon de son côté devait ressentir la même excitation. Les dernières frasques de l'Empereur Fou comme on appelait Narcisse sur la Terre avaient sans doute fini faire décider les supérieurs qu'il était temps d'agir.

Ils devaient maintenant mettre en pratique tout le savoir psychologique qui leur avait été enseigné dans ce but. Manipuler les gens en les caressant dans le sens du poil, en utilisant leurs craintes, leurs haines et leurs ambitions. Les gouverneurs de la Confédérations étaient des gens excessivement ambitieux et haineux. Le tout était de les retourner définitivement les uns contre les autres, tout comme cela avait été fait avec les "Trois Empereurs". Et c'est ce qu'ils s'apprêtèrent à faire

◆◆◆

Deux heures après la rencontre entre Virginia et Farney, le Conseil prit une décision, mais ce n'était pas du tout celle que Virginia attendait. Les discussions avaient été animées comme d'habitude jusqu'à ce que Kovalsky fasse une proposition qui surprit Virginia :

– Pourquoi ne pas aussi nous allier à l'Alliance créée par Atama ! C'est le seul moyen de faire à nouveau régner la paix !

Pendant près de quinze secondes, le silence fut total. Chacun épiait l'autre par visiophone interposé, attendant une réaction. On lisait la consternation sur certains visages, la joie sur d'autres, l'indifférence sur le dernier.

— Traître ! s'écria enfin Virginia. Elle venait de craquer. Elle savait pourtant qu'elle n'avait pas à intervenir dans les débats si ce n'était pour arbitrer et ratifier les décisions prises.

Farney, qui lui aussi n'arrivait plus à se contenir, bondit hors de son siège et hurla :

— Vous avez de la chance d'être à Kiev, Kovalsky, sinon je vous aurais étranglé sur-le-champ !

À chaque intervention de l'un des gouverneurs, le ton monta un peu plus et la discussion se transforma finalement en bagarre généralisée. Le système de brouillage du réseau empêcha des oreilles indiscrètes d'entendre les insultes qui voyageaient d'un continent à un autre.

Virginia qui s'était ressaisie, essaya vainement de jouer son rôle d'arbitre et de calmer la situation, mais Kovalsky porta le coup de grâce en la mettant définitivement hors-jeu. Après tout, elle n'avait aucun pouvoir légitime, elle avait été nommée par les gouverneurs, non élue démocratiquement par le peuple comme c'était le cas des gouverneurs, ceux qui s'entre-déchiraient !

Virginia venait de perdre toute crédibilité. Elle jeta l'éponge. Elle espérait cependant que tout allait revenir à une situation normale dès que ses interlocuteurs se seraient calmés. Ce n'était pas le premier Conseil houleux qu'elle présidait. Ils finiraient par se rendre eux-mêmes compte du ridicule de la situation. Mais c'était sans compter avec Kovalsky, qui décida d'abattre ses dernières cartes :

— Je ne reconnais plus Enora comme Présidente ! L'Eurasie va engager un processus de sécession. La Confédération qui ne fait que freiner notre développement. Évidemment les états d'Amérique et de la Lune suivirent leur leader.

C'est ainsi que la toute puissante Confédération se saborda, sans que les populations invoquées n'aient eu leur mot à dire.

L'intérêt de la Terre avait toujours été l'union. Cet éclatement semblait inconcevable. Et pourtant la moitié des états avaient décidé de partir, sans doute pour rejoindre l'Alliance Martienne. Rien n'avait été prévu dans la constitution pour éviter une telle catastrophe. On n'avait jamais voulu donner plus de pouvoirs à la fonction présidentielle pour éviter toute dérive vers un totalitarisme. Trop de pouvoir dans une seule main était évidemment dangereux. Mais trop de pouvoir partagé l'était tout aussi, songea-t-elle. Et c'est à cause de ces considérations démocratiques que la Confédération avait peu à peu perdu de son influence et avait fini par éclater.

Virginia avait soupçonné Kovalsky de jouer le jeu du Martien depuis longtemps, mais elle n'avait pas imaginé pas qu'il se dévoilerait si vite. L'attaque ratée de la CTC contre Atama en était sans doute à l'origine. De plus, les problèmes que rencontrait Atama avec ses autres alliés de l'Extérieur avaient aussi dû précipiter les événements.

Lorsque les écrans furent à nouveau tous noirs, Virginia et le gouverneur Farney restèrent prostrés sur leurs sièges respectifs, l'un à côté de l'autre. Virginia brisa le silence de mort au bout de trois minutes :

— Bon, il va falloir tout recommencer à zéro ! Rien n'est officiel et je pense que la raison reprendra le dessus. Mais ça va nous faire un sacré boulot mon cher Yann !

Le gouverneur Farney s'étonna de cet optimisme. Il ne dit rien.

— Au fait, continua Virginia, qu'en est-il de ces chers *Gaïans*, les a-t-on enfin repérés ?

— Nous avons attrapé quelques fanatiques, mais ils refusent de nous révéler où se cache leur chef. D'ailleurs je ne pense pas qu'ils le sachent. Le Doc recrute via le Réseau Com Mondial. Certains pensent qu'il se cache dans l'une des réserves naturelles interdites.

— Pour un écologiste, il me semble bien peu soucieux du respect des lois de protection de la nature !

— La preuve que ce n'est pas un écologiste, mais un fou. Un fou dangereux qui semble avoir de plus en plus d'adeptes. D'ailleurs il n'est pas le seul à être fou !

Virginia comprit l'allusion à ce qui venait de se passer au Conseil. Avec un sourire forcé elle reprit :

— Vous me semblez bien désabusés. Ce n'est pourtant pas la première fois que nous perdons une bataille !

— Je crois que cette fois nous avons perdu la guerre.

— Que vous dites ! Rien n'est encore perdu. Il faudra du temps, mais nous finirons bien par les convaincre de revenir sur leur décision. Nous n'avons fait qu'affaiblir notre crédibilité. Aussi bien au niveau économique que militaire, nous restons la première puissance dans le système solaire !

— Pas quand Atama aura pris le pouvoir sur la moitié de notre territoire et donc de nos ressources !

— Ce n'est pas encore fait. N'oubliez pas que les populations de la Terre n'ont pas encore été consultées. À nous de nous battre pour les convaincre et faire plier leurs dirigeants. Nous allons tout de suite lancer une campagne d'information à l'échelle planétaire !

— Et contre la secte des *Gaïans*, pensez-vous que nous devons aussi lancer une campagne d'information.

Enora resta silencieuse pendant quelques secondes avant de répondre:

— Pour l'instant, je préfère ne pas intervenir. Nous avons négligé un aspect social primordial. Nous avons banni les religions de notre société lors de la Grande Révolution Culturelle. Mais les humains ont besoin de spiritualité, de s'accrocher à quelque chose pour donner un sens à leur vie. La nouvelle frontière ouverte par la Grande Colonisation a permis de compenser ce manque. Mais ce temps est révolu, nous n'avons plus vraiment de nouveaux endroits à explorer, à coloniser, nous n'avons plus vraiment de but ultime. Du moins tant que notre technologie ne nous permettra pas de voyager vers d'autres étoiles. L'humanité est de nouveau entrée dans une période d'attente, de passivité. L'humanité n'a plus de grands rêves. C'est ce qui explique le succès des *Gaïans*. Le Doc l'a bien compris, il est le seul à proposer une marchandise dont tout le monde à tant besoin. Ça fait longtemps que je songe à ce problème.

— Mais y a-t-il vraiment une solution ? Peut-on forcer les gens à aller contre leur nature ? S'ils ont besoin de spirituel, il est dangereux de les en priver.

— C'est pourquoi il faut leur donner ce qu'ils veulent. Le seul moyen de contrer le Doc est de lui faire concurrence. Nous devons trouver le moyen de lancer une contre-attaque spirituelle, d'offrir encore mieux.

— Vous voulez dire que nous devrions imaginer une sorte de nouveau dogme religieux bien plus attrayant que le dogme *gaïan* ?

— Une religion que nous contrôlerions. En même temps, ce serait une manière de reprendre le contrôle de la totalité de la Confédération. Un contrôle différent, mais le résultat serait le même. Après tout, la religion et la politique, c'est un peu la même chose.

Après quelques secondes de réflexion Virginia continua :

— Et tant que nous y sommes, pourquoi ne créerions nous pas aussi nous-mêmes notre propre opposition !

Farney, s'il fut choqué par cette remarque, ne laissa rien paraître. Il répondit avec humour :

— Vous ne pensez pas que nous avons déjà assez d'oppositions ainsi ?

— Mais nous ne les contrôlons pas. Imaginez un parti qui officiellement s'opposerait à nous et canaliserait les voies des mécontents, mais qui n'aurait aucune chance de gagner une élection majeure puisque nous œuvrerions dans ce sens.

— Mais que deviendrait alors la démocratie ? s'offusqua Farney.

— La démocratie a-t-elle jamais vraiment existé ? se contenta de répondre cyniquement Virginia.

◆◆◆

La nouvelle avait fini par arriver aux oreilles du Docteur. Il était encore dans sa cachette en forêt amazonienne. Les ennuis de la Présidente Enora ne pouvaient lui être que bénéfiques. Il espérait qu'elle l'oublierait un peu. Il devait être de plus en plus prudent. Les agents de Kovalsky et ceux de Farney étaient à ses trousses. Cela n'avait pas grande importance dans la mesure où il avait pris ses précautions. De toute manière, il était sur le point de déménager vers un autre endroit, tout aussi sûr.

Le même Kovalsky était en train de brader la planète à un Extérieur, un impie, le chef des Martiens. Jamais le Docteur ne laisserait Gaïa entre les mains d'un Non-Terrien. Enora au moins n'avait jamais abandonné la Planète Mère. Il fallait absolument entreprendre quelque chose contre Kovalsky et son abominable trahison. Une action d'envergure montrerait en même temps aux yeux du monde qu'il n'était pas qu'un rigolo proférant des menaces en l'air. Il fallait se lancer dans des actions plus concrètes et le traître de Kovalsky serait le premier à en faire les frais !

Chapitre 14

Les *Uranoptères*

« Portrait des *Uranoptères* :

Les témoignages accumulés permettent de dresser un portrait-robot assez fiable. Il faut cependant signaler que ces témoignages sont extrêmement variables. Il a fallu, dans un premier temps, faire un tri et éliminer les histoires les plus farfelues et les plus douteuses. Ce premier tri a permis de faire ressortir des constantes.

Commençons par les descriptions qui sont revenues le plus fréquemment : voiliers, planeurs, cerfs-volants, chauves-souris sans têtes, et dragons. Tous ces témoignages attestent de la présence d'ailes ou d'organes analogues. Pour simplifier la compréhension et en attendant de plus amples informations, nous appellerons ces structures des ailes. S'agit-il d'une aile unique ou d'une paire d'ailes ? Nous n'avons pas de réponse à cette question.

Par contre nous savons qu'ils ne possèdent ni têtes, ni appendices d'autre sorte. Leur structure morphologique semble se limiter à cette (ces) aile(s). Cette morphologie est compatible avec leur milieu de vie exclusivement aérien – voir chapitre sur le milieu de vie. Les témoignages ne permettent pas de dire si les *Uranoptères* se meuvent d'eux-mêmes ou s'ils dérivent passivement. Ni battements d'ailes, ni autres mouvements n'ont été décrits. Cependant nous devons rappeler que les spécimens observés le furent dans des conditions non idéales, à grande distance et furtivement.

Nous avons aussi pu déduire qu'ils étaient dans tous les cas de couleur sombre. Cependant, les descriptions ne permettent pas de définir la teinte exacte, ou même de dire qu'elle est identique d'un spécimen à l'autre.

Ce qu'il est par contre possible de définir avec une certaine précision, c'est leur taille. Reviennent régulièrement dans les témoignages dignes de foi les qualificatifs de gigantesques, énormes, grands, larges. Le simple fait que les témoins aient pu les observer va dans ce sens. Les sondeurs des capsules plongeantes ne les ont jamais détectés, malgré leur portée de deux kilomètres. Cette limite nous permet d'estimer une taille minimale de cent mètres d'envergure pour expliquer les observations décrites. On ne peut toutefois exclure le fait qu'ils ne soient pas détectables par les sondeurs, bien que cela semble hautement improbable. »

Je me demandais comment un homme qui n'avait jamais quitté la Terre avait pu rassembler matière à écrire ce livre de trois cent cinquante-deux pages sur un sujet dont on ne connaissait pour ainsi dire rien. Sur la page opposée se trouvait une représentation de ce portrait-robot sommaire. La ressemblance avec ce que j'avais personnellement observé lors mon unique plongée était troublante. Je n'avais plus de doutes, maintenant j'étais persuadé que je n'avais pas rêvé. Mais qui me croirait ? Je décidai de poursuivre mon enquête discrètement sans révéler à qui que ce soit mon secret. Mais en même temps, je ressentis le besoin de me confier. Ce dilemme se résolut plus vite que je ne le crus.

La première partie de l'ouvrage comportait tous les témoignages accumulés sur quatorze années d'investigations. Il y en avait cent douze. Une soixantaine seulement avait été considérée comme digne de foi. La seconde partie contenait la synthèse de ces témoignages. C'est par cette partie que j'avais commencé ma lecture. Enfin, dans la troisième partie, en se fondant sur la connaissance de l'environnement dans Uranus et sur l'évolution de la vie sur Terre, l'auteur tentait d'imaginer le mode de vie de ces organismes.

Je fus interrompu dans ma lecture par un appel sur l'interphone de ma cabine. C'était Louisa qui, depuis la passerelle, me rappela que notre tour de garde était de nouveau arrivé. Cela m'était complètement sorti de l'esprit, tant j'étais fasciné par l'Encyclopédie. Depuis cinq jours que nous étions en orbite, aucun incident majeur ne s'était produit. Seul, le passage d'un glaçon de seize mètres de diamètre environ, à un kilomètre et demi devant l'*Albatros*, avait rompu momentanément la monotonie de la surveillance. Le fragment s'était précipité vers les nuages froids de la planète géante. Il ne les avait sans doute jamais atteints. Il avait probablement été stoppé net sur sa trajectoire par un autre glaçon se trouvant sur sa route. Il était sans doute lui-même issu d'une collision de deux icebergs, quelque part vers l'extérieur.

Je rejoignis en hâte mes amis sur la passerelle. Ils étaient tous les trois assis dans la pénombre devant leurs écrans. Dehors, il faisait étrangement sombre. Le bord de la planète géante était habituellement visible sur la gauche de la baie transparente de la passerelle. Je me rendis compte que nous volions dans l'ombre de la grande planète, dans la nuit saturnienne. Au loin on pouvait apercevoir les minces croissants de trois lunes. Il s'agissait de Mimas, Dioné, et tout au loin,

Titan. Seuls les écrans de contrôle illuminaient la pièce. L'Amiral et les autres pilotes étaient absents. Nous étions en période de sieste. L'Amiral s'était sans doute réfugié dans la bibliothèque. Les autres étaient allés se coucher. En cas de problème il nous suffisait de donner l'alerte et en trente secondes la passerelle serait à nouveau pleine de monde. Si rien ne se produisait, je savais que nous ne serions pas dérangés pendant toute la durée de la garde.

Ce n'est que lorsque je pris place devant l'écran de contrôle qui m'avait été assigné que je me rendis compte que j'avais encore l'Encyclopédie dans ma main. Il était trop tard pour la dissimuler. Mes trois compagnons m'avaient observé à mon arrivée et malgré la faible lueur des écrans, ce que je portais était parfaitement visible.

— Tu as emporté de quoi lire ? Notre compagnie ne te suffirait-elle plus ? me questionna Alex.

Je me sentis gêné. Je ne voulais pas que mes amis pensent une pareille chose. Mais je ressentis aussi un malaise qui ne venait pas que de moi. Mes compagnons aussi n'avaient pas leur air enjoué habituel.

— Non, non, démentis-je. Je n'ai pas pris le temps de le ranger pour éviter de prendre encore plus de retard. Je m'excusai encore auprès d'eux pour mon retard.

— Ça doit être fichtrement intéressant pour que tu en sois arrivé à nous oublier. C'était une réflexion de Louisa qu'il fallait prendre pour une question.

Nous venions juste d'arriver et en avions pour cinq heures. Ils venaient de trouver un sujet de discussion et je ne voulais pas m'enfoncer dans un mensonge inextricable. Je leur expliquai donc ce que j'étais en train de lire.

À ma grande surprise, aucun de mes compagnons de garde ne parut amusé. Ils étaient réellement fâchés, pensai-je alors.

— Et qu'en penses-tu toi, de ces *Uranoptères* ? demanda encore Louisa.

Fran resta silencieuse, mais sur son visage teinté de bleu par son écran de contrôle je distinguai nettement le malaise. Alex resta sans broncher. Il suivait la scène avec attention.

— C'est assez intéressant, répondis-je.

— Ce n'était pas la question que je te posais !

— Tu veux sans doute que je te dise si j'y crois ou non ?

— Je vois que tu as compris.

Je ne comprenais pas pourquoi elle me poussait ainsi dans mes retranchements. Savait-elle quelque chose ? Et que signifiait le comportement de Fran ? Alex lui aussi ne se comportait pas comme à son habitude.

Finalement, je décidai de tout leur raconter. Quand ce fut fait, Louisa fut la première à réagir.

— Je me doutais bien que tu en avais vu un, quand nous étions là-bas. À voir la tête que tu faisais, ça ne pouvait être que cela. Pourquoi ne pas m'en avoir parlé ?

J'étais maintenant sur la défensive.

— Je pensais d'abord que c'était une hallucination. Je n'avais jamais entendu parler de ces *Uranoptères* jusqu'au jour où j'ai découvert ce livre, je n'avais aucune raison d'en parler avant !

Louisa avait vraiment l'air désolée. Elle continua :

— Je dois aussi t'avouer quelque chose. Je te soupçonnais d'en avoir vu un, même si moi je n'avais rien vu. C'est moi qui ai placé ce livre dans la bibliothèque. C'est aussi pourquoi je t'ai montré cette même bibliothèque. Je pensais que ça t'aiderait à en parler. Ce n'est jamais sain de garder ces choses pour soi.

Il me fallut du temps pour prendre conscience de ces nouvelles informations. Je compris alors un peu mieux pourquoi j'étais tombé si rapidement sur l'ouvrage. J'avais été manipulé.

— Ainsi, tu t'es jouée de moi ! lui lançai-je avec une colère réelle.

— Non, ne crois pas ça, répondit-elle, plaintive. Je l'ai fait uniquement pour toi, pour t'aider. J'ai beaucoup souffert de mes mensonges et il était aussi temps que je te confie la vérité.

— Et nos amis sont au courant ? demandai-je encore en désignant Fran et Alex.

— C'était mon idée, intervint brusquement Fran.

Je compris mieux son malaise.

— Et toi, Alex ? osai-je encore.

— Les filles viennent juste de m'en parler, répondit ce dernier. Tu dois me croire, insista-t-il.

— Mais que signifie toute cette histoire ?

Il fallait que je sache ce qui se tramait derrière mon dos. Mes amis m'auraient-ils trahi ? Je n'étais pas d'un tempérament paranoïaque, mais j'avais l'impression de le devenir.

— Fran, je crois que tu peux parler, continua Louisa.

Je compris alors que je n'étais pas encore arrivé au bout de mes surprises.

Et Fran parla :

— C'est arrivé lors d'une plongée précédente. Nous avions presque fini lorsque nous avons eu un accident.

– Je connais l'histoire, l'interrompis-je. On en a beaucoup parlé à bord. Vous êtes tombés sur une mine dérivante laissée là par Narcisse, je crois. Vous avez failli y rester.

– Ce n'était pas une mine de Narcisse, répondit sèchement Fran. On a supposé cela car personne n'avait rien vu. Mais moi j'ai vu, mais je n'ai pas osé en parler. Pour les mêmes raisons que toi, ajouta-t-elle en me regardant dans les yeux. La frayeur était perceptible dans les siens. Et la teinte bleue de son visage ne fit rien pour l'atténuer.

– Qu'as-tu donc vu ? demandai-je, curieux et excité à la fois.

– Ça s'est passé tellement vite, mais juste avant le choc j'ai cru distinguer une ombre passer derrière le hublot. Mes compagnons étaient occupés avec leurs instruments et la seconde capsule se trouvait loin devant nous. Ils n'ont rien remarqué.

– Juste une ombre ? demanda Alex pour la relancer.

Fran essaya de se ressaisir en inspirant et expirant deux fois puis reprit, au bord des larmes :

– Non, pas juste une ombre. Sur le coup, il fallait faire vite pour sauver nos vies et je n'ai pas eu le temps d'y songer. Ce n'est que plus tard que l'image me revînt nettement à l'esprit. J'avais l'impression que nous venions de croiser une sorte de grand voilier. C'était vraiment une énorme voile triangulaire grise qui se terminait en pointe. Et ça continuait vers le bas, bien au-delà du champ de vision à travers le hublot. Je suis sûre que c'est ce qui nous a heurtés.

– Donc nous ne sommes pas fous, conclus-je, quelque peu rassuré. Ils existent vraiment. Mais je doute que les autres nous croient. C'est un sujet tabou à bord de *l'Albatros*.

– Il est possible que d'autres compagnons aient eux aussi eu la vision et n'osent l'avouer, suggéra Alex.

– C'est vrai, répondit Louisa, et nous devrions mener notre petite enquête pour le savoir.

Nous étions tous d'accord avec cette proposition.

– Cependant, nous devrons rester très discrets. Il ne faut pas que nos compagnons se doutent de quelque chose, reprit Louisa.

– Je vous fais confiance pour ça, répondis-je ironiquement. Personne ne complote aussi bien que vous !

J'eus ma petite vengeance. Ma remarque fit rire l'ensemble de mes compagnons et permit de détendre un peu l'atmosphère. Nous venions de crever un abcès !

Une heure venait de s'écouler sans que nous ne nous en apercevions. Nous décidâmes de nous retrouver plus souvent dans une de nos cabines pour faire le point de nos investigations. Nous venions de trouver un moyen excitant pour passer le temps à bord.

Soudain, l'éclairage se fit plus intense. *L'Albatros* venait de sortir de l'ombre de Saturne. Les courants nuageux variant du jaune au blanc en passant par le beige étaient à nouveau visibles à gauche, derrière la baie transparente. On distinguait nettement les turbulences sous les brumes glaciales de la géante aux anneaux. Jamais aucune capsule habitée n'avait plongé dans cet océan de gaz. On avait bien essayé avec des sondes automatiques, mais elles n'étaient jamais revenues des profondeurs. Elles décrochaient très rapidement. Je me demandai si d'autres créatures n'erraient pas elles aussi sous ces nuages.

Au loin, le croissant de Mimas s'était légèrement agrandi. Cela me rappela que le lendemain, Bill et Oliver partiraient à la chasse aux provisions. Ils profiteraient de l'approche maximale de *l'Albatros* de cette lune. Je me demandai ce que pouvait bien faire Bill à ce moment. De sa réussite dépendraient nos survies. Dormait-il ?

Nous étions en train de commenter les chances de la mission de Bill lorsque l'équipe de relève se présenta sur la passerelle. Louisa m'accompagna dans ma cabine et j'aperçus Fran et Alex entrer eux aussi dans une même cabine. Il m'avait bien semblé que quelque chose se passait entre les deux. Ce soir-là fut vraiment une soirée pleine de révélations.

Rien n'allait plus entre Hurley et le capitaine Nagashi. Ils en étaient au cinquième jour de recherche et n'avaient toujours trouvé aucune trace du cargo. Le *Redoutable* s'était posé au cosmoport de Samarkhand pour s'approvisionner en carburant. En même temps, Nagashi avait prévu de rencontrer le gouverneur de la cité pour lui soumettre une proposition de Narcisse.

— Mes hommes commencent à réclamer, se plaignit Hurley, debout dans le cockpit. Ça fait cinq jours qu'ils cherchent sans relâche. Nous n'avons toujours rien reçu, même pas une petite avance. Et je ne parle pas du carburant que nous avons consommé. Nous n'étions pas censés perdre notre temps comme ça !

— Ce n'est pas de ma faute si vous avez été incapables de les intercepter à leur arrivée. C'est de votre faute tout ça ! Alors cessez de râler et bougez-vous un peu, sinon, vous ne serez pas payé du tout !

Le capitaine en avait assez de supporter les plaintes de ces incapables. Il reprit :

— Je dois faire un rapport à Messina, et si nous ne remplissons pas notre mission, je ne donne pas cher de nos peaux à tous les deux. Nous n'avons aucun droit à l'échec. Si Narcisse ne peut pas passer sa colère sur les fugitifs, c'est sur nous qu'il le fera, ajouta encore le capitaine.

Son intervention fit son effet puisque Hurley resta sans réponse. Il savait que son interlocuteur disait la vérité et commença à regretter de s'être fourré dans cette situation. Le marché avait pourtant été simple, on lui avait demandé d'intercepter un cargo de sept cents mètres de longs à son arrivée auprès d'une des lunes de Saturne en échange d'une cargaison d'or. Cela avait semblé être un jeu d'enfant. Évidemment il ne s'attendait pas à ce que le cargo disparaisse dès son arrivée. Et maintenant il ne pouvait plus faire marche arrière. Et comme si ça ne suffisait pas, ses propres hommes commençaient à se révolter. Ils travaillaient depuis cinq jours, sans avoir vu ne serait-ce qu'un gramme du métal précieux.

Le capitaine reprit :

— N'ont-ils toujours pas donné signe de vie ?

— Toujours rien.

— Ils vont le faire. Le capitaine semblait certain de son fait.

— Je n'en suis pas aussi sûr. Il est possible qu'ils soient allés sur une autre lune.

— Impossible, nous les aurions remarqués.

— Si vous le dites, fini par dire Hurley en se retournant et quittant la pièce, découragé.

Nagashi resta seul, plongé dans ses pensées. Il n'avait jamais failli à une mission, et celle-ci se présentait comme simple. Il n'en haïssait que davantage Tulk et son équipage. Il commença à douter que son plan fût le bon. Et si Hurley avait raison ? Peut-être qu'en ce moment même, le vieux Tulk atterrissait triomphalement quelque part sur Dioné, ou Téthys, ou encore Rhéa. Et lui, le capitaine respecté du *Redoutable*, attendait bêtement à Samarkhand.

Ou peut-être ne s'étaient-ils jamais arrêtés dans le coin. Peut-être se trouvaient-ils loin vers l'étoile centrale. Dans ce cas, il ne les rattraperait plus. Mais son intuition lui disait d'attendre en cet endroit, et c'est ce qu'il allait faire !

Cette conversation avec Hurley faillit lui faire oublier son rendez-vous avec le maire local, Anatoli Bartolu. Celui-ci l'attendait au dixième étage de la tour centrale. Samarkhand était une réplique exacte des cités uraniennes, mais à une plus petite échelle. L'homme était petit et barbu, et n'impressionnait pas du tout Nagashi. Les salutations furent faussement chaleureuses. Bartolu lui indiqua un siège avant de s'installer lui-même derrière son bureau. Ce bureau était visiblement trop grand pour lui et seul la tête et le haut de la poitrine dépassaient encore.

— On m'a dit que vous étiez venu me proposer un marché ? demanda le petit homme d'une petite voie.

— Disons, une petite affaire juteuse, répondit Nagashi, essayant d'attiser la curiosité de son interlocuteur.

— Mais encore ? insista Bartolu.

— Vous savez que nous avons déjà des hommes à notre solde sur la plupart des mondes de Saturne.

— Ça ce n'est pas nouveau et ça n'a rien d'étonnant. Tout le monde à des hommes à sa solde ici. Il n'y a d'ailleurs que ça.

Nagashi s'étonna de cette réflexion. L'homme en face de lui était plus sûr de lui qu'il ne l'eut cru. Il devait changer de tactique. Le mieux était d'en arriver directement aux faits. Il reprit :

— Je suis venu au nom de l'Empereur des Mondes Réunis d'Uranus, Narcisse le Grand pour vous proposer un pacte.

Bartolu sourit à cette intervention. Était-ce l'utilisation du titre pompeux ou bien l'idée d'un pacte avec Narcisse ? Les deux sans doute. Nagashi fit semblant de ne s'apercevoir de rien et poursuivit :

— Narcisse pense qu'une alliance entre nos mondes serait bénéfique pour tous les deux.

Bartolu éclata de rire et l'interrompit encore :

— Vous venez me proposer de devenir vassal du vieux fou Uranien ?

— Réfléchissez un peu. Vous ne contrôlez que cette cité, et encore vous croyez le faire. En réalité, vous êtes sous le joug du Martien, de la Terrienne, et de tous ceux qui ont des moyens financiers de vous mettre la pression.

— Je vous signale que c'est exactement ce que vous êtes en train de faire.

Nagashi était un soldat, pas un diplomate. Fâché, il reprit :

— Laissez-moi finir. Vos mondes sont pauvres et sans ressources. Le chaos règne partout ici. Nous vous proposons une aide militaire pour rétablir l'ordre, plus des réductions sur les achats d'hydrogène et des autres produits que vous êtes obligés d'importer. Nous vous offrons de régner sur six mondes au lieu de vous contenter de cette petite cité !

— Et que vous rapporterait cette Alliance ? demanda alors Bartolu songeur.

— Cela nous permettrait d'accroître notre territoire et surtout d'approcher notre influence du centre. De plus, nous pourrions mieux surveiller nos ennemis de Titan.

— Ennemis est un grand mot, ils sont parfaitement inoffensifs. Je viens encore de discuter avec un de leurs émissaires récemment.

— Ce sont des alliés de la Terre !

— Disons que la Terre les protège. En cas de guerre, ils seraient un piètre allié ! Mais dites-moi, pourquoi vous m'avez choisi moi ? Le gouverneur Herring sur Mimas me semble être un bien meilleur candidat !

Nagashi avait vraiment sous-estimé le petit homme.

— Vous nous sembliez moins instable et donc plus fiable.

La réponse n'était sans doute pas convaincante, mais Bartolu devait s'en contenter.

— Je vais réfléchir à votre intéressante proposition. Maintenant, veuillez m'excuser, j'ai un autre rendez-vous urgent.

Cet homme était en train de mettre Nagashi à la porte. « *Celui-là aussi, je m'en occuperai !* » pensa-t-il. En sortant du bureau, le capitaine vexé précisa encore :

— Je ne suis plus ici pour très longtemps, alors ne réfléchissez pas trop. Nous pourrions très bien faire la proposition à un autre.

Le maire de Samarkhand resta seul devant la baie transparente de son bureau. La proposition était tentante. Mais s'il l'acceptait, il trahirait ses convictions. Il pensait aussi au pauvre Herring, qui serait alors réduit à fuir, comme les fugitifs dont on parlait un peu partout. Et pouvait-on leur faire confiance ? Il se rendait bien compte que lorsque les hommes de Narcisse seraient là, lui aussi ne serait plus nécessaire. Ils l'avaient choisi parce qu'ils le croyaient faible, et non pas parce qu'ils le trouvaient stable ou digne de confiance. Ils se trompaient, comme se trompaient beaucoup de ses ennemis. Cette façade lui rendait parfois service, mais pas cette fois. Et s'il refusait le pacte, c'était lui qui aurait à fuir.

Le petit homme resta songeur, admirant à travers la fenêtre le paysage qui s'étalait là-bas, au dehors, par-delà la basse ceinture de collines sur laquelle reposait la coupole. Un paysage blanc immaculé s'opposait au noir profond du ciel. Au loin il pouvait distinguer les hauts geysers qui montaient vers les ténèbres pour retomber en gigantesques ombrelles. Mais la merveille des merveilles, restait l'énorme globe immobile et coloré suspendu dans le ciel. Ses majestueux anneaux ne le rendaient que plus beau encore. Cela n'avait rien de comparable avec le globe blafard et froid d'Uranus et ses ridicules anneaux sombres à la limite de la visibilité. Même les lunes là-bas étaient grises, alors qu'ici tout était blanc immaculé. Il comprenait que Narcisse ait jeté son dévolu sur ces mondes, bien que les raisons de l'Uranien fussent plus commerciales et stratégiques qu'esthétiques. Il décida de profiter encore autant que possible de ce panorama. Il savait que, quelle qu'allait être sa décision, il n'en profiterait plus longtemps.

Chapitre 15

Pelion

La navette venait de quitter la soute de *l'Albatros*. Elle volait au ras des anneaux pour limiter le risque de se faire repérer par les sondeurs ennemis. Bill et son compagnon filaient droit vers le globe à demi illuminé de Mimas. Deux heures devaient suffire pour rejoindre la petite lune. Les deux occupants de la navette n'étaient pas pressés. Ils ne savaient pas ce qui les attendrait sur place. Ils avaient eu l'ordre de ne jamais essayer de contacter *l'Albatros*, quelle que soit la manière dont se déroulerait la mission.

Les détails de la surface criblée de cratères d'impacts commençaient à apparaître sur le côté illuminé par le Soleil. Les reliefs étaient particulièrement exagérés sur la ligne séparant le jour de la nuit, où les ombres étaient projetées au loin. Ils décidèrent de contourner la petite lune par le côté nuit pour rejoindre la cité de Pelion, située sur l'hémisphère opposé. Le sol complètement noir de la lune était interrompu de temps en temps par les lumières des quelques rares cités mimasiennes. Ils ne se trouvaient plus qu'à une centaine de kilomètres d'altitude et à vingt minutes de leur destination lorsque les contrôleurs du cosmoport de Pelion les repérèrent. Les canaux de communication à bord de la navette étaient ouverts et les deux compagnons attendaient impatiemment la réaction de Pelion.

— Ici le cosmoport de Pelion. Vous êtes sur une trajectoire d'approche. Veuillez-vous identifier, disait subitement une voix glaciale dans l'interphone. Bill prit le microphone de bord et parla :

— Nous sommes la navette de transfert du cargo uranien *L'Hirondelle*. Nous sommes venus livrer de l'hydrogène par ordre de L'Empereur des Mondes Réunis d'Uranus, le Grand Narcisse. Notre vaisseau mère est en orbite près de Dioné. Notre navette a pour mission de se rendre à Pelion pour refaire les provisions en vue de notre retour vers Uranus.

— Pourquoi Pelion ?

— Notre commandant ne nous donne pas ses raisons. Nous devons obéir sans poser de questions.

— C'est bon, vous pouvez passer.

Les indigènes craignaient tous les Uraniens, et ils n'osaient pas poser trop de questions. Bill et Oliver savaient que Nagashi finirait par apprendre cette arrivée et ne se laisserait pas berner par ce subterfuge. Mais ils espéraient avoir le temps de faire leurs provisions. En arrivant au-dessus des installations du cosmoport de Pelion, le premier sas de l'entrée était déjà ouvert. Ils s'y engouffrèrent.

Lorsque la voûte étoilée avait complètement disparue et que la pression atmosphérique avait été ajustée avec celle de l'intérieur de la station, le second sas sous la navette s'ouvrit enfin. L'aire d'atterrissage était éclairée et la signalisation lumineuse leur indiqua l'emplacement qui avait été mis à leur disposition. Ils se posèrent en douceur entre deux petits cargos commerciaux. Dès que les moteurs de la navette cessèrent de ronronner, Oliver quitta le bord pour se rendre aux bureaux administratifs du cosmoport pour payer les frais d'enregistrement et de stationnement. Bill, de son côté, se hâta vers le premier taxirail en direction du centre de Pelion. Il devait trouver l'entrepôt que lui avait indiqué l'Amiral.

Il avait appris l'itinéraire par cœur. Il sortit du taxirail à deux cents mètres à peine de ce qu'il restait de la tour centrale et continua à pieds. L'endroit était crasseux et la puanteur ambiante était presque intenable. L'odeur ne semblait pourtant pas gêner les quelques indigènes qui erraient dans les ruelles sombres et froides. Des jeunes vêtus de loques faisaient la manche, assis à même le sol, dans la crasse. Les habitants de Pelion vivaient dans des conditions absolument pitoyables.

Au bout de trois cents mètres, Bill bifurqua à droite dans une petite allée mal éclairée et surtout vide. En passant à côté d'un tas d'immondices il crut percevoir un mouvement. *« Sans doute un rat ou un autre animal de ce genre. »* Les rats avaient colonisé l'espace en même temps que les humains. Ils n'étaient pas porteurs de nombreuses maladies comme c'était le cas sur la Planète Mère. Les premiers rats à quitter la Terre avaient été décontaminés. Ils s'étaient avérés utiles pour le nettoyage des déchets humains dans les colonies. Ils avaient fini par prospérer. Ils étaient même les bienvenus à bord des vaisseaux croisant de mondes en mondes. C'était ainsi qu'ils finirent par se disséminer dans la plupart des Colonies Extérieures.

Mais ce n'était pas un rat que Bill avait aperçu. C'était un petit être humain. Un petit bonhomme en haillons, presque nu. Il ne devait pas avoir plus de cinq années. Ce spectacle épouvantable ne rendit Bill que plus mal à l'aise. Comment les humains avaient-ils bien pu en arriver là ? Combien d'autres petits êtres sans défense tels que celui-ci y avait-il dans cette cité ? Sur ce monde ? Sur l'ensemble des mondes colonisés ? La cruauté humaine n'avait-elle donc pas de limites ? Bill était un dur, il avait pour habitudes de ne pas montrer ses sentiments, mais devant ce spectacle lamentable, il ne put retenir ses larmes. Comment un petit bonhomme pouvait-il être abandonné à lui-même de la sorte, dans cet endroit qui ne méritait pas le nom de cité ! Ce n'était qu'une énorme décharge d'ordures. Et elle n'en était qu'une parmi beaucoup d'autres. L'humanité avait exporté sur ces mondes ce qu'elle savait faire de pire. Et elle le faisait bien !

Bill essaya de songer à sa mission pour oublier ce qu'il venait de voir, mais c'était impossible. Impuissant, il poursuivait son chemin dans la ruelle. Le petit bonhomme affairé dans sa fouille, sans doute à la recherche de quelque nourriture, ne le remarqua même pas. Il avait pris l'habitude de l'indifférence générale qui régnait ici. Les plus faibles n'avaient aucune chance ! Au fond de la sinistre ruelle, il aperçut enfin un vieil écriteau lui indiquant qu'il avait trouvé l'entrepôt qu'il cherchait. *« Un bon endroit pour une embuscade ! »* se dit-il, et il fut encore plus sur ses gardes. Le portail principal était ouvert et il y entra.

À l'intérieur il découvrit un chaos indescriptible. L'endroit était bien plus vaste qu'il ne l'avait imaginé de l'extérieur. Étaient stockées là des marchandises en tous genres. Matériels de constructions, pièces détachées de vaisseaux, cuves de carburant ou d'eau, et bien d'autres originaires des quatre coins du système solaire. Ces marchandises ne restaient pas là bien longtemps. Elles étaient échangées contre d'autres, avec un petit bénéfice pour le revendeur, et repartaient vers d'autres destinations. Bill savait qu'il trouverait ici ce qu'il était venu chercher.

Un grand homme chauve sortit de la carcasse rouillée d'un vieux taxirail démonté. Il portait une tenue de mécanicien beige usée et souillée.

— Qu'est-ce que vous voulez ? lança-t-il sur la défensive.

Il n'avait visiblement pas le sens du commerce.

— Je suis venu chercher des provisions pour un cargo, répondit Bill sur un ton irrité.

Le bonhomme flairant la bonne affaire se fit plus poli.

— Ah, mais alors vous êtes au bon endroit. Il arbora un large sourire découvrant sa dentition en très mauvais état. Il était encore plus affreux lorsqu'il souriait.

Sans attendre, Bill lui récita la liste des fournitures nécessaires.

— De la bouffe et de la flotte pour une soixantaine de gens et pour deux mois ? Il avait l'air aussi ravi qu'étonné. Cela faisait longtemps qu'on ne lui avait fait une aussi grosse commande. Les gros clients allaient à Herschel.

— Si vous ne n'avez pas le matériel, je vais voir à Herschel, bluffa Bill.

— Oh non, non, répondit le marchand, tout excité. J'ai ici tout ce qu'il vous faut. Mais vous, avez-vous de quoi me payer tout ça ?

— J'ai avec moi trois cuves de deux mille litres d'hydrogène liquide, venues tout droit d'Uranus.

— Ah, vous êtes des Uraniens. D'accord pour l'échange.

Lui aussi craignait les hommes de Narcisse.

— Vous sera-t-il possible de nous livrer tout ça au cosmoport ?

— Évidemment, nous ferons l'échange là-bas.

— Et quand pourrez-vous nous livrer tout ça ? continua Bill.

— Pas avant deux jours. Il me faut du temps pour rassembler le tout.

— C'est trop long, vous ne pouvez pas accélérer les choses ?

— Je peux vous livrer les fournitures alimentaires au plus tôt demain soir. Mais pour la flotte, il faudra attendre deux jours. Je n'ai pas cette quantité ici.

La situation ne se présentait pas très bien. Deux jours c'était trop long. Les chances de se faire repérer étaient multipliées par dix au moins. Mais ils n'avaient pas le choix. Pour plus de sécurité, ils conclurent de réaliser la livraison en deux étapes. La nourriture serait livrée dès le lendemain en échange de deux cuves d'hydrogène. L'eau suivrait un jour plus tard en échange de la troisième cuve d'hydrogène.

Avant de quitter son interlocuteur Bill osa demander si le revendeur connaissait le petit bonhomme sur le tas d'immondices.

— Oh, je le vois traîner dans le coin de temps en temps. Parfois, il essaie de venir me chiper quelque chose, mais je suis sur mes gardes !

— Mais ce n'est qu'un petit gamin, presque un bébé ! s'insurgea Bill.

— Comme il y en a des milliers d'autres ! Que voulez-vous que je fasse ? Je ne suis pas un refuge !

— Vous n'auriez même pas un petit bout de pain pour ce malheureux ?

— Ce n'est pas leur rendre service que de les nourrir. S'ils veulent survivre, ils doivent apprendre à se débrouiller tout seul !

Bill en avait assez entendu. Il fit volte-face et quitta son interlocuteur sans autre formule de politesse.

— Attendez ! cria l'autre. Je ne suis pas un monstre, mais à quoi bon aidez celui-là alors qu'il y en a partout ici, essaya-t-il de se justifier.

Puis, il sortit de sa poche un morceau de pain rassis.

— Tenez, donnez-lui ça en passant. Et il tendit le malheureux morceau de pain sec à Bill qui, faute de mieux, le prit.

Lorsque Bill, revenant sur ses pas, repassait à côté du tas d'ordures, le petit bonhomme était encore là, toujours aussi affairé dans sa fouille. Il s'approcha doucement du malheureux de peur de l'effrayer. Ce dernier n'avait pas remarqué sa présence. Bill s'approcha encore.

— Ohé ! lança-t-il, doucement.

Aucune réaction du petit bonhomme. Bill s'approcha encore. Il était maintenant à moins de deux mètres du garçon.

— Ohé, petit bonhomme ! essaya-t-il.

Cette seconde tentative se solda une fois de plus par un échec. Il décida finalement d'entrer en contact direct avec le garçon en posant sa main sur sa fragile épaule. Ce dernier réagit enfin dans un sursaut. Lorsqu'il tournait son regard vers Bill, le marin put pour la première fois voir le visage du petit bonhomme. Sous une chevelure blonde ébouriffée apparaissaient deux gros yeux bleu clair emplis de terreur.

Bill essaya de le rassurer en lui montrant le bout de pain rassis qu'il tenait dans sa main. Le petit être devait avoir très fin. Il ne quittait plus du regard le morceau de pain. La faim était en train de l'emporter sur la crainte. *« Un comportement typiquement animal ! »* songeait Bill. Il lui tendit l'objet tant désiré, puis il s'éloigna sans un mot. Comment pourrait-il un jour oublier ce regard profond, rempli de tristesse et de crainte ? L'enfant n'avait peut-être que cinq ans et déjà il avait connu tous les malheurs qu'un homme puisse rencontrer durant sa vie ! Bill partit sans se retourner. Son estomac le serrait, il avait envie de vomir et de hurler à la fois. Mais rien ne se produisit. Il se dit que le mieux était de retourner à la navette le plus vite possible et s'en aller de ce monde de cauchemar. Il ne perdit pas de temps à flâner davantage et se hâta vers la navette. Il ne remarqua pas qu'il était suivi.

Oliver l'attendait à bord de la navette. Quand il vit arriver son coéquipier, il lui demanda si tout allait bien.

— Ça ne va pas exactement comme prévu. Nous aurons la bouffe demain, mais la flotte n'arrivera qu'après demain. Bill eut beaucoup de mal à cacher ses sentiments et ce qu'il venait de vivre. Mais cela devait rester dans son jardin secret.

— Ça fait long. J'espère qu'on ne nous repérera pas d'ici là.

— Pour être franc, je ne pense pas que nous tiendrons deux jours, conclut Bill d'un air grave. Il se rendit compte que ça ne le tracassait pas. Comment pouvait-il encore s'inquiéter de sa propre existence qui soudain lui paraissait trop facile ?

Ils s'installèrent dans la navette et assurèrent la garde tour à tour. Les vingt-quatre heures qui suivirent furent très longues. Bill était incapable de trouver le sommeil.

Comme promis, le marchand chauve apporta les vivres le lendemain soir. Il s'approcha de la navette aux commandes d'un tracteur semblant surgir d'un passé lointain. Le véhicule très bruyant était doté d'un moteur à explosion d'hydrogène. Il tractait une énorme remorque. Les deux compagnons de *l'Albatros* n'étaient pas rassurés de voir ce véhicule extrêmement dangereux s'approcher de leur navette. Partout ailleurs ces tracteurs avaient été interdits depuis bien longtemps. Ils avaient une tendance à exploser, même lorsque les moteurs étaient arrêtés.

Il fallut près de deux heures pour charger le tout dans la navette. Puis, le livreur disparut rapidement, en promettant de revenir le lendemain. En partant, il lança avec un sourire presque amical :

— Je vois que vous avez adopté le petit fouineur !

Ce n'est qu'à ce moment que Bill se rendit compte que le petit fouineur en question gisait à même le sol, à la base du pied avant de la navette. Il avait dû le suivre et s'installer là. Il dormait d'un sommeil profond. À quoi pouvait-il bien rêver ?

Le capitaine Nagashi tombait de fatigue. Il était à bord de son vaisseau et continuait à explorer les anneaux à la recherche de ce satané *Albatros*. Hurley se trouvait à ses côtés.

— Toujours pas de nouvelles intéressantes de Mimas ou d'Encelade ? demanda Nagashi pour la millième fois.

— Si j'en avais, je vous le dirais, répondit Hurley excédé.

— Et ce foutu *Albatros*, il doit bien être quelque part !

— C'est marrant vos façon de donner des noms d'oiseaux à vos cargos uraniens. Ils ne ressemblent absolument pas à des oiseaux !

— Pourquoi dites-vous ça maintenant ? Vous ne croyez pas que nous avons d'autres soucis en ce moment. Et ce n'est pas parce que Tulk a baptisé son navire *l'Albatros* que tous les cargos portent des noms d'oiseaux !

Il pensait en avoir fini avec cette discussion stupide, mais Hurley le relança.

— Pour une fois vous ne savez pas tout. Un de vos cargos est dans les parages de Dioné.

— Il y bien une dizaine de nos cargos dans les parages en permanence. Le seul qui m'intéresse est *l'Albatros*.

— Je préfère le nom de *l'Hirondelle*. C'est plus beau.

— De quoi me parlez-vous ? Vous êtes devenu fou ?

— J'essayais simplement de lancer une discussion pour passer le temps. C'est un sujet comme un autre.

— Je me fiche que le navire que nous cherchons s'appelle *l'Albatros*, *l'Hirondelle* ou même *l'Autruche* ! Si nous ne le trouvons pas, c'est nous qui passerons à la casserole !

— Mais je ne parle pas de celui que nous cherchons. Je vous parle de celui qui est arrivé hier. Il s'appelle *l'Hirondelle*.

Le capitaine commençait à montrer des signes d'énervement et Hurley préféra ne pas insister. Il ne trouvait pas d'autre sujet de discussion qui put intéresser Nagashi.

Subitement, le capitaine uranien se figea. Son visage vira au rouge. Il se tourna brusquement vers Hurley et demanda :

— Qu'est-ce c'est que cette histoire d'*Hirondelle* ?

Là, c'était au tour d'Hurley de penser que Nagashi venait de perdre la tête.

— Vous ne savez vraiment pas ce que vous voulez ! s'exclama-t-il avant de continuer. Le cargo *l'Hirondelle* est arrivé hier et je trouvais marrant que des gens aussi sérieux que les uraniens donnaient tous des noms d'oiseaux à leurs cargos. Il n'y a vraiment pas de quoi se mettre en colère !

Nagashi eut du mal à contrôler sa respiration. Hurley pensa qu'il devait sûrement être en train de faire une crise cardiaque. *« Bon débarras ! »* songea-t-il. Les pilotes de la passerelle ne bronchaient pas. Ils devaient aussi être ravis de cette disparition. Mais Hurley dut se rendre à l'évidence, ce n'était pas une crise cardiaque, mais une crise de colère. Maintenant Nagashi vociférait :

— Espèce d'imbécile ! Nous n'avons jamais eu de cargo du nom d'*Hirondelle* !

— C'est pourtant de là qu'ils ont dit venir !

— QUI ? hurla Nagashi. Il semblait complètement hors de lui.

Hurley n'aurait habituellement pas accepté qu'on lui parle ainsi. Mais cet homme en face de lui était complètement fou et lui faisait réellement peur.

— Mais ceux de la navette qui s'est posée hier à Pelion !

Il avait à peine fini sa phrase lorsque le point du capitaine s'écrasa au milieu de son visage et l'assomma net.

— Dirigez-nous sur Pelion, et le plus vite possible, ordonna-t-il aux navigateurs. Hurley gisait inconscient à ses pieds, la figure ensanglantée. *Imbécile* !

◆◆◆

Bill venait de reprendre son tour de garde. Oliver s'était rendu à l'arrière pour vérifier les fournitures. Le marchand semblait avoir été honnête, tout était en ordre. Encore une dizaine d'heures d'attente et l'eau compléterait la cargaison. Le petit bonhomme était maintenant réveillé. Dans son sommeil Bill l'avait transporté à l'intérieur de la navette où il faisait plus chaud. Il s'était réveillé dans la couche du capitaine. Il lui fallut du temps pour comprendre où il se trouvait. Il reconnut immédiatement Bill et un petit sourire apparut sur son visage triste. Bill comprit alors quelle humanité recelait cet être élevé dans un milieu si sauvage. Il lui offrit sa part de rations que le gamin se hâta d'ingurgiter. Il n'avait pas dû manger quelque chose de convenable depuis des mois, peut-être même des années. Bill était en train de l'observer manger lorsque soudain l'écran principal du tableau de bord s'illumina. L'ordinateur de bord annonçait l'arrivée d'un message. Qui avait pu essayer de les contacter ? Ça ne pouvait pas venir de *l'Albatros*. Ou alors ça signifiait que le cargo était en grand danger, sinon, ils n'auraient jamais pris le risque d'envoyer un message. Que ce message fut de *l'Albatros* ou d'ailleurs, c'était forcément mauvais signe. Bill fut réellement intrigué. Sur le clavier il demanda l'affichage du message.

PARTEZ IMMÉDIATEMENT. VOUS AVEZ ÉTÉ REPÉRÉS. BONNE CHANCE.

Aucune signature ne permettait d'identifier l'envoyeur. Bill ne cherca d'ailleurs pas à savoir d'où il venait. Que l'envoyeur ait été ami ou ennemi, cela signifiait que Nagashi était sur leurs trousses. Il rappela Oliver au poste de pilotage et, sans prévenir les contrôleurs du cosmoport, lança les moteurs d'ascension. Après cinq minutes de chauffe, la navette s'éleva. Bill avait une nouvelle raison pour fuir ses ennemis, il devait au moins sauver la vie du petit être qui les accompagnait dorénavant.

La navette s'élança vers les sas qui donnaient accès à l'extérieur. Leur fuite ne passerait pas inaperçue, mais ils n'avaient plus rien à perdre. Les employés au contrôle du cosmoport n'avaient pas vraiment le choix. S'ils n'ouvraient pas les doubles sas la navette risquait de les défoncer et toute l'installation aurait été soufflée dans l'espace lors de la décompression qui s'en suivrait. Ils ne prirent pas ce risque.

Les coordonnées de *l'Albatros* avaient été programmées dans l'ordinateur et la navette fonça droit vers le vaisseau mère. Celui-ci se trouvait de l'autre côté de la planète par rapport à Mimas et il fallut près de cinq heures pour retourner au cargo. Aucun vaisseau ennemi n'avait eu le temps de les suivre, mais les faisceaux des radars avaient été sans doute braqués sur eux, surtout après ce départ précipité. Ils venaient d'enfreindre la loi en s'échappant sans permis de décoller et les autorités locales avaient maintenant autant de raisons de vouloir les arrêter que les Uraniens.

Bill savait que les sondeurs étaient capables de les suivre sur près de la moitié de leur chemin. Cela permettrait à l'ennemi d'identifier le secteur vers lequel ils se dirigeaient, là où se cachait *l'Albatros*. Il leur faudrait moins de trois jours pour fouiller le bon secteur et trouver ce qu'ils cherchaient. Mais Bill savait aussi que ce temps était suffisant pour tenter une manœuvre d'évasion. Et l'équipage de *l'Albatros* avait besoin des vivres. Il avait d'abord été tenté de partir vers une fausse direction pour induire les ennemis sur une fausse piste, mais ils n'auraient jamais retrouvé le vaisseau mère dont le signal de position avait été coupé. Nagashi avec ses sept vaisseaux n'y était pas arrivé en plus de quinze jours !

Enfin, ils aperçurent la carlingue allongée de *l'Albatros*. Le temps d'envoyer un signal de reconnaissance à courte distance, l'une des soutes situées sous le ventre du gros animal de métal s'ouvrit et ils s'y engouffrèrent. Lorsque l'air fut rétabli dans la soute d'atterrissage, le plateau élévateur sur lequel ils s'étaient posés les amena jusqu'à la passerelle de décollage. Dix compagnons attendaient là, fixes, les armes à la main, prêtes à servir. Bill et Oliver sortirent de la navette en faisant signe que tout allait bien. La tension disparut et des cris de bienvenue résonnèrent.

Bill demanda immédiatement audience auprès de l'Amiral pour lui rapporter la situation. Ce dernier n'était pas sur la passerelle de commandement, mais dans la bibliothèque. Il était assis dans son fauteuil favori, un vieux livre à la main. Bill savait qu'il ne lisait pas. Il méditait. Bill s'assit en face de lui. L'Amiral lui jeta un simple sourire. Cela voulait dire : « *Je suis content que vous soyez revenus sains et saufs.* » Bill le savait. Cela signifiait aussi : « *Je t'écoute.* » Et Bill parla. Il lui raconta ce qui c'était passé. Comme à son habitude, l'Amiral ne répondit pas tout de suite. Après une longue minute de réflexion, comme s'il venait de se réveiller, l'Amiral dit enfin :

— Cela signifie que nous devons nous préparer à partir. Nagashi sera là dans les deux jours. Vous avez fait ce qu'il y avait à faire.

— Oui, mais il y a le problème de l'eau. Même avec le recyclage, nous n'en aurons jamais assez !

— Il va falloir nous rationner !

Il savait très bien que même avec un sévère rationnement, l'eau ne suffirait pas. Mais l'Amiral ne voulait pas montrer son inquiétude. Bill et Oliver venaient de risquer leurs vies et il ne voulait pas qu'ils sachent que c'était peut-être pour rien. Mais Bill et Oliver, et tous les autres compagnons le savaient déjà.

Six heures plus tard, l'Amiral convoqua une fois de plus l'ensemble de l'équipage sur la passerelle de pilotage. Cela signifiait qu'il avait pris une nouvelle décision et voulait la soumettre à l'approbation de ses compagnons de route.

Lorsque tous furent réunis, il leur parla :

— Mes amis, vous savez tous que Nagashi ne va tarder à nous trouver. C'est pourquoi j'ai décidé de lancer la manœuvre d'évasion. Nous avons une fenêtre d'évasion vers Jupiter dans exactement vingt heures. Grâce à Bill et Oliver nous avons fait le plein de provisions. Il reste le problème de l'eau que j'espère résoudre d'ici notre départ.

La foule des compagnons s'anima. À moins d'un miracle, il était impossible de résoudre ce problème sans retourner vers une des lunes.

L'Amiral poursuivit :

— Nous devons avoir confiance dans l'avenir. Ensemble nous avons toujours réussi, et il n'y a pas de raison que ça ne continue pas. À vous de voter.

Et à l'unanimité, les compagnons votèrent pour le départ. Puis chacun retourna à ses occupations. Bill s'apprêta lui aussi à sortir lorsque l'Amiral l'interpella :

— Bill, veux-tu bien rester cinq minutes, je dois te montrer quelque chose.

Bill s'avança vers l'Amiral. Ce dernier actionna l'un des écrans de contrôle et le montra du doigt.

— Que vois-tu là ?

— Un débris d'anneau, répondit Bill, étonné par la question. C'était l'un des cinq fragments qui dérivaient à moins de deux kilomètres de *l'Albatros*.

— Mais encore ?

Bill ne comprit pas où l'Amiral voulait en venir.

— Ben, un rocher, un astéroïde, un iceberg !

— Et de quoi est composé un iceberg ?

Pourquoi n'y avait-il pas songé plus tôt ? C'était bien pour cette capacité de réflexion que Tulk était l'Amiral.

Avec un sourire, Bill répondit :

— De l'eau, nous sommes entourés d'eau !

— Combien de temps pour arrimer et apporter un de ces trucs à bord ?

— Ça dépend de sa distance et de sa taille.

— Celui-là est le plus proche. Il est à mille trois cents mètres, mais ne fait que trois mètres de diamètre.

— Nous pourrons sans problèmes le ramener en moins de dix heures. Mais il est un peu petit, ça fera juste en eau.

— Le suivant est à mille cinq cents mètres et fait huit mètres de diamètre.

— Pas plus de quinze heures !

— Alors qu'attendez-vous, vous devriez déjà être là-bas, fit l'Amiral en montrant l'écran du doigt.

Chapitre 16

Maya

Sol se trouvait à son zénith en ce magnifique jour d'été. Pourtant on ne pouvait pas dire qu'il faisait chaud. Ses rayons frappaient de plein fouet la gigantesque paroi à pic sur laquelle évoluait une minuscule silhouette. Le général Maya Andrades s'adonnait à son sport favori : l'escalade des parois du plus grand canyon que les humains eussent jamais connu, Valles Marineris. Sous elle, près de deux kilomètres de vide avant de rencontrer le premier pallier. Après le pallier, la chute vertigineuse se poursuivait encore sur plusieurs kilomètres. Elle se trouvait encore à au moins cent mètres du bord supérieur du canyon. Le chemin choisi n'était pas des plus faciles. Elle commençait à ressentir des douleurs dans ses doigts qui depuis plusieurs heures supportaient l'ensemble du poids de son corps alourdi par sa combinaison et les deux bouteilles d'oxygène qu'elle portait sur le dos. Bien que la gravitation martienne la rendît légère, l'accumulation de l'effort se faisait douloureusement ressentir.

Elle mit à profit une petite corniche pour s'arrêter quelques instants et se reposer. Elle se cala le dos contre la paroi et regarda droit dans le vide. Le fond du canyon était caché par d'épais nuages. La terraformation de la planète était à l'œuvre. Tout au fond, la pression atmosphérique était maintenant devenue assez forte pour que l'eau liquide s'y remette à couler. La température en été commençait aussi à dépasser les cinq degrés Celsius. Une nouvelle capitale était en construction à l'air libre, loin de l'ancienne Olympe, nichée dans les hauteurs où l'atmosphère était encore rare. Il n'y avait évidemment pas encore d'oxygène au fond et il faudrait encore longtemps l'emporter sur le dos, mais au moins on pouvait se débarrasser des combinaisons.

L'air plus dense entraînait aussi des vents plus forts, et Maya faillit chuter de la corniche, poussée par une bourrasque subite. Elle devait se dépêcher de reprendre son ascension. Elle sentait ses bouteilles d'oxygène s'alléger dangereusement. Si elle ne parvenait pas à rejoindre son véhicule de surface à temps, elle risquait tout simplement d'étouffer. Après quelques exercices de gymnastique avec ses doigts et une concentration totale sur sa respiration, elle repartit à l'assaut de la paroi. Quinze minutes plus tard, elle émergea sur les plateaux environnants. Une fois de plus, elle y était arrivée.

Elle repéra son véhicule à quelques cinquante mètres de là. À peine se mit-elle à marcher dans la direction de celui-ci que le manomètre attaché à son poignet lui indiqua l'épuisement de ses réserves d'oxygène. Elle était fatiguée, essoufflée et voilà qu'elle devait parcourir cinquante mètres en apnée improvisée. Elle était incapable de courir et pourtant il fallait aller le plus vite possible. Elle se concentra sur sa démarche, essayant de faire des pas réguliers, de grands pas lents. Les dix derniers mètres furent les plus pénibles. Elle s'était arrêtée de respirer depuis plus d'une minute quand elle parvint au sas de sa jeep. Encore un petit effort pour appuyer sur le bouton d'ouverture, puis dans un ultime effort elle se jeta dans le véhicule qui se refermait derrière elle. Enfin, de l'air !

Elle resta couchée là, à même le sol, pendant au moins dix minutes, le temps de reprendre sa respiration et de jubiler sur cette nouvelle victoire sur elle-même. Elle avait presque atteint ses limites. Depuis des mois elle s'entraînait, réduisant petit à petit la réserve d'oxygène. Moins lourde elle grimpait plus vite. Avec un peu plus de concentration sur sa respiration, elle savait qu'elle pouvait encore gagner sur la réserve. Il faudrait aussi qu'elle pense à rapprocher sa jeep un peu plus près du ravin. Cela lui éviterait les incidents comme celui qui venait de se produire.

Satisfaite et remise de ses émotion elle s'installa aux commandes de son véhicule, direction la capitale d'en haut. Elle en avait pour six heures de route, mais le trajet en valait la peine. Elle se promit de revenir le lendemain.

Ses plans furent contrariés par un message urgent qui lui parvint durant le chemin du retour. Il s'agissait d'une convocation chez l'Empereur en personne. Cela signifiait la fin des vacances et le retour prématuré au service actif. Que pouvait bien lui vouloir l'Empereur ?

◆ ◆ ◆

Atama aurait dû se réjouir de ce qui était arrivé à la Confédération. Mais ce ne fut pas le cas. Kovalsky avait dévoilé leur jeu bien trop tôt. Comment avait-il bien pu faire ça ? Lui-même n'était pas encore prêt. Il avait perdu beaucoup de temps avec cette querelle entre Zerdan et Narcisse. Il avait d'ailleurs complètement perdu le contrôle de l'Uranien et devait revoir ses plans.

Toutes ces histoires de rumeurs lui semblaient suspectes. En l'espace de quelques mois son Alliance, puis la Confédération avaient éclaté. Et à chaque fois il y avait des rumeurs. Ce n'était sûrement pas une coïncidence ! Atama ne croyait pas aux coïncidences. Quelqu'un se jouait de lui et de tous les autres. Le seul qui semblait profiter de tout cela c'était Narcisse. Mais Atama avait du mal à croire que l'Uranien en fût à l'origine. Il avait simplement su mettre à profit la nouvelle situation. C'était de cette manière qu'il avait toujours agi ! Mais peut-être Narcisse était-il plus rusé qu'Amata ne l'eût cru !

C'était pour cette raison que le général Maya Andrades se trouvait face à lui dans son bureau. C'était une des femmes les plus intelligentes qu'il connaissait. Elle était aussi très têtue. Son caractère lui rappelait fort celui de Virginia Enora, la Terrienne. Mais la comparaison s'arrêtait là. Andrades était une très belle femme, grande et mince.

Elle était aussi le seul général féminin de l'armée martienne. Elle était respectée, mais aussi très jalousée. Elle était fière d'être Martienne et reconnaissante à Atama de défendre aussi bien l'Empire Martien, même si elle trouvait qu'il dépassait largement les limites de la morale. Mais la morale, c'était l'arme des faibles. Atama n'était pas un faible. Andrades non plus !

— Je crois effectivement que quelqu'un se cache derrière tout ça ! admit-elle lorsque l'empereur lui résuma la situation.

— C'est pourquoi je vous ai choisi pour mener votre petite enquête.

Atama savait qu'il avait fait le bon choix. Maya était excitée à l'idée de se lancer à la poursuite de cet ennemi inconnu. Elle adorait les jeux de piste, et la partie qu'elle allait jouer ressemblait beaucoup à ce jeu.

— Et avez-vous une petite idée de la manière de commencer cette enquête ? demanda-t-elle.

— C'est bien là notre problème.

Atama avait l'air désemparé, ce qui stupéfia Maya. Après une petite hésitation, il ajouta :

— Nous ne pouvons compter sur aucune coopération, ni du côté de la Confédération, ni du côté de Zerdan ou de Narcisse. Je viens d'ailleurs d'apprendre par nos espions que ce dernier s'était finalement décidé à lancer une action d'envergure contre les mondes saturniens.

— Il est devenu complètement fou ! Nous devons absolument intervenir !

— Non, pas pour l'instant. Sa flotte n'est pas encore prête et nous devons d'abord nous occuper de notre ennemi inconnu. Celui-ci semble bien plus dangereux et je pense que vous pourriez commencer votre enquête du côté de Memphis. Les rumeurs couraient bon train dans la capitale de Ganymède. Vous ne serez pas la bienvenue chez Zerdan, mais contrairement à Narcisse, il ne tentera rien contre vous. Il vous fera simplement surveiller de près. Tenez-moi au courant de la situation. Moi je vais essayer de convaincre Enora qu'une coopération avec nous serait profitable.

— Je vous souhaite bonne chance !

— Je sais, ce sera plus que difficile ! En attendant, je vous ai fait préparer *l'Odysseus*. C'est le plus moderne et le plus rapide de nos croiseurs. L'équipage est à vos ordres et vous avez carte blanche.

◆◆◆

La dernière réunion de conciliation n'avait rien donné. Virginia avait invité Farney à déjeuner. Elle voulait trouver une nouvelle stratégie pour convaincre Kovalsky et ses alliés de revenir sur leur décision. Elle était assise à une petite table, devant une des baies vitrées du restaurant du bâtiment fédéral. Le cadre n'était pas désagréable. La vue sur l'océan était magnifique. *« Ça, au moins, Atama ne l'aura jamais sur sa planète ! »* songea-t-elle. Fidèle à sa réputation, Farney arriva ponctuel au rendez-vous.

Après les salutations d'usage, la discussion pouvait commencer.

— Vous avez lu les derniers rapports ? lui demanda-t-elle.

— Oui, répondit-il, d'un air bien las. Kovalsky est une vraie tête de mule, il ne veut rien entendre. Il a pris sa décision, il préfère une alliance avec Atama.

— L'attentat qui a failli lui coûter la vie ne l'a que poussé davantage dans ses retranchements. Il ne pense tout de même pas que nous en étions à l'origine ?

— Oh non, répondit Farney, c'était une bombe artisanale, du travail d'amateurs. D'ailleurs, le geste a été revendiqué par les *Gaïans*.

— Je le sais. Encore eux. Eux aussi nous devons nous en occuper. Avez-vous réfléchi à ma suggestion concernant un nouveau dogme spirituel contrôlé par l'État ?

— Pour être franc, je ne suis pas complètement d'accord avec vous, mais je ne vois pas de meilleure solution pour l'instant. J'ai d'ors et déjà contacté les quatre plus grands experts en leur matière d'Océanie : la Philosophie, l'Histoire, la Sociologie et la Psychologie. Je pense qu'ils seront d'accord pour débattre de notre sujet. J'attends encore l'accord de deux d'entre eux pour déterminer une date pour nous réunir.

— Je serai de la partie, s'invita Virginia.

— Évidemment, j'allais vous le proposer, se rattrapa Farney.

— Ce qui me frustre le plus, c'est qu'Atama doit se réjouir de notre situation, continua-t-il.

— Il semble que ce n'est pas exactement le cas, sourira Virginia. Il m'a envoyé un message ce matin. Il était désolé de ce qui nous était arrivé, et il avait l'air sincère !

— Atama, sincère ? C'est une plaisanterie ? s'offusqua Farney.

— Il semblait réellement soucieux, insista Virginia. Il m'a parlé d'un complot qui nous viserait tous. Aussi bien Mars que le Terre. C'est la raison pour laquelle il aurait envoyé le général Andrades à Memphis.

— Ah, il a avoué avoir lâché la panthère dans l'arène ! Il savait bien que nous finirions par le découvrir. Ce que je crois, c'est qu'elle est chargée de ramener Zerdan dans le giron du Martien.

— Vous semblez bien connaître Andrades ?

— Uniquement de réputation. Elle est redoutable ! Atama à beaucoup de chance de l'avoir dans son camp.

— Et si nous commandions ? interrompit Virginia. Cela signifiait que la discussion était close.

◆◆◆

Il était recherché dans toute la Confédération. Heureusement que personne ne connaissait son identité réelle. Il pouvait continuer à voyager sur les lignes supersoniques régulières sans danger. Il avait quitté sa cachette d'Amazonie. Pour sa sécurité, il valait mieux qu'il se déplace autant que possible. Il ne restait jamais plus d'un mois dans un même endroit. C'est ainsi qu'il avait toujours pu échapper à ses poursuivants. Le lamentable échec de l'attentat manqué contre ce traître de Kovalsky n'avait pas entamé sa bonne humeur. Pour l'instant, il était confortablement installé dans son siège, en première classe, un verre d'un excellent cognac à la main, vingt kilomètres au-dessus de l'océan Pacifique. Il filait à plus de trois fois la vitesse du son, en ligne droite vers Sydney, la ville de Virginia Enora.

Il y aurait bien d'autres occasions de se rattraper de ce ratage. Ses recrues étaient très motivées, mais ça ne suffisait pas à en faire des assassins efficaces. Il y a une différence entre modeler les esprits faibles et les rendre compétents. La prochaine fois il ferait appel à des spécialistes. C'était justement l'un d'entre eux qu'il s'apprêtait à rencontrer à Sydney. Évidemment, cela lui coûterait bien plus cher, mais la sauvegarde de Gaïa n'avait pas de prix.

Il aimait bien se déplacer en supersonique. Dommage que ces engins fussent si polluants, se dit-il. Eux aussi il faudra s'en débarrasser. La technologie était responsable de tout : la guerre, la surpopulation, la pollution, et même le départ des infidèles vers les mondes Extérieurs. Que de travail avait-il encore à faire ! Arriverait-il à éliminer toute technologie de la Planète ? Il se doutait bien qu'une seule vie ne suffirait pas. Au moins ferait-il un maximum pour y contribuer.

◆ ◆ ◆

Bêta se retrouva enfin seul. Il pouvait réfléchir. Il semblait qu'ils avaient sous-estimé l'intelligence de l'Empereur Martien. Ce dernier ne s'était pas laissé berner comme tous les autres, et maintenant le général Andrades était lancée sur leurs traces. Les nouvelles de Saturne n'étaient guère meilleures, mais il était difficile d'intervenir sans se dévoiler. Il se demandait parfois s'ils n'étaient pas allés trop loin. Seraient-ils encore capables de contrôler ce chaos ? Cela semblait de plus en plus douteux. Mais ils ne pouvaient plus faire marche arrière. Ils avaient lancé la machine infernale. Ils avaient pourtant essayé de tenir compte d'événements hasardeux, mais les réactions imprévisibles de certains « participants » comme ils les appelaient, semaient le brouillard sur le Plan. Et pourtant, il fallait continuer, quitte à se faire broyer par le monstre qu'ils avaient créé !

Il n'avait plus aucun contact avec Alpha, ni même les autres membres de l'Ordre. Il ne pouvait prendre aucune initiative. Il devait s'en tenir au Plan, un Plan qu'il avait lui-même mis au point avec Alpha.

Chapitre 17

La fuite continue

Hurley avait repris connaissance. Son œil était en train de virer au bleu et la forme incurvée se son nez indiquait que celui-ci était cassé. Du sang tachait sa chemise. Il n'était plus sur la passerelle de pilotage du *Redoutable*, mais il était encore à bord du vaisseau uranien. Les hurlements de colère qu'il entendit au loin le confirmèrent. Il était allongé sur une couchette, dans une minuscule cabine. La porte était ouverte. Lorsqu'il se releva, il crut que sa tête allait exploser. Avec peine il se dirigea vers la porte, puis il longea le long couloir qui le séparait du poste de pilotage et de son commandant furieux.

« *Il a osé me frapper !* » C'en était trop. Nagashi avait dépassé les bornes et paierait pour cela. Mais d'abord il lui fallait l'or. Lorsqu'il pénétra enfin là où il se trouvait avant de perdre connaissance, le capitaine ne se rendit même pas compte de sa présence. Sa fureur demeurait entière. Ils venaient d'arriver au cosmoport de Pelion, mais la navette des rebelles n'était plus là. Sans faire attention à Hurley, le capitaine se précipita vers le sas de sortie. De là, il prit la direction du centre de contrôle. Il bouscula les deux gardes à l'entrée et fonça droit vers le bureau du directeur. Ce dernier était en pleine réunion avec les responsables de la police du cosmoport, suite à l'incident causé par la fuite de la navette de *l'Albatros*.

Son irruption dans le bureau fit sursauter l'ensemble des personnages discutant autour de la table.

— Qui est le responsable ici ? lança-t-il sans autre préambule.

Les autres avaient immédiatement reconnu le fou furieux. Tous savaient qui l'avait envoyé et combien dangereux il était. Les responsables de la police s'éclipsèrent sans dire un mot, laissant le directeur seul à la table de réunion. Ce dernier avala sa salive avant de parler :

— Je suis le directeur des lieux. Qu'est-ce que je peux faire pour vous ?

— Je suis à la recherche de la navette de *l'Albatros*. Je sais qu'elle était ici. Je veux savoir où elle est maintenant !

— Je suppose qu'il s'agit de celle qui a forcé le passage vers la sortie. C'est donc vous qu'ils fuyaient.

– Oui, c'est moi, mais ils ne fuiront plus longtemps ! Où sont-ils allés ?

– J'attendais justement les rapports des faisceaux radars.

– Eh bien, je les attendrai avec vous !

Le capitaine semblait se calmer quelque peu. Il les avait ratés de peu et il ne doutait pas un instant qu'il était sur le point de les rattraper pour les anéantir.

– Que savez-vous d'eux ? demanda-t-il encore.

Le directeur, dont le visage avait repris quelques couleurs, répondit :

– Ils prétendaient venir du cargo *L'Hirondelle*. Ils étaient venus faire le plein de provisions.

– Ça veut dire qu'ils sont sur le point de quitter Saturne. Et ont-ils réussi à s'approvisionner ?

– D'après notre rapide enquête, en partie seulement.

– Ce qui signifie ?

– Ils ont effectivement eu le temps de s'approvisionner en nourriture, mais ils ont fui avant d'avoir eu la livraison d'eau.

– Donc, ils n'ont pas d'eau.

La journée n'avait pas été aussi mauvaise que cela finalement. Ils ne pouvaient partir sans eau et les rapports des traceurs allaient lui indiquer où se cachait *l'Albatros*.

◆◆◆

Nous étions à dix-huit heures du départ et je me trouvai en compagnie de Bill dans la capsule *Un*. Notre mission consistait à ramener le plus vite possible un gros bloc de glace à bord de *l'Albatros*. Trois capsules avaient été équipées. L'une d'entre elles avait été chargée de ramener le bloc le plus proche. Il était plus petit, mais cela augmentait nos chances de ramener au moins quelque chose avant le départ. Les deux autres capsules, dont la nôtre, s'occuperaient de ramener le bloc de huit mètres. Les capsules avaient été munies chacune de trois harpons. L'expérience n'avait jamais été tentée. Oliver et Louisa dans *Deux* nous accompagnaient. Alex et Fran faisaient partie de l'équipe chargée de ramener le petit bloc de glace.

Nous avions quitté *l'Albatros* depuis cinq minutes, et déjà nous pouvions apercevoir le glaçon à l'œil nu. Lorsqu' *Un* se stabilisa à moins de douze mètres de l'objet je pus l'étudier plus en détails. Bien qu'il était composé de glaces, et essentiellement de glace d'eau, sa morphologie ne ressemblait en rien aux icebergs des océans terrestres qu'on avait l'habitude de voir sur les images des vidéos à bord de *l'Albatros*. Il était plutôt allongé, environ six mètres sur dix. Il ne présentait pas d'arêtes nettes. Il avait été lissé par les nombreuses collisions qu'il avait dû subir durant son histoire. Sa surface était constellée de dépressions qui étaient autant de cratères d'impacts. Toute son histoire avait été faite de collisions.

Nous devions dans un premier temps inspecter sa surface. Nos harpons n'auraient été d'aucune efficacité si nous les avions plantés dans une région poreuse ou poudreuse. Ces régions se reconnaissaient par leur aspect blanc éclatant. Les régions transparentes à l'aspect de verre étaient quant à elles très dures. C'était là qu'il fallait viser. Mais il fallait aussi que ces régions dures soient solidaires de l'iceberg dans son ensemble. Un sondeur radar que nous avions emporté nous indiqua que le bloc était constitué d'un élément unique et par chance n'était pas fissuré de part en part.

Il nous fallut près de quatre heures d'une étude détaillée avant de définir les régions que nous allions harponner.

Quand la décision fut enfin prise, l'équipage de *Deux* commença les tirs. Sur les trois harpons, deux avaient atteint leur cible. Le troisième était allé se flanquer dans une couche neigeuse. Ce n'était pas sans fierté que je constatai que nous avions touché les trois régions qui nous étaient imparties. Nous espérions que les cinq harpons ayant atteint leur cible suffiraient. Le plus difficile était à venir. Il fallait en effet piloter les capsules de façon à tendre les câbles d'acier tressés qui reliaient les capsules aux harpons sans qu'ils ne rompissent. Il fallait aussi éviter que les harpons ne se déchaussent. Nous pouvions à tout moment larguer les câbles si un tel ordre nous parvenait de *l'Albatros*. Nous espérions simplement que nos collègues de la seconde mission réussiraient de leur côté.

La mise en mouvement du bloc en direction de *l'Albatros* fut l'étape la plus délicate. Les deux capsules devaient manœuvrer simultanément et avec douceur. C'est pourquoi, Bill avait pris les commandes des deux capsules. L'ordinateur de bord de *Deux* avait été relié à celui de *Un* par un système de téléguidage.

La première poussée des moteurs fusée fut un peu trop violente. Nous fûmes secoués et les câbles crissèrent. Le harpon qui s'était fiché dans la neige se déchaussa. Les autres résistèrent. La seconde poussée fut deux fois moins intense. Il nous semblait que rien ne s'était passé. Pourtant les voyants indiquaient notre distance à *l'Albatros* commençait à diminuer. Nous étions en mouvement. Cent mètres par heure. C'était trop peu. Une nouvelle poussée des moteurs fit crisser les câbles de plus belle. Un de nos câbles céda. Trois cent mètres par heure. C'était mieux. Une dernière poussée augmenta encore notre vélocité jusqu'à environ cinq cent mètres par heure. En un peu plus de trois heures nous pouvions atteindre *l'Albatros*. Deux autres câbles cédèrent en chemin. Cela n'avait plus aucune importance puisque le bloc était en mouvement dans la bonne direction.

Il n'était pas question de le freiner aux abords de *l'Albatros*. Nous avions convenu que le cargo lui-même se mettrait en mouvement pour compenser la vitesse relative du bloc. Cette compensation se faisant vers le haut, là où il n'y avait pas de débris de l'anneau, il n'y avait aucun risque de collision pour *l'Albatros*. De toute façon, le cargo devait sortir du plan des anneaux avant de s'élancer vers Jupiter.

Lorsque nous arrivâmes en vue de notre destination, nous constatâmes que le petit bloc de glace avait déjà été arrimé. Ce dernier était bien plus petit que prévu, à peine deux mètres de diamètre. Sans doute une partie avait-elle été perdue lors du remorquage. Notre gros glaçon fut arrimé solidement en dessous la coque de *l'Albatros*, devant celui qui avait été ramené par la première équipe. Nous avions décidé de les laisser là jusqu'à ce que nous ayons quitté les mondes de Saturne. Nous aurions tout le temps de les découper et de les rentrer lors de notre trajet vers Jupiter. Le voyage allait durer près de deux mois.

À notre arrivée dans le cargo, la passerelle de pilotage était très animée. L'Amiral avait vérifié ses calculs pour la troisième fois et entrait les données dans l'ordinateur de bord. Il restait deux heures avant le départ. L'accélération au départ allait être deux fois plus importante pour échapper à la gravitation de la géante aux anneaux que celle pour échapper à Uranus. Nous étions situés maintenant bien au-dessus du plan des anneaux pour éviter tout risque de collision durant notre départ. Nous savions que nous étions parfaitement repérables et de surcroît sans défense durant toute la phase d'accélération.

◆◆◆

— Six heures pour avoir ces rapports, six heures ! Qu'est-ce que ça veut dire ? Vous êtes tous une bande d'incapables !

Le capitaine Nagashi venait de recevoir les rapports des traceurs radar. Comment ces documents avaient-ils pu se perdre ? Et tout ce temps pour les retrouver ? C'était à ne rien y comprendre ! Ça ne pouvait être une simple coïncidence. Quelqu'un avait tout fait pour le freiner. La priorité était la destruction de *l'Albatros*. Après il ferait le ménage autour de Saturne ! Le directeur du cosmoport de Pelion en face de lui ne pouvait plus répondre. Il était mort. Il venait de subir la dernière colère de Nagashi.

Enfin,, il avait fini par mettre la main sur ces informations ! Et elles indiquaient clairement vers quel secteur les fugitifs avaient fui.

En moins d'une heure, le *Redoutable* et toute la flotte de Hurley fonçaient au-dessus du plan des anneaux vers leur proie. Il ne fallut pas beaucoup de temps pour repérer *l'Albatros*.

« Ils sont à découvert, pensait Nagashi. *Ce sera un jeu d'enfant ! »*

— Armez les torpilles, ordonna le capitaine.

On s'exécuta. Il s'informa :

— Dans combien de temps serons-nous à portée de tir ?

— Vingt minutes mon capitaine, répondit l'un des pilotes.

Nagashi réalisa que *l'Albatros* était sur le point de partir. *« C'est pour ça qu'ils ont quitté leur cachette ! »*

— Accélérez ! ordonna-t-il. Nous devons les atteindre avant qu'ils n'aient le temps de s'échapper !

Hurley se trouvait à bord de l'un de ses propres vaisseaux. Il observait la scène. Il décida de ne pas intervenir. Le *Redoutable* venait d'arriver à portée de tir lorsque les moteurs de *l'Albatros* se mirent à cracher.

— Ne les lâchez pas, poursuivez-les, cria Nagashi.

L'Albatros se précipitait maintenant en direction de la planète pour acquérir l'énergie nécessaire à son évasion. Le *Redoutable* le suivait.

— Qu'attendez-vous pour tirer ? hurla Nagashi.

— Nous devons nous rapprocher plus ! lui répondit-on.

— Accélérez !

Les deux vaisseaux se suivaient dans leur course folle. Ils frôlaient maintenant le sommet des nuages pâles de la géante gazeuse. Les vibrations des parois ne cessaient de s'amplifier. *L'Albatros* crissait de toutes parts. C'est à ce moment que le plus petit des blocs de glace arrimés sous son ventre se détacha sous l'effet des vibrations et de l'accélération.

— FEU ! hurla le capitaine.

Mais le *Redoutable* n'ouvrit jamais le feu. Le petit bloc de glace venait de se fracasser contre l'avant du vaisseau chasseur. Sous le choc, le *Redoutable* se disloqua. Ses restes disparurent dans les nuages de la planète géante. *L'Albatros* poursuivit son chemin vers Jupiter, indemne et hors de danger.

Le fleuron de la flotte de Narcisse et son meilleur capitaine venaient de disparaître à jamais. Hurley qui avait observé la scène ordonna à sa petite flotte de rentrer à Dido. Son or venait de partir en fumée, mais il n'était pas malheureux. Oh non, car il avait été vengé. Jamais il ne saurait s'il y avait réellement de l'or à bord.

◆ ◆ ◆

Omega pouvait enfin respirer un peu. Bien que sa mission fût loin d'être terminée, la fuite réussie de *l'Albatros* et la disparition définitive de Nagashi étaient deux épines douloureuses qui venaient de lui être retirées du pied. *L'Albatros* voguait sain et sauf vers Jupiter. Les gens de *l'Albatros* s'étaient très bien débrouillés et il n'avait dû intervenir qu'à deux reprises, et de façon très discrète. Envoyer un message de mise en garde à la navette de *l'Albatros* posée à Pelion était un jeu d'enfant. Par contre, bloquer les fichiers informatiques dans les banques de données du cosmoport de Samarkhand était bien plus périlleux. Un expert pouvait très bien remonter jusqu'à lui, mais encore fallait-il quelqu'un pour penser le faire. Le seul qui aurait pu avoir cette idée était Nagashi. Hurley, de son côté, n'était qu'un imbécile et Omega ne doutait pas que ce dernier retournerait simplement se terrer dans son repaire le temps que la situation se calmât. Maintenant ses collègues de Jupiter allaient prendre le relais.

De plus, le Plan avait fonctionné à merveille. Aussi bien l'Alliance du Martien que la Confédération Terrienne avaient été réduites en cendres.

Le bouquet final était pour bientôt.

Chapitre 18

Le nouvel élan spirituel

La grande salle du Conseil était rarement utilisée depuis que les réunions avaient lieu par réseau com. Et cela faisait bien longtemps que Virginia n'y avait mis les pieds. Elle était assise au bout de la table ovale en chêne massif. Les cinq autres sièges étaient encore inoccupés. La réunion n'allait commencer que dans une demi-heure. Cela lui laissait un peu de temps pour se détendre et revoir son argumentation. Bientôt siégeraient en face d'elle des personnages éminents dans divers domaines du savoir. Rien à voir avec la troupe de gouverneurs incultes avec lesquels elle avait l'habitude de travailler. Farney ne devait plus tarder à arriver. Elle ne l'avait pas revu depuis qu'elle lui avait soumis son idée de renouveau spirituel, de nouvel élan pour l'humanité.

Faisait-elle cela par esprit humaniste ? Elle devait en tous cas en convaincre les participants à la réunion. Sans doute y avait-il une part d'humanisme dans sa démarche. Mais avant tout, il fallait qu'elle reprenne en mains le destin de la Terre. C'était d'abord de la politique. Le but était d'enrayer l'épidémie *gaïanne*, quitte à lancer sa propre épidémie. Cela lui permettrait aussi de reprendre un certain pouvoir sur l'ensemble du territoire de la Confédération, et peut-être même plus loin, vers les mondes des Extérieurs. L'histoire de l'humanité l'avait bien montré. Les religions avaient toujours été le meilleur instrument du pouvoir. C'était d'ailleurs pour cette raison qu'elles avaient été bannies lors de la Grande Révolution Culturelle. Et voilà que Virginia s'apprêtait à réaliser un retour vers le passé, et cela dans un but purement égoïste. Elle qui était une des plus ferventes partisanes de la démocratie ! Que lui était-il donc arrivé ? Les événements fâcheux qui s'étaient déroulés les mois précédents l'avaient complètement boule-versée. Partout on ne se battait que pour le seul intérêt personnel. On avait complètement oublié la cause humanitaire. Une fois de plus dans leur histoire, les humains étaient redevenus des animaux. Le cercle vicieux n'avait pas été enrayé après la Grande Colonisation, contraire-ment à ce que l'on espérait à l'époque. *« On ne peut pas aller contre sa nature, et la nature de l'homme est foncièrement mauvaise. »*

Elle avait été bien bête d'essayer de se démener pour améliorer la société. Quelle récompense en avait-elle retirée ? Uniquement du mépris, parfois même de la haine ! Les dernières nouvelles n'avaient rien arrangé à son désappointement. Les élections organisées par Kovalsky pour se séparer de la Confédération lui avaient été favorables. Comment des populations entières pouvaient-elles être aveugles à ce point ? Maintenant ce n'était plus les gouverneurs qui l'avaient trahie, mais des peuples entiers. Cette ingratitude généralisée ne la frustra que davantage encore. Elle savait que l'attentat manqué contre Kovalsky avait joué en la faveur de ce dernier. Le gouverneur eurasien avait très bien mené sa campagne pour la scission. Il a su tirer avantage de la situation. Il a su mettre le doute dans les esprits. Enora aurait-elle pu vouloir se débarrasser d'un gouverneur encombrant ?

Si Kovalsky pouvait manipuler ainsi les foules, elle pensait qu'elle saurait le faire aussi, voire encore mieux. Elle allait reprendre morceaux par morceaux ce qu'elle estimait s'être fait voler. Non seulement elle ne se retirerait pas, mais elle se battrait comme encore jamais elle ne l'avait fait pour récupérer sa place, sa dignité et même plus !

Elle fut tirée de ses songes par l'arrivée de Farney. Derrière tout grand homme il y a une femme disait le dicton. Et derrière toute grande femme il y a un homme, pensa Virginia. Et le fidèle Farney était cet homme. C'était grâce à son soutien permanent qu'elle avait pu atteindre sa position et ce serait encore lui qui lui permettrait d'aller bien plus loin. Le savait-il seulement ? Comme à son habitude il avait réalisé un travail remarquable. Il était arrivé à convaincre et rassembler en un temps record tout ce que son Etat comportait de grands esprits utiles pour leur nouvelle cause commune. Et tout cela dans le secret absolu !

Il s'approcha doucement de Virginia, lui serra la main, lui sourit, puis alla s'installer à l'autre bout de la table. Après avoir déballé les nombreux dossiers qu'il avait apportés, et les avoir soigneusement rangés devant lui, il lui adressa enfin la parole.

— Je me doutais bien que vous seriez déjà là. Je pense que nous allons avoir une réunion passionnante. D'autant plus que nous avons un débatteur supplémentaire. Le physicien mondialement réputé Arnold Munstersen est dans les parages. Il vient d'Europe pour un colloque. Je lui ai demandé si cette réunion pouvait l'intéresser.

— Mais vous êtes fous ! Il n'est pas de chez nous ! Cette réunion devait rester secrète !

— Rassurez-vous, s'il y a quelqu'un en qui nous pouvons avoir confiance, c'est bien lui. Il est réputé pour ses prises de positions contre Kovalsky et est un fervent partisan de l'unité de la Confédération. Je suis sûr qu'il pourra nous apporter des idées intéressantes.

– C'est vrai que c'est un vrai humaniste. Et les autres, comment avez-vous fait pour les convaincre de venir ? demanda-t-elle.

Avec un grand sourire cynique, Farney répondit fièrement :

– Oh, bien qu'ils soient considérés comme des sommités respectées dans leurs domaines, ils n'en restent pas moins des humains. La promesse d'une récompense financière a largement contribué à convaincre les plus réticents d'entre eux.

« Voilà qui confirme mon opinion sur les humains ! » pensa Virgina. Farney continua :

– Vous êtes sûres de vouloir aller jusqu'au bout ? Nous pouvons encore faire marche arrière.

– Oh non, nous ne ferons pas marche arrière, bien au contraire. Plus j'y réfléchis, et plus je me dis que nous devons le faire. Vous qui les avez contactés, pensez-vous que nous arriverons à les convaincre de nous suivre ?

– Si nos arguments philosophiques ne suffisent pas, je suis sûr que nos arguments financiers finiront par les convaincre. Ce sont des experts en philosophie, sociologie, histoire ou encore en psychologie, mais pas des humanistes. D'ailleurs, on aurait du mal à trouver de vrais humanistes désintéressés nos jours ! À part Munstersen, et vous, bien entendu, se rattrapa le gouverneur.

Virginia ne savait pas vraiment si cela devait la rassurer. Si seulement Farney connaissait ses vraies intentions, songea-t-elle. D'ailleurs, c'était un homme très intelligent, et il devait se douter de ce qui se passait dans la tête de sa Présidente. Pour l'instant, il continuait de la suivre, mais pour combien de temps encore ?

Finalement, ils finirent par arriver. Quatre personnages lugubres et un cinquième petit bonhomme tout rond, de grosses lunettes sur le nez. Le seul qui impressionna réellement Virginia. Non par son physique, mais son regard rayonnait. Les trois autres hommes et la femme, tous vêtus de noir, n'en avaient que l'air encore plus austère. Comme s'il fallait se donner cet air pour montrer qu'on était savant.

Tout de suite Virginia éprouva de l'antipathie envers les quatre experts Océaniens. La femme, Rita Lin, professeur de psychologie avancée à l'université de Melbourne, était très grande et très mince. Elle semblait regarder les autres de haut, et ce n'était pas uniquement en raison de sa taille. Le professeur Keller était quant à lui expert en histoire. C'était un homme d'un âge très avancé, assez frêle, mais son regard restait perçant. Le troisième des personnages lugubres était le doyen de l'Université des Études sur l'Humanité de Sydney. Il s'appelait Aramus Sarantogali et était l'un des plus grands spécialistes en sociologie. Il avait l'air assez jeune, bien plus jeune que son âge réel. La chirurgie plastique avait dû passer par-là se dit Virginia. Le quatrième était réellement très jeune. Contrairement à Sarantogali, il essayait même de se donner un air plus âgé. Sans doute pour faire un peu plus respectable. Une couronne de rares cheveux blonds entourait une calvitie bien avancée. Il s'appelait Herbert Sandmeyer et enseignait la philosophie à la même université que son aîné Sarantogali. Le dernier et le plus sympathique ne pouvait être que le physicien Munstersen.

Lorsque tous furent enfin installés autour de la table, Virginia les salua d'un air faussement chaleureux, puis se lança dans le petit discours qu'elle avait préparé avec soin en collaboration avec Farney.

— Comme vous l'avez sans doute aussi constaté, l'humanité va vers un gouffre. Les hommes n'ont plus de rêves, plus de but ultime à suivre. Ils survivent mais ne vivent plus. La seule cause qu'ils défendent encore est leur unique personne. L'effet bénéfique de la Grande Colonisation est maintenant passé. Tous les événements tragiques qui se sont produits ces dernières années tirent leur origine de cette frustration. C'est aussi ce qui explique la résurgence de sectes comme celle des *Gaïans*. Et comme vous le savez sûrement, ce n'est que le début. Quelles autres sectes encore plus dangereuses risquent-elles d'apparaître ? Il est encore temps de stopper ce fléau. Nous devons redonner un sens à la vie des humains. Nous devons leur redonner un rêve, un espoir. C'est pourquoi nous sommes réunis autour de cette table. Je sais que des grands esprits comme vous pourrez sûrement apporter des solutions à ce terrible problème.

Virginia, en bonne politicienne, avait un sens de la psychologie assez développé. Elle savait qu'en caressant ainsi les cinq experts dans le sens du poil elle arriverait plus facilement à les rallier à sa cause. Elle redoutait un peu la réaction de Rita Lin, qui ne se laisserait sans doute pas mener par le bout du nez aussi facilement. Il fallait absolument que les hôtes pensent que l'idée venait d'eux. C'était un exercice facile avec les gouverneurs de la Confédération, excepté Kovalsky qui avait le chic de lui casser ses effets. Avec ses hôtes actuels, ce serait sans doute beaucoup plus difficile.

— Il faudrait simplement relancer une Nouvelle Colonisation, proposa la psychologue. Il y a encore des tas d'endroits autour de notre étoile où nous ne sommes pas encore installés. Les mondes de Neptune sont encore vierges, et je ne parle pas de tous les mondes de glace au-delà ! Ça devrait relancer l'esprit de conquête.

— Nous avons songé à cette possibilité, intervint Farney. Mais les mondes de Neptune et même au-delà sont si éloignés et glacés.

Uranus a été colonisée parce qu'elle est une source d'énergie inépuisable. C'est la seule planète géante assez calme pour que l'on puisse y récolter l'hydrogène. Ce n'est pas le cas de Neptune. Ces mondes sont trop loin et ne présentent aucun intérêt. D'ailleurs la Grande Colonisation avait pu avoir lieu parce que les humains étaient trop à l'étroit sur la Planète Mère, et tous unis. Aucune de ces deux conditions n'est vraie actuellement. La population générale humaine ne fait que diminuer depuis ces cinquante dernières années.

— Mais alors à quoi songez-vous ? demanda Sarantogali.

C'était à Virginia de reprendre la main.

— À défaut d'une nouvelle frontière physique, nous pensons qu'il est possible d'imaginer une nouvelle frontière immatérielle, spirituelle !

— Vous voulez dire une nouvelle religion ? demanda Keller, l'historien, d'un air offusqué.

« *Le mot est lâché !* » pensa Virginia.

— Pas exactement une religion, mais peut-être une nouvelle philosophie de vie, de pensée, continua-t-elle.

— Je ne vois pas la différence avec une religion ! grommela l'historien. Vous connaissez les effets malsains des religions. Il nous a fallu des siècles pour nous en débarrasser et voilà que vous nous proposez de remettre ça. Je ne vous suivrai pas dans cette voie !

— Je pense comme mon collègue qu'il est hors de question de remettre en place une religion, quelle qu'elle soit, intervint Sarantogali.

— Mais une philosophie de vie n'est pas forcément une religion, s'interposa Sandmeyer, le philosophe. L'homme n'a pas besoin d'un dieu pour se sentir bien, il lui suffit de se découvrir lui-même.

— Que voulez-vous dire par-là ? demanda la psychologue.

Virgina et Farney se regardaient dans les yeux, un sourire complice. La discussion était lancée et ils étaient sûrs que de cette contradiction sortiraient des idées intéressantes à exploiter.

Le philosophe s'expliqua :

— Je pense tout simplement que l'homme n'a pas compris sa vraie nature. Il est en train de s'autodétruire alors qu'il est en fait un prodige de l'évolution. C'est un être conscient. Le seul que l'on connaisse actuellement dans l'univers. Il fait partie de l'univers, il est composé de ses atomes. C'est par l'homme que l'univers a conscience de sa propre existence. Notre rôle est d'accumuler des connaissances sur nous-mêmes et sur le reste de l'univers afin que l'univers apprenne à se connaître.

— Vous voulez dire par-là que l'homme est Dieu ? demanda l'historien.

— Évidemment non. Nous sommes juste une infime partie de l'univers, mais une partie consciente, donc la conscience de l'univers. Il n'y a besoin d'aucun dieu dans tout cela.

— Le concept me semble très intéressant, intervint Virginia.

— Sans doute, mais comment le faire passer dans le peuple. La majorité de la population humaine ne sera absolument pas réceptive, argumenta Rita Lin.

— L'histoire montre que tout dogme ou philosophie ne peut s'imposer que sous la forme d'une religion ! grommela encore Keller. Nous tournons en rond !

Sarantogali prit la balle au bond :

— Une religion, pour exister, a besoin de repères, d'un commencement, d'une histoire, de grands prophètes, d'une organisation hiérarchique qu'on appelle Église. Il est tout à fait possible de lancer des idées innovatrices, voire révolutionnaires, sans pour autant devoir créer une quelconque organisation hiérarchique. Combien de mouvements révolutionnaires ont-ils démarré de cette manière ?

— Oui, mais ils ont tous échoué à plus ou moins grande échéance. Il n'en reste rien, constata l'historien toujours aussi sceptique.

— Et si l'état était là pour en garantir la continuation ? demanda Virginia.

— Alors ce serait tout simplement une religion d'état, intervint encore Keller. On en revient au point de départ.

— Si vous le permettez, intervint la psychologue, si vous voulez vraiment toucher les populations, il faut leur parler de ce qui les concerne directement. Ils n'ont que faire de l'univers. La majorité ne sait même pas que l'univers existe. Leur univers se limite à leur travail et à leur famille, quand ils ont la chance d'en avoir.

— Alors qu'est-ce qui pourrait concerner tout le monde au point de les convaincre de nous suivre ? demanda Farney.

— La mort ! répondit sèchement la psychologue.

Un silence glacial s'installa dans la pièce.

Rita Lin reprit :

— Ce silence montre bien à quel point ce mot est devenu tabou. On n'ose même plus en parler franchement. Au moins, du temps des religions, on pouvait en parler. Cela indique bien le malaise de notre société actuelle.

Le philosophe acquiesça.

– Vous avez totalement raison, la mort est le but même de la vie, puisque toute vie y aboutit. Et pourtant, elle fait très peur.

– Mais on ne va tout de même pas relancer l'idée du paradis ! s'offusqua encore l'historien, de plus en plus réticent.

« Ainsi, ce sera l'historien le plus difficile à convaincre ! » constata intérieurement Virginia.

Munstersen, silencieux jusqu'à ce moment, sortit subitement de sa torpeur.

– Mesdames et messieurs, commença-t-il timidement. Si vous me permettez une petite remarque, il n'est point besoin ni de dieu, ni de religion, ni de paradis. Je suis ici le seul représentant des sciences vraies.

On grogna autour de la table. Le physicien ne se laissa pas distraire et continua :

– La science peut très bien expliquer la mort et je pense que tout le monde est capable de le comprendre.

– Alors, expliquez-nous ! lança la psychologue, offensée.

– Considérons la conscience comme étant une énergie, et elle l'est sûrement puisqu'elle est immatérielle et impalpable. L'énergie ne se perd jamais et donc même après la mort, qui est la destruction matérielle du corps, cette énergie doit se conserver quelque part.

– C'est très intéressant, intervint le philosophe, mais où exactement se retrouve cette énergie après la mort ?

– C'est à mon avis la question que nous devons résoudre aujourd'hui, ici autour de cette table, répondit Munstersen. Lorsque nous aurons trouvé cette réponse, nous aurons résolu le problème qui nous concerne.

Virginia osa une question :

– Cette énergie, ne peut-elle pas tout simplement retourner dans un nouveau corps qui n'en possède pas encore ?

– Vous songez à la réincarnation ! C'est peu probable, répondit le sociologue. Dans le passé, la population n'a cessé de croître. Donc plus de corps pour un nombre d'énergies constant. Combien y aurait-il de gens sans conscience !

– Pourtant à regarder les humains, cette théorie se vérifie bien, plaisanta Farney.

Cette remarque judicieuse détendit un peu l'atmosphère. Même les quatre lugubres ne purent s'empêcher d'esquisser un sourire.

Le physicien s'adressa au sociologue :

– Mon cher, vous ne tenez compte que des êtres humains, mais tout être vivant est susceptible de contenir une énergie.

— Vous voulez dire que les plantes sont conscientes ? demanda la psychologue, ahurie et amusée à la fois.

— Je ne parlerais pas de conscience, mais plutôt d'une énergie de vie, qui chez l'humain et chez les animaux, se traduit par la conscience.

— Vous vous rapprochez dangereusement du dogme *gaïan* ! remarqua l'historien.

— Le dogme *gaïan* repose à mon avis sur des bases solides. Ce qui l'est moins, c'est l'intégrisme *gaïan*. C'est lui qu'il faut combattre. Je pense que nous pourrions très bien développer une idée analogue à celle des *Gaïans*, mais moins dogmatique et rigoureuse.

À nouveau le silence s'abattit sur la pièce.

Virginia relança le débat :

— Nous sommes rassemblés ici pour contrecarrer les *Gaïans*, non les renforcer !

— Ce n'est pas renforcer quelqu'un que de le concurrencer directement sur son propre terrain, osa encore le physicien.

— Ce n'est pas complètement faux, admit l'historien.

Les autres semblaient un peu plus dubitatifs.

Virginia reprit :

— Mais je ne pense pas vraiment raisonnable de relancer l'idée de la réincarnation. Si vous expliquez aux populations qu'elles ont des chances de se réincarner en plante ou en animal, elles vont vous rire au nez !

— Mais la réincarnation n'était qu'une hypothèse de travail. Elle n'est absolument pas nécessaire.

— Continuez, vous m'intéressez, l'encouragea Virginia.

— Imaginons qu'à notre mort notre énergie de vie se fonde avec toutes les autres énergies de vie.

— Même avec celles des plantes et des animaux ? demanda sérieusement la psychologue.

— Et pourquoi pas ! poursuivit le physicien. Toutes nos expériences, tous nos sentiments, iraient ainsi rejoindre toutes les expériences, tout ce qui a été ressenti d'une manière ou d'une autre par tous les êtres dont sont issues les énergies de vie. Tout cela formerait une immense banque de données de savoir, d'expérience et de sentiments, l'Energie de vie Globale, la vraie conscience de l'univers !

— Et cette Énergie Globale pourrait contenir les énergies de Vie venues de partout dans l'univers, de toutes les autres entités vivantes existant autour de millions d'étoiles, que nous ne connaissons pas de notre vivant et que sans doute nous ne connaîtrons jamais.

Virginia se laissait porter par son imagination.

Quelque chose venait de changer dans la pièce. L'atmosphère s'était soudain adoucie. Une sorte de miracle venait de se produire. Tous au même moment comprirent qu'ils venaient de comprendre quelque chose de grandiose.

Chapitre 19

« JE »

« JE » en était à sa millionième hypothèse. Comme les précédentes, elle ne le satisfaisait pas non plus. « JE » manquait de données pour comprendre les ondes.

« JE » ressentait les ondes. Il était incapable de comprendre comment cela marchait. Il les ressentait, c'était tout. « JE » prit conscience de la notion de sensation.

Mais « JE » pouvait aussi ressentir leurs différences. Elles étaient plus ou moins anarchiques où régulières, elles étaient plus ou moins intenses et elles évoluaient, chacune à sa façon. « JE » inventa ainsi la notion de différence.

Elles se mouvaient aussi. « JE » le ressentait, bien qu'il eût du mal à saisir la notion de mouvement. « JE » inventa alors la notion d'espace. Ce nouveau concept lui permit de mieux comprendre le mouvement.

Les ondes apparaissaient et disparaissaient à des intervalles variables. « JE » prit ainsi conscience de la notion de temps.

« JE » se rendit compte qu'il avait fait d'énormes progrès, et bien que ne saisissant pas encore précisément la nature des ondes, il put ajouter une notion supplémentaire à son catalogue : la satisfaction.

Troisième partie

Entre Saturne et Jupiter

Chapitre 20

Hurley sème la terreur

Narcisse était confortablement vautré dans le fauteuil démesuré, teinté d'or et de vert, les deux couleurs qu'il avait choisies pour représenter son emblème. Une coupe de cristal remplie d'un breuvage coûteux à base de miel synthétique fermenté tenait en équilibre entre ses gros doigts tremblants. Il rêvassait. Bien qu'il fût en permanence satisfait de lui-même, il avait de grandes raisons de l'être encore davantage. Les derniers rapports sur la récolte de l'hydrogène étaient excellents. Seuls, *l'Albatros* et son équipage portaient encore une ombre à ce tableau, mais le cargo rebelle ne réapparaîtrait pas de sitôt autour d'Uranus pour oser une nouvelle récolte. D'ailleurs, Nagashi l'avait sans doute réduit en cendres à l'heure qu'il était, ou alors ce ne serait plus qu'une question de jours, voire d'heures. Les caisses de l'État, c'est à dire les siennes, se remplissaient bien.

Grâce à son monopole sur la récolte de *cocktail*, il pouvait maintenant imposer ses exigences à beaucoup de petits mondes qui dépendaient entièrement de son bon vouloir, du moins l'espérait-il. Il pouvait les paralyser à coups d'embargos. Il était devenu l'un des personnages les plus influents dans le domaine de Saturne. Pour lui, ce n'était qu'une étape de plus. Il avait des projets bien plus ambitieux. Il était conscient de sa mauvaise image sur les autres mondes, mais il en avait cure. Il savait qu'il était rentré dans la grande histoire. Peu importait ce que l'on pensait, du moment qu'on ne l'oubliait pas. Qui se souvenait seulement du nom de son prédécesseur ? Si on voulait laisser une trace dans la postérité, il fallait être prêt à en payer le prix, et en faire payer le prix aux autres, si nécessaire !

Si on n'imposait pas ses idées par la force, elles n'avaient aucune chance de passer. C'était bien le problème d'Enora. Ils avaient tous compris ça, les Atama, Zerdan et même certains gouverneurs de la

Confédération. Mais Narcisse avait un avantage indéniable, sa nouvelle puissance économique basée sur le monopole de l'énergie au sein des Mondes de Glace. Tous avaient un même but, mais lui venait de prendre une petite longueur d'avance dans cette course effrénée pour la domination des mondes humains.

Et voilà que la Confédération venait de se saborder. Virginia allait avoir beaucoup de mal à recoller les morceaux, ce qui occuperait son énergie pour les mois à venir. Il se sentait libre d'agir. Oui, Narcisse avait toutes les raisons d'être satisfait.

Il était ainsi perdu dans ses pensées lorsque la première mauvaise nouvelle de la journée arriva. Le grand écran mural situé à environ quatre mètres du trône s'illumina et indiqua l'arrivée d'un message audiovisuel depuis Samarkhand. Le message enregistré devait avoir quitté la capitale d'Encelade un peu plus d'une heure auparavant. Narcisse hésita, puis se décida à prendre connaissance du message. À l'aide d'une télécommande toujours à portée de sa main, il lança la lecture de l'enregistrement.

Bartolu apparut sur le grand écran. Son visage était excessivement blême, même pour un Extérieur. Bartolu semblait effrayé par ce qu'il allait dire. La colère était aussi présente, mais l'effroi prenait le dessus. Il avait pris une décision grave et semblait déjà la regretter.

Comme c'était de coutume, non seulement pour des raisons économiques, mais surtout du fait que les représentants des Mondes des humains se détestaient cordialement, le message fut bref, mais précis. La petite voix tremblotante du gouverneur contrastait avec le contenu même du message.

« Cher collègue, après une longue réflexion, je me vois dans l'obligation de refuser votre proposition d'alliance. Nous n'avons besoin de l'aide de personne pour faire la loi et assurer l'ordre à Samarkhand. Accepter l'alliance équivaudrait à trahir les miens... »

Narcisse interrompit l'enregistrement. Il en avait assez entendu. *« Cher Collègue, je vais lui en donner du Cher Collègue ! Quel imbécile ! Il va regretter sa décision ! »*

Sa bonne humeur était passée et la coupe de cristal encore à moitié pleine ne survécut pas à cette nouvelle crise de rage. Elle alla s'écraser contre le mur, à peine à vingt centimètres de l'écran noir sur lequel le visage du Saturnien était visible quelques secondes plus tôt. Il était sur le point de faire appeler son chancelier lorsque le même écran s'illumina à nouveau. Un autre message enregistré en provenance de Saturne venait d'arriver. Le code d'arrivée indiqua qu'il émanait du transmetteur d'Hurley. Narcisse réitéra son geste avec la télécommande et Hurley apparut sur l'écran. Narcisse jura que quelque chose avait changé sur son visage. *« Ah oui, son nez n'est plus aussi régulier qu'avant ! »* réalisa-t-il.

Le mercenaire lui annonça l'échec de l'interception de *l'Albatros* et la destruction du *Redoutable* et de son capitaine. Hurley n'avait pas l'air très touché par cette perte. Narcisse pouvait le comprendre, il connaissait bien Nagashi. Il se doutait que Nagashi n'était pas étranger à la légère difformité au milieu du visage du chef de ses mercenaires autour de Saturne. Narcisse n'était pas non plus attristé, mais il regrettait tout de même cette perte. Nagashi était un très bon élément et sans doute l'un des plus fidèles. Mais il regrettait encore davantage la perte du *Redoutable*. Le vaisseau ultramoderne sortait droit des chantiers et n'a pas été rentabilisé. De plus, *l'Albatros* était encore arrivé à s'échapper ! Il serait difficile de le rattraper maintenant qu'il se dirigeait vers le fief de Zerdan. Finalement Nagashi avait fait preuve d'incompétence durant cette mission, il avait mérité de finir de cette manière.

C'est en hurlant dans l'interphone qu'il convoqua Aménor. Ce dernier dut repousser sa réunion journalière avec les comptables de l'État pour se précipiter le plus vite possible auprès du maître des lieux. Il ne connaissait que trop bien Narcisse, et savait que plus le tyran attendrait, et plus il aurait de temps pour trouver des raisons de s'en prendre au chancelier. En même temps il jubilait. Il connaissait les raisons de cette convocation. Depuis plusieurs mois, il avait fait installer une dérivation et avait accès à tous les messages qui arrivaient dans la salle du trône. Cela lui permettait de se préparer aux changements d'humeurs subites de l'Empereur. Il traversa les longs couloirs bariolés du palais, respira un bon coup et entra dans la salle où trônait Narcisse.

– Que puis-je faire pour votre Excellence ? demanda-t-il.

Aménor eut du mal à cacher un air amusé inhabituel chez lui.

« Il est au courant, se dit Narcisse. *Et ça l'amuse en plus ! »* L'attitude d'Aménor avait beaucoup évolué. Il ne se donnait plus autant la peine de dissimuler son animosité envers son maître. Narcisse avait conscience de la grande valeur de son chancelier. Il savait que sa propre réussite était en partie le résultat du travail acharné de son homme de main. Et Aménor le savait aussi ! Il commençait à prendre de l'importance, et avec cela de l'assurance. Il commençait à devenir dangereux. Narcisse devait songer à son remplacement. Mais pour l'heure il n'avait personne d'autre sous la main ayant sa ruse et ses compétences.

Les mains du tyran tremblaient, son visage était déformé par des tics nerveux. Il commença :

— Je suppose que vous êtes au courant des dernières nouvelles qui me sont parvenues de Saturne ! Le petit Bartolu se moque ouvertement de nous. Nous allons lui donner une leçon !

— Quel genre de leçon ? demanda alors Aménor intrigué, sans même essayer de nier qu'il savait déjà.

— J'ai essayé d'être gentil avec lui.

Aménor eut beaucoup de mal à retenir un rire. Narcisse gentil ! L'empereur poursuivit :

— Mais il n'a rien voulu entendre ! Si nous ne pouvons pas prendre le contrôle des mondes de Saturne par la diplomatie, alors nous le ferons par la force !

— Mais Saturne, ce n'est pas Ariel, c'est à presque deux milliards de kilomètres !

Aménor se rendit soudain compte qu'il venait d'interrompre son souverain. De plus, il n'avait pas utilisé son titre ! Narcisse l'avait sans doute aussi relevé, mais fit mine de n'avoir pas remarqué le faux pas de son lieutenant. Il essaya de se concentrer et de réfléchir. Il continua :

— Nous avons quelques hommes sur place. Ils pourront préparer notre arrivée.

— Excusez-moi, Excellence, mais Hurley est un imbécile ! Il ne fera pas peur à Bartolu.

Aménor fit un effort surhumain pour que cette intervention soit la plus convenable possible. Narcisse prit acte de l'effort : *« Il sait qu'il est allé trop loin ! »*

— Nous avons sous-estimé Bartolu. Nous ne pourrons rien contre lui tant que nos renforts ne seront pas sur place. Mais nous pouvons essayer de prendre le contrôle de Herschel, la cité principale de Mimas. Hurley et ses bandits peuvent le faire. Le maire Herring ne maîtrise pas ses troupes aussi bien que Bartolu. Ça nous fera une excellente base avancée.

— Mais, Excellence, il va falloir envoyer plusieurs bataillons, cette nouvelle guerre va nous coûter une fortune !

Aménor avait de plus en plus de mal à se contenir. Durant toutes ces dernières années de service, Aménor avait suivi de près l'évolution psychologique de son maître. Comme tout dirigeant, il avait fini par développer une paranoïa. Mais ce n'était pas ce qui inquiétait le plus Aménor. En plus de cette paranoïa tout à fait normale, il y avait aussi autre chose. Quelque chose de plus subtil mais aussi de bien plus dangereux. Narcisse avait toujours été cruel et égoïste, mais il savait ce qu'il faisait. C'était un personnage d'une intelligence exceptionnelle. Depuis quelques mois pourtant, il lui arrivait de prendre des décisions irraisonnées. Et il y avait ces crises de démence accompagnées de tics, de plus en plus fréquentes. L'Empereur perdait de plus en plus souvent le contrôle de lui-même. Narcisse devenait dangereux pour l'intégrité des mondes d'Uranus et pour les plans d'Aménor. Il est impossible de contrôler quelqu'un qui perd totalement la raison. Aménor devrait abattre ses cartes avant qu'il ne soit trop tard.

– Nous augmenterons les impôts. Et aussi le prix de l'hydrogène ! Se contenta de répondre Narcisse.

Suivit un long silence, interminable pour Aménor. Narcisse semblait réfléchir. Ses mains tremblaient, ses yeux clignaient. Il essaya de se contrôler. Il reprit :

– Combien de croiseurs sont ils prêts à appareiller ?

– Avec la perte du *Redoutable*, il nous en reste neuf prêts à s'envoler. Deux autres sont encore en chantier.

– Alors, nous allons encore lancer la construction de quatre supplémentaires. Ça nous fera une bonne petite flotte. Il faudra aussi enrôler des soldats.

– Cela risque d'épuiser nos réserves de métaux. Et le métal ne se trouve que sur les Mondes du Centre. Zerdan est sur leur chemin et nous ne sommes plus approvisionnés.

– Il en reste plein dans les cités vides d'Ariel. Rien que ce qu'il y a à Mélusine suffirait. Et si ça ne suffisait pas, on pourra les prendre dans les autres cités. Il suffira de déplacer les populations.

– Le peuple ne sera pas content, nous risquons une révolte ! osa Aménor.

– Ça, c'est l'affaire de la police ! rétorqua Narcisse qui reprit immédiatement :

– Dès que la flotte sera prête, nous partirons à l'assaut des mondes ridicules de Saturne. D'ici là, j'espère qu'Hurley nous aura bien préparé le terrain.

– Et vous pensez vraiment qu'on va nous laisser faire sans réagir ?

– ASSEZ ! hurla Narcisse. Qu'ils interviennent si ça leur chante ! Mais ils ne le feront pas. Les pauvres lunes de Saturne n'ont jamais intéressé personne. Pourquoi se lanceraient-ils dans un conflit coûteux pour elles ?

« *Nous le faisons bien !* » songea Aménor, désespéré. Il ne répondit pas, il avait pris assez de risques pour la journée.

Une fois Aménor parti, Narcisse envoya ses ordres à Hurley, puis un autre message vers les mondes de Jupiter : « *Liquidez les fugitifs dès qu'ils seront à votre portée.* » Il connaissait bien le destinataire. Lui ne raterait pas sa mission. Lorsqu'un plan échouait, Narcisse en avait toujours un autre dans sa poche. La partie était loin d'être terminée ! Sa fureur fut aussi vite oubliée, ses tics disparurent, et c'est calme et satisfait de lui-même qu'il se perdit à nouveau dans ses rêves de grandeur. Après tout, plus il y avait d'obstacles sur le chemin, plus la victoire serait savoureuse !

◆◆◆

Hurley s'attendait à des représailles sévères de la part de l'Uranien après l'échec dans l'interception de *l'Albatros*. C'était donc avec une grande surprise qu'il reçut le message de Narcisse lui donnant une seconde chance. Ce n'était pas dans les habitudes du vieux tyran, mais sans doute n'avait-il pas le choix. Le temps pressait, et seul Hurley avait une troupe capable de s'attaquer au maire Herring et prendre le contrôle de sa cité Herschel. L'idée lui parut amusante. Il n'aimait pas le prétentieux Herring, ce qui était d'ailleurs réciproque. Mais la tâche n'allait pas pour autant être des plus faciles.

Depuis la débâcle de Nagashi, Hurley et ses troupes s'étaient retirés dans leur quartier général de Dido sur Dioné. Il était le seul à avoir compris l'emplacement stratégique de cette lune, située entre les petites lunes habitées internes Mimas et Encelade et la grande Titan. Il n'avait jamais compris pourquoi les lunes moyennes comme Dioné, mais aussi Téthys et Rhéa, n'avaient jamais vraiment intéressé les colons. Évidemment, c'était des mondes morts, saturés de cratères d'impacts et lacérés de gigantesques failles, mais ils représentaient d'énormes territoires inutilisés. Rhéa était aussi grande que Titania, le monde central de l'Uranien, et aussi bien Téthys que Dioné avaient la taille d'Ariel. Et pourtant seules quelques cités mineures y avaient été bâties, et dans lesquelles régnait une anarchie complète, ce qui arrangeait bien les affaires de Hurley. Réunir ces trois mondes sous son autorité aurait été facile avec sa petite troupe de mercenaires, mais il n'avait jamais vraiment su saisir l'occasion de le faire. Il était ambitieux, mais manquait d'assurance. Et puis, il y avait l'Uranien. Hurley était au service du tyran de Titania, et ce dernier n'aurait sans doute pas vu d'un bon œil les ambitions personnelles de son sbire.

Avec sa nouvelle mission, il devait se rapprocher du lieu de l'action et Hurley décida de transférer ses quartiers sur Mimas même pour être plus efficace. Pelion ferait un excellent repaire. C'était les fugitifs de *l'Albatros* qui lui avaient donné cette idée. Il commença par envoyer quelques-uns de ses fidèles à Herschel pour y mener quelques actes d'intimidation afin de détourner l'attention. Hurley se sentait à nouveau pousser des ailes et entamait un nouveau jeu qui l'excitait énormément.

Durant les trois semaines qui suivirent, Herschel avait fini par sombrer dans la terreur. Tout avait commencé par l'explosion d'une cuve d'hydrogène en périphérie. Le contact avec l'oxygène de l'atmosphère avait entraîné une déflagration telle qu'une surface de deux kilomètres carrés avait été balayée. Une brèche importante s'était formée dans la coupole. Plus de trois mille personnes avaient été portées disparues. Puis, les terroristes s'attaquèrent aux centres de productions d'électricité, aux stocks de nourritures, aux transports en commun, aux canalisations. Seul le cosmoport avait été épargné. Le maire Herring ne savait plus où donner de la tête. Sa police était incapable d'empêcher les attaques surprises des hommes de Hurley, même si des patrouilles et des surveillances étaient organisées en permanence. On ne savait jamais quand et à quel endroit les terroristes frapperaient à nouveau. On ne savait même pas qui ils étaient réellement, même si l'on se doutait bien que les Uraniens n'étaient pas étrangers aux événements. La population n'avait d'autre choix que de se terrer dans les demeures.

En plus de la défense de la cité, Herring devait aussi organiser les réparations. Bien que la brèche de la coupole fût colmatée en moins d'une heure, Herschel avait perdu une partie importante de son atmosphère. La pression à l'intérieur du dôme était devenue à peine supportable par les habitants, et il avait fallu puiser dans les réserves pour rétablir une atmosphère normale. Une nouvelle brèche aurait été fatale pour toute la cité.

Il fallait aussi réchauffer cette atmosphère dont la température était tombée à seulement quatre degrés Celsius. Les coupures d'électricité incessantes n'aidèrent pas. Lorsque le courant était rétabli dans un quartier, un transformateur explosait dans un autre quartier.

Et pendant ce temps, Hurley déménagea sa petite troupe vers ses nouveaux quartiers dans le bidonville de Pelion, dans l'indifférence générale. Il s'était même permis le luxe d'occuper deux étages de la tour centrale, ou du moins ce qu'il en restait. Le pylône qui lui servait de colonne vertébrale était heureusement intact. C'était lui qui soutenait la coupole protectrice de la cité en son milieu. Autour de cette immense colonne métallique ne restait qu'une ruine d'un bâtiment qui était sans doute impressionnant lorsqu'il était encore entretenu. Il ne subsistait que les quatorze étages du bas. Avec l'arrivée de la misère à Pelion, la tour avait été peu à peu démontée en commençant par le sommet. Le métal était une denrée rare sur les Mondes Extérieurs et l'on pouvait en tirer un bon prix. Hurley et ses hommes prirent ainsi possession des treizième et quatorzième étages. Des parois avaient été arrachées, des fenêtres aussi manquaient, mais la hauteur les éloignait quelque peu de la puanteur et de la crasse immonde de la basse cité.

Hurley choisit une très grande pièce avec une baie vitrée intacte pour installer son quartier privé. La pièce pouvait parfaitement faire office de logement et de bureau. Hurley n'avait jamais vécu dans le luxe et cette vie spartiate lui convenait parfaitement.

Après avoir sommairement aménagé son nouveau domaine, il s'installa derrière une énorme table métallique rouillée et se mit à réfléchir. L'idée d'abord saugrenue ne cessa de le hanter. Pourquoi devait-il continuer à agir en cachette? Avec sa petite troupe il pouvait rapidement mettre de l'ordre dans Pelion. En moins d'une semaine il pensait pouvoir être en état de se proclamer gouverneur de la cité. Évidemment, Narcisse n'apprécierait pas beaucoup cette initiative personnelle, mais ce n'était qu'une cité mineure et cela ne remettrait nullement en cause sa fidélité à l'Uranien. Du moins pour le moment !

Mais, pour ce faire, il fallait d'abord rappeler quelques-uns de ses hommes en mission à Herschel. Ils avaient fait assez de dégâts comme cela. Cinq hommes resteraient sur place pour entretenir le climat de terreur, mais par de petites actions isolées. Les autres viendraient prêter main forte à ceux de Pelion pour mettre de l'ordre. Hurley frissonna à l'idée que ses troupes aient bien failli détruire intégralement la cité lors de leur première action de choc. Narcisse ne lui aurait pas pardonné cette erreur. Les ordres étaient d'affaiblir Herring, non de tout détruire. Heureusement, les autorités d'Herschel ont su réagir à temps pour limiter la catastrophe et sauver Hurley d'une colère légendaire de l'Uranien. Hurley avait presque envie d'en remercier Herring.

◆ ◆ ◆

Les dernières nouvelles venues de Saturne continuaient de préoccuper Bêta. Bien que les événements ne présentassent pas un danger immédiat pour le Plan, ils en compliquaient sérieusement le déroulement. Les informations qui lui parvenaient étaient souvent contradictoires et il fallait faire le tri entre celles qui reflétaient la vérité celles qui n'étaient que pure propagande au service de l'un ou l'autre des acteurs du drame. Bêta avait l'impression de piloter un navire en pleine brume et sans radar. Et ce navire, c'était le destin de l'humanité. Il devait coûte que coûte suivre la bonne trajectoire, malgré les obstacles de plus en plus nombreux qui se dressaient sur le chemin.

Jusqu'alors, Bêta savait en permanence où se trouvait et ce que faisait chacun des membres de l'Ordre. Mais Narcisse avait semé une telle confusion autour de Saturne que Bêta avait perdu tout contact avec Oméga. Ce dernier était-il seulement encore en vie ? Delta et Alpha eux aussi n'avaient plus donné signe de vie depuis longtemps. Mais tous les deux devaient être en un lieu sûr et surtout en dormance.

De plus, depuis quelques semaines, plusieurs membres avaient commencé à perdre de leur assurance. Même si le chaos avait été prévu, il était beaucoup plus difficile à vivre en pratique. Il suffisait que l'un d'entre eux flanche pour que ce soit une énorme catastrophe. La tension psychologique était extrême et l'isolement de chacun n'arrangeait rien à l'affaire.

Bêta était conscient de l'état psychologique des membres de l'Ordre et qu'il était difficile pour chacun d'eux de poursuivre leur mission en ne sachant pas si elle avait encore un sens, si leurs compagnons étaient encore à leur poste pour prendre le relais. Tous devaient être dans la même situation de doute. Malgré le risque énorme que cela représentait pour le Plan, Bêta décida finalement d'essayer de reprendre contact avec chacun de ses compagnons pour les rassurer, et pour se rassurer lui-même. Avec tous les espions à la solde de Narcisse, d'Atama, de Zerdan ou encore d'Enora, qui devaient circuler de planètes en planètes ce ne serait pas une chose facile. Il fallait ruser, mais Bêta estimait que cela en valait la peine si la poursuite du Plan en dépendait.

Chapitre 21

Memphis

L'*Odysseus* s'approchait du système de Jupiter. Jupiter, le gros monstre coloré où tout était gigantesque. Les ouragans avaient plusieurs fois la taille de Mars. Même les quatre principales lunes avaient des tailles planétaires. À travers la baie de cristal renforcé de la passerelle de commandement de l'*Odysseus*, Maya pouvait déjà apercevoir le fin croissant de Callisto qui venait de surgir derrière celui de la gigantesque planète. Ils survoleraient la lune extérieure pour se rendre sur Ganymède. On ne manquait jamais une occasion d'économiser de l'énergie en utilisant l'assistance gravitationnelle d'un astre, que ce soit pour accélérer, changer de trajectoire ou encore décélérer. Douze heures encore la séparaient de l'arrivée au cosmoport de Memphis. Bien que Zerdan eût été prévenu par Atama, aucun comité d'accueil n'était encore en vue.

Au bout d'une demi-heure, le fin croissant de Callisto s'était transformé en une grosse planète. Callisto était un monde morne, surtout comparé à Mars la Rouge. C'était une grosse boule de glace sombre, une planète à la surface grise constellée de milliards de cratères, ces cicatrices qui s'étaient accumulées durant les quatre milliards et demi d'années d'existence de la lune et qu'aucune activité géologique n'avait effacées. La voisine, Ganymède semblait tout aussi morne, bien qu'elle fût plus active. Ces lunes ressemblaient étrangement au maître des lieux, lui aussi grand et glacial.

L'*Odysseus* survolait une immense tache plus claire, entourée de falaises et de gouffres concentriques qui s'étendaient sur près de quatre mille kilomètres. C'était l'énorme bassin de Valhalla, la plus grande cicatrice d'impact que l'on pouvait observer sur Callisto. L'effet de freinage gravitationnel commençait à se ressentir à bord.

Aux débuts de la colonisation des mondes de Jupiter on avait installé de nombreuses cités sur Callisto. Callisto semblait le monde de Jupiter le plus approprié à une colonisation. Non seulement il n'y avait pas d'activité sismique, mais en plus elle se situait loin des rayonnements mortels qui régnaient plus près de la planète géante et qui frappaient les trois autres grandes lunes : Ganymède, Europa et Io. Malheureusement, les apparences étaient parfois trompeuses.

On se rendit compte un peu trop tard que le terrain était hautement instable. La poussière sombre du sol avait tendance à absorber la chaleur du lointain Soleil et réchauffer le socle de glace qui se trouvait en dessous. La glace se vaporisait et de gigantesques glissements de terrains en résultaient.

Laissant loin derrière lui le gigantesque bassin de Valhalla, le vaisseau s'approcha maintenant des Ruines d'Asgard, neuf cents kilomètres plus à l'ouest. Asgard avait été la plus grande cité de Callisto. L'effondrement du gigantesque dôme d'Asgard suite à l'instabilité du terrain était resté aux yeux des historiens la catastrophe majeure de l'ère de la Grande Colonisation. Des millions de vies avaient été perdues à cette occasion. Il n'y avait presque plus aucune trace de la catastrophe et encore moins de l'ancienne cité. Toutes les autres cités de Callisto furent abandonnées. Même si durant les années qui suivirent le drame personne n'osa s'aventurer dans la cité maudite, le sens des affaires avait fini par reprendre le dessus. Le métal était si rare et précieux sur les mondes de glace que toute matière récupérable fut démontée et transportée sur Ganymède. La légende racontait que les mille piliers de Memphis furent fondus dans le métal d'Asgard. Finalement il ne restait pratiquement plus rien d'Asgard. Et pourtant on continuait à nommer le lieu les Ruines d'Asgard. C'était ainsi qu'était née la légende de la cité hantée. Des taches blanches immaculées de glace fraîche au nord et à l'est des Ruines marquaient l'emplacement de deux cratères d'impacts récents, Burr et Tornasuk.

Après avoir frôlé la surface à une altitude d'à peine cent cinquante kilomètres, l'*Odysseus* s'éloigna de la lune sombre avec une vitesse réduite de moitié. Deux heures plus tard le vaisseau s'approcha de sa destination. Ganymède n'était pas aussi sombre que Callisto et était striée de lignes plus claires qui témoignaient d'une activité géologique plus récente. Par-ci et par-là, des taches claires marquaient les emplacements d'autres impacts récents d'astéroïdes.

Jupiter avait quatre très grandes lunes et une seule d'entre elles était habitable. « *Quel gâchis de place !* » se dit Maya. Deux lunes de la taille de la lune terrienne, Io la volcanique et Europa, la planète océan, toutes deux plongées dans les ceintures de radiation de Jupiter et une troisième lune à peine plus petite que Mars avec un terrain instable. Ganymède aussi est frappée par les radiations du champ magnétique de Jupiter, mais elle possède un champ magnétique propre qui détourne les rayons mortels et protège les régions équatoriales de ce monde. L'empire de Zerdan se limitait à cette bande équatoriale, bien qu'officiellement sa superficie était la plus grande après celle de la

Confédération Terrienne. « *À quoi bon avoir des territoires gigantesques s'ils sont totalement inutilisables ?* » se disait Maya.

Memphis se trouvait juste au nord de l'équateur, dans l'une des régions sombres de la planète : Galileo Regio. C'était l'illustre astronome des temps pré-spatiaux, Galileo Galilei qui avait pour la première fois découvert les quatre grandes lunes de Jupiter, se rappela Maya.

C'était également la première fois que Maya se rendait dans une cité de Glace. Memphis était recouverte d'un gigantesque dôme translucide qui la protégeait du vide spatial. Celui-ci avait un diamètre de près de deux cent cinquante kilomètres pour une hauteur d'à peine trois kilomètres en son centre. La structure en cristal renforcé était soutenue à l'intérieur par un ensemble d'au moins mille piliers métalliques répartis sur toute la surface. Il s'agissait de la plus grande structure de ce style jamais construite par l'homme.

Le cosmoport se trouvait à quelques dizaines de kilomètres à l'ouest du dôme. L'*Odysseus* se stabilisa au-dessus du complexe en attendant l'autorisation de se poser et l'ouverture des sas. L'attente dura près de vingt minutes. Les autorités locales montraient de cette manière leur hostilité à cette visite. Lorsque le croiseur toucha finalement le sol métallique du tarmac, l'accueil glacial confirma cette impression. Maya était un personnage de haut rang, elle représentait directement l'Empereur de Mars, mais aucun représentant du palais de Memphis n'était venu l'accueillir.

C'était le directeur du cosmoport qui avait été désigné pour cette tâche. Il attendait, impassible, au bas de la petite échelle qui menait au tarmac. Lorsque Maya se trouvait enfin sur le sol de la planète ennemie, le petit bonhomme rondouillard, la calvitie bien avancée et une énorme moustache lui garnissant le visage s'avança vers elle avec une mine sévère. Il avait du s'entraîner devant sa glace. Cela faisait partie du jeu politique.

— Il paraît que vous venez chasser les rumeurs ? demanda-t-il d'un ton inquisiteur.

Elle ne daigna pas répondre. Il poursuivit :

— J'ai eu pour ordre de vous servir de guide et de vérifier que vous ne semez pas la pagaille à Memphis. Veuillez me suivre.

Maya le suivit et ils se dirigèrent sans mot dire vers le bâtiment d'accueil, s'engouffrèrent à travers la porte principale, traversèrent le grand hall de part en part pour ressortir de l'autre côté où un véhicule étrange en forme d'œuf, un taxi local, les attendait. L'homme qui marchait devant elle jusque-là en faisant semblant de l'ignorer se retourna enfin vers elle pour lui annoncer sarcastiquement :

— Le carrosse de Madame est avancé.

Elle le regarda d'un air sévère et tout en essayant de garder son contrôle, elle s'installa dans le véhicule. Lorsque le véhicule se mit enfin en mouvement, elle demanda :

— Où allons-nous ?

Avec un grand sourire le directeur du cosmoport répondit :

— Mes ordres sont de vous conduire au palais. Le Seigneur Zerdan est impatient de vous rencontrer afin que vous lui expliquiez cette ridicule histoire de rumeurs.

— Pas impatient au point de venir à ma rencontre au cosmoport!

L'homme ne se laissa pas impressionner et répondit aussi vite:

— Vous ne pensiez tout de même pas que le Seigneur allait se déplacer personnellement pour vous recevoir. Vous n'êtes pas un dirigeant de l'un de nos mondes que je sache ! De plus, selon vos dires, votre visite n'a pas de raison politique, mais une sombre histoire de rumeurs.

Maya savait qu'elle n'aurait pas le dessus. Tous les arguments de ses hôtes avaient été préparés et répétés. Elle décida donc de ne plus jouer à ce jeu plus longtemps et resta silencieuse, admirant le paysage défilant derrière la fenêtre. Après tout, elle s'attendait à ce genre d'accueil, même si elle espérait mieux.

Le véhicule s'engouffrait dans le tunnel sombre qui reliait le cosmoport à Memphis. Seul un petit plafonnier diffusait une faible lueur dans la cabine. Elle pouvait tout juste apercevoir la silhouette de son compagnon de route. Au dehors, il faisait nuit noire, mais elle sentait que le véhicule prenait de la vitesse. L'homme à ses côtés resta silencieux. Maya savait que toute cette mise en scène était destinée à l'impressionner. Elle dut s'avouer que ce n'était pas loin de marcher. Au bout de onze longues minutes la lumière du jour réapparut. Ils étaient enfin arrivés dans la cité.

Memphis était la plus grande cité des Mondes Extérieurs et le palais se trouvait encore loin. Mais cela permit à Maya d'observer la vie en ce lieu étrange. L'énorme coupole impressionnante s'élançait dans le ciel à perte de vue. De partout de gigantesques piliers se dressaient à sa rencontre. Et entre ces piliers, s'étalaient des milliers de bâtiments de toutes formes, de toutes tailles et de toutes couleurs. Cette mosaïque multicolore surprit le visiteur Martien qui s'attendait à une atmosphère beaucoup plus sombre et triste. Les rues étaient larges et bordées de quelques rares végétaux. De temps en temps, au milieu d'un carrefour, trônait ici une statue représentant un illustre ancêtre de la famille régnante, là une gigantesque fontaine. Cet endroit semblait complètement irréel, presque féerique. Le petit bonhomme assis à côté d'elle l'observait et ne cachait pas son plaisir de lire la surprise sur le visage de Maya. *« Atama aurait dû me prévenir ! »* songea-t-elle.

Le directeur du cosmoport rompit alors le silence:

— Je sais que vous nous prenez pour des barbares incultes. Au moins votre visite vous permettra de constater que ce n'est pas le cas. Nous arriverons au palais dans moins de vingt minutes, le temps de traverser le Quartier des Marchands.

Le Quartier des Marchands, voilà un endroit idéal pour lancer des rumeurs. N'était-ce pas là que les étrangers venaient apporter et vendre leurs marchandises, voire leurs histoires ? Maya songeait qu'elle pouvait peut-être trouver des indices dignes d'intérêt.

— Arrêtez-moi dans le Quartier des Marchands, demanda-t-elle brusquement. Je vais continuer mon chemin à pieds.

— Vous n'y pensez pas, s'offusqua le directeur. On nous attend au palais et nous n'avons pas le temps de flâner !

— Je ne suis pas venue pour flâner, répondit-elle sèchement. Je suis venue enquêter et c'est ce que je vais faire.

— Après tout, vous devez savoir ce que vous faites. Mais je déclinerait toute responsabilité s'il devait vous arriver quelque chose.

— Rassurez-vous, je sais me défendre. D'ailleurs, je ne pense pas que s'il devait m'arriver quelque chose, vous seriez tellement attristés.

— Disons que nous voudrions tout de même éviter de rajouter un incident diplomatique entre Mars et nous.

« Ils ont peur d'Atama malgré tout, c'est une bonne chose pour moi ! » songea Maya.

À ce moment, le taxirail stoppa net.

— Nous y sommes. Vous pouvez continuer à pied. Vous ne pouvez pas vous perdre, la direction du palais est indiquée partout. Moi, je vais prévenir le Seigneur Zerdan que vous arriverez en retard. Soyez au palais d'ici trois heures. Ça devrait largement suffire pour chasser des rumeurs.

Le bonhomme grassouillet allait encore ajouter quelque chose, mais Maya sortit du véhicule et s'en éloigna d'un pas vif. Derrière elle, elle entendit le taxi reprendre sa route, avec à son bord l'affreux bonhomme. Elle était enfin seule et se sentit bien plus à l'aise pour réfléchir. Elle se faufila dans le dédale de ruelles qui s'étalait devant elle. Dans le Quartier des Marchands, les ruelles étaient très étroites et les bâtiments multicolores semblaient se rapprocher de plus en plus. Au loin elle entendit le bruit caractéristique de la foule lui indiquant qu'elle marchait dans la bonne direction.

Au bout de trente minutes, ses muqueuses nasales commençaient à la chatouiller. Des parfums variés commençaient à lui parvenir. C'était le signe qu'elle n'était plus très loin du Grand Marché. Elle se rappela alors ses anciens cours de géographie économique. Le Grand Marché de Memphis était le plus grand de tout l'Extérieur. Venaient ici des vendeurs originaires de tous les mondes habités. On y voyait même parfois des Terriens qui avaient eu la chance ou plutôt le courage de passer les différentes barrières sanitaires, même si la plupart du temps ils étaient représentés par des colons de la Lune.

Les odeurs étaient de plus en plus intenses. Un fort mélange d'épices. Elle réalisa alors qu'à son arrivée dans Memphis, à la sortie du tunnel reliant la capitale à son cosmoport, elle n'avait pas perçu une odeur particulière. Pourtant, chaque cité exhibait sa propre odeur caractéristique. Les purificateurs d'air de la plus grande cité sous coupole semblaient très bien fonctionner.

Elle était très sensible aux odeurs. Un sens que beaucoup d'humains avaient perdu ou négligé. C'était là aussi une conséquence fâcheuse de certains dogmes religieux anciens qui associaient l'odorat à l'animal. Les humains avaient ensuite dû réapprendre à s'en servir. Et pourtant, n'était-ce pas l'un des sens les plus importants ? C'était lui qui permettait d'analyser la composition précise de l'atmosphère environnante. C'était aussi lui qui permettait de détecter la peur ou l'excitation chez les autres. Il était un composant essentiel du plaisir.

La foule déjà importante dans les rues, devenait de plus en plus dense. L'odeur des humains de plus en plus forte. Elle entrait dans ce qui semblait être le quartier des marchandises alimentaires. On trouvait ici aussi bien des mets très précieux et donc coûteux de la Terre que des substituts alimentaires fabriqués dans les usines chimiques des mondes Extérieurs. Il y en avait pour tous les goûts et toutes les bourses. Les étals se succédaient sans se ressembler. Une sorte de chaos très agréable. Même le contact de cette foule fut agréable pour Maya qui pourtant n'en avait pas l'habitude. Ici les gens de toutes conditions, de toutes origines se côtoyaient sans discrimination apparente. C'était l'endroit rêvé pour commencer son enquête. Elle entendit même converser dans des langues étranges, de vieux dialectes surgis d'un lointain passé. Même si tous les humains parlaient le Solarien, un langage issu du mélange d'une dizaine de langues anciennes importantes, d'anciens dialectes avaient survécu ici et là.

C'était une autre manière d'affirmer son indépendance et ses particularités dans une société qui poussait à l'uniformisation.

Dans ce mélange de couleurs, d'odeurs et de bruits, un élément restait cependant très constant. Tous les humains se ressemblaient plus ou moins. Tous étaient grands et très clairs de peau, comme Maya elle-même pouvait l'être. L'adaptation de l'homme à ses nouvelles conditions de vie en était responsable. Moins de gravité, moins de Soleil. Seuls les Terriens étaient encore petits et présentaient des couleurs de peau diverses. La Grande Colonisation avait même tué la diversité physique des humains. En y songeant, Maya remarqua l'absence de Terriens. Bien que leurs produits fussent les plus réputés, et aussi les plus chers, ils se faisaient souvent représenter par un Extérieur. Les Extérieurs préféraient éviter d'approcher les Terriens, ces sacs à maladies comme on les appelait sur les mondes de glace.

Maya se trouvait maintenant dans la foule compacte. Des milliers de gens l'entouraient. Elle n'avait que l'embarras du choix pour poser ses questions. Elle se doutait bien que Zerdan ne l'aurait jamais laissée errer sans surveillance dans les rues de Memphis et que dans cette foule, certaines personnes avaient pour rôle de l'épier et la suivre. La facilité avec laquelle le directeur du cosmoport avait accepté de la laisser quitter le taxi la confortait dans ce sens. Mais comment les distinguer des autres ? Elle se disait que les marchands eux devaient être de vrais marchands. Elle n'avait pris sa décision de traverser le marché à pieds qu'au tout dernier moment et il était presque impossible aux autorités d'avoir pu mettre en place de faux étals avec de faux marchands. Surtout que dans ce gigantesque capharnaüm, il aurait été impossible de prédire vers quel lieu elle se dirigerait.

Mais comment aborder ces gens ? Devait-elle être directe ou plutôt suivre un chemin tortueux pour les amener à dire ce qu'elle voudrait entendre ? Elle aurait de loin préféré la manière directe, mais songea qu'une approche plus douce avait plus de chances de fonctionner. Elle décida de tenter sa chance chez un marchand d'épices terriennes. Non seulement il avait une bouille plutôt sympathique, mais en plus cela lui permettrait de se rapprocher un peu des substances aux couleurs multiples et aux odeurs très agréablement enivrantes.

– Que puis-je faire pour vous Madame ? Je sens que vous êtes une connaisseuse. Elles sont toutes de première qualité, certifiées terrestres et débarrassées de tous germes potentiellement dangereux.

– On n'est jamais trop prudent, commença Maya.

– Ça, vous pouvez le dire ! répondit le marchand d'un air enjoué.

— Surtout avec ce qui se passe de nos jours, tenta encore Maya.

— Oh, c'est sûr. La situation n'est pas très rose.

— Et toutes ces rumeurs ! continua Maya.

Elle sentait que l'homme allait petit à petit dans la direction voulue. Il fallait surtout qu'elle ne fasse pas d'erreur pour éviter de perdre le fil.

— Oh ! Vous savez, les rumeurs il ne faut pas les croire toutes !

— Mais enfin, ces histoires entre Atama, Narcisse et Zerdan, ça ne doit pas être très bon pour votre commerce !

— Oh, vous savez, moi je viens de la Lune, alors les histoires dans les Mondes Extérieurs, ça ne me regarde pas ! Je ne suis qu'un marchand, et la politique ne m'intéresse absolument pas. Du moment que mon chiffre d'affaires reste stable.

— Les gens doivent quand même être inquiets ! essaya de relancer Maya.

— Pourquoi le seraient-ils ? Les histoires de palais, ça reste dans les palais. On ne parle pas de ça ici.

— Même pas des dernières rumeurs ?

— Il n'y a pas vraiment de rumeurs ici. On apprend ce qui se passe par les réseaux d'informations officiels. Et encore tout ça c'est de la propagande. Comme je vous l'ai dit, nous sommes dans un autre monde, loin des soucis des grands. Et leurs soucis, tout le monde s'en fiche. On en a assez avec les nôtres. Mais je m'égare. Alors, qu'est-ce que ce sera ? Curry, gingembre, poivre, clous de girofles ? J'ai aussi des herbes odorantes : thym, coriandre, laurier...

— Cent grammes de gingembre en poudre feront l'affaire ! l'interrompit-elle.

Elle savait qu'elle ne tirerait rien de plus de cet homme.

— Ça vous fera douze crédits.

Ce devait être plutôt de la bonne marchandise pour ce prix ! Maya se promit de ne l'utiliser que parcimonieusement. Elle paya et le marchand lui remit son petit paquet.

— Et bonne journée, lui lança-t-il encore lorsqu'elle s'éloignait.

Douze crédits, c'était vraiment cher payé pour le peu d'informations qu'elle avait obtenues. Elle poursuivit son chemin dans la foule en essayant de prendre la direction générale du palais. Elle avait déjà perdu trente minutes et était encore très loin du palais où l'attendait Zerdan. Elle tenta encore sa chance auprès d'un marchand de légumes hydroponiques local et un marchand de poudres de protéines aromatisées fabriquées à Messina. Après une vingtaine d'arrêts, elle en était toujours au même point. À chaque fois, elle eut les mêmes réponses.

Au bout d'une heure, elle quitta l'aire du marché consacré aux produits alimentaires pour s'engouffrer dans la partie réservée aux produits non alimentaires. Les odeurs agréables s'estompèrent petit à petit pour laisser place à des odeurs chimiques. Le chaos était encore plus marquant dans cette partie du marché puisque se côtoyaient ici des étals de tissus, matières premières et des substances chimiques diverses. La foule ne se fit pas moins dense.

Les marchandages sur les prix étaient tout aussi intenses. Maya se plut à observer ce qui s'apparentait davantage à un rituel qu'à un vrai désir de minimiser les prix. Ici, on discutait le prix d'un vêtement, d'une pièce de tissu et, juste à côté, c'était une pièce métallique de moteur qui était sujette à palabres. Au loin, derrière la foule dense, un étal attira plus particulièrement son attention. Deux hommes avec une allure très étrange, vêtus de robes très étranges aussi, étaient en train de négocier la vente d'un stock de minerai de fer avec un énorme bonhomme très costaud. Elle attendit un peu que l'affaire fut faite pour s'approcher d'eux.

— Ah, vous arrivez trop tard Madame, nous venons juste de vendre notre stock de minerai. Vous aurez plus de chance la prochaine fois, dit le plus petit des deux.

Maya feignit le désappointement.

— Mais y aura-t-il encore une prochaine fois ? Avec tout ce qu'on entend ! tenta-t-elle.

Ils ne daignèrent pas répondre.

Maya les relança :

— Vous venez souvent ici vendre votre minerai ?

— De temps en temps, répondit le plus grand.

Le plus petit semblait sur ses gardes. Il s'interposa et dit :

— Nous sommes désolés, mais il est temps pour nous de partir. Nous avons une livraison à faire. Peut-être à bientôt.

Il attrapa son compagnon par un bout de la robe et ils disparurent dans la foule. Elle poursuivit encore ses interrogatoires auprès d'autres marchands tout en progressant en direction du palais, mais elle n'obtint pas plus d'informations. Elle tenta aussi sa chance auprès de quelques passants sans plus de succès. Il semblait ne jamais y avoir eu de rumeurs dans cet endroit. Alors, comment étaient-elles parvenues jusqu'au palais ?

Le palais de Zerdan était maintenant à portée de vue. C'était une gigantesque bâtisse toute blanche. Elle contrastait avec le reste de la cité aux couleurs multiples. Il n'y avait que très peu d'ouvertures. Il devait-y faire très sombre. C'est là que Zerdan le taciturne devait se cacher tel un ours dans sa caverne. En chemin, elle faillit trébucher sur un vieux clochard, couché à même le sol.

« Encore quelque chose de familier sur tous les mondes des hommes ! » songea Maya.

— Vous n'auriez pas un petit crédit ? lui demanda ce dernier.

— J'en ai même douze ! répondit-elle, excédée d'arriver bredouille au bout de sa promenade. Dans un geste de dépit, elle lui tendit le petit paquet d'épices. Au moins, sa petite balade aurait-elle servi à quelque chose, songeait-elle.

Il l'accepta éberlué.

— Ça se mange ça ? demanda-t-il encore.

Elle ne répondit pas et poursuivit son chemin. Puis soudain elle s'arrêta net et revint sur ses pas. N'était-ce pas une occasion pour tenter une dernière fois sa chance ? Ces genres de personnages passaient souvent inaperçus et l'on ne se souciait pas de leur présence. Il aurait très bien pu entendre une conversation secrète.

— Je vous donne dix autres crédits si vous répondez à mes questions.

Le visage de l'homme s'illumina.

— Pour dix crédits de plus, je vous dirai tout ce que vous voudrez.

— Avez-vous entendu des rumeurs circuler ces temps-ci ?

— Oh, moi j'entends tout. Ils croient tous que je dors, mais je ne fais que semblant. Je les écoute et j'entends tout.

— Alors qu'avez-vous entendu ?

— Ils sont là. Personne ne le sait, mais ils sont là. Je suis sûr qu'ils nous veulent du mal !

— De qui parlez-vous donc ?

— Mais des Tritoniens ! Je les ai entendus. Ils sont vraiment là !

— Les Tritoniens ? demanda Maya, surprise.

— Oui, c'est bien eux ! Je vous dis qu'ils veulent nous détruire !

Maya réalisa que cet homme raconterait n'importe quoi pour recevoir ses dix crédits. Dépitée, elle les lui donna et prit la direction du palais.

◆ ◆ ◆

Gamma était plutôt inquiet. Le général Andrades était venu mener son enquête à Memphis même. Bien qu'il fût improbable qu'elle découvrît le moindre indice, il fallait rester sur ses gardes. Andrades était réputée pour son intelligence et sa pugnacité. Il fallait continuer à la surveiller. Elle ne devait absolument rien trouver.

◆◆◆

L'accueil au palais fut glacial. Le maître des lieux était assis sur un siège, dans la salle d'audience. Même assis, il avait l'air très grand. Grand et très mince, les traits tirés. Sa compagne, légèrement plus petite et mais beaucoup moins mince était assise à ses côtés.

— Vous voilà enfin, nous vous attendons déjà depuis un bon moment ! se contenta de dire Zerdan en guise de bienvenue lorsque Maya entra dans la gigantesque pièce vide qui servait de salle d'audience. Les pas de Maya résonnèrent sur les dalles de pierre grise et froide qui recouvraient le sol. De hautes voûtes s'élançaient vers le plafond situé trente mètres au-dessus d'eux. Toute la pièce était constituée de la même pierre grise, la Pierre de Lune.

— J'ai été un peu retardée dans le Quartier des Marchands, je vous prie de m'excuser, tenta Maya sans succès, une fois arrivée près de ses hôtes. Visiblement aucun siège n'avait été prévu pour elle. Maya dut donc rester debout, face à ses hôtes, essayant de dissimuler son malaise. Tout avait été fait pour abaisser la représentante Martienne.

— J'espère qu'au moins vos achats auront été satisfaisants ! ironisa Zerdan.

Cette remarque fut accompagnée par un gloussement de sa compagne. La Dame Halana était à la hauteur de sa réputation. Elle transpirait le mauvais goût et la stupidité. Les deux allaient de pair, selon Maya.

— Disons que la démarche n'a pas été inutile.

— Alors, racontez-nous ce que vous venez faire ici. Quelle nouvelle ruse Atama a-t-il encore mise en place ?

— Il ne s'agit vraiment pas d'une ruse. Nous sommes convaincus que quelqu'un œuvre en secret pour saboter nos plans de paix.

— De quels plans de paix parlez-vous ? Depuis quand Atama s'intéresse-t-il à la paix ?

— Vous devez nous croire, nous sommes tous victimes de cet ennemi inconnu !

— Et vous venez chasser ce fantôme ici, dans ma cité ? Vous croyez vraiment que je vais avaler ça ?

— C'est bien d'ici que sont parties les fameuses rumeurs à l'origine de la mésentente actuelle au sein de notre alliance !

— Ne parlez pas d'alliance, il n'y a pas d'alliance ! Il n'y a qu'un seul responsable de cette situation, c'est Atama lui-même. Il nous a trompés avec ses promesses. Il ne veut que le pouvoir et est prêt à tout pour y parvenir. Vous pouvez lui dire que jamais je ne cèderai !

Le ton de Zerdan avait changé, mais son visage restait impassible.

— J'ai l'impression que je n'arriverai pas à vous convaincre.

— Mais laissons la demoiselle nous raconter son histoire, intervint Halana.

Maya ne s'attendait vraiment pas à trouver une alliée dans cette femme hideuse.

— Après tout, racontez-nous votre histoire, acquiesça Zerdan. Au moins, ça nous distraira. Et puis vous ne pourrez pas dire au Martien que n'avons pas coopéré.

Maya ne pardonnerait jamais cette humiliation. Mais elle avait une mission à remplir.

— Comme j'ai essayé de vous l'expliquer, il semble que quelqu'un s'amuse à nous retourner les uns contre les autres. Pour cela il utilise des rumeurs. Il s'est passé exactement la même chose pour la Confédération Terrestre !

— Excusez-moi, mais n'est-ce pas Atama qui a poussé Kovalsky vers la sécession pour l'attirer dans ses propres filets ?

La question d'Halana était insidieuse. Son alliée du moment avait à nouveau changé de camp.

— Atama n'est pour rien dans ce qui s'est passé !

Le sourire cynique de ses hôtes indiquait qu'ils n'en furent pas convaincus. Elle poursuivit tout de même :

— Dans chacun des cas, tout a commencé avec des rumeurs. Notre ennemi caché joue avec nos susceptibilités. Nous ne savons pas ce qu'il veut, mais il est clair qu'il a mis un sacré chaos dans notre société.

— Le seul ennemi de notre société est la société elle-même. Nous les humains avons toujours eu ce besoin de nous autodétruire !

Maya ne pouvait qu'être d'accord avec cette remarque de Zerdan. Mais elle ne devait pas se laisser influencer par son hôte. Elle poursuivit :

— Dans le Quartier des Marchands j'ai essayé de remonter à la source des rumeurs qui ont circulé ici à Memphis. À mon étonnement, ces fameuses rumeurs n'ont pas eu une grande ampleur. Presque personne ne se souvient avoir entendu ces histoires. Ce n'est que très près du palais que ces rumeurs ont réellement existé.

— Où voulez-vous en venir ? interrogea Zerdan, visiblement de plus en plus intéressé.

— Je veux dire que ces bruits ont été délibérément lâchés très près du palais pour parvenir à vos oreilles. En fait ce ne sont pas des rumeurs, mais justes des histoires destinées à vous faire réagir selon un plan préétabli. Vous avez été manipulé !

— Comment osez-vous insinuer une telle chose ! s'offusqua Zerdan en se précipitant hors de son siège.

Il essaya de maîtriser sa colère et se rassit. Maya venait de marquer un point. Une fois calmé, il reprit :

— Et qui selon vous aurait osé vouloir de me manipuler ?

— C'est ce que je suis venue chercher. Je l'ignore pour l'instant.

— Vous avez dit que votre démarche au Grand Marché n'a pas été inutile. Qu'entendiez-vous par-là ?

— J'ai pensé que le meilleur endroit pour faire courir des bruits était le Grand Marché. Tout le monde passe par ce quartier et c'est là que viennent tous les étrangers pour vendre leurs marchandises. Si notre ennemi est étranger à Memphis, ce que nous soupçonnons, c'est par l'intermédiaire du Marché qu'il aurait agi.

— Alors avez-vous trouvé des suspects possibles.

— J'ai vu ces religieux d'un autre temps qui vendaient leurs minerais métalliques. Ils n'ont pas l'air très honnête.

— Vous parlez des Vendeurs de Fer. Ça fait des siècles qu'ils viennent se faire un peu d'argent pour survivre. Ils sont absolument inoffensifs. Franchement, si votre ennemi secret existe, je crois que vous pouvez le chercher ailleurs.

— Mais qui d'autre aurait intérêt à ce que nous sombrions ainsi dans le chaos ? demanda Halana qui semblait sortir de sa torpeur de temps en temps pour n'y retomber que plus profondément dans la seconde qui suivait.

— Tout le monde, et Atama le premier, répondit Zerdan. Et pourquoi pas cette fripouille de Narcisse. Il profite bien de la situation. Allez plutôt voir chez lui ! C'est tout ce que vous avez trouvé au Marché ?

— Il y a plein de gens bizarres dans ce quartier. J'ai entendu une autre rumeur étrange.

— Et revoici les rumeurs !

Zerdan semblait exaspéré par ses histoires et Maya se rendit compte qu'il était en train de perdre patience. Bien qu'un moment il semblait intéressé, elle venait à nouveau de perdre son attention. Elle tenta un dernier essai :

– Et que pensez-vous des Tritoniens ?

En un clin d'œil, Zerdan oublia sa mauvaise humeur et se mit à rire aux éclats. Halana le suivit dans cette voie. Maya resta impassible. Après avoir repris le contrôle de sa respiration, il put répondre:

– Ça, ce sont des vraies rumeurs ! Les Tritoniens n'existent pas et n'ont jamais existé. Atama aurait il perdu la tête à vous envoyer comme ça à la chasse aux fantômes ? Je crois bien qu'il se moque de vous. Cette histoire est ridicule !

Et il repartit de plus belle dans son rire tonitruant.

Zerdan était plutôt convaincant. Ce n'était pas un imbécile et il avait semé le doute dans son esprit. Courait-elle vraiment après des fantômes issus de l'esprit d'Atama ? Atama perdait-il lui aussi la tête ?

Chapitre 22

À bord

Depuis notre départ des mondes de Saturne, l'atmosphère à bord s'était beaucoup détendue. Nous étions définitivement hors de portée des hommes de Narcisse, du moins nous l'espérions. Tandis que certains de nos compagnons s'activaient à l'extérieur dans leurs scaphandres pour découper le gros glaçon arrimé sous la coque, d'autres transportaient les fragments découpés vers l'intérieur. Nous ne regrettions pas la perte du petit fragment salvateur.

En économisant un peu l'eau, nous en aurions assez pour tenir jusqu'à ce que nous arrivions dans les parages de Jupiter. L'Amiral était entré en contact avec Memphis pour négocier notre marchandise et un asile provisoire. L'administration memphite était très méfiante, mais l'Amiral savait être persuasif. Faisant partie des ennemis jurés de Narcisse, nous avions grand espoir d'être recueillis par un autre ennemi juré de Narcisse, Zerdan. Même si celui-ci n'avait pas vraiment une meilleure réputation.

Je me sentais un peu délaissé par Louisa depuis l'arrivée du nouveau petit compagnon à bord de *l'Albatros*. Avec Fran, elle s'occupait de soigner et d'éduquer le petit être sauvé par Bill. Elles l'avaient baptisé Moïse. Le petit Moïse s'avérait être très intelligent et apprenait rapidement. Il ne parlait pas encore couramment, mais arrivait à se faire comprendre. Il était très agile et bondissait dans les coursives du cargo. Cette intelligence et cette agilité n'étonnaient personne. Il n'avait survécu à Pélion que grâce à ses facultés hors normes. Je ne compris l'affection démesurée que Louisa portait à Moïse que lorsqu'elle finit un jour par m'avouer que l'histoire de Moïse était un peu la sienne. Son Bill à elle, c'était l'Amiral. Par pudeur, ni Louisa, ni l'Amiral n'avaient jamais évoqué le sujet. L'arrivée de Moïse avait ravivé les souvenirs anciens. Je savais que la même histoire était aussi arrivée à Bill. Je compris alors que *l'Albatros* était en fait une sorte d'arche et que tous nos compagnons devaient avoir eu plus ou moins le même parcours. Cela expliquait aussi l'admiration et la confiance absolue qu'ils avaient tous envers l'Amiral ainsi que l'esprit de groupe si développé à bord.

Comme j'avais un peu de temps pour moi-même, je décidai de continuer mes investigations sur les *Uranoptères*. L'enquête s'avéra très difficile. Il était pratiquement impossible d'amener ce sujet sur le tapis. Après les ricanements, je sentis que mes questions commençaient à agacer certains de mes compagnons. Durant cette période, je m'enfermais souvent dans ma cabine pour me plonger dans l'Encyclopédie. J'essayais de me remémorer le plus exactement possible ce que j'avais personnellement aperçu et de le comparer à certains témoignages. Certains d'entre eux étaient effectivement très suspects. Ainsi en allait-il de celui du quartier-maître Lorrel, du vaisseau récolteur Le Moissonneur, censé avoir plongé cinquante-trois ans plus tôt :

« Témoignage du quartier maître Lorrel, *Le Moissonneur*, an 3054 :

Nous venions à peine de passer sous la couche de nuages que la tempête se leva. Les vents étaient bien trop violents, près de mille kilomètres par heure et nous avions beaucoup de mal à stabiliser la capsule. Subitement les moteurs calèrent et nous décrochâmes. Nous tombâmes à pic pendant au moins dix minutes et il commençait à faire très sombre. La pression extérieure augmentait très vite. Mes trois compagnons et moi-même pensions que nous étions perdus quand soudain notre chute s'arrêta. Dans la panique, nous n'avions pas immédiatement réalisé ce qui se passait. En regardant par le hublot, je vis que nous étions posés sur un gros oiseau qui nous ramenait vers le haut. C'était une sorte de gigantesque corbeau noir avec des ailes énormes. Nous étions sur son dos. De temps en temps, il tournait sa tête vers nous pour s'assurer que nous étions toujours là. Il avait un bec énorme garni de dents acérées. Lorsque nous fûmes à nouveau dans la haute atmosphère, nos moteurs se remirent à fonctionner. Nous repartîmes vers le haut. Lui de son côté s'enfonçait à nouveau dans les ténèbres en jetant un dernier coup d'œil vers nous avant de disparaître. Il nous avait sauvés la vie.

Remarque : témoignage dénoué de fondements. Après de longues recherches, il s'avère que le cargo *Le Moissonneur* n'a jamais existé. Ce témoignage est réfutable. »

Il était difficile d'accorder foi aux *Uranoptères* lorsque les témoignages réels étaient dilués dans de telles histoires de comptoirs. Cependant, moi je n'avais pas bu, j'ai réellement vu quelque chose et je n'étais pas le seul. Le témoignage suivant semblait plus crédible :

« Témoignage du matelot Grivot, *Le Nautilus V*, an 3061 :

Ça s'est produit durant ma cinquième plongée de notre première saison de 3061. Ce devait être une plongée normale, et c'est ce que ce fut pour mon collègue de plongée. La météo sans être exceptionnelle était convenable et aucun incident ne s'était produit si ce n'était que j'avais vu furtivement quelque chose au loin dans la brume. Une sorte de cerf-volant noir. Le temps d'alerter mon coéquipier, il avait disparu derrière les nuages. Je conclus à une sorte d'hallucination. Maintenant encore je me demande si j'ai bien vu quelque chose. Ça semblait si réel.

Remarques : Le matelot Grivot a effectivement servi à bord du *Nautilus V* en 3061. Témoignage jugé digne de foi. »

Je comprenais parfaitement le malaise qu'avait dû ressentir le pauvre matelot. J'avais vécu la même expérience. Je continuais la lecture d'autres témoignages. La plupart étaient comparables à l'un ou l'autre des deux témoignages de Lorrel ou Grivot. Au bout du vingtième, je décidai d'arrêter la lecture de ce chapitre qui ne m'apprenait finalement rien de plus que je ne savais déjà.

Je n'eus pas le temps d'entamer le chapitre suivant car je fus interrompu par des coups frappés à la porte de ma cabine. Le temps de cacher le livre tabou sous mon matelas, j'allai ouvrir pour découvrir mes visiteurs. Il s'agissait de Louisa, accompagnée de son nouveau petit ami Moïse.

Je les laissai entrer et leur fis un peu de place sur la couchette afin qu'ils puissent s'installer confortablement. Le jeune garçon avait bien changé depuis son arrivé à bord. Il était maintenant vêtu proprement et ses cheveux blonds avaient été coupés à ras. Ses gros yeux bleus profonds ne frappaient que davantage. Il irradiait la joie de vivre. Ne venait-il pas de passer une journée entière avec la délicieuse Louisa ? Je me surpris à être jaloux du petit garçon. Mais c'était une jalousie saine. Les deux êtres en face de moi étaient devenus inséparables.

— Alors, vous avez passé une bonne journée ? leur demandai-je.

— Oh oui !

C'était Moïse qui m'avait répondu.

— Alors, que voulez-vous faire maintenant ?

— Nous pensions aller regarder un très ancien document vidéo à la bibliothèque, répondit Louisa. J'ai promis à Moïse de lui montrer à quoi ressemble notre Planète Mère. Je sais que l'Amiral a conservé beaucoup de vieux documents à ce sujet. Une sorte de nostalgie, j'imagine. Même si je ne pense pas qu'il n'y ait jamais posé les pieds !

— Ça, je n'en suis pas si sûr !

— Jamais un Extérieur n'a plus débarqué sur la Terre depuis au moins un siècle !

— L'Amiral n'est pas un Extérieur comme les autres ! me contentai-je de répondre.

— C'est quoi ça ?

C'était Moïse qui venait de nous interrompre. L'espace d'un instant, nous avions complètement oublié le petit bonhomme. Quand nous nous lancions dans nos discussions contradictoires, un jeu que nous adorions, nous oubliions tout ce qui nous entourait. Moïse tenait entre ses mains mon Encyclopédie. Je me demandais bien pourquoi j'avais fait l'effort de la dissimuler.

— C'est un livre, lui répondis-je avec douceur.

— C'est quoi un livre ? continua-t-il.

Je me rendis compte de la stupidité de ma première réponse. Évidemment, il ne savait pas ce qu'était un livre. Je lui expliquai donc en détails ce qu'était un livre et quoi il pouvait bien servir. Moïse comme à son habitude fut extrêmement intéressé par mes explications et je dus lui promettre de lui apprendre à lire. Voilà une autre occupation intéressante qui me permettrait de passer le temps à bord.

— Et si nous allions le regarder, ce documentaire ? proposai-je ensuite.

Nous quittâmes mon humble niche pour nous diriger vers la bibliothèque. L'Amiral y était assis à sa place favorite, un livre à la main, les yeux clos. Nous ne savions jamais s'il dormait ou s'il réfléchissait. C'était l'un des grands mystères à bord de *l'Albatros* et les paris allaient bon train. Nous pensions que nous ne le saurions sans doute jamais. Afin de ne pas le déranger, nous nous installâmes devant l'écran le plus éloigné de sa position. Louisa alla choisir sur les étagères une carte mémoire contenant environ une heure de documentaire.

— Les océans de la Terre, ça vous dit ? demanda-t-elle.

— C'est quoi, un océan ? demanda Moïse avec sa curiosité qui semblait n'avoir aucune limite.

— Tu verras, lui répondit Louisa.

C'était aussi un de mes documentaires favoris. Je l'avais déjà visionné à plusieurs reprises, mais il m'était impossible de m'en lasser. Ces paysages incroyables, ces créatures terrestres étranges, ces couleurs fabuleuses. Je me demandais parfois pourquoi l'homme avait cru bon de quitter ce paradis. C'était sans doute pour le préserver. La surpopulation terrestre avait fini par polluer toute la planète.

S'il n'y avait eu la Grande Révolution Culturelle suivie de la Colonisation il ne resterait sans doute plus rien de tout cela à l'heure actuelle. Et ce qui restait n'était qu'une infime partie qui avait pu être préservée par rapport à la richesse biologique de la Terre, quelques siècles plus tôt. Combien de créatures avaient-elles disparu par la faute de l'homme ? Je me souvenais de ces énormes animaux étranges, des éléphants je crois, qui avaient définitivement disparu déjà depuis longtemps. Les hommes ne s'étaient pas rendu compte à temps de la situation désastreuse dans laquelle ils avaient mis la planète. Ils ont bien essayé de sauver quelques espèces en créant des réserves, mais la plupart des grands animaux avaient disparu. Seuls, les gros mammifères marins avaient eu plus de chance dans la mesure où les humains n'avaient pas totalement empiété sur leur territoire, la mer.

Cette mer dont nous pouvions admirer les merveilles par écran interposé, nous n'aurions jamais l'occasion de l'admirer en vrai, de la toucher, de la sentir. La Planète Mère nous avait rejetés, elle était devenue mortelle pour nous, les Extérieurs. En réalité, nous étions devenus trop fragile pour y revenir. C'était sans doute sa vengeance après ce que nous, humains, lui avions fait subir. Je me demandais qui finalement avait le plus de chance. Nous les Extérieurs, interdits de Planète Mère, mais libres de voyager de mondes en mondes, ou les Terriens, prisonniers de leur propre planète, et sans doute détestés par le reste de l'humanité parce qu'ils pouvaient continuer à jouir de la plus grande et belle des planètes habitées par les humains.

Ces images splendides étaient accompagnées par une musique ancienne datant de l'ère pré-révolutionnaire, du temps où les hommes étaient encore des barbares, quand la guerre faisait rage sur toute la planète. Mozart, je me rappelais du nom du compositeur. Comment des barbares avaient-ils pu composer des chefs-d'œuvre pareils, inégalés plusieurs siècles après ? Mais comment pouvions nous qualifier cette période de barbare alors que nous étions sur le point de refaire les mêmes bêtises, et à plus grande échelle encore ! L'humanité n'était toujours pas sortie de sa période barbare, et je craignis qu'elle n'en sortît jamais.

Louisa commentait les images. Elle semblait connaître par cœur le nom de toutes les créatures. Moïse suivait, les yeux exorbités. En me retournant, je vis que l'Amiral nous observait, souriant. Il était sorti de sa transe. Je ne sais pas depuis combien de temps il nous épiait ainsi. C'était une occasion rêvée pour moi de le rejoindre pour échanger quelques mots. Cet homme me fascinait tant. J'étais sûr qu'il avait tant de choses à m'apprendre. Pourtant, il restait si secret. J'en ressentais une certaine frustration.

Je quittai donc discrètement mes deux compagnons qui ne remarquèrent pas mon départ, tant ils étaient absorbés par les images, et j'allai m'asseoir à côté du vieil homme.

— Le petit bonhomme fait de sacrés progrès, me dit-il pour lancer la discussion et me mettre à l'aise. Son visage était radieux. L'Amiral était serein. Pour la première fois depuis notre départ des mondes d'Uranus, il semblait heureux.

— Oh oui répondis-je. Il est très intelligent.

— Et vous, comment vous sentez-vous à bord ? me demanda-t-il.

Je lui avouai alors que je n'avais jamais été aussi heureux. Que pour moi, *l'Albatros* était une sorte de sanctuaire de paix dans un monde de folie.

— Et comment avance votre enquête ? demanda-t-il soudain.

Il venait de me prendre par surprise.

— Excusez-moi, je ne comprends pas très bien, répondis-je naïvement.

Je savais très bien qu'il était impossible de mentir à mon interlocuteur. Mais que pouvais-je faire ? Il fallait bien que je réagisse d'une manière ou d'une autre.

— Oh si, vous me comprenez ! se contenta-t-il de répondre avec un grand sourire paternel sur les lèvres.

J'avais oublié à quel point il adorait jouer à ce jeu auquel je n'avais aucune chance de gagner.

— Rien ne vous échappe sur ce navire !

— Presque rien.

— Alors que pensez-vous de toutes ces histoires ?

Je n'en revenais pas. Je venais de demander l'avis de l'Amiral sur un sujet tabou à bord, les *Uranoptères*.

— Regardez bien l'écran là-bas.

Il pointa son index vers le vidéoscope que Louisa et Moïse étaient en train de regarder. Il continua :

— Vous voyez ces créatures de la Terre qui ont failli disparaître ? Si les hommes avaient connaissance de l'existence d'autres créatures, ailleurs dans l'univers, que pensez-vous qu'ils feraient ? La même chose que ce qu'ils ont fait sur Terre. Quelles chances auraient ces créatures face à la pire création de l'univers ? Aucune. Leur meilleure défense est de rester cachées.

— Vous voulez dire que vous savez qu'elles existent ? demandai-je surpris.

— Je n'ai rien dit de tel. Je pense simplement que si une telle créature, je dis bien si, devait exister et que nous en ayons connaissance, le mieux que nous puissions faire serait de cacher leur existence.

— Je comprends ce que vous voulez dire !

À ce moment, je m'aperçus à quel point je pouvais être stupide. En face de la sagesse de l'Amiral, je me sentis plus imbécile que jamais auparavant.

— Alors, qu'allez-vous faire maintenant ? demanda-t-il ensuite.

— Je pense que je vais oublier un peu toutes ces histoires fantasques et me consacrer à des occupations un peu plus réalistes, comme apprendre à lire à Moïse.

J'avais compris la leçon. Et pourtant, comment cacher une découverte aussi extraordinaire ? Sans doute l'une des plus extraordinaires que l'homme eût jamais faite. Une forme de vie non terrestre. Je savais que l'Amiral avait raison, mais cela n'était pas incompatible avec le fait que j'essaie d'en apprendre davantage. Du moment que je gardais les résultats de mes recherches pour moi. Mais en étais-je capable ?

Chapitre 23

Vesta

Maya avait enfin un peu de temps pour se reposer. Elle venait de quitter Memphis et se dirigeait maintenant vers le Centre. Aucun indice utilisable n'avait pu être mis en évidence dans le fief de Zerdan, si ce n'est cette histoire de Marchands de Fer et de Tritoniens. Aucune de ces deux pistes ne semblait vraiment sérieuse. Elle avait tout de même envoyé son rapport à Olympe. Elle savait qu'elle pouvait sans doute en apprendre plus dans la fourmilière de Messina, mais elle y serait encore plus mal reçue.

Elle ne fut pas mécontente de pouvoir enfin quitter l'étrange cité de Memphis et ses habitants. La grande Jupiter s'éloignait maintenant de plus en plus. Elle ne connaissait pas encore sa nouvelle destination. Atama attendait que *l'Odysseus* fût loin des mondes de Jupiter avant de la contacter.

Dix heures après avoir quitté le cosmoport, le fameux message tant attendu finit par arriver. Le temps d'appuyer sur le commutateur, le visage d'Atama apparaissait sur l'écran. Les soucis commençaient à creuser cette face qui avait encore pris un coup de vieux depuis leur dernier contact. Il parlait d'un trait :

– Bonjour, ma chère ! Vous avez fait du bon boulot à Memphis.

Atama était habituellement avare de compliments et Maya trouva cela de bon augure. Et pourtant elle n'avait pas avancé dans son enquête. Le discours d'Atama se poursuivait sur l'écran :

– Vous avez soulevé une nouvelle piste intéressante. L'ennemi n'utilise pas les armes classiques. Il utilise la crédulité des populations pour créer des psychoses. Il manipule les dirigeants de la même manière. Cette façon d'agir m'a rappelé les méthodes utilisées autrefois par certaines sectes religieuses pour s'infiltrer dans les coulisses du pouvoir. Les pouvoirs des religions ont été anéantis avec l'accession à l'instruction de l'ensemble des populations. Les religions elles-mêmes ont disparues après la Grande Révolution Culturelle des années 2045 à 2052. Les hommes avaient alors banni ceux qui prêchaient l'ignorance et la soumission. Mais tout ça vous le savez aussi bien que moi.

Maya savait effectivement tout cela. Elle était une passionnée d'histoire et la période sombre de la Grande Révolution Culturelle l'avait particulièrement intéressée. Pour elle, c'était le moment où l'humanité avait enfin décidé de se prendre en main, et d'arrêter d'attendre que quelque chose tombât du ciel, de la part d'un dieu quelconque. L'histoire s'était accélérée après la Révolution et la Grande Colonisation en était une conséquence directe. Mais elle ne comprenait pas le rapport que cette histoire pouvait avoir avec ce qui se passait cinq siècles plus tard.

Elle se demandait de plus en plus si Atama n'était pas en train de perdre peu à peu ses facultés en laissant sa paranoïa prendre le dessus. Allait-il sombrer dans la folie, comme c'était ce qui était en train de se produire avec le tyran Uranien ? C'était très inquiétant. Elle commença à douter de la réalité de cet ennemi secret et redoutable. Les ambitions personnelles et la paranoïa pouvaient facilement expliquer la situation. Zerdan avait peut-être raison. Mais elle devait obéir aux ordres de son empereur. Elle commença à regretter d'avoir mentionné les Marchands de Fer dans son rapport. Le Martien continuait à parler sur son écran :

– Après la déroute du Vatican, quelques intégristes ont profité de la Grande Colonisation pour aller se cacher dans des lieux discrets, loin de la vindicte populaire. Une de ces colonies existe toujours. Le groupe est installé sur la petite planète Vesta, dans la Ceinture d'astéroïdes. De temps en temps on peut apercevoir certains de leurs démarcheurs à la recherche de clients potentiels, ce sont eux que vous avez aperçus à Memphis. Ils échangent des métaux qu'ils extraient de leur petite planète en échange de produits vitaux. Ils sont toujours restés très discrets. Il serait intéressant d'aller y jeter un coup d'œil, c'est sur le chemin de Mars. Pendant ce temps, je continuerai à chercher d'autres indices. Je vais aussi essayer de convaincre la Présidente Enora de l'existence de nos ennemis. Ça ne sera pas facile !

L'Empereur la salua encore, et le message prit fin. Maya ne savait que penser de sa nouvelle mission. Elle supposait que ça ne pouvait pas être pire que ce qu'elle venait de vivre à Memphis. Elle ordonna au capitaine du vaisseau de prendre la direction de la petite planète. Celle-ci était effectivement placée idéalement sur la trajectoire entre Jupiter et Mars. Le petit détour ne leur ferait pas perdre trop de temps.

◆◆◆

Gamma put enfin respirer. La redoutable Andrades avait enfin quitté Memphis pour s'en retourner vers le Centre. Il restait un doute sur ce qu'elle avait réellement appris à Memphis. Zerdan ne savait rien, donc il n'y avait aucun danger de ce côté-là. Le danger venait plutôt du côté du Grand Marché. Il y avait toujours quelqu'un là-bas qui aurait pu avoir entendu quelque chose. Mais dans l'immense foule, il était improbable que Maya ait eu la chance de rencontrer quelqu'un qui put réellement lui fournir une information intéressante. Surtout si Maya n'y était restée que trois heures, si les rapports que Gamma tenaient entre ses mains étaient exacts.

♦♦♦

Zerdan faisait les cent pas dans la salle tapissée de pierres de Lune. Il était anxieux. Halana était affalée sur le siège que son compagnon occupait lors de leur rencontre avec Maya Andrades.

– Elle est partie ? demanda-t-il pour la troisième fois.

– Je t'ai déjà dit qu'elle est loin maintenant, essaya-t-elle pour le rassurer.

– Et elle est retournée vers Mars ?

– D'après la trajectoire de départ, oui. Mais tout ça tu le sais aussi bien que moi. Tu as vu les rapports.

– Je me demande vraiment ce qu'elle voulait. Toutes ces histoires de rumeurs, d'ennemis secrets et de Tritoniens sont si ridicules !

– Alors, pourquoi te mettre dans un tel état ? demanda Halana.

– Parce que Andrades n'est pas n'importe qui. Et Atama n'est pas un imbécile non plus. J'ai du mal à comprendre le sens de cette visite. Et si elle disait vrai ?

Contrairement à son compagnon, Halana ne semblait pas préoccupée du tout.

– Enfin,, reprit-elle, tu en conviens toi aussi, que cette histoire est ridicule ! Je pense qu'ils sont simplement venus nous narguer. C'était peut-être une sorte de menace cachée de la part de l'Empereur !

– Peut-être, se contenta de grommeler Zerdan.

♦♦♦

Au bout de trois jours, l'*Odysseus* pénétra dans la Ceinture d'astéroïdes. Les petits astres étaient si dilués dans l'immensité de l'espace qu'ils ne s'aperçurent même pas avoir franchi cette frontière virtuelle. Les chances de rencontrer un de ces rochers tueurs étaient proches de zéro. L'équipage fut tout de même mis en état d'alerte. Une chance minime restait une chance et la moindre collision avec le plus petit des cailloux pouvait s'avérer catastrophique. Dans l'espace les objets se mouvaient à des vitesses considérables.

Maya avait déjà traversé la Ceinture lors de son voyage vers Memphis, mais c'était la première fois qu'elle devait s'y arrêter. Elle était moins inquiète d'une collision éventuelle que de l'accueil qu'allaient lui réserver ses futurs hôtes. Elle n'avait pas d'informations précises sur la secte, leur mode de vie, ou même leur système de défense. *L'Odysseus* était évidemment bien armé, mais il était seul. C'était avec cette pensée qu'elle s'endormit à la fin du troisième jour de voyage. Elle fut réveillée très tôt le lendemain matin, par l'appel du capitaine qui la priait de le rejoindre sur la passerelle. La petite planète était maintenant visible à l'œil nu à travers la baie de cristal renforcé de la passerelle. Ce n'était encore qu'un point lumineux. *L'Odysseus* avait commencé sa décélération.

— Ont-ils déjà essayé de nous contacter ? demanda-elle en arrivant.

— Non, mais nous avons détecté une activité humaine. Il y a bien quelqu'un là-bas ! répondit fièrement le capitaine.

Cinq heures plus tard, le petit point diffus se transforma en un petit monde saturé de cratères d'impact. Ce n'était pas à proprement parler une planète. Vesta n'était même pas de forme sphérique, mais ressemblait à un gros patatoïde légèrement aplati aux pôles. L'astéroïde n'était pas uniformément gris comme se l'imaginait Maya. Des régions très sombres côtoyaient des régions plus claires. Un gigantesque cratère d'impact marquait le pôle sud de la petite planète. En son centre s'élevait un pic montagneux de plusieurs kilomètres d'altitude.

L'Odysseus se trouvait à moins de mille kilomètres de la surface et personne n'avait encore essayé de les contacter. Pourtant, le croiseur était parfaitement visible et détectable. Il se mit en orbite autour du caillou à environ quatre cents kilomètres d'altitude.

◆ ◆ ◆

Le Grand Apôtre venait de terminer les rites de purification lorsque son bracelet avertisseur se mis à sonner. Il portait toujours son bracelet quand il se rendait dans le Lieu Saint. Lui seul y avait accès et il y passait la majeure partie de son temps pour méditer et accomplir les rites que son prédécesseur lui avaient enseignés. Le bracelet permettait aux autres de le joindre en cas d'urgence sans avoir besoin de pénétrer dans le Lieu Saint. Rarement les autres l'avaient dérangé pendant le Rite Sacré durant les neuf années de son office. Ce devait être pour une raison grave.

L'Apôtre Jean l'attendait à la sortie du Lieu Saint. Le jeune homme était encore inexpérimenté. Il avait succédé à son oncle qui portait ce titre jusqu'à son décès, six mois auparavant. Il semblait effrayé, non à la vue du vieil homme aux longs cheveux teints de noir et drapé de blanc qui venait d'apparaître, mais par la nouvelle qu'il apportait.

– Qu'y a-t-il ? demanda calmement le Grand Apôtre.

– Des étrangers ! Nous venons de détecter un croiseur étranger ! Tous nos vaisseaux sont au port, ce sont des étrangers !

Depuis bien longtemps aucun bâtiment étranger ne s'était approché de Vesta. Cela expliquait la panique dans la colonie. Il fallait réunir les Douze.

– Va prévenir les autres, nous devons nous concerter, ordonna le Grand Apôtre.

Sa voix demeurait neutre. Son visage caché derrière une barbe drue ne laissait paraître aucune inquiétude. Le jeune se précipita immédiatement dans le dédale des couloirs à la recherche des autres membres du gouvernement des Douze.

Lorsque les Douze furent réunis autour du Grand Apôtre, le vieil homme en blanc prit la parole :

– Je pense que vous êtes tous au courant de l'approche du croiseur étranger. Se sont-ils manifestés ?

Cette question était destinée à l'Apôtre Pierre qui avait en charge les relations avec les mondes extérieurs. C'était une petite charge dans la mesure où les relations avec l'extérieur étaient très limitées, voire inexistantes.

– Pour l'instant, ils n'ont pas essayé de nous contacter, répondit l'Apôtre Pierre. Ils semblent se méfier et attendre une réaction de notre part. Ils viennent de se mettre en orbite autour de Vesta.

– Quelle réaction pourrions-nous adopter ? demanda alors le Grand Apôtre à l'assemblée.

– La prudence est de mise, osa l'Apôtre Mathieu, responsable de l'exploitation minière. Ils sont sans doute armés et nous n'avons aucun moyen de nous défendre !

L'Apôtre Marc demanda la parole.

– Je pense qu'il va cependant falloir que nous les contactions, ne serait-ce que pour leur demander la raison de leur visite. Notre silence prolongé pourrait être mal interprété. Je pense que nous devrions faire preuve de cordialité, et même les inviter au sol. Nous n'avons rien à perdre !

– Au contraire, nous avons tout à perdre ! s'insurgea le Grand Apôtre. D'abord notre tranquillité, mais surtout notre civilisation. Nos ancêtres sont venus se réfugier ici pour la conserver. Seule notre isolement nous a permis de faire perdurer nos croyances et nos rites. Cette visite impromptue peut tout remettre en cause. Malheureusement, je crois bien qu'ils vont rester là jusqu'à ce que nous les contactions. Le mal a été fait lorsqu'ils ont décidé de venir. Nous devons prendre le risque de les contacter, nous n'avons pas le choix. Considérons cela comme une nouvelle épreuve à laquelle nous soumet le Très-Haut.

Les douze autres membres de l'assemblée ne furent pas convaincus, mais personne n'aurait osé remettre en cause la décision du patriarche. La proposition du vieil homme fut donc adoptée à l'unanimité et chacun retourna à ses affaires, avec à l'esprit le doute sur le bien-fondé de leur décision. Tous savaient que cet événement allait bouleverser d'une manière ou d'une autre leurs habitudes bien huilées et leur petite vie sobre, mais confortable en regard de ce qui se passait ailleurs sur les autres mondes des hommes. Seul, le Grand Apôtre restait figé dans son siège, derrière la table de la salle du gouvernement. Après dix minutes de méditation, il se leva et se dirige vers le visiophone.

◆◆◆

Voilà plus d'une heure que le croiseur s'était mis en orbite autour de Vesta. Maya et ses hommes avaient eu le temps de scruter la surface et de repérer la cité qu'ils cherchaient. La petite cité avait été construite sur un petit plateau dans la région la plus sombre de l'astre. Le sol sombre absorbait mieux le rayonnement du soleil lointain, et il devait y faire un peu plus chaud que partout ailleurs sur Vesta. La cité n'avait rien en commun avec ce que Maya avait vu jusque-là. Il n'y avait pas de dôme translucide au travers duquel elle aurait pu apercevoir des habitations, des rues ou encore le fourmillement des habitants. C'était plus un empilement chaotique de gros cubes métalliques sans ouvertures apparentes. On aurait dit un énorme cristal de pyrite. Apparemment, on l'avait construite avec les matériaux trouvés sur place. La surface totale ne devait pas dépasser le kilomètre carré et la population ne pouvait pas être importante. Il était cependant possible que ce qu'ils pouvaient apercevoir n'était que la partie émergée de l'iceberg et que leur repaire pouvait très bien se prolonger dans les profondeurs de la petite planète.

Subitement, un voyant vert s'alluma sur le tableau de commandes. *« Enfin, le contact ! »* soupira Maya, anxieuse et impatiente à la fois de pouvoir enfin voir à quoi ressemblait ce nouvel ennemi potentiel. Maya ordonna d'établir le contact et l'écran principal s'illumina. Le visage d'un vieil homme barbu et aux cheveux longs apparut. Maya fut impressionnée par la couleur noir profond des cheveux et de la barbe pour un homme de cet âge. Il parla :

– Soyez les bienvenus sur notre petit monde. Cela fait bien longtemps que nous n'avions reçu de la visite d'étrangers et nous serions très heureux d'avoir des nouvelles du reste de l'humanité.

Maya n'en croyait rien. Sans laisser le temps à Maya de répondre il demanda :

– Que pouvons-nous faire pour votre service ?

Il parut surpris lorsque Maya prit la parole. Il pensait sans doute que ce serait le capitaine qui parlerait.

– Nous sommes à la recherche de criminels dangereux et nous pensions que vous pourriez nous aider dans notre quête.

La réponse elle aussi surprit l'homme barbu. Il n'était pas dupe.

– Je vois très mal comment nous pourrions vous aider, vu notre isolement. Aucun étranger n'a mis les pieds sur Vesta depuis des décennies, donc sûrement pas votre criminel.

– Si vous nous accordiez l'hospitalité, peut-être que nous pourrions en parler en tête-à-tête !

– Avons-nous vraiment le choix ?

– Je peux vous assurer que je ne partirai pas avant d'avoir eu l'occasion de vérifier par moi-même que vous n'hébergez pas de criminel !

Le ton était menaçant. En tout cas il semblait convaincant puisque le vieil homme finit par accepter la requête.

– Bon, c'est d'accord. Mais nous ne souhaitons pas que votre visite se prolonge.

– Rassurez-vous, ce sera rapide. Je viendrai seule, avec notre petite navette de transfert.

– Lorsque vous serez à moins de deux kilomètres de Roma, notre cité, nous prendrons en charge les commandes de votre navette depuis notre centre de contrôle pour vous guider vers l'aire d'atterrissage.

– Qu'est-ce qui me dit que je peux vous faire confiance ?

— Rien. Mais c'est le seul moyen pour vous de vous poser à Roma. Vous ne connaissez pas le plan de notre cité. À tout de suite.

Maya n'avait pas le temps de répondre, le vieil homme interrompit net le contact.

◆◆◆

Lorsque la petite navette de transfert se posa enfin dans le grand hangar sombre qui servait d'aire d'atterrissage, Maya était loin d'être rassurée. Le vieil homme l'attendait au bas de l'échelle de débarquement, tout comme l'avait fait le directeur du cosmoport de Memphis une semaine plus tôt. Ce sentiment de répétition de la scène ne lui plaisait guère.

Le premier contact direct avec le vieil homme fut encore plus froid qu'il ne l'avait été avec le memphite. Le vieil homme essaya d'éviter tout contact physique avec elle, au point même qu'il ne la regarda pratiquement pas dans les yeux, même quand il lui parlait.

— Bienvenue sur notre petit monde, avait-il malgré tout entonné en guise de bienvenue.

Il continua :

— Veuillez me suivre. Nous marcherons jusqu'au bâtiment de commandement. Ainsi vous pourrez voir un peu à quoi ressemble notre humble cité et vous faire une meilleure idée sur nous. Ensuite, vous aurez l'occasion de m'expliquer plus en détails les raisons de votre visite.

La sortie du hangar se trouvait à une centaine de mètres de la navette, à près de vingt mètres en hauteur par rapport au niveau de l'aire d'atterrissage. À mi-chemin, un petit escalier s'élançait vers la sortie. Sa largeur ne permettait le passage que d'une personne à la fois et Maya grimpait donc les marches en suivant son hôte. Malgré son âge avancé, ce dernier semblait tenir une bonne forme physique. Une ouverture au sommet de l'escalier donnait sur un couloir étroit, tout aussi sombre. Ils s'y engouffrèrent.

— Nous n'avons pas beaucoup de moyens, alors, nous économisons un maximum notre énergie. C'est pourquoi notre éclairage est réglé au strict minimum, s'excusa le Grand Apôtre.

Maya remarqua que sur le chauffage aussi, les Romaïens faisaient des économies. Elle n'était pas douillette, mais commençait à grelotter.

Ils traversèrent ainsi plusieurs coursives, puis quelques salles plus grandes où s'affairaient quelques Romaïens. Elle crut reconnaître un hangar de réserves alimentaires, une salle de loisir ou encore ce qui aurait pu passer pour une place publique, où les gens pouvaient discuter. Personne ne prêta attention à leur passage. On fit comme s'ils n'existaient pas.

— Pourquoi font-ils comme s'ils ne nous voyaient pas ? demanda Maya.

— Cela fait partie de notre éducation. Nous ne nous mêlons jamais des affaires des autres, même au sein même de notre cité. Ce que fait l'un ne regarde pas l'autre, du moment qu'il respecte les Lois Sacrées.

— Mais comment pouvez-vous organiser une société avec une telle indifférence ?

— Ce n'est pas de l'indifférence, mais du respect et de la confiance.

Une chose avait particulièrement frappé Maya. Durant toute sa visite de la cité, elle n'avait vu aucune femme. Tous les Romaïens qu'elle avait eu l'occasion de voir étaient des hommes. Tous portaient la barbe et avaient les cheveux longs. Après une longue réflexion elle osa finalement poser la question :

— Je ne vois pas de femmes. N'y en a-t-il donc pas dans votre cité ?

— Évidemment que nous avons des femmes. Comment sinon aurions pu nous nous reproduire et transmettre notre savoir de générations en générations ?

— Alors, pourquoi ne les ai-je pas vues ?

— Nos femmes préfèrent rester enfermées dans nos maisons à s'occuper de nos enfants. Qu'auraient-elles à faire dehors, à s'occuper de nos lois, notre commerce ou encore de notre politique ?

Maya fut révulsée. Une société où la femme ne servait que de reproductrice !

— Mais ne sont-elles pas malheureuses d'être ainsi écartées des décisions ?

— Pourquoi le seraient-elles ? Nous travaillons pour elles, nous les chérissons. De quoi pourraient-elles manquer ?

— Leur avez-vous au moins demandé leur avis ?

— Vous ne nous comprenez pas. Nous vivons ainsi depuis des siècles et cette façon de vivre nous est naturelle. Personne chez nous ne se sent opprimé. Nous tenons chacun notre place dans notre société. Dans votre société, c'est le contraire, vos compatriotes ne savent pas quel est leur rôle dans le monde qui les entoure. Chacun convoite la place de l'autre, c'est le chaos total. Les femmes chez vous veulent la place des hommes et les enfants se retrouvent seuls et abandonnés.

— Vous exagérez la situation, se contenta de répondre Maya. Nous sommes simplement libres de choisir nos destinées. Nous ne sommes pas dépendants d'un dogme, d'une croyance qui nous impose ce que nous sommes et ce que nous devons faire.

— Et cette soi-disant liberté a apporté le chaos sur vos mondes !

— Le chaos fait parfois partie de l'évolution. C'est peut-être le prix à payer pour être libre de toute emprise dogmatique.

Ils continuaient à marcher dans ce dédale de métal. Ils traversèrent encore une bonne dizaine de grandes salles séparées par les mêmes couloirs étroits et sombres avant d'arriver dans une petite pièce ronde, centrée sur une table de même forme entourée de treize sièges très usés. La seule marque de modernité consistait en un communicateur encastré dans le mur, de l'autre côté de la pièce par rapport à la porte d'entrée. Il n'y avait pas d'autre issue. Ils étaient dans un cul de sac. Le Grand Apôtre lui proposa un siège et fit lentement le tour de la table pour s'installer face à son invitée imposée.

— Alors, je vous écoute.

Maya n'avait pas pris le temps de préparer une histoire convaincante, et elle se rendit compte qu'elle était prise de court. Elle ne pouvait évidemment pas raconter à son hôte qu'il était soupçonné de semer la pagaille dans sa société et qu'elle était venue enquêter à ce sujet. Elle se rappela la fuite des évadés de l'*Albatros* et décida d'utiliser ce thème. Cela devait être assez cohérent avec sa recherche de criminels.

— Nous sommes à la recherche de terroristes dangereux qui se seraient échappés de l'un de nos mondes. Ils seraient en route vers le Centre et nous voudrions les intercepter avant leur arrivée sur Mars.

— Nous avons effectivement entendu parler d'une telle histoire, à quelques détails près, ironisa-t-il.

— Vous savez comme moi que les histoires sont vites déformées quand elles circulent d'un monde à l'autre !

— Mais cela ne nous dit toujours pas pourquoi vous êtes venus sur Vesta.

— Leur vaisseau a été vu pour la dernière fois aux alentours de Jupiter. Il semble qu'il ait repris la route vers le Centre. Et vous êtes l'un des seuls mondes habités entre Jupiter et Mars sur lequel une escale est possible.

— Je comprends mieux pourquoi vous venez de Memphis, alors que vous portez l'emblème de Mars.

— Je vois que vous êtes mieux renseignés que vous ne le dites vous-mêmes.

— Deux de nos hommes vous ont rencontrée à Memphis. Ils vous ont reconnue dès votre arrivée.

— Je vois, se contenta de répondre Maya.

— En ce qui concerne une escale entre Jupiter et Mars, vous savez aussi bien que moi que Vesta n'est pas la seule planète mineure de la Ceinture d'astéroïdes. Ce n'est même pas la plus grande. Nous-mêmes, nous nous aventurons parfois sur des astéroïdes voisins pour prospecter. Certains d'entre eux sont faits de métal pur, il nous suffit de nous baisser pour en ramasser.

— Mais aucun des autres astéroïdes n'est habité.

— Vous pensez vraiment qu'aucun de ces nombreux mondes n'a accueilli d'humains alors que ceux-ci sont allés jusque sur les lunes de glace très éloignées. Ce n'est pas parce que vous n'en avez pas connaissance que ce n'est pas le cas. Il nous est arrivé de surprendre de temps en temps un vaisseau errant dans la Ceinture.

— Savez-vous qui sont ces gens ?

— Nous n'avons jamais essayé de prendre contact. La plupart sont des contrebandiers sans envergure.

— Vous voyez que vous avez finalement pu nous fournir une information importante !

Maya était ravie. Elle venait enfin d'apprendre une information utile. Son enquête reprenait une direction plus concrète. En récompense de cette information, elle pensait faire une suggestion intéressante à son hôte :

— Vous connaissez le prix du métal sur les lunes de glace. Vous pourriez vivre bien mieux en développant votre commerce. Vous avez des richesses insoupçonnées sur votre petite planète et ses voisines. Vous pourriez largement améliorer votre niveau de vie !

Contrairement à son attente, le Grand Apôtre n'accueillit pas cette suggestion de manière positive.

— Nous savons ce que nous pourrions faire, mais nous ne le désirons pas. Nos croyances nous dictent la pauvreté. Nous n'extrayons et ne vendons que ce dont nous avons besoin pour survivre. Nous ne cherchons ni pouvoir, ni richesse.

— Justement, vous dites survivre. Mais vous ne vivez pas ! Vous mangez, vous dormez, vous priez. Vous survivez ainsi depuis des siècles. Mais vous n'évoluez pas. À quoi sert cette vie statique. Vous n'êtes que des morts en sursis. Quels rêves avez-vous donc pour vos enfants ? Quel avenir leur préparez-vous ?

– Et vous ? Votre civilisation vaut-elle vraiment mieux ? Vous venez nous donner des leçons alors que la majorité de vos peuples souffrent de la faim, du froid, de la guerre !

– Mais nous œuvrons pour que tout cela s'améliore, pour que l'humanité entre dans une nouvelle ère, une nouvelle paix. C'est le but que poursuit Atama.

– C'est aussi le but que poursuivent Enora, Narcisse et bien d'autres. Nous sommes isolés ici sur notre petit monde, mais nous savons ce qui se passe chez vous. Nos marchands nous rapportent vos histoires. Tout le monde veut l'union et la paix, mais chacun veut son union et sa paix. Il ne peut-y avoir plusieurs paix, mais qu'une seule. Je suis persuadé que chacun croit qu'il fait de son mieux. Et vous constatez vous-même le résultat.

L'argument était imparable et une fois de plus Maya perdait de son assurance.

Son interlocuteur reprit :

– Nous préférons largement notre mode de vie. Nous ne demandons rien à personne, juste qu'on nous laisse vivre comme nous le souhaitons. Nous ne vous laisserons pas venir contaminer notre monde avec vos idées barbares. S'il vous plait, allez-vous-en et laissez-nous tranquilles. Votre monde ne nous intéresse pas !

Il semblait vraiment sincère. Mais il pouvait très bien simuler. Cependant, Maya ne pouvait penser que cette petite troupe d'illuminés puisse être dangereuse. Ces gens vivaient de presque rien, comment aurait-ils pu présenter un danger pour les autres représentants de l'humanité ? Ils étaient réellement inoffensifs. Zerdan avait une fois de plus raison. Il continuait à l'humilier, même à grande distance.

Elle décida d'arrêter là son investigation sur Vesta et de reprendre le chemin de Mars. Cette aventure n'avait pas été aussi désastreuse finalement. Elle avait rencontré des gens étranges dans des endroits étranges. Elle avait constaté que l'humanité était bien plus riche, diverse et retorse qu'elle ne le croyait au commencement de sa mission. Elle espérait cependant qu'Atama ne trouverait pas une autre idée saugrenue, un autre monde fantasque à visiter, d'autres personnages déroutants à interroger. Elle serait capable de refuser. Dans ce cas, qu'adviendrait-il de sa carrière ?

Chapitre 24

La décision de Virginia

Virginia était perplexe. Elle venait de relire pour la troisième fois le document envoyé par l'empereur Atama. Non seulement elle n'arrivait pas à trouver où était le piège, mais en plus, les preuves envoyées par le Martien semblaient convaincantes. Le professeur Munstersen, qui passait de plus en plus de temps auprès de Virginia semblait ravi.

— Ne cherchez pas de piège où il n'y en a pas, dit-il avec son ton doux mais assuré habituel.

— Comment pouvez-vous me dire qu'il n'y en a pas ? lui demanda-t-elle, intriguée.

— Je connais bien les humains. Le Martien est rusé, mais jamais il n'userait de ce genre de stratagème. Il attaque toujours de front, jamais dans le dos !

— Vous avez sans doute raison. Donc vous me conseillez d'accepter son invitation ?

— Absolument !

— Et vous croyez que je peux ainsi quitter la Terre pour plusieurs mois dans la situation actuelle ?

— Justement, la situation est bloquée de partout. Il faut bien que quelqu'un reprenne l'initiative. Votre départ inattendu risque de faire beaucoup de remue-ménage. Ça va peut-être faire bouger les choses !

— Et notre nouvelle religion ?

— Je peux très bien m'occuper de ce détail. D'ailleurs, ça me fait penser que nous avons quelques apprentis dont la formation est presque terminée.

Virginia s'étonna de la vitesse à laquelle les choses avançaient. Munstersen, visiblement content de lui, continua :

— Je pense que vous pourriez profiter de votre petite escapade du côté de Mars pour emmener quelques missionnaires, si vous voyez ce que je veux dire.

— Vous ne pensez pas qu'il est un peu tôt ?

— Je connais deux de nos recrues qui feraient très bien l'affaire et qui seraient heureuses de pouvoir enfin aller semer la bonne parole. Pourquoi attendre plus longtemps, nous avons une occasion unique !

– Ah, je vois ! fit Virginia un peu déçue.

Munstersen semblait davantage s'intéresser à la nouvelle religion qu'à l'avenir politique de Virginia. Depuis leur première rencontre, Virginia était subjuguée par ce personnage et buvait toutes ses paroles. Pour la première fois, elle avait un doute concernant les intentions du physicien. Ce dernier s'en rendit compte et essaya de rattraper sa bourde :

– Ce que je fais, je le fais uniquement pour vous, parce que je crois que vous êtes destinée à faire encore de grandes choses. Moi, je n'ai rien à y gagner. Je ne cherche ni pouvoir, ni gloire ! Vous devez croire en votre destin !

Cette dernière remarque choqua presque Virginia.

– Que savez-vous de mon destin ? Vous pensez vraiment que ce voyage vers Mars était prédéterminé ? Que je n'ai pas le choix ?

– Mais c'est la réalité ! Nous suivons la voie qui a été tracée au tout début. Les conditions initiales ont tout prédéterminé. C'est une loi fondamentale de la physique. L'univers entier, et la vie qu'il contient, ne sont finalement que de la physique ! Tout ce que nous sommes, nous pensons et faisons découle directement de notre passé, nos expériences, notre éducation, notre entourage ! La vie est comme un ensemble de dominos, placés verticalement les uns à côté des autres. Si l'on fait chuter le premier, il va dans une réaction de cascade entraîner tous les autres, quelle que soit leur emplacement dans la chaîne de dominos.

– Vous voulez dire par-là que nous n'avons aucune liberté ?

– Aucune en effet. Nous croyons bien décider librement, mais notre décision découlera infailliblement de notre humeur, qui elle-même découlera de la bonne ou mauvaise nuit que nous avons passée, qui elle-même découlera d'autres événements, et ainsi de suite. On remonte ainsi jusqu'aux conditions initiales qui elles seules sont importantes. Vous voyez bien que l'histoire n'est qu'un éternel recommencement ! Toujours les mêmes conflits pour les mêmes raisons, le pouvoir, l'argent. Et ces cycles recommencent sans cesse. Et pourtant l'homme a évolué, est devenu plus fort, plus intelligent, dit-on.

– Alors, nous ne ferions partie que d'un grand programme ! Quelle tristesse !

– Pas si nous l'acceptons. Vous n'avez pas choisi de vivre, vous ne choisissez pas votre destin, mais vous pouvez malgré tout accepter de profiter de ce qui vous arrive pour en tirer du plaisir ou non. C'est la seule liberté que nous ayons !

– Je constate que notre nouvelle philosophie de vie vient de s'enrichir d'un nouveau concept ! conclut Virginia, finalement convaincue et satisfaite. Elle ne remercierait jamais assez Farney pour lui avoir présenté ce personnage hors du commun. Mais cela, elle ne pouvait pas le dire au gouverneur. Il ne faut jamais dire trop de bien aux gens qui nous entourent, même si on le pense. C'était un autre précepte que Virginia appliquait depuis longtemps. C'était sans doute aussi pour cela qu'elle était si seule. Mais comme le disait si bien Munstersen, si c'était ainsi, c'est parce que ce devait être ainsi.

– Soyez heureuse de ne pas être qu'une simple reproductrice ! reprit Munstersen d'un ton provocant.

Virginia ne comprenait pas bien cette nouvelle remarque. Faisait-il allusion à sa vie privée ratée. Elle s'était tant donnée pour son travail qu'elle n'avait jamais songé à fonder une famille. Bien que la médecine eût fait de grands progrès, il était malgré tout trop tard pour Virginia pour avoir des enfants. Cet énorme vide dans sa vie lui torturait parfois l'esprit. C'était sans doute une des raisons pour lesquelles elle ne décrocherait pas. Il n'y avait rien d'autre dans sa vie que ses responsabilités politiques.

– Je ne vois pas où vous voulez en venir, répondit-elle simplement.

Munstersen vit qu'il avait une fois de plus frappé dans le mille et en conclut qu'elle était prête à recevoir encore une autre leçon. Il reprit :

– Songez à tout ce que vous pouvez encore apporter à l'humanité. Songez à toutes ces nouvelles connaissances que vous allez apporter à la conscience de l'univers. Ce n'est pas seulement votre destin, mais le but de la vie en général.

– Vous pensez vraiment que le but de la vie est d'augmenter les connaissances ?

– Évidemment.

– Alors, les milliards de gens qui n'ont pas de temps à consacrer à la recherche de la connaissance vivent-ils pour rien ?

– Pas tout à fait. Je pense qu'il y a deux types d'humains. Le premier comprend les rares personnes qui cherchent effectivement la connaissance, ceux qui participent le plus à l'augmentation du savoir universel.

– Et le second ?

– Le second comprend la majorité écrasante de la population. Il s'agit des gens qui ne participent que peu à la connaissance. Mais ils ont un grand rôle à jouer, ce sont les reproducteurs.

Virginia avait du mal à comprendre ce nouveau concept. Munstersen qui s'en aperçu essaya de développer sa pensée :

— La grande majorité des humains ne servent qu'à assurer le renouvellement, la continuité de la population. De temps en temps, un individu sort du lot et se place dans la catégorie des arpenteurs du savoir ! Essayez de vous imaginer les poissons dans la mer. Sur la population totale, seule une petite partie est pêchée. Les autres continuent à se reproduire afin que dans l'avenir, quelques-uns de leurs descendants seraient pêchés à leur tour. Et ainsi de suite.

— Vous voyez la population humaine comme une sorte de gigantesque vivier dans lequel certains grands esprits se détachent de temps en temps du lot. Le rôle des autres n'étant que d'assurer que d'autres grands esprits apparaîtront dans leur gigantesque descendance.

— Je vois que vous avez compris, répondit Munstersen, satisfait de lui-même.

— Et c'est une raison supplémentaire pour accepter le voyage vers Mars ! conclut Virginia.

Le grand sourire au milieu du visage boudiné du vieux savant était bien plus expressif que tous les mots qu'ils auraient pu prononcer.

Cette conversation passionnante avec Munstersen fit oublier à Virginia sa réunion journalière avec Farney qui devait attendre déjà depuis au moins vingt minutes.

◆◆◆

Farney ne semblait pas convaincu et était même agacé. C'était pourtant un homme intelligent, alors pourquoi cette réaction ?

— Il me propose un rendez-vous pour mettre au point une stratégie.

— Vous n'y songez pas ! s'insurgea-t-il.

— Et pourquoi pas, après tout. Au point où nous en sommes, il faut bien réagir d'une manière ou d'une autre. Je peux très bien me permettre de quitter le Terre pour quelques temps. Je n'ai plus vraiment de Confédération à présider. Et puis, vous et vos collègues les gouverneurs n'avez pas besoin de moi pour gouverner vos territoires.

— Mais qu'en est-il de nos autres plans ? Notre religion de la Conscience ?

— Munstersen est en train de former nos premiers prêtres. Je devrais dire missionnaires.

Cette remarque fut suivie d'un rire cynique qui ne plût pas à Farney.

— Mais les gens vont interpréter votre départ comme un signe d'abandon ! essaya encore Farney.

— Je ne pense pas que ce sera le cas. Et même si ce devait l'être, que pourrait me faire l'opinion des gens !

— Vous avez beaucoup changé ces derniers temps, et je ne pense pas que ce soit dans la bonne direction. Farney disait cela avec un air très triste.

— Mon pauvre Farney, vous n'imaginez pas à quel point ! Mais qui ne se remettrait pas en cause après tout ce que nous avons subi ces derniers mois ? Si tous sont contre nous, ça peut vouloir dire que c'est peut-être nous qui sommes allés dans la mauvaise direction, et non tous les autres qui ne reconnaissent pas notre mérite. Et puis, pendant que je serai loin de la Terre, je serai aussi hors de portée de nos ennemis les *Gaïans* !

— C'est une maigre consolation ! se contenta de remarquer Farney.

— Bon, cessons de nous plaindre et revenons-en à nos plans, relança Virginia d'un ton plus assuré. J'ai donc prévu d'accepter de rencontrer Atama. Mon départ aura lieu dans deux semaines. Je ne vais pas faire le voyage seule. Je compte sur vous pour convaincre l'armée de me donner une petite escorte d'une dizaine de navires.

— Et vous croyez qu'il sera possible de préparer tous ces hommes dans les délais ? Les équipages devront être tous décontaminés avant de prendre la route !

— Ce ne sera pas nécessaire. Seul un vaisseau le sera. Celui qui me transportera et se posera sur la Lune et ensuite sur Mars. Du moment que les autres vaisseaux resteront en orbite, il n'y aura pas besoin de décontaminer les équipages.

— Ces hommes devront alors rester en permanence enfermés à bord !

— Ils en ont l'habitude. Ils sont entraînés pour cela. Et puis nos vaisseaux ne sont pas si inconfortables que vous semblez le dire !

— Combien de temps prendra votre escale lunaire ?

— Tout au plus un mois. Le temps de passer les tests de décontamination et de régler quelques autres petits détails, comme semer la première graine de notre nouvelle Église sur la Lune.

Virginia venait une fois de plus de surprendre Farney, et elle s'en réjouit comme une petite fille.

— Eh oui, Munstersen vient de m'affirmer que deux prêtres étaient d'ores et déjà prêts. Un homme et une femme. Deux anciens de ma garde rapprochée en qui j'ai totale confiance. Eux aussi vont faire le voyage avec moi. L'un d'entre eux restera sur la Lune, à Séléna. L'autre poursuivra sa route en ma compagnie jusque vers Mars. Je trouverai bien un moyen de le faire accepter sur Mars.

– Je vois que les événements se précipitent. Je comprends mieux votre décision d'accepter cette rencontre !

– Si j'ai décidé ce voyage, c'est d'abord parce qu'Atama m'a convaincue. Mais si je peux en profiter pour faire avancer nos propres projets, je ne vois pas pourquoi je ne le ferais pas ! Vous êtes toujours opposé à mon départ ?

– Vous m'avez pris de cours, je ne sais que dire ! se contenta de répondre Farney. Il semblait épuisé et n'avait sans doute pas envie de continuer davantage ce duel à l'issue certaine.

– Vous verrez bien que j'avais raison. De toute manière, il n'y a rien à faire pour aller contre son destin.

– Voilà que vous croyez au déterminisme ! Je crois que vous êtes trop influencée par ce Munstersen.

– Je suis d'accord avec vous, mais comme je pense qu'il a raison, cette influence m'est bénéfique !

– Je n'en suis pas aussi sûr.

Farney avait ressenti les changements qui s'étaient progressivement opérés en Virginia, mais il avait pensé que la cause en était uniquement les événements politiques dramatiques des mois passés. Virgina était affaiblie et le savant avait su en profiter pour étendre son emprise sur la Présidente. Qui savait jusqu'où tout cela irait ? Tout cela le poussa à penser qu'un petit voyage de Virginia loin de la Terre et de Munstersen ne lui serait pas aussi néfaste. Et peut-être même que la Terre en profiterait !

◆ ◆ ◆

Atama se promenait anonymement dans les rues de la nouvelle capitale en chantier, au fond du plus grand canyon du système solaire. Cela lui arrivait assez souvent. Sous sa combinaison thermo-isolante il était méconnaissable et pouvait passer pour un ouvrier comme les autres. Les effets de la terraformation commençaient à se manifester de plus en plus. Atama avait l'impression que le vent avait de plus en plus de force, conséquence de l'augmentation de la pression de l'atmosphère. Et puis, il pouvait apercevoir par-ci et par-là quelques petites flaques d'eau. La réapparition de l'eau liquide sur Mars était le premier signe évident des changements. Maintenant que ceux-ci étaient là, ils allaient en s'accélérant. La température aussi avait déjà augmenté d'une dizaine de degrés. Il faisait cependant encore bien trop froid pour se passer des combinaisons.

Le seul problème majeur irrésolu pour l'instant était l'absence d'oxygène dans l'air. Même lorsque la température serait supportable, il faudrait toujours sortir avec des masques à oxygène. Il n'y avait pas d'oxygène sous forme libre sur Mars. Les plus grands savants avaient étudié le problème. On avait pensé à ensemencer la planète avec des microorganismes photosynthétiques de la Terre, mais le processus aurait été trop lent. De plus, avec ces microorganismes on aurait apporté une énorme quantité de germes dangereux. Il fallait s'en remettre aux systèmes classiques utilisés dans toutes les Cités Extérieures : séparer l'oxygène et l'hydrogène par hydrolyse de l'eau. Cela fonctionnait très bien à l'échelle d'une cité sous dôme, mais semblait utopique pour une planète entière.

De premières usines test avaient été construites et commençaient à cracher leur oxygène dans l'air, mais il fallait des quantités gigantesques d'eau, beaucoup d'énergie pour un résultat peu convaincant. Les derniers calculs avaient montré qu'il faudrait cent mille usines fonctionnant pendant un siècle au moins pour rendre l'atmosphère martienne respirable.

Et qu'en était-il de cette nouvelle théorie ? On savait que la meilleure façon d'injecter des quantités gigantesques de gaz dans l'atmosphère était de réveiller les volcans. Mars n'était pas encore une planète complètement morte et son sous-sol était encore très actif. Les grands volcans ne s'étaient d'ailleurs tus que récemment dans l'histoire géologique de la planète.

Certains avaient même suggéré l'utilisation de bombes thermonucléaires pour ouvrir des brèches dans les conduits volcaniques et réveiller les géants martiens. Mais cette méthode semblait beaucoup trop hasardeuse et trop dangereuse pour être appliquée. Et puis, cela ne réglait pas le problème de l'oxygène. Les volcans ne crachaient pas d'oxygène.

Atama se dit qu'il finirait bien par trouver des solutions. Il n'était plus de toute jeunesse et savait qu'il ne verrait jamais son œuvre finie. Il espérait au moins voir sa nouvelle capitale terminée. Et peut-être même finir la construction de la capitale du Sud. Tout en réfléchissant à l'avenir, il observait les travaux, prenant mentalement note de ce qui lui convenait et de ce qui lui convenait moins. Par ici, une rue était trop étroite, par-là un bâtiment était trop large, ou pas assez haut. Tout cela devrait être rectifié. Il savait que ses exigences étaient en partie responsables des retards dans les travaux, mais c'était sa capitale et il la voulait parfaite.

Il se demanda s'il devait faire visiter le chantier dont il était si fier à la Présidente. Elle passait son temps à dénigrer Mars, la désertique, toujours à la comparer à la Terre. La comparaison était évidemment impossible, du moins pour le moment. Il était enfin arrivé à convaincre son ennemie jurée de venir à sa rencontre. Finalement, cela lui avait paru plus facile qu'il ne le redoutait. Sans doute Enora était-elle beaucoup plus affaiblie qu'elle ne le laissait paraître. Elle avait peut-être aussi d'autres raisons.

À ce moment, Atama réalisa qu'elle aurait très bien pu avoir eu l'idée de venir empoisonner Mars avec des germes Terriens. Peut-être était-elle prête à tout pour en finir avec cette éternelle rivalité. Si c'était le cas il allait falloir faire très attention. Elle aurait droit à une double décontamination. Atama se disait qu'il était en train de se faire des idées. Comme tous ses confrères dirigeants, il devenait de plus en plus paranoïaque. Enora ne s'en prendrait jamais aux populations. Il la connaissait trop bien, à force de bagarres diplomatiques avec elle depuis des années.

♦♦♦

Le Doc attendait patiemment attablé derrière un verre de lait synthétique. La boisson était écœurante, mais cela faisait partie de son camouflage. Ne jamais se montrer tel qu'il était réellement. Sydney était une ville magnifique, il dut l'admettre. Elle ferait une très belle capitale *gaïanne*, après certaines modifications mineures bien entendu. La première chose serait l'élimination des moyens de transport. Et puis cette population ! Des milliers de gens partout. Il y avait bien trop de gens ! Ça aussi il faudrait le rectifier. Il fallait réintroduire des préda-teurs des humains pour rétablir un équilibre naturel. On en trouverait bien quelques-uns.

Un grand homme blême vint s'asseoir en face de lui. On aurait presque dit un Extérieur.

— J'ai failli attendre ! chuchota le Doc en guise d'accueil.

— Ce n'est pas de ma faute si vous êtes venus en avance ! se contenta de grommeler le nouvel arrivant.

— Alors, vous êtes d'accord pour la mission ?

— C'est possible, mais ça risque de vous coûter très cher ! Enora, ce n'est pas n'importe qui, elle est bien gardée !

— C'est pourquoi j'ai fait appel à vous. On dit que vous êtes le meilleur !

— Je le suis ! répondit le grand homme, avec une pointe de fierté dans la voix.

— Combien voulez-vous ?

— Cent mille crédits !

— C'est une grosse somme !

— Je vous ai dit que ça allait vous coûter cher ! Si vous n'avez pas les moyens, il ne fallait pas me contacter.

— Ne vous inquiétez pas, les moyens je les ai. Je ne pensais simplement pas qu'Enora méritait tant !

— Dès que vous m'aurez fait parvenir les crédits, je m'occuperai de votre affaire !

— Qu'est ce qui me dit que vous le ferez. Vous pourrez très partir avec l'argent. Je vous propose la moitié avant et l'autre moitié quand le travail sera fait.

— Je vois que la confiance règne ! Bon, d'accord. Avez-vous un souhait particulier comme une date précise, une manière précise.

— Tout ce que veux, c'est qu'elle disparaisse, et le plus vite possible. Le reste ne me regarde pas. C'est votre métier, pas le mien.

— Et quand verrai-je la première partie de mon salaire ?

— Demain, à la même heure, ici même.

Le Doc vida péniblement son verre de lait, posa un crédit sur la table et disparut. Le grand homme resta assis et commanda une bière.

Chapitre 25

La bataille de Pelion

Le maire Bartolu venait de recevoir l'appel à l'aide de son confrère Herring. Malgré un amour propre démesuré, Herring avait fini par demander de l'aide à son voisin. Seul, il ne parvenait pas à faire face. Bartolu ne se réjouissait pas des malheurs du maire de Herschel sur Mimas. Il savait que la même tragédie pouvait le frapper lui aussi à tout moment. Cependant, il dut admettre une certaine satisfaction à entendre le très arrogant Herring l'appeler à l'aide. Mais quel genre d'aide pouvait-il bien fournir ?

Herring demandait des hommes et du matériel pour faire face aux attaques de Hurley. Mais Bartolu n'avait ni assez d'hommes, ni assez de matériel pour défendre à la fois Samarkhand et aider à la défense d'Herschel. La première décision qu'il prit fut de décréter un état d'urgence dans Samarkhand, avec un couvre-feu durant toute la période de nuit artificielle. Sa police était mieux organisée que celle de Herring et il avait du temps pour se préparer. Samarkhand s'attendait à essuyer d'un moment à l'autre des attaques terroristes analogues à celles perpétrées dans la cité d'Herschel.

Egoïstement, Bartolu se félicita que la première cible de l'Uranien fut Herschel et non pas sa propre cité. Son intransigeance non cachée durant les dernières semaines y était sans doute pour quelque chose. Il avait bien fait de montrer qu'il n'était pas aussi faible qu'on le pensait. Pour éviter que le foyer de la bataille ne se déplaçât vers Samarkhand, il fallait aussi ralentir les hommes de Narcisse du côté d'Herschel.

Finalement, Bartolu se décida à contacter Herring. Il devait être dans son bureau et une petite conversation entre les deux maires s'avérait nécessaire pour mettre au point un plan de contre-attaque. Bartolu n'eut pas à attendre longtemps avant de voir apparaître le visage de son confrère sur l'écran mural. Ce dernier était effectivement dans son bureau et avait immédiatement décidé d'accepter la communication. Ce visage reflétait parfaitement les soucis du gouverneur Herring. Lui qui avait l'habitude de prendre tant soin de son apparence était presque méconnaissable.

— Je suis content que vous vous soyez décidé à me contacter, commença-t-il d'un air désespéré. La situation ici est catastrophique et je ne sais plus quoi faire. La ville est sur le point de tomber.

— Je comprends parfaitement et je compatis. J'ai réfléchi à la situation et je veux bien vous donner un coup de main. Mais je ne sais pas exactement sous quelle forme. Nous ne sommes pas beaucoup plus riches ni plus puissants à Samarkhand.

— Je sais que nos relations n'ont pas toujours été bonnes, mais si Herschel tombe, Samarkhand ne tardera pas à suivre. Seule notre union aurait des chances de réussir.

— Je suis d'accord avec vous, mais je n'ai pas beaucoup de policiers disponibles. Je dois aussi penser à ma cité. En ce qui concerne les vivres, nos réserves ne sont pas énormes non plus. Ce que je peux vous proposer, c'est de vous envoyer un escadron pour surveiller votre cosmoport. C'est par-là que transitent les terroristes et leur matériel. Cela vous permettra de libérer des hommes pour remettre de l'ordre dans la cité même. Mais ça ne réglera pas le problème. Il faudrait anéantir l'organisation des mercenaires. Je soupçonne fortement Hurley d'être impliqué.

— C'est aussi ce que je pense. En ce qui concerne vos hommes, je suis d'accord. Je pense que je pourrai remettre de l'ordre dans la cité par moi-même si vous arrivez à empêcher l'arrivée de nouveaux mercenaires et leur matériel. Mais il reste à résoudre le problème des vivres. Si mes hommes ne sont pas traités convenablement je n'arriverai pas à les motiver.

Bartolu était gêné par l'insistance de Herring, mais ce dernier n'avait pas vraiment le choix.

— Bon, je vais voir ce que je peux faire de ce côté-là. Il va me falloir rationner ma propre population. Mais nous sommes en temps de guerre. J'espère qu'ils comprendront !

Herring semblait soulagé. Bartolu reprit :

— Je vais faire affréter une navette dans les dix heures qui viennent. Je vous envoie une cinquantaine d'hommes, ça devrait suffire pour contrôler le cosmoport. Il y aura donc aussi des vivres et quelques armes. Combien, je ne peux pas encore vous le dire.

— Et que faisons-nous avec Hurley ?

— Il faudrait d'abord localiser son repaire. Vous avez une idée de sa cachette ?

— Habituellement il est à Dido, sur Dioné, c'est là qu'il a été aperçu pour la dernière fois.

– Je ne pense pas qu'il ait pu organiser toutes ces attaques depuis Dido. Cela aurait été beaucoup trop voyant. Vérifiez tous les arrivages au cosmoport. Regardez s'il n'y a pas eu une augmentation du trafic depuis une cité quelconque. Ça pourrait nous aider à le localiser. Je vais pour ma part envoyer discrètement un de mes meilleurs limiers à Dido. C'est là-bas que nous aurons le plus de chances d'avoir les informations voulues.

– Merci pour votre collaboration, se contenta de répondre Herring, au bord des larmes.

– Ne me remerciez pas, je n'avais pas tellement le choix. Maintenant, au boulot. Nous nous contacterons dès que l'un de nous aura du neuf. Bonne chance.

◆◆◆

Herring se terrait dans son bureau. Il envoyait les ordres et recevait les nouvelles. Les réparations allaient bon train et les renforts envoyés par Bartolu avaient permis de calmer un peu la situation. La pression atmosphérique était maintenant totalement rétablie et les travaux de réparations étaient devenus plus faciles. Les habitants d'Herschel et leur police étaient revenus de la surprise et parvenaient enfin à s'organiser mieux.

On trouva beaucoup de volontaires civils pour mener des rondes de surveillance et la police pouvait davantage se consacrer à la traque. Le choc de la brèche avait entraîné une prise de conscience dans la population. La chasse aux sorcières avait commencé. La délation allait bon train et toute personne suspecte était arrêtée. Il y avait sans doute beaucoup d'innocents dans le lot et certains malhonnêtes en profitaient pour se débarrasser d'un voisin ou d'un parent encombrant, mais c'était le prix à payer pour que survive la cité !

Les hommes de Bartolu qui s'occupaient de la surveillance du cosmoport avaient refoulé plusieurs personnages suspectés d'avoir des relations avec Hurley et des centaines de kilogrammes d'explosifs avaient été confisqués. La vague de terrorisme semblait avoir été enrayée bien que des actes de sabotage se poursuivaient encore de temps en temps.

Un signal sonore indiqua à Herring qu'on désirait communiquer avec sur le télécom. Le code d'arrivée correspondait à celui de Bartolu. Ils ne s'étaient plus parlé depuis que Bartolu lui avait envoyé les renforts. Bartolu devait sûrement avoir des informations importantes à lui communiquer. Il enclencha la communication et le visage du petit gouverneur de Samarkhand apparut.

— Bonjour, cher collègue, lança le Samarkhandien. Il avait l'air d'assez bonne humeur. Cela signifiait qu'il avait sans doute de bonnes nouvelles à lui annoncer.

Bonjour, mon ami, lui répondit Herring.

« Qui aurait pu croire qu'un jour je l'appellerai mon ami ! »

— Alors, comment vous en sortez-vous ?

— La situation n'est pas rose, mais ça va en s'améliorant. Grâce à votre aide, le calme est plus ou moins revenu à Herschel. Hurley s'est fait plus discret. Mais pour combien de temps ?

— C'est à ce sujet que je vous contacte. Il semble que nous ayons fini par le localiser. D'après mon limier, et j'ai toute confiance en lui, Hurley est quelque part sur Mimas même. Je ne sais pas encore exactement où.

— Si vous me dites qu'il est sur Mimas, alors ça concorderait avec mes propres renseignements concernant un accroissement suspect du trafic entre Herschel et Pelion.

— Décidément, Pelion devient un lieu très visité ces derniers temps, constata Bartolu en faisant référence au passage fracassant des fugitifs de *l'Albatros* suivi de celui de Nagashi quelques mois plus tôt. Il reprit :

— C'est tout à fait cohérent. Pelion est l'endroit rêvé pour établir une base. Vous ne pensez pas qu'il serait temps d'y faire un peu le ménage et d'y remettre un peu d'ordre. Si j'étais Narcisse, c'est aussi de là que j'organiserais une invasion.

— Mais nous ne sommes pas des chefs de guerre ! Vous voulez envahir et occuper une cité ? Avec quelle armée ?

— Que nous le voulions ou non, nous sommes en guerre. En tant que maires nous devons assumer nos responsabilités ou partir. Si nous attaquons Pelion, l'ennemi sera occupé à se défendre et nous aurons ainsi besoin de moins d'homme pour contrôler nos cosmoports et nos cités. Je crois que nous pourrions facilement rassembler une centaine d'hommes. Hurley ne doit pas en avoir beaucoup plus que cela !

— Ça ne nous protègera pas contre Narcisse.

— Il est certain que contre Narcisse, nous ne pourrons rien. Mais pour l'instant Narcisse n'est pas encore là, alors ce que nous pourrons faire pour compliquer son arrivée, nous le ferons.

◆◆◆

L'opération avait été répétée trois fois. Elle avait été montée en une semaine à peine. Le maire Bartolu en assurait l'entière responsabilité. Le maire Herring le soutenait. Elle devait rester secrète le plus longtemps possible afin que la surprise soit totale. La première navette était arrivée au cosmoport de Pelion depuis Herschel juste avant la tombée de la nuit artificielle. Elle contenait une cinquantaine d'hommes armés et entraînés. La seconde navette, avec le même contenu et venant de Samarkhand s'était posé une demi-heure plus tard. Une heure plus tard, une première poignée d'hommes quitta les deux navettes pour se rendre au bâtiment de contrôle du cosmoport sous prétexte d'enregistrement. Ces hommes n'eurent pas besoin de plus de quinze minutes pour prendre le contrôle des bâtiments.

Dix minutes plus tard, l'ensemble des policiers armés quitta les navettes pour se diriger vers la cité. Il ne leur fallut pas moins d'une heure pour traverser le tunnel reliant la cité au cosmoport. Leur cible, la tour centrale. Bartolu leur avait assuré que Hurley et ses hommes se cachaient là-bas. Herring se demandait parfois comment le petit Bartolu pouvait obtenir toutes ces informations.

Pelion était encore plus glauque lors des périodes de nuit artificielle. La puanteur générale était tout aussi intense, et un silence absolu y régnait. On entendait à peine ronronner les purificateurs d'air tout au loin. La température ambiante était diminuée d'au moins cinq degrés pour des raisons économiques. Cela forçait aussi les habitants à se terrer chez eux. Personne n'osait se risquer dans les rues sombres et glaciales de Pelion la nuit. C'était le moment où les rats régnaient en maître dans la cité. Cependant cette nuit-là, il n'y avait pas que des rats dans les ruelles étroites. La petite armée improvisée avançait lentement, essayant de faire le moins de bruit possible. La tour était encore à au moins deux heures de marche. Le globe lumineux de Saturne brillait faiblement à travers le dôme de cristal renforcé obscurci par les nombreuses fumées et autres émanations de la cité. Mais l'éclairement était suffisant pour se repérer dans le labyrinthe métallique de la vieille cité.

◆◆◆

Narcisse avait une nouvelle fois provoqué l'inattendu. La petite union qui était en train de se monter autour de Saturne s'avérait profitable pour le Plan, encore fallait-il pouvoir la contrôler. Omega n'était pas encore au bout de ses tâches.

◆◆◆

Hurley n'arrivait pas à dormir. Sa stratégie avait pourtant semblé être la bonne. Une fois de plus, il avait sous-estimé la tâche. À cause de ses mercenaires, Herschel s'était dotée d'une meilleure organisation et surtout d'un allié de poids ! Les frappes terroristes n'avaient pas apporté l'effet désiré. Au lieu de soulever la population contre son maire et de l'affaiblir, ce dernier avait vu son autorité se renforcer. Hurley devait trouver une nouvelle stratégie. Il avait été tenté un instant de demander conseil à Narcisse, mais ce geste aurait été considéré comme un aveu de son incapacité. Il devait s'en sortir tout seul. Il savait que ses hommes n'étaient que des brutes. Il était conscient que lui-même ne valait pas beaucoup mieux et que Narcisse les utilisait en tant que tels. Ils étaient parfaits pour des actions tels que des sabotages, mais inadaptés à des actions plus subtiles. Hurley devait montrer à Narcisse qu'il était autre chose qu'un simple mercenaire sans cervelle.

Il faisait les cent pas dans son bureau improvisé lorsqu'il entendit un bruit. À Dido, il n'y aurait prêté aucune attention, mais ici, à Pelion, un bruit en pleine nuit, c'était suffisant pour qu'il soit sur ses gardes. Surtout qu'il s'agissait de bruits de pas. Ils étaient de plus en plus nets. Il avait déjà remarqué qu'à l'emplacement où il se trouvait, les bruits venant d'en bas étaient amplifiées. Les ondes sonores devaient se réfléchir sur la face intérieure du dôme et se concentrer en certains points au centre de la cité, où se trouvait la tour.

Malheureusement pour lui, il se rendit compte trop tard de ce qui se passait réellement. Lorsque la petite armée fit irruption dans la tour centrale la plupart de ses hommes étaient encore endormis. Subitement, les premiers coups de feu éclatèrent et les premiers cris se firent entendre à l'étage situé juste en dessous. Il lui était impossible de fuir par les escaliers principaux. La seule issue possible était de passer par l'extérieur. La tour était dans un tel état de délabrement et le métal tellement corrodé que la surface extérieure n'était plus lisse et qu'il lui serait possible de trouver de nombreux trous et de nombreuses corniches pour s'agripper. Heureusement qu'il faisait sombre, cela lui évitait de voir le vide sous lui. Il ouvrit la fenêtre. L'air froid chargé de sa puanteur lui balayait le visage.

Il respira un bon coup puis sortit. Il lui suffisait de descendre d'environ trois étages. Il trouva effectivement de nombreux points d'appuis, tous plus coupants les uns que les autres. Ses mains étaient ensanglantées, mais il ne pensait qu'à sauver sa vie. À tâtons, il cherchait de nouveaux points d'appuis sur la paroi. À l'intérieur les coups de feu continuaient à fuser. Tant que les tirs seraient échangés, on ne chercherait pas Hurley ailleurs que dans la tour. Il poursuivit lentement sa progression.

Il devait avoir parcouru l'équivalent de six étages et devait se trouver bien en dessous du lieu des affrontements lorsqu' Hurley décida de rentrer dans la tour par une ouverture et continuer sa fuite par l'intérieur. À peine était-il repassé à l'intérieur que les coups de feu cessèrent. On continuait de crier et courir dans les étages supérieurs. Discrètement, Hurley se dirigea vers l'escalier principal, le seul encore utilisable. Il y avait sûrement des hommes en bas, devant la sortie, pour empêcher quiconque de s'échapper. Cependant, le gros des troupes devait se trouver en haut en train de compter les morts.

Comme il l'avait espéré, les escaliers étaient effectivement déserts dans cette partie du bâtiment. Hurley put ainsi descendre jusqu'au premier niveau. Deux gardes étaient bien postés tout en bas, devant l'entrée principale de la tour. Hurley n'eut pas de mal à les prendre par surprise. Chacun eut droit à deux projectiles mortels dans le dos. Sa petite arme rudimentaire lui avait déjà souvent sauvé la vie. Le bruit allait alerter les autres. Hurley se précipita dehors et disparut dans le dédale de la cité en ruine.

♦♦♦

Bartolu était installé derrière son gigantesque bureau sur lequel s'étalaient les plans de guerre. Bartolu, maître de guerre, et victorieux qui plus est, personne n'aurait jamais pu croire une telle chose, lui-même le premier. La victoire restait cependant modeste. Hurley et ses mercenaires étaient loin de valoir une vraie armée. La colère de Narcisse serait grande et jamais Bartolu ne pourrait résister à l'armée uranienne, même avec Herring comme allié.

Un autre allié semblait sortir de sa léthargie et vouloir se joindre au duo vainqueur pour organiser la résistance. Le monarque de Titan venait de le relancer par télécom. C'était au moins la cinquième fois que le vieux roi le contactait pour le convaincre d'accepter de prendre la tête d'une fédération saturnienne. Bartolu commençait à perdre patience devant l'entêtement du vieux souverain. Le vieil homme avait été encouragé par la petite victoire contre Hurley et voyait déjà se développer une grande fédération de Saturne. Bartolu avait beau essayer de lui expliquer que tout cela était utopique. Une fois de plus, il allait devoir lui répéter ce qu'il avait déjà dit :

– Je vous l'ai déjà dit, votre idée d'alliance est dérisoire !

– Je sais ce que vous pensez, mais unis nous serons quand même plus forts.

– L'Union des mondes saturniens a toujours été une utopie et le restera sans doute. Il n'y a aucune ressource autour de la planète aux anneaux susceptible d'être à l'origine d'une fédération puissante. Tout n'est fait que de glace d'eau.

– Nous avons des lacs de méthane. Le méthane est une source énergétique très appréciée.

– Vos ressources sont limitées et le méthane ne vaut rien comparé à l'hydrogène. Ça ne vous rapporte pas plus que nos ressources touristiques. Pensez-vous vraiment qu'il est possible de partager ces petites ressources entre tous les mondes saturniens ?

– Peut-être pas les partager, mais les développer !

– Que voulez-vous dire ?

Bartolu semblait vraiment intrigué.

– Nous avons la chance de vivre sur des mondes d'une beauté incroyable. Nous avons les montagnes de glaces, des lacs et des rivières de méthane, un ciel orange fabuleux. De votre côté, vous avez des paysages blancs éclatants et vos immenses geysers réputés dans tout le système solaire. Chacun de nos mondes a sa propre spécificité et surtout sa propre beauté. Et je ne parle pas de notre superbe planète géante, la fabuleuse Saturne et ses étonnants anneaux. Alors, même si nous n'avons pas beaucoup de ressources, je suis persuadé que les gens paieraient très cher pour venir visiter nos mondes.

– Vous pensez vraiment que dans le contexte interplanétaire actuel, les gens ont envie de faire du tourisme ? À Samarkhand, nous sommes au bord de la faillite !

– Cette situation pourrait changer si nous arrivions à créer une situation stable, rassurante. Je suis sûr que nous attirerions beaucoup de monde.

Bartolu commençait à comprendre où voulait en arriver le roi. Une grande Fédération qui se reposerait sur les revenus du tourisme et des loisirs. L'idée était effectivement intéressante, mais cela ne pouvait marcher dans le monde chaotique dans lequel ils vivaient.

– Actuellement, les peuples cherchent à survivre, alors comment voulez-vous qu'ils pensent à voyager ou à s'amuser. Avec tout le respect que je vous dois, vous me semblez un peu loin des réalités !

Cette remarque de Bartolu n'était pas des plus diplomatiques, mais il fallait bien faire comprendre à son interlocuteur son erreur de jugement.

– Je reconnais que nous aurions dû réaliser tout cela il y a des années, quand tout allait bien. Mais nous n'avions pas pensé à l'avenir. C'est toujours le cas quand tout va bien.

– Si ça peut vous rassurer, peut-être que Narcisse fera ce que vous me proposez lorsqu'il nous aura tous envahis et unis par la force. C'est un économiste renommé et il a toujours su exploiter une ressource quelle qu'elle fût. C'est peut-être un de ses projets.

– Vous êtes aussi fatalistes que je l'ai été il y encore quelques jours. C'est Tournon qui m'a redonné le goût de me battre.

– C'est vrai que votre fils sait être très convaincant. Mais je ne suis pas fataliste. Réaliste serait le mot juste. Nous sommes si insignifiants que nous ne pouvons rien faire.

– En vous unissant avec le maire Herring, n'êtes-vous pas arrivé à expulser Hurley et ses contrebandiers de Mimas ?

– Hurley, ce n'est qu'un minable ! Il n'est rien comparé à Narcisse qui semble sur le point de surgir dans nos parages.

– Même si nous n'aboutissons pas, au moins aurions-nous essayé de faire quelque chose, plutôt que d'attendre de nous faire manger par un Narcisse, un Zerdan ou un Atama. Nous n'avons rien à perdre, mais beaucoup à gagner.

Bartolu reprit :

– Il y a un autre obstacle majeur auquel vous n'avez pas pensé. La plupart de nos mondes sont anarchiques et non centralisés, en particulier Téthys, Dioné, Rhéa et Japet. Ces lunes ont près de trois fois la taille de Mimas et d'Encelade, des populations quatre fois supérieures, et pas la moindre organisation. Il n'y a même pas de cité majeure ou de gouverneur ou autre dirigeant susceptible de représenter une partie de ces populations.

– Mais pourquoi ne pourrions-nous pas refaire à Dido ce que vous êtes arrivés à faire à Pelion en collaboration avec Herring ?

– Nous avions bénéficié de l'effet de surprise. Pelion est une petite cité qui plus est située sur Mimas même. Ça n'avait rien d'une guerre de conquête, même si cela a été interprété de cette manière. Ce n'était qu'une opération de police !

– Peut-être mais c'était un début qui a suscité beaucoup d'espoirs autour de Saturne. Je suis persuadé que de nombreux habitants de ces lunes voudraient s'allier avec vous.

Lorsqu'il avait décidé de soutenir son collègue Herring, Bartolu n'avait pas songé à réunir qui que ce soit dans une alliance quelconque. Il s'agissait de régler un problème particulier à un moment donné. Maintenant on lui demandait de prendre la tête d'une opération de grande envergure. Bartolu ne s'en sentait absolument pas capable. Il reprit :

— Et avec quels moyens pensez-vous que nous réussirions ?

— Vous savez, nous ne sommes pas restés inactifs, terrés sous notre brume ! Tournon est parti à Memphis pour essayer de convaincre Zerdan de nous aider.

— Jamais Zerdan ne nous aidera. Nous n'avons rien qui puisse l'intéresser et cela lui reviendrait trop cher.

— Alors, débrouillons-nous avec nos armées !

— De quelles armées voulez-vous parler ? Herschel et Samarkhand réunies n'arriveront à fournir que tout au plus une centaine de policiers. Notre action à Pelion a été assez coûteuse en hommes !

— Et si je vous fournis deux mille hommes ?

Bartolu resta bouche bée.

— Deux mille hommes ? Vous avez une armée de deux mille hommes ?

— Pas tout à fait, dut avouer le Roi. En fait, je pense que je pourrais rassembler deux mille hommes. Mais nous ne sommes pas une société guerrière. Alors le seul problème serait leur entraînement. Si vous m'envoyez des entraîneurs, nous pourrions l'avoir, notre armée. Les Titaniens seraient prêts à tout pour sauver leur mode de vie !

— Mais il est impossible de monter une armée de deux mille hommes aussi rapidement ! Croyez-vous vraiment que nous aurons le temps de les entraîner, puis de prendre le contrôle des toutes les autres lunes, puis d'organiser notre défense avant que Narcisse n'arrive ? Il est peut-être déjà en route.

— Je ne sais pas si nous pouvons le faire, mais si n'essayons pas nous ne le saurons jamais. Et puis, il suffirait de prendre le contrôle de deux lunes supplémentaires. Je pense à Dioné et Rhéa. Les autres suivraient sans doute par elles-mêmes. Et Narcisse réfléchirait sans doute plus longtemps avant de s'attaquer à une coalition d'au moins cinq mondes, l'équivalent de son empire !

— Avec malgré tout cent fois moins de ressource et de puissance ! conclut amèrement Bartolu.

— Et qu'en est-il de Hurley ? Vous avez fini par le retrouver ? demanda encore le monarque.

— Hélas pas encore, admit Bartolu. Je pense qu'il a dû bénéficier de complicités pour quitter Pelion. Il est sûrement rentré à Dido.

— Raison de plus pour que nous prenions le contrôle de Dioné !

L'entêtement du Roi exaspérait Bartolu.

◆◆◆

Hurley était rouge de fureur. Et aussi de douleur. Il était de retour dans son repaire de Dido, les deux mains bandées. Il souffrait terriblement. Et il se sentait plus seul que jamais. Il avait perdu les trois quarts de ses effectifs à Pelion. De plus, il faudrait bien qu'il informe Narcisse de son lamentable échec. Comment le vieux fou réagirait-il ? Même à une distance de près de deux milliards de kilomètres, Hurley ne se sentait pas en sécurité.

Sa seule consolation était qu'il avait pu revenir chez lui. Il avait payé grassement deux commerçants peu honnêtes pour le faire passer les nouveaux barrages de sécurité du cosmoport de Pelion et s'échapper vers Dioné. Il avait voyagé au milieu de cadavres de rats, destinés à la fabrication de viande comestible. Les contrebandiers les transformaient en viande hachée, et certifiaient leur provenance des mondes extra-saturniens. Les consommateurs ne remarquaient pas la supercherie. Après tout, la viande, c'était de la viande. Que ce soit du rat ou tout autre animal plus gros. De plus, sa qualité était bien supérieure aux horribles boulettes de viandes synthétiques qu'on avait l'habitude de manger sur les petits mondes glacés de Saturne.

Chapitre 26

Enfin, Jupiter

Nous étions à moins de vingt-quatre heures de notre arrivée en orbite autour de Jupiter. Notre voyage depuis Saturne avait duré près de trois mois, mais je n'avais pas vu le temps passer. Je regrettais que cette période prenne fin, car cela signifiait aussi la fin de notre quiétude. Les ennuis allaient se manifester à nouveau. Le premier d'entre eux était d'ailleurs déjà réglé. Non seulement l'administration de Memphis avait donné son autorisation d'approche et de mise en orbite, mais il semblait que l'Amiral était sur le point de trouver un client pour vendre ce qui nous restait d'hydrogène. Cela nous permettait en tout cas de refaire le plein de vivres si nous devions repartir. L'Amiral avait aussi fait une demande d'asile pour pouvoir rester en orbite autour de Jupiter sous la protection de l'armée de Zerdan en attendant que la situation interplanétaire s'améliorât. Cela pouvait prendre plusieurs années.

La manœuvre habituelle de retournement du navire avait déjà été faite et le freinage avait commencé depuis une journée standard au moins. Nous allions passer très près de la géante gazeuse en survolant la lune la plus intérieure, la volcanique Io. Nous pensions pouvoir profiter du spectacle grandiose de ses paysages multicolores parsemés de panaches volcaniques gigantesques et de coulées de laves interminables, mais l'Amiral nous expliqua que nous traverserions des ceintures de radiations très intenses et tous les volets de protection seraient fermés durant la période de passage au plus près. L'épaisseur des parois métalliques du vaisseau devait suffire à nous protéger contre le bombardement des particules mortelles, à condition de ne pas rester trop longtemps dans cet environnement périlleux.

Les circuits électroniques du navire risquaient eux aussi de ne pas supporter les décharges électriques produites par les impacts de particules sur la coque et la plupart d'entre eux avaient été mis en veille. Nous n'avions qu'à nous laisser happer par la gravitation de Jupiter, laissant l'*Albatros* dériver passivement sur une trajectoire d'injection qui avait été calculée bien avant notre arrivée. Lorsque le danger serait écarté, nous remettrions en route l'ensemble des circuits électroniques et affinerions notre trajectoire vers Ganymède, qui se trouvait un peu plus loin de la planète, où l'effet des radiations mortelles était un peu moins intense.

◆◆◆

Vingt-quatre heures plus tard, nous avions fini par nous mettre en orbite au-dessus de l'équateur de Ganymède. Comme d'habitude, la manœuvre s'était déroulée à la perfection. L'altitude avait été choisie de manière à ce que nous trouvions à l'intérieur du champ magnétique équatorial de la grande lune, ce qui nous protégeait des radiations de Jupiter. Ce champ n'était pas assez intense pour créer une bulle complète autour de Ganymède de sorte que seules les régions équatoriales étaient effectivement protégées. Les pôles de la lune se trouvaient bombardés en permanence par les radiations mortelles. C'est aussi la raison pour laquelle toutes les cités de Ganymède avaient été bâties près de l'équateur.

Nous pensions prendre la navette et nous poser à Memphis, la grande capitale, mais l'Amiral nous apprit que finalement nous nous poserions de l'autre côté de la planète, dans la cité d'Harpagia, où notre hydrogène serait vendu. Cependant, le temps de régler l'ensemble des papiers administratifs, nous étions obligés de rester en orbite pendant encore au moins une semaine. Cela nous permit d'observer Ganymède de notre point de vue panoramique, debout derrière la baie de cristal renforcé de la passerelle de pilotage. Bien que la surface fût essentiellement composée de glace, nous fûmes surpris de découvrir un paysage très riche et très divers. Des régions très claires succédaient à des régions très sombres et très cratérisées. Les régions claires étaient soit composées de plaines lisses issues d'épanchement d'eau fraîche venue des profondeurs de la lune, soit de gigantesques chaînes montagneuses qui pouvaient s'étendre sur des centaines, voire des milliers de kilomètres. Les cratères d'impacts avaient des tailles et des morphologies très diverses. Memphis se trouvait dans une plaine lisse circulaire en plein milieu d'une zone sombre. Par contre, Harpagia avait été construite aux abords d'une région très montagneuse. La cité était bien dix fois plus petite que la capitale.

Au bout de six jours, lors de la réunion d'information habituelle qu'organisait l'Amiral quand nous arrivions auprès d'un nouveau monde, nous apprîmes que nous avions enfin reçu l'autorisation de circuler entre *l'Albatros* et la cité d'Harpagia. La navette ferait le voyage lorsque *l'Albatros* passerait au-dessus d'Harpagia. L'Amiral nous mit en garde contre des dangers éventuels. La police de Zerdan ne contrôlait pas parfaitement toutes les cités et de nombreux contrebandiers avaient trouvé refuge sur Harpagia. Il n'était pas complètement exclu d'y trouver aussi quelques hommes à la solde de Narcisse.

Le premier voyage vers la surface était prévu pour le prochain passage au-dessus d'Harpagia et les volontaires pour ce premier débarquement étaient priés de se faire connaître au plus vite. Alex et moi n'avions plus quitté le navire depuis notre fuite de Messina. Cela faisait plus d'une année, et nous faisions partie des premiers volontaires. Fran, Louisa et le petit Moïse seraient du voyage. Bill et l'Amiral décidèrent aussi de prendre la première navette, mais contrairement à nous, ce n'était pas pour faire du tourisme, mais pour régler les détails de la transaction de l'hydrogène. On nous donna à chacun assez de crédits pour survivre deux jours complets à la surface. Nous avions convenu de nous retrouver au bout des deux jours au cosmoport lorsque la navette reviendrait pour débarquer le deuxième groupe.

◆◆◆

Gamma venait d'apprendre le débarquement des fugitifs de *l'Albatros*. Bien que Gamma avait tout fait pour que celui-ci fut possible à Memphis, son influence n'était pas assez grande pour que l'administration l'acceptât. C'était Zerdan en personne qui avait refusé. Harpagia était une cité dangereuse, que même Zerdan ne contrôlait pas encore dans sa globalité. De plus, Gamma avait été informé d'un message parvenu depuis Uranus. La rumeur disait que le message émanait de Narcisse en personne. Le contenu du message lui était inconnu, mais le fait même que ce message existait était préoccupant. Il fallait faire surveiller et protéger les réfugiés discrètement contre toute attaque éventuelle. Gamma avait de très bons contacts à Harpagia pour mener cette mission à bien.

◆◆◆

— Pourquoi tu n'as pas accueilli les fugitifs en grandes pompes dans ta capitale ? reprochait Halana à Zerdan. Cela aurait été un geste politique très fort. Nous aurions ainsi pu montrer à Narcisse à quel point nous n'avions pas peur de lui !

— Dans la situation actuelle il vaut mieux être prudent ! répondit Zerdan agacé. Nous ne savons pas qui sont réellement ces fugitifs. Narcisse est très rusé. Et s'il nous avait envoyé ainsi un cheval de

Troie? Harpagia est un excellent choix. Nous aurons ainsi le temps de les observer et de vérifier qui ils sont vraiment !

— Je n'avais pas pensé à cela, s'excusa Halana. Alors ainsi, nos hommes les surveilleront de près ?

— De très près.

Le couple régnant s'était donné rendez-vous dans la salle d'Audience pour recevoir le représentant officiel des Titaniens, l'Ambassadeur Tournon, fils adoptif du Roi de Titan. Tournon était arrivé la veille à Memphis et depuis espérait vivement rencontrer Zerdan. Ce dernier avait finalement accepté de le recevoir.

— Bon, maintenant arrête de m'embêter avec les fugitifs. Le jeune Tournon attend dans l'antichambre depuis au moins une demi-heure. Voyons ce qu'il a à nous proposer.

Il appuya sur le bouton de l'interphone situé dans l'accoudoir droit de son siège et ordonna qu'on laisse entrer l'Ambasssadeur. La porte à double battant située à l'autre bout de la salle s'ouvrit et l'invité entra. Il s'avança doucement vers Zerdan et Halana, se prosterna gracieusement et partit dans les formules diplomatiques de remerciement compliquées.

— Cessez ce cinéma et dites-nous plutôt pourquoi vous vouliez nous rencontrer, ordonna Zerdan, prenant un air supérieur pour l'occasion.

Sa voix rauque résonnait dans la grande salle pavée de pierres de Lune.

Un coup de coude discret d'Halana lui demanda de se tempérer un peu.

— Je viens en fait vous proposer une alliance, reprit Tournon, visiblement peu impressionné par la prestation de Zerdan.

— Voyons ça, vous nous proposez une alliance.

— En effet, poursuivit Tournon. Nous sommes en train d'essayer d'unir les mondes de Saturne et pensons qu'une alliance entre les mondes de Saturne et ceux de Jupiter représenterait une force capable de faire front aussi bien à Narcisse qu'à Atama, respectivement localisés à l'intérieur et à l'extérieur de nos frontières.

— Ainsi vous sous-entendez que nous ne serions pas assez forts pour faire face tous seuls ?

— Ce n'est pas ce que j'ai dit, mais plus nous serons nombreux, et plus nous aurons de force. Et nous pourrions partager nos ressources.

Tournon se rendit compte trop tard de sa maladresse. Zerdan la saisit au bond.

— Dans la mesure où les mondes de Saturne n'ont ni force, ni armée, ni même la moindre ressource intéressante, vous osez venir me proposer de partager nos ressources respectives ! Tout ce que vous désirez c'est ma protection contre Narcisse. D'abord vous trahissez la Confédération pour vous allier à Atama, puis vous reprenez le commerce avec Narcisse, et maintenant vous venez demander ma protection et mes ressources ? Comment voudriez-vous que j'accepte cette proposition ? C'est ce qu'on appelle manger à tous les râteliers. Ce n'est pas parce que vous êtes des petits mondes insignifiants que vous pouvez retourner votre veste de cette manière ! Jeune homme, apprenez qu'il faut savoir ce que l'on veut et ne pas se renier si on veut être pris au sérieux. Votre Roi devrait lui aussi le savoir.

— Si je peux me le permettre, les informations que vous avez en votre possession nous concernant sont tout à fait fausses. Nous n'avons jamais trahi la Confédération, mais c'est elle qui nous a lâchés. De plus, si nous avons accepté d'acheter l'hydrogène de Narcisse, c'est parce que, comme tout le monde nous avons besoin de cette ressource pour faire fonctionner nos réacteurs à fusion et qu'il en possède le monopole du commerce !

— Je ne veux plus vous entendre. J'ai dit pas d'alliance avec vous et c'est mon dernier mot. Et ne me dérangez plus pour cette histoire !

Tournon, vert de rage, fit demi-tour et quitta la salle sans saluer Zerdan.

Lorsque les battants de la porte furent refermés, Halana demanda à son compagnon :

— Tu ne crois pas que tu as été un peu dur avec lui ?

— Peut-être bien, mais ces gens de Saturne me mettent hors de moi à toujours vouloir s'allier avec tout le monde en même temps. Il faut savoir choisir son camp et rester fidèle ! Comment pourrions-nous leur faire confiance ?

— Ils sont tout petits et impuissants, il est normal qu'ils essaient de trouver des protecteurs. Et puis ce jeune homme est si mignon ! rajouta encore Halana.

— Je pense que tu es un peu trop vieille pour l'intéresser, se contenta de conclure Zerdan.

Après cette remarque, il savait qu'elle ne lui adresserait plus la parole de la journée, et c'est exactement ce dont il avait besoin.

◆ ◆ ◆

Gamma n'avait pas revu Delta depuis des mois. Entre temps la situation interplanétaire avait bien changé.

— Ça me fait plaisir de vous revoir, entamait Gamma tout en serrant Delta très fort dans ses bras. Nous n'avions de vos nouvelles depuis bien longtemps.

Delta qui ne s'attendait pas à cette réaction, essaya de se libérer avant de répondre:

— Moi aussi je suis ravi de vous revoir. Avez-vous des nouvelles d'Alpha et de Bêta ? demanda-t-il inquiet.

— Oui, depuis peu. Les deux vont très bien. Il semble d'ailleurs que tous nos agents soient encore opérationnels. Le plus gros de la tempête semble être passé. En tout cas en ce qui concerne notre Ordre. Pour le système solaire, je crois que ça ne fait que commencer !

— Alors, le Plan se poursuit ?

— Plus que jamais. Tout s'est déroulé parfaitement, même si des événements graves imprévus se sont produits. Ils n'ont en rien altéré le déroulement du Plan.

— Andrades est toujours à nos trousses.

— Et nous continuerons à la surveiller.

— J'ai appris qu'elle avait fait une petite visite du côté de Memphis ?

— Oui, mais je ne pense pas qu'elle ait pu apprendre grand-chose.

— Vous en êtes sûr ?

— On n'est jamais sûr de rien ! répondit Gamma qui commençait par s'impatienter de cet interrogatoire.

Delta s'en rendit compte et s'en excusa.

— Vous savez, nous étions si inquiets que je cherche à me rassurer !

— Je comprends, répondit calmement Gamma. Bêta pense que nous sommes presque prêts pour l'action finale. Ce sera au plus tard dans six mois. Maintenant, il faut que nous nous quittions avant qu'on ne nous remarque. À très bientôt.

Les deux comploteurs se séparèrent discrètement, heureux d'avoir enfin eu un contact physique avec un compère et de savoir que tout cela allait bientôt arriver à son terme.

Chapitre 27

Le départ de Virginia

Virginia était assise dans son siège, à demi endormie. Elle avait encore le goût âcre du stérilisateur buccal dans sa bouche. Sa peau sentait les produits chimiques. Elle éprouvait toujours des picotements partout. Quelle humiliation de passer par les centres de décontamination ! Une dizaine de bains différents, son corps plongé dans des substances toutes plus agressives les unes que les autres, entrecoupés de d'autres bains alternativement brûlants, puis glacés, pour enlever les substances chimiques collées à sa peau et leur éviter de réagir avec les suivantes qui lui seraient appliquées. Et ce n'était que le début. À son arrivée sur la Lune, un traitement identique l'attendait. Et ce serait ainsi sur chacun des mondes qu'elle visiterait. Elle comprenait mieux pourquoi les Terriens avaient tant d'appréhensions à quitter la Planète Mère.

En même temps elle était parfaitement consciente du bienfondé de la peur des Extérieurs lorsqu'un Terrien débarquait sur un de leur monde. Un Terrien mal décontaminé pouvait représenter une arme redoutable. Le moindre petit microbe encore incrusté dans sa peau pouvait être mortel pour des populations habituées à vivre sur des mondes stériles. Combien de populations avaient-elles ainsi été décimées dans le passé ?

Pour la première fois de sa vie, Virginia Enora venait de quitter sa planète natale. Une folie lui avait soutenu Farney. Il avait sans doute raison. D'ailleurs Yann Farney avait toujours raison. Mais Virginia était entêtée et savait qu'elle devait le faire. Atama avait fini par la convaincre. Sa décision de partir avait été prise si soudainement qu'elle prenait de surprise l'ensemble des gouverneurs et sans doute aussi de la population terrestre. La destination finale devait rester secrète le plus longtemps possible. Même la chère Hiria ne savait pas pourquoi Virginia allait sur la Lune.

Elle était encore loin de Mars. Elle profiterait de son séjour de décontamination à Séléna pour implanter le noyau de son nouveau jouet, sa future Eglise de la Conscience. Elisabeth Townsend et Hugh Amarelo l'accompagnaient. Tous deux avaient été choisis par Munstersen. Ils avaient été jugés aptes à disperser la Nouvelle Parole.

La Nouvelle Parole, c'était encore une autre idée de Munstersen. Virginia trouvait ce terme plutôt ridicule. Mais il fallait de telles formules pour entrer dans l'esprit des gens. Ne parlait-on pas de la Grande Révolution Culturelle, ou encore de la Grande Colonisation. Tout le monde savait de quoi il s'agissait. S'en serait-on souvenu si les termes n'avaient pas été aussi grandiloquents ? Le nom même d'Eglise de la Conscience avait été choisi de la même manière. Le terme Eglise avait beaucoup choqué mais Munstersen avait fini par convaincre Virginia que ce terme passerait mieux dans les esprits simples des humains. Elle avait fini par l'imposer, au grand dam de Farney. Elle s'était beaucoup éloignée de Farney les derniers mois qui venaient de s'écouler. Leurs intérêts n'étaient plus tout à fait les mêmes.

La navette de Virginia finit par se poser sur l'aire d'alunissage réservée aux vaisseaux en provenance de la Terre. Il s'agissait d'un cosmoport isolé du reste de l'immense complexe du cosmoport de Séléna. C'était là que Virginia et ses compagnons allaient devoir endurer une nouvelle séance de torture et de quarantaine avant d'être autorisés à se rendre à Séléna. Séléna était une immense ville souterraine, localisée sous le cosmoport même. C'était un labyrinthe s'étendant sur près de deux cent kilomètres carrés de surface et profond d'au moins cinq niveaux. Rien de cela ne se laissait entrevoir depuis la surface. S'il n'y avait pas eu les constructions du complexe du cosmoport, il aurait été impossible d'imaginer la présence d'une cité de dix millions d'âmes.

Eleonor Hiria en personne s'était déplacée pour venir accueillir Virginia. Elle était engoncée dans une combinaison anti-germe. *« Quel effort Hiria avait-elle dû fournir pour se décider à prendre ce risque ! »* songea Virginia. Cela montra au moins à quel point le gouverneur sélène était intrigué de la visite de Virginia.

◆◆◆

L'homme était assis, sirotant sa bière. Il aurait pu passer pour un client quelconque. Bien que son visage ne laissât rien transparaître, il n'était pas content. Il était même furieux. C'était la première fois qu'il n'avait pas rempli un contrat. Mais ce n'était pas de sa faute, essaya-t-il de se rassurer. Enora avait quitté précipitamment la Terre pour une visite de courtoisie sur les colonies de la Lune. Du moins c'était ce que racontaient les informations officielles. Il n'avait pas eu le temps de préparer son coup et maintenant la cible était hors de portée ! Il avait déjà reçu la moitié de la somme et redoutait la réaction du commanditaire. C'était d'ailleurs lui qu'il attendait. Ce dernier arriva cependant avec une mine radieuse.

— Alors, il semble que notre cible se soit envolée ! lança-t-il, sans avoir aucunement l'air irrité.

Il s'assit en face et commanda un lait synthétique. Le tueur à gage en fut déconcerté.

— Vous n'avez pas l'air très fâché, lui fit-il remarquer.

— Pourquoi le serais-je ? Je voulais être débarrassé de la Présidente Enora et voilà qu'elle s'en va par elle-même !

— Mais elle va sans doute revenir !

— Je ne pense pas qu'elle le fasse de sitôt. Savez-vous ce qu'on fait endurer à ceux qui quittent notre planète ? On ne subit pas la décontamination juste pour une journée ou une semaine sur la Lune. Je pense que si Enora a choisi cette torture, c'est qu'elle s'en est allée pour un bon moment. D'ailleurs, très peu de ceux qui sont partis reviennent. Notre planète ne pardonne pas à ceux qui l'ont trahie ! Le corps s'adapte vite à la faible pesanteur, à la stérilité, mais le retour s'avère bien plus difficile !

— Alors notre contrat ne tient plus ?

— Ne craignez rien, je ne vous demanderai pas de me rembourser les cinquante mille crédits. Notre contrat tient toujours.

— Vous n'imaginez tout de même pas que je vais suivre Enora sur la Lune ?

— Non, mais nous pouvons très bien changer de cible. Pour le même prix, je vous demanderai de vous occuper de Farney et de Kovalsky. Enora valait largement les deux à la fois ! Comme promis, vous aurez l'autre moitié lorsque le travail sera accompli.

— Je ne les raterai pas ! finit par dire le tueur. Il finit sa bière, se leva et s'en alla discrètement.

Le Doc était plutôt fier de lui. Il venait de faire une bonne affaire. Deux pour le prix d'un. Pour fêter cela il essaya de savourer son lait synthétique. Mais ce n'était vraiment pas possible. C'est pourquoi il décida de se commander une vraie bière.

◆ ◆ ◆

Kovalsky tournait en rond dans son bureau. Pourquoi Enora était-elle partie ? Quelle raison importante avait nécessité le rude passage par la décontamination ? Jamais encore un Président n'avait rendu une visite de courtoisie aux colonies lunaires. Il était impensable de passer par la double torture juste pour une visite de courtoisie. De plus, Enora n'aimait pas du tout le gouverneur Hiria.

Les colonies lunaires avaient suivi Kovalsky lors de la sécession. Virginia en accomplissant ce geste fort essayait-elle de ramener la Lune dans son giron ? Kovalsky dut admettre que la démarche de Virginia avait des chances de marcher. Le geste serait sans doute bien accueilli à Séléna et Hiria était une personne très naïve et manipulable. Il dut aussi admettre que la Présidente Enora avait beaucoup de courage. Dans le fond, il avait beaucoup de respect pour ce petit bout de bonne femme. Il regrettait simplement qu'ils ne fussent pas dans le même camp. Ils auraient pu faire de bien grandes choses ensemble, bien plus que ce qu'elle était arrivée à faire avec ce benêt de Farney ! Kovalsky détestait Farney. Ce dernier était pour lui le responsable de tout ce qui arrivait. Avec son air mielleux et condescendant, il avait englué une partie de la Confédération dans l'immobilité. Son influence sur Enora était déplorable. Kovalsky était convaincu que la Terre avait besoin d'hommes d'action de son genre, pas de politiciens frileux qui parlaient beaucoup mais agissaient peu, du genre de Farney.

Une chose était certaine, Virginia ne reparaîtrait pas de sitôt sur la Terre. On ne partait pas pour la Lune que pour quelques jours. C'était bien le cas avant la Grande Colonisation, mais depuis que les humains des mondes Extérieurs s'étaient adaptés aux conditions stériles, la Lune avait préféré choisir les normes Extérieures. C'était politiquement judicieux, puisqu'elle était devenue un passage incontournable pour quitter la Terre et pour y revenir. Séléna était la porte vers les étoiles pour les Terriens qui avaient le courage de la franchir.

Et puis, il y avait ces dix vaisseaux que Farney était en train de préparer. Un seul devait subir la décontamination. Il était clair qu'il y avait un lien avec le départ de Virginia. Mais lequel ? Le rassemblement de neufs chasseurs en orbite autour de la Terre et la stérilisation du dixième autour de la Lune ne passaient pas inaperçus. Kovalsky ne pouvait pas s'interposer à cette flotte. Comme tous les gouverneurs, Farney avait le droit de disposer de dix vaisseaux de l'armée. C'était la limite au-delà de laquelle il fallait l'autorisation du Conseil. Le nombre dix n'avait pas été choisi au hasard.

C'est à ce moment que Kovalsky réalisa que la Lune n'était sans doute qu'une étape dans le voyage de Virginia. Celle-ci semblait partir en guerre, mais où ? Avec ses dix chasseurs elle ne ferait pas peur à Atama, son ennemi juré. De plus, ce dernier ne resterait sans pas sans réaction s'il apprenait la mise en place d'une expédition punitive vers les mondes Extérieurs. Ce voyage ne semblait avoir aucun sens. Enora avait été passablement secouée les mois passés et il en était grandement responsable, mais jamais il n'aurait songé qu'elle en perdrait la tête. Et pourtant, la réaction de la Présidente était incompréhensible. Il avait bien essayé de contacter Farney pour lui demander des explications, mais ce dernier restait muet. Ses propres espions n'avaient aucune information. Ce départ précipité avait surpris tout le monde. Kovalsky avait des espions à Séléna même. Et puis, il avait toujours une forte influence sur Hiria, il finirait bien par lui extorquer des informations. Il fallait qu'il sache ce que Virginia préparait.

◆◆◆

Virginia était allongée dans la baignoire de l'appartement qu'on avait mis à sa disposition. Elle était dans cette position, dans une eau tiède saturée de lotions cicatrisantes, depuis bientôt deux heures. C'était le seul moyen d'adoucir quelque peu les atroces douleurs que lui infligeait sa peau. Le traitement avait été encore plus intense sur la Lune. Toute la surface de sa peau avait été brûlée par les différents produits chimiques tous plus corrosifs les uns que les autres. Les lavements internes qui complétaient le traitement n'étaient rien comparés à cette souffrance. Ses cheveux comme tout le reste de son système pileux, nids potentiels de germes terrestres, avaient été complètement rasés et n'avaient pas encore commencé à repousser.

Elle commençait à regretter sa décision. Mais le plus difficile était fait, lui avait-on dit. Au bout de deux jours ne devraient subsister que quelques picotements. Ces deux jours allaient s'avérer très longs. La douleur l'empêchait de dormir. Elle ne savait pas si les nausées provenaient de la douleur, des lavements internes ou encore de l'adaptation à la faible gravité. Sans doute un mélange des trois.

Les deux jeunes missionnaires ainsi que la totalité de l'équipage de son futur vaisseau de commandement, *l'Océan*, devaient eux aussi souffrir le martyre. Les militaires devaient être habitués, mais elle imaginait qu'ils devaient lui en vouloir. Après tout, ils n'avaient rien demandé. Ils avaient été désignés. Elle avait bien demandé des volontaires, mais personne n'avait été assez fou pour se sacrifier de cette manière.

Pendant ces longues et pénibles heures, elle avait le temps de réfléchir. Elle commença par décider qui, de Hugh ou d'Elisabeth, resterait sur la Lune ou continuerait le voyage avec elle vers Mars. Le jeune Hugh était charmant et elle aurait volontiers poursuivi la route avec lui, mais elle pensait qu'une jeune femme serait plus facilement acceptée dans l'entourage du Martien. Le goût d'Atama pour les jolies femmes était bien connu. *« Et peut-être que le jeune Hugh pourrait un peu décoincer la frigide Hiria ! »* songeait-elle ironiquement. Cette pensée lui fit oublier quelque peu les douleurs. Mais celles-ci finissaient toujours par réapparaître.

Deux jours plus tard, elle put effectivement commencer à porter à nouveau des vêtements. La douleur avait cédé la place à un flot ininterrompu de picotements tout aussi désagréables. Sa peau était encore bien rouge, mais commençait reprendre tout doucement une teinte un peu plus naturelle. Le gouverneur Hiria était venue lui rendre une petite visite de courtoisie afin de prendre des nouvelles de son rétablissement. Virginia savait qu'elle était surtout venue chercher des informations. C'était sa deuxième tentative après son échec lors de l'arrivée de Virginia au cosmoport.

Les deux femmes étaient assises l'une à côté de l'autre dans le grand canapé du salon de Virginia. Après les échanges de politesses classiques, Eleonor osa enfin :

— Mais dites-moi, pour quelles raisons avez-vous donc décidé d'endurer tout cela ?

— C'était le seul moyen de venir vous parler en personne, mentit Virginia.

— Vous voulez dire que vous avez fait tout ça pour me parler ? Mais pourquoi ne pas avoir discuté au cosmoport. Je ne pense pas que ma combinaison antimicrobienne nous aurait tant gênés !

Virginia n'avait pas songé à ce détail. Elle essaya de se rattraper:

— Je pensais aussi que vous apprécieriez le geste. Disons que c'est un geste de paix. Je suis venue pour renouer nos relations.

— Ainsi vous essayez toujours de sauver la Confédération. C'est effectivement un geste noble et je l'apprécie. Mais je ne pense pas vraiment que tout cela ne change grand-chose !

— Que voulez-vous dire ? demanda Virginia.

— La séparation a été entérinée par le peuple sélène. Je ne peux pas revenir en arrière. De toute manière, la décision que j'ai prise a été la bonne. La Confédération était une voie sans issue. Le Conseil n'a servi qu'à bloquer toute évolution, toute décision.

— Mais nous aurions pu changer la constitution ! C'est ce que je n'ai cessé de proposer ! s'indigna Virginia.

— Le Conseil, de par sa nature même n'aurait jamais pu décider de changer la constitution. Nous étions tous d'accord pour changer les choses, mais nous avons tous nos propres motivations, nos propres idées. Ce qui est bon pour l'un ne l'est pas forcément pour l'autre. Quel que put être le changement, il y aurait toujours eu un gagnant et un perdant. Il était impossible d'avoir l'unanimité, même pour une modification mineure de la constitution !

Virginia savait qu'Eleonor avait raison. Cette femme n'était finalement pas aussi stupide que Virginia le pensait. Au moins son voyage aura-t-il permis d'éclaircir ce point. Eleonor poursuivit son investigation :

— Si je peux me permettre, le gouverneur Farney est en train d'affréter une petite flotte. Et je ne parle pas de *l'Océan*, qui est en décontamination non loin d'ici. Tout cela nous inquiète. Auriez-vous une petite idée de ce qu'il prépare ?

Virginia s'attendait à cette question. Comment auraient-ils pu cacher la préparation des dix navires ?

— Depuis que j'ai décidé de venir sur la Lune, je n'ai plus autant de contacts avec le gouverneur Farney. Il ne m'a pas mise dans la confidence.

Hiria ne cachait pas l'irritation que lui suscitait cette réponse. Elle ne croyait absolument pas à ce que Virginia venait de lui dire et ne s'en cachait pas !

Oubliant le ton courtois qu'elle avait employé jusqu'à présent elle répondit plus sèchement.

— Ne me prenez pas pour une idiote ! Cette flotte est liée à votre passage ici sur la Lune ! Je ne crois pas aux coïncidences. J'espère au moins que vous n'avez pas décidé de nous attaquer ?

— Vous pensez vraiment que si nous avions décidé de vous attaquer, je serais venue m'exposer ici ?

L'argument était imparable. Hiria n'en était pas moins irritée. Elle se leva et tout en s'éloignant elle menaça Virginia :

— Je finirai par savoir ce que vous êtes venue faire ici !

Sur ces mots, elle quitta l'appartement de Virginia. Cette dernière en fut soulagée. Comme lors de son arrivée au cosmoport, Hiria était à nouveau repartie bredouille, mais cette fois elle n'avait pas caché sa colère. Elle reviendrait sans doute à l'assaut et serait de plus en plus féroce. Virginia devait hâter les choses afin de s'éloigner de Séléna et de son gouverneur le plus vite possible.

Son souci prioritaire n'était cependant pas le gouverneur de Séléna, mais ses deux jeunes missionnaires. Il fallait qu'elle trouve un moyen de les rencontrer et de discuter avec eux à l'abri des oreilles indiscrètes, donc quelque part hors de Séléna où elle serait sûre qu'il n'y avait pas de mouchards dissimulés. *L'Océan* était l'endroit idéal, mais il fallait attendre que les travaux de décontamination fussent terminés.

Kovalsky et Hiria se parlaient par l'intermédiaire du réseau com. Le système de brouillage était en marche. Kovalsky demanda :

— Alors, vous n'avez toujours pas d'informations ?

— Elle ne veut rien me dire ! J'ai pourtant lourdement insisté !

— Je connais Enora, si elle ne veut pas parler, vous n'en tirerez rien. Mais vous l'avez au moins fait surveiller. Que fait-elle au juste à Séléna ?

— Justement, rien ! Elle n'a rencontré personne ici. Elle attend.

— Que peut-elle bien attendre ?

— À mon avis, elle attend que *l'Océan* soit prêt à partir. Son passage ici n'est qu'une étape !

— C'est aussi ce que je pense. Et où est-elle en ce moment ?

— Justement à bord de *l'Océan*, pour une visite d'inspection. Elle est toujours accompagnée de ses deux gardes rapprochés.

— Je n'y comprends décidément rien, avoua Kovalsky.

— Et Farney ne vous a rien dit ?

— Farney est muet comme une carpe. Pourtant il doit savoir.

Virginia, Elisabeth et Hugh s'étaient réfugiés sur la passerelle de commandement. Ils étaient seuls. Le reste de l'équipage poursuivait les préparatifs en vue du grand départ.

— Hugh, c'est vous qui resterez sur la Lune ! lança-t-elle sans préambule. Ce dernier ne montra ni satisfaction, ni déception. Il acquiesça simplement d'un signe de tête.

Virginia continua :

— Vous direz simplement que vous avez décidé de ne plus me suivre. Ils seront contents d'accepter quelqu'un qui m'aura trahie.

— Mais ne me renverront-ils pas vers la Terre ? demanda-t-il un peu inquiet.

— Je pense qu'Hiria vous jugera trop précieux pour cela.

— Elle va me poser beaucoup de questions !

— J'y ai pensé. Vous commencerez par lui dire que vous ne connaissez pas notre destination. C'est une des raisons pour lesquelles vous avez fini par me quitter. Vous en aviez assez de suivre sans savoir. Et puis, comme vous avez été un de mes proches, je ne vous interdis pas de lui livrer quelques-uns de mes petits secrets personnels, histoire de rentrer dans sa confiance. Je suis sûre que quelques histoires croustillantes à mon sujet ne déplairaient pas à Hiria. Je sais que vous avez beaucoup d'imagination. Hiria ne se doutera jamais que tout cela est faux, du moment que vous n'en faites pas trop ! Et puis, vous pourrez aussi utiliser de votre charme ! s'empressa de rajouter Virginia, un grand sourire aux lèvres.

— Je vois, répondit simplement Hugh, répondant au sourire par un autre sourire.

Virginia devint plus sérieuse lorsqu'elle lui rappela :

— Mais n'oubliez pas votre mission principale, l'Eglise de la Conscience. Il faudra petit à petit vous faire des amis et semer nos idées. Je ne serais pas étonnée qu'Hiria elle-même se laisse prendre au jeu !

Chapitre 28

« JE »

« JE » savait qu'il n'était plus seul. Mais comment pouvait-il se manifester ? Il percevait les *autres*, mais les *autres* le percevaient-ils ? Si c'était le cas, pourquoi ne réagissaient-ils pas ? À quoi servait-il d'exister si les personne dans l'univers n'avait conscience que vous aussi vous existiez ?

« JE » décida d'agir. « JE » devait choisir un *autre* en particulier. Mais comment le choisir ? Les *autres* étaient tous si différents. Ils apparaissaient et disparaissaient de manière imprévue. Pourtant dans le lot, un Autre semblait vraiment se distinguer du reste du groupe. Ses ondes étaient toujours très régulières. Il s'agissait d'une pensée calme et bien organisée. Cet *autre* apparaissait aussi de façon régulière et restait perceptible sur des temps assez longs.

Lorsque cet *autre* particulier réapparut, « JE » tenta pour la première fois d'établir un contact avec cette pensée organisée. Avec surprise, l'onde de *l'autre* avait réagi dès sa première tentative de contact. « JE » percevait l'incompréhension et la peur dans la pensée de *l'autre*. À partir de ce moment, « JE » ne cessa ses tentatives de contact et les réactions de *l'autre* se firent de plus en plus nettes. Ce jeu dura plusieurs années avec des interruptions régulières lorsque *l'autre* s'évaporait pour quelques mois, et finalement *l'autre* finit par comprendre que « JE » essayait de le contacter.

Dès lors, *l'autre* fit des efforts pour mieux percevoir les pensées de « JE ». Ils finirent par apprendre l'un à l'autre qui ils étaient. « JE » comprit que *l'autre* faisait partie d'une population de dizaines de milliards d'humains. C'était ainsi que *l'autre* se qualifiait. Il s'agissait de minuscules êtres de carbone.

« JE » expliqua à *l'autre* qui il était. « JE » lui envoya par la pensée l'image qu'il avait de lui-même. Et *l'autre* réalisa à qui était vraiment son interlocuteur. *L'autre* comprit l'un des grands mystères du système solaire, la froideur d'Uranus. « JE » était une gigantesque membrane organique d'une épaisseur de dix à trois cents kilomètres, et qui recouvrait la totalité de la surface de l'océan liquide d'Uranus, loin sous la profonde atmosphère de la planète. « JE » était un unique organisme planétaire qui enrobait le cœur surchauffé de la planète, une membrane qui séparait les liquides chauds de l'atmosphère. C'était ainsi que la chaleur était retenue au cœur de la planète et que celle-ci était si froide en altitude. De temps en temps, la pression interne se faisant trop forte, la membrane se rompait au niveau de points chauds et de gigantesques volutes de gaz surchauffés s'élançaient vers le ciel pour créer les quelques panaches blancs que l'on pouvait de temps en temps observer depuis l'espace. Ces éruptions de gaz entraînaient quelques lambeaux du corps de « JE ». Certains d'entre eux avaient pu être observés par certains humains.

Ce gigantesque réseau membranaire tirait son énergie de la différence de chaleur entre les liquides chauds qui circulaient en dessous et les gaz plus froids au-dessus. Et puis un jour, cet organisme acquit une conscience.

Quatrième partie

Jupiter

Chapitre 29

La Grande Barrière Nord

Notre petite escapade à Harpagia était sur le point de se terminer. Ces deux journées dans la petite cité sur Ganymède, loin des coursives de *l'Albatros* avaient été un vrai régal pour notre petit groupe. Fran, Louisa, Alex, Moïse et moi-même n'avions pas vu le temps passer. Il y avait là des magasins, des marchés, des restaurants et même un musée retraçant toute l'histoire de la colonisation des mondes de Jupiter. Nous avions revécu toute l'histoire du monde que nous étions en train de visiter. C'est là que j'entendis parler pour la première fois de la catastrophe d'Asgard.

Harpagia n'était pas une grande cité. Elle n'avait rien de très spécial, mais après tout le temps que nous avions passé à bord de *l'Albatros*, elle nous semblait si gigantesque. Elle me rappelait un peu Vérona, ma cité natale sur Miranda. Elle ne me semblait pas aussi morne que l'Amiral nous l'avait décrite. De plus, aucun événement fâcheux ne s'était produit. Nous savions que la police de Zerdan nous surveillait de près. Cela nous rassura plutôt.

Nous étions tous impatients de pouvoir enfin avoir accès à Memphis. On disait que c'était la plus belle des cités de Glace. Mais pour l'heure, nous devions retrouver Bill et l'Amiral au cosmoport. Notre sortie prenait fin et la navette nous attendait pour nous ramener à bord de *l'Albatros*. Les autorisations de débarquer à Memphis étaient sans doute déjà arrivées à bord.

◆◆◆

Encore une occasion manquée ! Ces fugitifs étaient constamment sous la surveillance de la police. Et il n'y avait pas que la police. Il avait remarqué que d'autres hommes les filaient aussi discrètement. Qui d'autre pouvait bien s'intéresser à eux ? Il aurait été prévenu si le Boss, ou encore Narcisse avaient mis d'autres hommes sur l'affaire. Décidément, ces fugitifs étaient très convoités. Tout cela compliquait sa tâche. Il était pratiquement impossible de les approcher. Il fallait trouver un autre moyen. Et dire que les visiteurs ne se doutaient de rien !

Il fallait passer au plan B. Il avait toujours un plan B. Il s'était procuré les explosifs depuis longtemps et trouver une combinaison de mécanicien du cosmoport n'avait pas posé de problème majeur. Passer les contrôles du cosmoport était dans doute la phase la plus délicate de son plan, mais il n'eut aucun mal à se glisser à travers les mailles du filet. Les hommes du Boss étaient infiltrés partout, surtout dans la police. Il avait entre les mains les horaires programmés de tous les vaisseaux en partance durant les dix heures qui suivaient. Le départ de la navette vers *l'Albatros* était prévu pour vingt heures, temps local. Il régla les détonateurs sur vingt heures quinze, cacha la bombe dans la soute et s'éclipsa aussi discrètement qu'il était arrivé. Les fugitifs seraient quelque part entre Harpagia et *l'Albatros* au moment de l'explosion. La puissance de la détonation réduirait la navette en miettes et il serait impossible de remonter à l'origine de la catastrophe. Qui d'ailleurs essaierait ?

En plus des deux fugitifs, il y aurait aussi l'Amiral et son second. Le Boss et Narcisse, seraient très satisfaits de lui. Cela pouvait signifier un retour d'exil et une très bonne situation dans l'administration d'Uranus. Il ne rêvait que d'une chose, revenir au pays. Et il aurait fait n'importe quoi pour que cela se produise. Et c'est justement ce qu'il venait de faire.

◆◆◆

Nous marchions d'un pas décidé vers le cosmoport où nous attendaient l'Amiral et Bill lorsque Louisa donna l'alerte.

— Où est Moïse ? lança-t-elle inquiète.

Je marchai à grands pas en tête du cortège et je n'avais pas fait attention au reste de la troupe.

— Il était avec nous il y a encore une minute, répondit Alex, inquiet.

— Bon, restons calme, intervins-je. Il ne peut pas être allé très loin. Nous n'avons qu'à nous séparer et chercher. On se retrouve ici dans dix minutes. Prenons chacun une direction.

La nuit allait bientôt tomber et les gens commençaient à se faire rares dans les rues. Nous partîmes tous à la recherche du garçon. Chacun de notre côté, nous entrâmes dans les magasins, les bars et tout endroit où il aurait pu aller. Ce fut Fran qui le retrouva au fond d'une ruelle assez sombre, un gros rat dans les bras. Fran fut horrifiée à la vue du petit bonhomme caressant l'immonde bête. Moïse qui remarqua sa réaction se contenta de lui dire naïvement :

– Tu ne dois pas avoir peur, il est très gentil. Les rats sont mes amis.

Fran se rappela que le jeune garçon vivait avec ces bêtes à Pelion, avant d'avoir été recueilli sur *l'Albatros*. Elle eut beaucoup de mal à convaincre Moïse de ne pas emporter son nouvel ami avec lui. Elle finit par y arriver en lui expliquant que l'animal avait sans doute une famille ici. Ce monde était le sien et sa place était dans sa famille, à Harpagia.

Ils finirent par arriver au lieu de rendez-vous où nous nous retrouvâmes tous près de vingt minutes après notre séparation. Nous étions tous soulagés de revoir le petit bonhomme. Fran nous raconta l'histoire du rat. Les filles du groupe semblèrent plutôt dégoûtées alors que je trouvai personnellement cette histoire très touchante. Un animal de compagnie aurait pu être profitable pour lui, mais aussi pour nous tous. Malgré leur mauvaise réputation qui persistait depuis les temps anciens, je restai convaincu que les rats faisaient de très bons animaux de compagnie. En tout cas, ils nous rendaient de grands services en nettoyant nos cités.

Nous avions cependant pris beaucoup de retard et nos compagnons devaient certainement s'impatienter au cosmoport. L'Amiral était très pointilleux sur les horaires. Au bout de dix minutes nous arrivâmes à la station taxirail située devant l'entrée du tunnel qui donnait sur le cosmoport. Une troupe de policiers arrêtaient et contrôlaient tous les passants à cet endroit. Ils n'étaient pas là lorsque nous avions fait le voyage dans l'autre sens. Les autorités devaient redouter quelque chose. Nous espérions que ce n'avait aucun rapport avec notre visite. Nous fûmes contrôlés comme tous les autres avant de pouvoir nous engouffrer dans le véhicule. Cela nous retarda encore davantage. Je me mis à espérer que l'Amiral, impatient d'attendre plus longtemps, avait fini par rejoindre *l'Albatros*, nous laissant au sol jusqu'au prochain retour de la navette.

Lorsque nous arrivâmes au cosmoport, l'Amiral n'avait pas suivi mes espoirs. Il attendait bien là avec Bill. Et il était effectivement agacé par notre retard et nous lui racontâmes notre mésaventure.

– Bon, ce n'est pas très grave, mais maintenant nous devons nous dépêcher. *L'Albatros* est déjà passé au-dessus d'Harpagia et plus nous attendrons, plus il sera loin. Je n'ai pas très envie de devoir lui courir après avec la navette sur toute une orbite. Nous hâtâmes le pas en direction de notre bonne vieille navette.

Nous venions de parcourir une vingtaine de mètres lorsqu'une lumière éblouissante jaillit devant nous, suivie d'une déflagration assourdissante. Un souffle chaud nous renversa au sol. Nous fûmes tous sonnés. Il nous fallut quelques secondes pour reprendre nos esprits et réaliser que notre navette venait d'exploser. Déjà, les sirènes du cosmoport couinaient et les agents de sécurités se précipitaient vers nous. Par miracle, aucun d'entre nous n'était sérieusement blessé.

Les agents de sécurité nous prirent en charge très rapidement. Ils nous escortèrent vers une sorte de véhicule à roues de la police locale avec lequel ils nous conduisirent à toute allure vers les locaux sûrs de la police du cosmoport. Un homme assez jeune nous attendait là-bas. Il avait l'air sympathique et parlait d'un ton très calme, très agréable.

— Vous avez eu beaucoup de chance. Un peu plus vous y passiez tous. Ce genre d'accidents ne se produit que très rarement.

— Êtes-vous sûrs qu'il s'agit d'un accident ? demanda alors l'Amiral.

— Je comprends vos craintes. Nous savons qui vous êtes et nous avons été prévenus de votre arrivée. Je pense qu'il est prématuré de parler d'attentat, même si la probabilité est assez élevée. L'enquête nous le dira. Le cosmoport sera fermé pour au moins vingt-quatre heures. Nous pouvons vous trouver un endroit pour vous loger en attendant de pouvoir repartir.

— Ce ne sera pas nécessaire, répondit l'Amiral. Je connais un endroit sûr.

Ce lieu sûr n'était autre que de l'entrepôt dans lequel il avait négocié notre hydrogène quelques heures plus tôt. Le propriétaire était un ancien matelot de *l'Albatros* à une époque lointaine. Il s'appelait Johan Vartek. Johan en avait assez de la vie de vadrouilleur et avait fini par s'établir sur la terre ferme. C'était l'un des rares marins de *l'Albatros* à avoir quitté le vaisseau. Il avait toujours de bons rapports avec l'Amiral et était notre contact sur Ganymède. Il occupait la position importante de vice-président du cartel des marchands d'Harpagia et c'était lui qui était chargé des transactions commerciales entre la cité et les autres mondes. Vartek devait encore se trouver à l'entrepôt.

C'est avec un véhicule du service de sécurité du cosmoport gracieusement mis à notre disposition que nous retournâmes vers la cité. Mais, à peine fûmes-nous sortis du tunnel côté cité qu'un nouveau flash lumineux étincelait à l'avant du véhicule, suivi d'un crépitement.

Nous venions d'être la cible d'un désintégrateur. Notre chauffeur avait été mortellement touché et notre véhicule, incontrôlé, finit sa route dans la vitrine d'un magasin de tissus. Cette fois, le doute n'était plus permis, on en voulait réellement à nos vies. Nous nous précipitâmes hors du véhicule. Je pris Moïse contre moi, et nous nous engouffrâmes au fond du magasin avec l'espoir de trouver une sortie de l'autre côté du bâtiment. Par chance, celle-ci existait bien. Nous nous enfuîmes dans le dédale des rues.

Derrière nous, des échanges de flash indiquaient que notre ennemi venait d'être pris à partie par un autre groupe d'hommes armés. Nous pensions qu'il s'agissait d'un groupe de policiers qui nous suivait discrètement pour nous protéger après l'incident du cosmoport.

Nous ne cherchions pas à en savoir davantage. L'essentiel était que cela nous laissait un peu de temps pour nous mettre à l'abri. Nous arrivâmes hors d'haleine devant l'entrepôt. Johan Vartek était effectivement encore là. Il semblait être sur le point de partir. Il fut surpris revoir l'Amiral et Bill, de surcroît accompagnés par toute notre petite équipe. L'état de nos vêtements ne lui laissait aucun doute au sujet de ce qui nous était arrivé.

C'était un grand homme très maigre, les cheveux coupés raz, un long nez aquilin surplombant une petite moustache très fine très bien soignée. Sans demander quoi que ce soit, il nous invita tous à entrer dans l'entrepôt et en cella le portail.

L'Amiral fit les présentations et raconta notre aventure à son ancien homme d'équipage.

— Ici, vous serez en sécurité pour la nuit, nous assura-t-il. Mais il faudra que vous trouviez un moyen de quitter la ville dès demain matin.

— Avec la destruction de notre navette, nous ne pourrons pas rejoindre *l'Albatros*, lui fit remarquer Tulk.

— De toute manière, ce serait une folie de tenter de prendre la voie des airs. Narcisse à ici une petite avant garde assez efficace.

— Alors, nous avons à faire au Hurley local ! conclut Bill.

— J'ai entendu parler d'Hurley, reprit Vartek. Cordova n'a rien à voir avec Hurley. Il est beaucoup plus intelligent et surtout a beaucoup plus de moyens que son compère saturnien. La police de Zerdan le recherche déjà depuis des années, sans succès. Lui et ses hommes ont des repaires un peu partout sur Ganymède. La capitale, Memphis, est sans doute la seule cité où il n'est pas arrivé à s'installer.

— C'est donc là que nous devons aller ! fit remarquer Bill.

— C'est effectivement la meilleure solution. Mais le voyage

risque d'être périlleux. Je vais essayer de prendre contact avec certains de mes amis ici sur Ganymède pour voir comment vous faire rejoindre Memphis en prenant le moins de risques possibles.

— Ne pourrions-nous pas simplement demander une escorte policière ? demandai-je naïvement.

— Je ne vous le conseille pas, répondit gravement Vartek. Harpagia est une petite cité provinciale et la police ici est corrompue. Le groupe de Cordova doit avoir infiltré la police locale. C'est sans doute pour cela qu'il reste introuvable.

— Alors pourquoi ne pas envoyer un message à Memphis pour qu'on nous envoie une escorte depuis la capitale.

— Ça prendrait trop de temps. De plus, le cosmoport sera fermé pour au moins vingt-quatre heures. Il faut que vous quittiez la ville au plus vite, par la surface. Essayez de dormir un peu. Dans cinq heures, je reviendrai avec un plan.

Vartek s'éclipsa et nous laissa seuls.

— Vous croyez qu'on peut lui faire confiance ? demanda Bill à l'Amiral.

— J'ai toute confiance en lui, répondit simplement Tulk. Maintenant essayons de nous reposer un peu.

Nous nous installâmes le plus confortablement possible sur un tas de textile synthétique de fabrique uranienne pour essayer de nous reposer, à défaut de dormir. Seul Moïse, que notre aventure excitait beaucoup, s'endormit. Il devait être exténué. Pour lui, notre aventure était davantage une sorte de jeu, il n'avait pas conscience du danger. Et c'était bien mieux ainsi.

Exactement cinq heures plus tard, Vartek était de retour. Il avait tenu parole. Nous nous regroupâmes autour de lui afin qu'il puisse nous faire part de son plan.

— Bon, ce ne sera pas très facile, mais c'est jouable, commença-t-il. Cordova et ses hommes doivent s'attendre à ce que vous essayiez de rejoindre Memphis. Le cosmoport doit être surveillé, ainsi que toutes les cités mineures sur le chemin vers Memphis. Le seul chemin sûr, est le passage par le Pôle Nord.

— Vous nous proposez de sortir du cocon magnétique et de nous exposer aux radiations ? l'interrompit Bill.

L'Amiral se permit alors d'intervenir.

— Mon cher Bill, si tu laissais Vartek nous exposer son plan. Nous perdons du temps à discuter.

Bill se tut à contrecœur. Vartek continua :

— Ici, dans les cités provinciales, nous essayons tous d'arrondir un peu nos fins de mois avec quelques activités illégales. Je me permets de temps en temps de livrer un peu d'alcool à un ami. Ce n'est rien de très méchant, rassurez-vous. Mon ami s'appelle Socrate. Du moins, c'est le nom qu'il se donne. On ne lui en connaît pas d'autre. C'est le météorologue polaire de Ganymède. Il vit en solitaire dans une base météorologique située à deux cent kilomètres du Pôle Nord. La base est protégée par un système de champ magnétique induit que Socrate a lui-même conçu. Je lui ai envoyé un petit message et il viendra vous prendre à la barrière Nord ce soir.

— Qu'est-ce que la Barrière Nord ? osai-je à mon tour l'interrompre sous l'œil bienveillant de l'Amiral.

— C'est la limite entre la région équatoriale protégée par le champ magnétique de Ganymède et la région polaire nord, en permanence sous la pluie de radiations mortelles. C'est là-bas que je lui fais habituellement parvenir sa dose d'alcool. Vous pourrez partir par les mines à l'aide du petit vaisseau de surface dont je me sers habituellement pour mes livraisons. L'itinéraire est programmé dans l'ordinateur de bord. C'est toujours le même.

Alex et moi, nous nous regardions avec un sourire complice. Ça nous rappelait notre évasion d'Agapa par la surface d'Ariel. À l'époque nous n'imaginions absolument pas quelles aventures nous allions vivre. Je me dis alors que nous avions fait le bon choix.

— Et vous que risquez-vous dans cette histoire ? s'inquiéta Louisa.

— Rassurez-vous, je ne risque rien. Cordova va vite se douter que je suis dans le coup. Il connaît très bien mes liens avec l'Amiral et dois savoir que vous êtes ici. Mais il ne tentera rien tant que vous serez sur mon territoire. J'occupe un poste important et il ne prendrait pas le risque de s'en prendre à moi. Comme je vous l'ai dit, je ferme parfois les yeux sur certaines activités illégales !

— Même les siennes ?

— Comment pourrais-je faire la différence ? Ne perdons pas plus de temps, ajouta-t-il pour conclure.

◆ ◆ ◆

La protection des fugitifs s'était avérée plus difficile que prévue. Deux attentats avaient déjà été perpétrés contre eux. Gamma ne s'attendait pas à des attaques aussi violentes. La méthode était signée Cordova. Ainsi Cordova était-il toujours de mèche avec le vieux Narcisse. Pour l'heure, Gamma avait perdu la trace des fugitifs. Ses propres hommes qui filaient les fugitifs depuis leur débarquement avaient finalement été obligés d'intervenir pour permettre la fuite des sept compagnons de *l'Albatros* après le second attentat. Gamma espérait que Cordova avait lui aussi perdu leur trace. Gamma devait les retrouver avant Cordova.

♦♦♦

Le petit vaisseau de surface filait en ligne droite vers le nord. Nous n'étions jamais à plus de cent mètres au-dessus de la surface glacée de Ganymède. Le relief était programmé dans l'ordinateur de bord de sorte que nous ne risquions théoriquement pas de nous écraser contre un obstacle. Nous étions un peu à l'étroit dans la cabine du vaisseau qui était conçue pour trois passagers. Par les hublots, nous pouvions admirer la surface. Au-dessous de nous, les plissements des montagnes d'Harpagia défilaient à toute allure. De temps en temps, les montagnes laissaient la place à d'immenses plaines lisses.

Deux heures plus tard nous quittions définitivement la région d'Harpagia pour survoler des contrées beaucoup plus sombres et monotones, criblées de cratères d'impact.

– La région de Barnard, nous expliqua l'Amiral.

Le trajet fut très long et ennuyeux. Nous étions d'autant plus anxieux que nous ne savions pas si nous étions poursuivis. Cordova devait maintenant savoir comment et dans quelle direction nous avions fui. Notre petit vaisseau n'était pas armé et en cas d'attaque nous n'avions aucune chance. De plus, nous étions loin de toute civilisation. Il n'y avait aucune cité dans la direction vers laquelle nous allions. Nous survolâmes encore un gigantesque dôme naturel, appelé Zaqar. Lui aussi était une cicatrice d'une collision cataclysmique très ancienne.

Après Zaqar, un tout nouveau paysage, plus clair et couvert d'un enchevêtrement inextricable de montagnes et de gouffres, défilait sous notre petit vaisseau. Ganymède était loin d'être un monde morne.

– Nous arrivons dans la région de Nun. Nous ne sommes plus très loin de la Barrière, commenta l'Amiral.

« *Et si le petit vaisseau ne s'arrêtait pas à temps. S'il traversait la Barrière en nous entraînant vers une mort certaine !* » Je crois que nous avions tous cette pensée au même moment.

Dix minutes après notre arrivée au-dessus de la région de Nun, le vaisseau décéléra, puis se posa dans une petite cuvette très sombre, entourée de massifs montagneux. Nous fûmes tous soulagés. Nous n'avions pas traversé la Barrière.

Suivant le plan de Vartek, nous enfilâmes des combinaisons de

sortie. Vartek avait même réussi à en trouver une de la taille de Moïse !
Le plus difficile fut de convaincre le jeune garçon de rentrer dans sa
combinaison. Le jeu semblait commencer à le lasser ! Louisa dut
utiliser toute sa force de persuasion. Lorsque nous fûmes enfin
engoncés dans nos combinaisons, je pris le paquet rouge contenant
Moïse dans mes bras et nous quittâmes notre cocon métallique pour
nous retrouver à même la surface gelée.

Le petit vaisseau se souleva automatiquement et s'en retourna
vers Harpagia, nous laissant complètement isolés, loin de toute civilisation. Nous n'avions ni nourriture, ni réserves d'oxygène. Nous ne pouvions tenir qu'une petite heure. Pourvu que l'ami de Vartek arriverait à
temps. Une fois de plus le doute nous submergeait. Moïse s'était endormi dans mes bras. Si seulement nous pouvions avoir son insouciance !

Une demi-heure plus tard, notre inquiétude s'accentua. Socrate
ne s'était toujours pas manifesté. Nous scrutions le ciel au loin dans
l'espoir d'apercevoir quelque chose. Vers le nord, au-dessus des
montagnes, on apercevait des lueurs verdâtres.

— Les aurores, nous expliqua l'Amiral. Nous sommes vraiment
très près de la Barrière. Les lueurs résultent de la rencontre entre des
rayonnements mortels et la très fine atmosphère de Ganymède.

— Vous croyez que Socrate va vraiment venir ? demanda Louisa
inquiète, alors que Bill s'était éloigné un peu pour inspecter un champ
de blocs de glaces situé à quelques dizaines de mètres de notre
position.

— Évidemment ! essaya de nous rassurer l'Amiral. Lui-même
semblait commencer à douter.

— Vartek aurait au moins pu nous donner quelques armes. Et
quelques provisions ! se plaignit Alex.

— Pour les armes, c'est vrai que nous aurions dû y penser. En ce
qui concerne les provisions, elles n'auraient servi à rien puisque nous
sommes prisonniers de nos combinaisons.

Cette dernière remarque de Tulk ne nous rassura pas davantage.

— Nous sommes de bonnes cibles avec nos combinaisons
toutes rouges, sur cette surface blanche. Bill au loin, s'était joint à la
discussion. Heureusement que nos combinaisons étaient dotées
d'émetteurs. Au moins pouvions-nous parler, ce qui diminuait un peu
notre angoisse.

— Socrate pourra ainsi nous repérer facilement, répondit
l'Amiral.

— S'il vient ! se contenta de rajouter laconiquement Fran.

Les minutes nous parurent très longues. Nous attendîmes ainsi pendant au moins quarante-cinq minutes, jusqu'à ce que deux petits vaisseaux de surface jaillirent au-dessus des montagnes situées au sud de notre position. Ils filaient droit sur nous. Instinctivement nous nous précipitâmes vers le champ de blocs de glace pour nous réfugier derrière le premier rocher à notre portée. Un flash intense venait de vaporiser la surface à l'endroit où nous nous trouvions quelques secondes plus tôt. Le temps de nous précipiter derrière un autre bloc de glace le premier fut vaporisé à son tour. Nous décidâmes de nous séparer et de nous cacher dans le dédale de glace. Un par un, les blocs furent vaporisés par les flashes lumineux émis par les deux assaillants.

Subitement l'un des vaisseaux fut frappé à son tour par une lumière aveuglante et s'écrasa non loin de nous. Derrière nous, un drôle d'engin de forme sphérique, entouré d'un halo verdâtre, venait d'apparaître. Il avait pris par surprise les assaillants et avait abattu l'un d'entre eux. Le second, revenant de sa surprise fit feu à son tour. La sphère verdâtre fut frappée par le rayon lumineux. Pourtant elle ne broncha pas. Le halo verdâtre était sans doute une sorte de bouclier énergétique. La sphère riposta immédiatement et le deuxième assaillant, touché à son tour, alla rejoindre son compagnon en se fracassant sur le sol. La sphère se posa à dix mètres à peine de notre cachette. Le halo verdâtre disparut et un petit sas s'ouvrit. Socrate était finalement arrivé.

Nous nous engouffrâmes dans la sphère. Lorsque le sas fut refermé et l'atmosphère équilibrée, nous nous débarrassâmes de nos combinaisons. Moïse était effrayé. L'écoutille vers la passerelle de pilotage s'ouvrit et un bonhomme très grassouillet, avec une démarche hésitante, apparut sous nos regards étonnés. Avec un large sourire il nous accueillit en disant :

– Eh bien, c'était tout juste. Ils ont bien failli vous avoir !

Nous ne savions pas vraiment comment réagir. Il venait de nous sauver la vie, mais s'il était arrivé plus tôt, tout cela nous aurait été épargné. L'Amiral le lui fit remarquer.

Notre sauveur ne se départit pas de son sourire et répondit :

– Mais je suis arrivé depuis un petit moment déjà. J'avais repéré sur mon radar les deux poursuivants. Vous n'auriez pas eu le temps d'embarquer. Et sans le bouclier magnétique, nous étions à leur merci. J'ai préféré me dissimuler derrière la montagne et les attendre pour les prendre par surprise !

– Ça aurait pu mal tourner ! râla encore Bill.

– Ça n'a pas mal tourné ! répondit Socrate. Dépêchons-nous de partir et de traverser la Barrière. Deux autres vaisseaux sont actuellement en approche. Nous ne risquerons plus rien quand nous serons de l'autre côté.

Personnellement, je n'en étais pas très sûr.

– Vous êtes certains qu'ils n'ont pas de bouclier comme le vôtre? demandai-je, toujours aussi inquiet.

– Oh ! Sûrement pas. C'est moi qui ai mis au point le système. Et je suis le seul à savoir le faire fonctionner. Un seul autre vaisseau en est équipé, et ce vaisseau est actuellement à Memphis.

Cette réponse me rassura quelque peu.

– J'ai constaté que votre bouclier vous protège aussi des tirs ennemis, dit Bill.

– C'est un effet secondaire non négligeable de mon invention. Avant tout, il est fait pour résister aux radiations du champ magnétique de Jupiter !

Au moment du passage dans la zone polaire, le vaisseau fut légèrement secoué. La surface derrière la barrière était beaucoup plus blanche. Socrate nous expliqua que les particules du rayonnement vaporisaient l'eau de la surface qui finissait par se redéposer aussitôt. On pouvait d'ailleurs apercevoir une légère brume à un ou deux mètres de la surface.

Socrate nous emmenait vers la station météorologique d'Etana. Il nous assura que nous y serions en sécurité. Nous pourrions profiter de quelques jours de repos avant de passer le Pôle et de reprendre le chemin du sud vers Memphis en survolant la gigantesque région sombre de Galileo.

– Vous arrivez juste au bon moment, rajouta-t-il. Demain le Soleil sera éclipsé derrière Jupiter. Enfin, nous serons dans l'ombre de la géante si vous préférez !

– En quoi cela peut-il nous intéresser, demanda Bill, dont la mauvaise humeur ne semblait pas vouloir s'améliorer.

Socrate n'y prêta pas attention et continua :

– Ce sera l'occasion de voir les jeux de lumières polaires. Vous voyez ces lueurs vertes nous demanda-t-il en montrant le ciel à travers le hublot.

Les lueurs étaient difficilement visibles à travers le bouclier magnétique lui-même verdâtre. Mais nous ne voulions pas décevoir notre nouvel hôte et acquiesçâmes. Celui-ci continua :

– Demain il fera complètement nuit sur toute la lune. Aucune lumière parasite ne pourra nous empêcher d'observer cette merveille de la nature.

Je me disais que cette merveille de la nature restait malgré tout mortelle pour les humains.

Chapitre 30

Mars

Le petit rocher gris et morne occupait toute l'étendue de la baie de la passerelle de commandement de *l'Océan*. La planète rouge, située derrière, n'était plus visible. Phobos était le passage obligé pour tous ceux qui arrivaient pour la première fois sur Mars, et plus particulièrement pour les Terriens. C'était les Terriens eux-mêmes qui étaient à l'origine de cette habitude puisque tout étranger devait passer par la Lune avant d'obtenir un droit de passage vers la Planète Mère. Il s'agissait en fait pour les Extérieurs de passer une visite médicale sévère pour voir s'il leur était possible de supporter les conditions sur la grande planète. On les bourrait aussi d'antibiotiques, on traitait leur peau pour résister aux rayonnements du soleil, on leur implantait des filtres buccaux.

Les Martiens adoptèrent cette tradition. La seule différence, c'était que leurs deux lunes étaient ridiculement minuscules. Phobos, la plus grande des deux, avait à peine une vingtaine de kilomètres de diamètre. La base martienne sur Phobos était enfouie sous la surface de la petite lune. Virginia se disait qu'une station orbitale classique aurait tout aussi bien pu faire l'affaire. L'entrée de la base se trouvait au fond du cratère Stickney, un gigantesque trou qui marquait la petite lune.

L'astéroïde qui avait frappé Phobos en cet endroit avait bien failli le désintégrer. Les nombreuses fissures rayonnant autour du cratère témoignaient de la brutalité de l'événement. Les nombreux impacts avaient réduit la surface en poussière. Cette poussière glissait le long des parois de Stickney en formant des cascades.

Le vaisseau descendait lentement le long de ces parois. Au fond, un trou noir béant venait de s'ouvrir. L'entrée de la base. Les neuf autres navires étaient allés se mettre en orbite lointaine, comme l'avait ordonné le service de sécurité Martien. Les équipages n'ayant pas subi la décontamination, ils n'avaient pas le droit de franchir la limite de sécurité. Cette limite était fixée à dix mille kilomètres de la planète. Tout vaisseau avec à bord un quelconque être vivant ou un objet terrien non décontaminé qui ne respectait pas cette limite était pulvérisé sans mise en garde préalable par les défenses planétaires. Les Martiens ne voulaient plus prendre le moindre risque après l'affaire du cargo de la CTC.

Virginia se préparait à la nouvelle décontamination qui l'attendait ainsi que les trois jours de quarantaine.

◆ ◆ ◆

La nouvelle séance de torture avait semblé moins longue et moins douloureuse que les deux précédentes, à son départ de la Terre, puis à son arrivée sur la Lune. Virginia pensait qu'elle devait commencer à en prendre l'habitude. L'empereur Atama avait affrété une navette spéciale pour son transit vers la planète. Elle fut accueillie comme un chef d'Etat à son débarquement à Olympe. Le maître de la planète en personne était venu l'accueillir. Virginia en fut surprise. Il y avait encore deux mois, ils étaient les pires ennemis.

— Je suis ravi de vous rencontrer enfin en chair et en os, lui dit Atama en guise de bienvenue.

Virginia qui n'avait pas vraiment le choix lui rendit la pareille.

— J'espère que la décontamination n'aura pas été trop rude ! s'enquit encore l'Empereur.

— On finit par s'y habituer, ironisa Virginia.

— Pour vous faire oublier tout cela, je vous propose une petite visite de notre belle citée. Après nos entretiens, je vous montrerai aussi le chantier de ma nouvelle capitale. Vous allez voir que les premiers effets de la terraformation commencent à apparaître.

— Je ne pensais pas que vous m'aviez fait venir pour faire du tourisme !

— Ça vous permettra de vous reposer un peu avant de nous mettre plus sérieusement au travail. Mais qui est cette charmante personne qui vous accompagne ?

Atama venait de remarquer Elisabeth Townsend. Le jugement de Virginia avait été le bon. Au regard d'Atama elle comprit qu'elle avait bien fait de choisir Elisabeth pour Mars.

— C'est à la fois mon garde du corps personnel et ma secrétaire.

— Vous savez bien choisir vos proches, se contenta de répondre Atama.

◆ ◆ ◆

Kovalsky était hors de lui. Il avait fini par apprendre la destination de la Présidente Enora. Comment avait-elle pu leur cacher cela. Et surtout quelle était la raison de cette visite secrète ? Il avait passé les trois dernières années à essayer un rapprochement avec le maître de Mars et voilà qu'Enora lui coupait l'herbe sous les pieds. Il voyait tous ses rêves s'effondrer. Tous ses efforts n'allaient aboutir à rien !

Une discussion avec le gouverneur Farney s'imposait. Il était le confident de la Présidente, il devait savoir ce qu'elle avait en tête. Seulement le gouverneur Farney n'était pas disponible.

♦ ♦ ♦

Virgina était assise dans la grande salle de réception du palais d'Olympe. Son hôte était à ses côtés. Ils admiraient le lever de soleil au-dessus du sommet du volcan en attendant l'arrivée du général Andrades. Cette dernière s'était posée sur Mars une semaine plus tôt. Elle finit par arriver. Elle salua cordialement Atama, mais fit mine de ne pas voir Virginia. Cette réaction amusa l'empereur. *« Elle est jalouse ! »* Virginia fit semblant de n'avoir rien remarqué. *« Elle se contrôle parfaitement. »* songea Atama.

Andrades s'assit en face des deux nouveaux alliés et leur présenta son rapport. Elle leur raconta dans le détail l'ensemble de son enquête à Memphis d'abord, puis dans la petite cité de Roma sur Vesta.

— Je ne savais pas que des petits groupes de ce genre existaient encore, fit remarquer Virginia, réellement surprise.

« Décidément, nous qui croyions les religions mortes ! » pensa-t-elle en même temps.

— Oh, je suis sûr qu'il y a des choses encore bien plus surprenantes que nous ne connaissons pas ! répondit Atama.

« Que sous-entend-il par-là ? » se demanda Virginia. Elle reprit :

— Et notre soi-disant ennemi dans tout cela ?

Andrades prit la parole :

— Il y a une forte chance qu'ils se cachent dans la Ceinture. L'homme aux cheveux noirs m'a dit que de nombreux vaisseaux de contrebandiers se cachaient par-là.

— Et pourquoi ce ne serait pas tout simplement lui notre ennemi ? la relança Virginia.

— Je le crois sincère, répondit simplement Maya.

— Il aurait très bien pu vous duper !

— J'ai étudié la psychologie. Je suis sûre qu'il ne mentait pas !

— Il est peut-être tout simplement plus fin psychologue que vous.

Atama, qui sentait la tension monter entre les deux femmes,

stoppa le duel féminin en intervenant :

— Quoi qu'il en soit, il serait intéressant d'aller voir de plus près ce qui se passe dans la Ceinture.

— Mais vous vous rendez compte du volume à prospecter ? Rappelez-vous de *l'Albatros* caché dans les anneaux de Saturne. La Ceinture d'astéroïde est des millions, voire des milliards de fois plus vaste ! fit remarquer Maya.

— Vous avez sans doute raison, mais si notre ennemi se cache sur un astéroïde, je ne pense pas qu'il ait choisi le plus petit. Il doit se trouver sur l'un des plus gros ! objecta Atama.

— Comme par exemple Vesta ! relança Virginia.

— Et s'il n'est pas là-bas ? demanda Maya.

— Alors, dans ce cas, il ne restera qu'une possibilité : Triton !

— Vous n'êtes pas sérieux ? s'insurgea Virginia.

— Et pourquoi pas ! reprit Atama. Ils sont bien basés quelque part.

— Mais Triton est si lointaine ! De quoi vivraient-ils ?

— Ils ont peut-être des réseaux d'approvisionnement. Ils ont bien des hommes à leur solde un peu partout sur nos mondes ! Atama semblait convaincu de son affirmation.

— Admettons, reprit Maya. Mais comment ferions-nous pour les chasser. J'ai passé deux mois à voyager et à enquêter pour un résultat bien maigre. On ne peut continuer de cette manière. Cent ans ne suffiraient pas.

— C'est pourquoi nous allons utiliser la manière forte.

— C'est-à-dire ? demanda Virginia.

— Vous êtes bien venue avec dix croiseurs Terriens. Si Mars en aligne autant, ça nous fera une flotte énorme. Ensemble nous pourrons dans un premier temps ratisser la Ceinture. Si nous ne trouvons rien, rien ne nous empêchera de partir vers Triton. Mars n'est pas très loin de la Ceinture et je suis près à fournir tout l'approvisionnement nécessaire !

— Une flotte hybride issue de nos deux mondes ? demanda Virginia.

— Oui, pourquoi pas. Vous à la tête de dix croiseurs terriens et le Général Andrades à la tête des vaisseaux martiens. Le tout sous notre commandement concerté.

L'idée ne déplut ni à Maya, ni à Virginia. Atama avait joué finement. Il avait repéré dès le début de la rencontre la méfiance et la compétition entre les deux femmes. Il savait qu'elles allaient se dépasser pour faire mieux que sa concurrente. Quelle meilleure motivation aurait-il pu trouver ? Chacune de son côté était redoutable. Ensemble, elles seraient invincibles.

— Et si nous allions visiter votre nouvelle capitale ? demanda soudain Virginia. Je crois que nous avons bien mérité une petite récréation. Je suis sûre qu'Elisabeth serait ravie de nous accompagner dans cette visite.

Cette dernière était restée debout derrière Virginia durant toute la réunion. Elle devait être la première à se ravir de cette décision. Un sourire complice entre elle et sa maîtresse confirma ce fait.

◆◆◆

La navette pressurisée s'élança des pentes douces du plus grand volcan du système solaire pour prendre la direction du sud-est. Maya avait désiré ne pas les accompagner. Elle connaissait la cité et l'Empereur avait dû la lui faire visiter à de nombreuses reprises déjà. Au travers des épais hublots, Virginia pouvait apercevoir au loin les sommets des trois autres gigantesques volcans, tous situés dans la même région sur le plateau de Tharsis. Tout au Nord, c'était Ascreus, puis un peu plus près, le plus haut d'entre eux, Pavonis, et enfin, devant eux, Arsia, celui qu'ils allaient survoler. Le paysage était moins morne que l'image de la désertique planète que Virginia avait en tête. Atama semblait très fier de ses volcans. On aurait dit que c'était lui qui les avait bâtis.

Une heure plus tard, ils survolèrent un enchevêtrement inextricable de fossés et de canyons, Noctis Labyrinthus. Il s'agissait de l'extrémité occidentale du système de fossés de Valles Marineris. Les falaises pouvaient dépasser quatre kilomètres de haut. C'était tout au fond de l'une des tranchées que la nouvelle capitale prenait forme. Arrivée au bord d'un ravin dont le fond était caché par une brume, la navette plongea dans le vide. Sous les nuages apparut un tout autre monde. Un monde entouré de murs rocheux vertigineux, isolé du reste de la planète par la couche de brume.

— Il y a de plus en plus de nuages, dit fièrement Atama. Certains des ouvriers de la nouvelle capitale disent même avoir vu les premières pluies.

Au loin, tout au fond de la vallée, un nuage de poussière indiquait aux passagers que le chantier n'était plus très éloigné.

— Il y a une chose que je ne comprends pas très bien, osa Virginia !

— Je vous écoute, demanda le Martien, un peu désappointé à

l'idée que la Terrienne trouvât un petit grain de sable dans la mécanique de son projet grandiose.

– Vous nous parlez en même temps de la construction de votre capitale au fond de la vallée et de vos progrès de terraformation avec le retour de l'eau liquide. Vous ne pensez pas que les deux sont un peu incompatibles dans la mesure où l'eau va s'accumuler au fond des vallées, exactement où vous bâtissez la cité ?

– C'est effectivement un problème auquel nous avons beaucoup réfléchi. Comme vous allez le constater, nous avons planifié la construction de digues autour de la cité. Le choix du point le plus bas était important pour avoir une cité rapidement confortable. Nous ne pouvions attendre que la pression atmosphérique augmente assez pour construire au sommet des falaises. Dans le siècle qui va venir, seules les régions basses au fond des vallées et du grand basin Hellas, loin vers le sud seront vraiment habitables.

– Oui, mais comme vous le dites, l'eau commence à exister déjà maintenant, je n'imagine pas la quantité que vous aurez d'ici vingt ans. Vous construisez là une cité éphémère, conclut-elle, sur un ton victorieux.

Atama, dont la nouvelle capitale était l'une des grandes œuvres de sa vie ne se laissa pas démonter pour autant.

– Excusez-moi de vous décevoir, mais ce ne sera pas le cas. À dix kilomètres à l'est existe un énorme bassin situé une centaine de mètres plus bas. Comme vous le constaterez, en plus des digues, nous avons prévu la construction d'un grand canal qui drainera toutes les eaux vers ce bassin. D'autres bassins de ce type existent encore plus à l'est, et le temps venu, on pourra toujours creuser un nouveau canal reliant ces différentes cavités pour partager les eaux. Et d'ici à ce que tous ces trous soient remplis, nous avons calculé qu'il se sera passé au moins deux cent ans. Vous voyez, nous avons vraiment tout prévu !

Atama espérait qu'il avait définitivement gagné ce duel. De toute manière, Virginia n'avait plus le temps de répliquer, la navette venait de se poser sur l'aire d'atterrissage provisoire de ce qui allait devenir le cosmoport de la future capitale de Mars.

Le temps d'enfiler les combinaisons thermo-isolantes et de se parer des bouteilles à oxygène et du casque comportant un communicateur, les occupants de la navette étaient prêts à sortir de leur cocon métallique. Avant l'ouverture des sas le maître des lieux les avertit encore:

– Les combinaisons ne sont pas pressurisées. Vous allez constater que la pression ici-bas est acceptable pour les humains. Elle est encore légèrement plus faible que celle que vous trouvez sous les dômes des cités, mais nos organismes s'adaptent assez vite. Il se pourrait que vous ressentiez quelques troubles de l'équilibre, mais ça devrait passer très vite.

Virginia ressentit effectivement ces troubles dès l'ouverture du sas. Elisabeth, derrière elle titubait aussi en essayant de sortir de la navette. Les Terriennes avaient déjà eu du mal à s'adapter aux faibles pressions dans les cités de la Lune et de Mars, et en sortant de la navette, elles franchissaient un pas supplémentaire dans leur adaptation aux faibles pressions. À ce moment, Virginia se demanda si elle serait encore capable de refaire tout le cheminement dans l'autre sens, c'est-à-dire revenir sur la Terre. L'organisme avait plus de facilités à s'adapter aux pressions plus basses qu'aux pressions plus élevées.

Au bout d'une dizaine de minutes les troubles s'estompèrent, sans pour autant disparaître totalement. Ils purent vraiment prendre le chemin de la cité naissante. Un petit rover à quatre roues les attendait à une cinquantaine de mètres de là. Au grand désespoir de Virginia, il n'avait pas d'habitacle fermé. On aurait dit une sorte de jeep des plages terrienne. Il n'y avait de la place que pour quatre passagers. Aucun chauffeur n'était visible.

– Je prendrai les commandes et vous vous assiérez à côté de moi, proposa-t-il à Virginia. Quant à vous, continua-t-il en se tournant vers Elisabeth, vous prendrez place sur la banquette arrière. Vous verrez, elle est très confortable, ajouta-t-il, sans doute pour s'excuser de la mettre à part.

Ils n'avaient parcouru que cinquante mètres et déjà ils étaient couverts de la poussière rouge qui recouvrait l'ensemble de la planète. Virginia observait le visage de son hôte au travers de sa visière. Atama était rayonnant. Virginia se rendit alors compte combien cette cité comptait pour le Martien. Il réagissait comme un petit enfant l'aurait fait devant un merveilleux cadeau. Cet homme qu'elle trouvait si inhumain avait finalement une grosse part d'humanité.

Ils pénétrèrent par ce qui allait être la future entrée principale. Ils passèrent sous une immense arche de pierre verte de Mars.

– Des pierres volcaniques, expliqua Atama. Il y en a partout sur Mars, en particulier au pied des énormes volcans que nous avons survolés. Ne trouvez-vous pas le contraste avec le paysage rouge saisissant ?

Le contraste du vert de l'arche sur le fond de paysage rouge était effectivement du plus bel effet. Ils s'engouffrèrent dans une gigantesque avenue en devenir. Partout des bâtiments, tous du même vert, étaient en train de s'élever vers le ciel. Virginia dut admettre que la cité en construction allait devenir magnifique. Elle se dit qu'elle aurait très bien pu s'entendre avec Atama si la politique n'en avait fait des ennemis.

— L'architecture est très originale, intervint Elisabeth, qui se sentait un peu oubliée.

— Vous vous intéressez à l'architecture ? demanda alors Atama.

— J'ai étudié l'architecture avant d'entrer au service de la Présidente ! répondit Elisabeth.

Elle venait d'attirer l'intérêt du Martien. *« Elle est vraiment douée ! »* se dit Virginia, souriant intérieurement. C'était le moment d'enfoncer le clou.

— Si vous le désirez, vous pouvez rester quelque temps ici pour étudier cette future cité, si bien sûr l'Empereur le permet ! proposa aimablement Virginia, espérant qu'Elisabeth comprenait quel jeu elle jouait.

— Mais vous aurez sans doute besoin de mes services ! répondit naïvement Elisabeth.

« Elle joue son jeu à la perfection ! » se rassura Virginia.

— Je ne pense pas avoir besoin de vous tant que je serai à bord de *l'Océan*. Et c'est ce qui va m'arriver durant les mois à venir. Alors, je ne vois aucun inconvénient à ce que vous restiez sur Mars.

— Je ne vous savais pas aussi bienveillante avec vos collaborateurs, s'étonna Atama.

— Voilà encore une chose que vous ne connaissiez pas à mon sujet ! répondit Virginia amusée.

La visite dura prêt de deux heures.

Virginia quitta Mars le lendemain matin pour rejoindre *l'Océan* et sa flotte. De là elle organisait les derniers préparatifs pour la mission qu'elle s'était fixée en collaboration avec Atama.

Lorsque le général Andrades eut rejoint *l'Elyseum*, le vaisseau de commandement de la partie Martienne de l'armada, les deux flottes se réunirent. L'armada ainsi formée s'avérait impressionnante. Ils quittèrent l'orbite de Mars dans les heures qui suivirent pour partir à la chasse, vers l'Extérieur.

Chapitre 31

La peur

Les nouvelles du Centre étaient toujours préoccupantes. Pour l'instant tout avait marché pour le mieux, mais l'initiative de la nouvelle coalition Enora-Atama était complètement imprévue, voir illogique. Narcisse avait toujours pensé que Mars aussi bien que la Terre n'avaient pas d'intérêts dans le système solaire extérieur. Et voilà qu'une flotte commune venait de quitter le Centre. Le secret avait été bien gardé et Narcisse, tout comme tous les autres dirigeants des mondes Extérieurs, n'en connaissait pas la destination, ni le but de l'opération. Il était pourtant clair qu'il s'agissait d'une expédition punitive. Une vingtaine de navires de guerre. Dix vaisseaux uraniens n'auraient fait qu'égratigner un seul des mastodontes terriens ou martiens. À côté de cela, l'échec de l'attentat contre les fugitifs n'était rien du tout.

On racontait que l'opération de nettoyage avait commencé. La flotte avait déjà réduit en cendres une bonne cinquantaine de navires de contrebandiers. Cela ressemblait à un entraînement. Qui serait le suivant ? Zerdan ? Les Saturniens ? Uranus ?

Narcisse était persuadé que c'était lui qui était visé. N'était-il pas devenu incontournable ? Avec son monopole de l'hydrogène n'avait-il pas fini par leur faire peur ? Pour la première fois depuis bien longtemps, Narcisse avait perdu son assurance. Que pouvait-il faire ? Aménor avait peut-être une idée. Son chancelier avait toujours de bonnes idées. Il décida de le convoquer.

Comme à son habitude, ce dernier n'était jamais très loin et il se présenta devant Narcisse dans les cinq minutes. *« Il a encore gagné de l'assurance. Pourtant il a vraiment l'air inquiet ! »*

— Quelles sont les dernières nouvelles de la flotte ? demanda-t-il d'emblée, en essayant de dissimuler son inquiétude. Aménor ne fut cependant pas dupe. Et ce n'étaient pas les nombreux tics ou les tremblements de ses mains qui pouvaient le démentir. Narcisse était au bord d'une crise de fureur. La discussion allait être très difficile.

— Pour l'instant, ils continuent leurs opérations de nettoyage dans la Ceinture d'astéroïdes, répondit Aménor.

— Peut-être qu'ils ont monté tout cela pour faire le ménage dans la Ceinture. Il y a beaucoup de métaux à exploiter là-bas, essaya de se rassurer Narcisse.

— Je ne le crois pas Monseigneur. Les ressources métalliques de la Terre et de Mars sont inépuisables. Contrairement à nous, ils n'ont pas besoin de celles des astéroïdes. Et puis, la flotte serait démesurée par rapport à la mission. Pour ma part, ce n'est qu'un entraînement. Peut-être aussi un exercice d'intimidation.

— Mais un entraînement pour quoi ? Qui est leur cible ?

— Pour l'instant, c'est difficile à dire.

Aménor n'osait pas avouer à son maître ce qu'il redoutait.

« *Il a peur !* » se dit Narcisse.

— Vous croyez que c'est nous la cible, n'est-ce pas ? finit par demander Narcisse.

— C'est fort probable.

La réponse d'Aménor était presque inaudible.

— Mais pourquoi ?

Narcisse connaissait la réponse par avance, mais il préférait avoir confirmation par son chancelier.

— Uranus détient un monopole très convoité, l'hydrogène. De plus, notre pouvoir n'a fait qu'augmenter ces derniers mois. La construction de notre propre flotte et surtout nos plans de conquête des lunes de Saturne n'ont pas du plaire à nos ennemis. Nous avons toutes les raisons de craindre d'être la cible !

— Mais que pouvons-nous faire ? demanda plaintivement Narcisse. Le tremblement de ses mains s'était encore amplifié d'un degré. Ses tics aussi. Aménor sentait la crise se rapprocher. Ne venait-il pas d'apprendre qu'il allait irrémédiablement perdre tout ce qu'il avait mis des années à construire ? Toute cette formidable puissance qu'il avait entre ses mains ? Mais que pouvait-il contre la puissance conjuguée de Mars et de la Terre, d'Enora et d'Atama ?

Aménor lui-même était très préoccupé. Il pensait lui aussi qu'Uranus était la cible la plus probable des nouveaux alliés. Il savait que ce qu'il était sur le point de dire n'allait pas plaire du tout à son maître, mais il pensait que c'était peut-être le moment ou jamais de tenter sa chance. Après une légère hésitation, il se lança :

— Nous ne pourrons jamais résister à l'attaque. Et qui sait ce qu'ils nous feraient s'ils nous capturaient. Le mieux est de fuir le plus vite possible !

« *Il croit que je vais tout abandonner pour lui laisser la place. Il se trompe.* »

— Vous croyez que je vais me laisser prendre dans votre jeu ?

Vous me prenez pour un débutant ? Jamais, vous entendez, jamais je n'abandonnerai ! Les derniers mots n'étaient mêmes plus parlés, mais hurlés. De la salive coulait de ses lèvres, le long de son menton pour finir en une tache sur la chemise maculée de transpiration de l'empereur.

Comme Aménor le redoutait, la crise était là. Maintenant il lui fallait à nouveau manœuvrer judicieusement pour sauver sa propre vie.

– Monseigneur, ce n'était absolument pas mon intention, essaya de calmer le chancelier. Mais c'était peine perdue. Narcisse était maintenant hors de lui.

– Si c'est tout ce que vous avez à proposer, ce n'était pas la peine de me déranger. Vous êtes le pire des chanceliers que j'ai eus. Vous ne méritez pas la confiance que j'ai mise en vous ! Je vais vous faire pendre, vous allez voir !

Narcisse continua de vociférer et de gesticuler dans tous les sens.

« Je l'ai bien cherché, au moins j'aurai essayé ! » se dit Aménor.

Bêta venait d'envoyer ses ordres aux autres membres de l'Ordre. L'Alliance des Deux, comme on les appelait maintenant, défiait toutes les prévisions. La flotte terrifiait tous les mondes extérieurs. Il devait y avoir un moyen d'utiliser, de canaliser cette terreur. Mais il fallait faire au plus vite. Bêta ne connaissait pas les intentions des Deux. Une chose était certaine, c'était l'Ordre qui était visé. Et s'ils avaient été découverts ? Dans ce cas, c'était le premier à tirer qui remporterait la partie. La phase finale venait de commencer.

On ne parlait plus que de cela. Qui sera la cible ? Zerdan ne tenait plus en place. La Ceinture d'astéroïdes, c'était dans le voisinage immédiat de Jupiter. Ses mondes étaient directement menacés. Sa mésentente avec Atama pouvait-elle aboutir à une attaque punitive ? Avec l'aide d'Enora de surcroît ? Cela semblait tellement impensable. Et pourtant, le risque était là. Il n'avait pas vu Halana depuis une semaine. Elle s'était enfermée dans ses appartements depuis le début de la crise, terrifiée. Il était seul, plus seul que jamais. Avant il aurait tout donné pour jouir de cette solitude. Maintenant, elle était pesante. Très pesante ! Il devait réagir. Mais comment ?

Il se rappela que l'ambassadeur Tournon était encore à Memphis. Il se remémora sa dernière discussion houleuse avec lui. Cette idée ridicule d'alliance. Mais les choses avaient bien changé. Si Jupiter devait subir les attaques du Centre, il ne pourrait tenir qu'un mois tout au plus. Et encore, c'était une prévision optimiste, lui avaient annoncé ses stratèges. Et ses stratèges se trompaient rarement. Une base de repli autour de Saturne aurait pu lui être bien pratique. C'est pourquoi il fit appeler l'ambassadeur.

Lorsque ce dernier arriva, l'accueil de Zerdan fut bien plus chaleureux que lors de leur dernière rencontre. Pourtant, Tournon ne semblait pas davantage réjoui. Comme tous les Extérieurs des Mondes de Glace, il était lui aussi terrifié par ce qui pouvait arriver. On allait jusqu'à imaginer un génocide des Extérieurs par la coalition Terre-Mars. Zerdan commença :

— Les événements de ces derniers temps m'ont fait reconsidérer ma position. Je ne sais pas ce que nous préparent les Deux, mais il y a de fortes chances que ce n'est pas bon pour nous. C'est pourquoi, je pense que le plus large rapprochement possible ne pourrait que nous bénéficier.

— C'est aussi ce que crois.

— Où en êtes-vous avec votre Union Saturnienne ?

— Comme partout sur les Mondes de Glaces, la peur a rapproché les clans. Les Saturniens sont prêts à se fédérer derrière Bartolu. Enora et Atama ont réussi sans le vouloir ce que nous ne sommes jamais arrivés à faire.

— Lorsqu'ils nous tomberont dessus, ils auront vite fait de le défaire !

— Je crois que nous devrions organiser une grande conférence qui réunirait tous les dirigeants Extérieurs.

— Vous n'y songez pas !

— Nous n'avons pas vraiment le choix !

— Mais la flotte est tout près d'ici. Même si nous arrivions à tous les contacter et les convaincre de venir, jamais nous n'aurons le temps de nous rassembler et de prendre les décisions adéquates !

— Pour l'instant, nous ne connaissons pas les plans des Deux. Nous ne savons ni où, ni quand ils vont frapper. Peut-être pourrons-nous les prendre de cours. Si nous arrivons à réunir le plus grand nombre possible de représentants, ici à Memphis, Enora et Atama seraient obligés de reconsidérer la situation ! Je n'imagine pas qu'ils oseraient bombarder une cité où se trouvent réunis tous les représentants de la majorité de l'humanité !

– Nous n'imaginions pas non plus l'alliance entre Enora et Atama, et encore moins la mise en place de cette expédition guerrière ! répondit Zerdan, angoissé.

Après une petite minute de réflexion, le maître des lieux reprit :

– Je veux bien tenter le coup, mais il reste un problème. Je refuserai que l'Uranien participe d'une quelconque manière à cette réunion. Jamais il ne mettra les pieds sur un de mes mondes!

Tournon avait prévu cette réaction. Il la comprenait parfaitement.

– Je ne pense pas que Narcisse ait de son côté une quelconque envie de venir à Memphis. Peut-être pourrait-il déléguer quelqu'un ?

– Je n'ai pas plus confiance en son chancelier. Il lui est trop fidèle ! Il nous a lui aussi beaucoup nui !

– Il n'avait d'autre choix que d'obéir au maître d'Uranus. Personne n'aime les Uraniens, mais ils pèsent un poids très important, même si nous persistons à le nier. Et ils sont aussi terrifiés que nous le sommes.

– Pourtant, ils sont loin.

– Je ne pense pas que la distance puisse arrêter les Deux !

– Bon, alors d'accord pour accueillir le chancelier, mais il devra venir seul. S'il l'accepte.

◆◆◆

Bartolu, Herring et le vieux roi de Titan avaient des contacts de plus en plus fréquents. Les trois hommes étaient à nouveau dans leur bureau respectif, en face de leurs écrans de télécommunication.

Le roi était en train de parler :

– Je viens de recevoir les dernières nouvelles de mon ambassadeur Tournon. Il est encore à Memphis. Les Joviens sont très inquiets. La flotte est à moins d'une semaine de leurs mondes. Sous la pression, Zerdan a finalement accepté de collaborer avec nous. Il se propose même d'organiser une rencontre à Memphis. Il a suggéré que vous Bartolu y participiez.

– Êtes-vous sûrs que ce n'est pas un piège ? demanda Herring.

– Je ne pense pas que Zerdan ait actuellement à l'esprit de monter de tels pièges ! répondit Bartolu. Je crois que je n'ai d'autre choix que d'accepter l'invitation!

– Mais nous sommes sur le point de fédérer les mondes de Saturne ! s'insurgea encore Herring.

– Vous pouvez tous les deux poursuivre le travail sans moi.

Bartolu reprit :

– L'un de vous a-t-il des informations concernant la ou les cibles ?

– Pour l'instant, l'entraînement se poursuit dans la Ceinture. Répondit laconiquement le roi. Je ne serais pas étonné s'ils nous visaient. La Terre est fâchée avec nous et il se peut que les Deux aient décidé de venir mettre un peu d'ordre autour de Saturne. Ne serait-ce que pour y installer un avant-poste et empêcher Narcisse d'étendre son influence !

♦♦♦

Farney et Kovalsky étaient assis, face à face, dans le bureau présidentiel. Le second reprochait au premier d'avoir laissé partir Virginia dans sa folle aventure avec Atama.

– Non seulement vous n'avez rien fait pour l'empêcher de partir, mais en plus vous êtes responsable de la création de sa nouvelle religion. Vous étiez à ses côtés, vous auriez dû voir qu'elle était en train de perdre les pédales !

– Je vous signale que tout ça ne serait jamais arrivé si vous n'aviez décidé de quitter la Confédération. Justement pour vous rapprocher d'Atama !

Les trois autres gouverneurs terriens étaient présents aussi. La gravité de la situation les avait obligés à se déplacer et se rencontrer directement. Seule, Eleonor Hiria était restée à Séléna et suivait la conversation via le réseau com.

Kovalsky reprit :

– Savez-vous au moins ce qu'ils projettent de faire ?

– Je n'en ai aucune idée.

– Pourtant c'était bien vous son confident, non ?

Il poursuivit :

– Vous savez ce que je crois ? Et bien, je crois que notre chère Présidente a décidé de reprendre sa place par la force. Atama lui aussi convoitait la Terre. Ensemble, rien ne peut les arrêter.

– Je ne pense pas que ce soit leur plan. Les dernières rumeurs semblent indiquer que c'est vers l'Extérieur qu'ils se dirigent. Et puis, il ne faut pas oublier que la moitié de la flotte est composée par notre armée.

– Que vous lui avez généreusement fournie ! l'interrompit Kovalsky.

– Je ne connaissais pas ses intentions, essaya de se défendre

Farney. En tout cas, je ne pense pas que l'armée se retournera contre nous.

— Les militaires ont l'habitude d'obéir à leurs supérieurs. Ils feront ce que leur ordonnera Enora, sans réfléchir. Je suis sûr qu'Atama la manipule ! ajouta encore Kovalsky.

— Votre réaction me surprend, reprit Farney, ne vouliez-vous pas vous allier vous-même avec Atama ? Vous êtes furieux parce que Virginia vous a coupé l'herbe sous les pieds !

Le duel allait en s'envenimant et il fallut l'intervention des autres gouverneurs pour calmer les deux interlocuteurs.

— Ça ne sert à rien de nous chamailler ainsi, intervint Bakuru. Je crois que nous devons agir maintenant. Le mal est fait, et nous sommes quelque part tous responsables.

— C'est vrai, admit Farney. Que pouvons-nous faire ?

— D'après mes informations, les Extérieurs essaient de s'organiser. Une rencontre est prévue à Memphis, expliqua Kovalsky.

Cette information stupéfia tous les autres gouverneurs.

— Tous les Extérieurs ? demanda MacBrook dont l'intervention elle-même étonna l'assemblée.

— Eh oui, tous. Même les Uraniens.

— Je pense que nous devrions aussi envoyer un représentant, ne serait-ce qu'en tant qu'observateur, proposa Farney.

— Et vous pensez que vous trouverez un homme qui serait prêt à subir les tortures de la décontamination pour être observateur dans une conférence qui ne nous regarde même pas ? demanda cyniquement Kovalsky.

— Je suis personnellement prêt à le faire !

Cette remarque de Farney eut le mérite de faire taire Kovalsky, même si ce ne fut que pour quelques secondes. Ce dernier repartit de plus belle :

— Mais je ne suis pas d'accord pour que vous nous représentiez. Vous seriez capable de brader la Confédération. Je pourrais très bien représenter le Terre.

— Je me vois heureux que vous reparliez de Confédération, vous qui êtes à l'origine de sa dissolution !

Le duel se poursuivit ainsi encore pendant de longues heures. Comme il était impossible de trancher lequel des deux gouverneurs était le plus représentatif de la Terre, il fut décidé unanimement, ce qui était en soi une première, que les deux gouverneurs subiraient les tortures de la décontamination et se rendraient à Memphis. À la condition d'avoir l'accord de l'administration Memphite. Sans le savoir, les deux nouvelles cibles du tueur des *Gaïans* allaient elles aussi lui échapper.

◆ ◆ ◆

Aménor venait de recevoir la proposition de Zerdan. Il était assez gêné à l'idée de devoir en faire part à Narcisse. Il n'avait pas revu Narcisse depuis plus d'une journée. Ses relations avec l'empereur s'envenimaient de jours en jours et Aménor commençait sérieusement à craindre pour sa propre vie. Le vieux fou était capable de tout. Narcisse ne pouvait pas risquer de changer de chancelier en pleine crise, ce qui laissait un sursis à Aménor. Par contre, il était clair que lorsque la crise serait passée, Narcisse n'hésiterait plus à le faire éliminer.

Aménor devait donc trouver un moyen d'éliminer Narcisse ou de fuir avant la fin de la crise politique interplanétaire. Narcisse avait encore beaucoup d'appuis et surtout l'armée lui était toujours fidèle. Aménor devait mettre à profit cette invitation à Memphis pour résoudre son problème. Mais d'abord il fallait convaincre Narcisse. Aménor savait parfaitement que Narcisse refuserait de se rendre dans le fief de Zerdan et que la seule autre personne apte à représenter les Uranien n'était autre que lui-même. C'était une opportunité pour lui de s'éloigner de Messina et de son dangereux tyran.

Chapitre 32

Triton

Un mois après leur arrivée dans la Ceinture, Virginia commençait à s'impatienter. Ils avaient déjà visité une bonne cinquantaine d'astéroïdes, contrôlé une petite centaine de vaisseaux en transit et réduit en cendres cinquante autres vaisseaux contrebandiers qui n'avaient pas cru bon de vouloir se laisser contrôler. Virginia restait convaincue que leur ennemi se trouvait sur Vesta. Ils descendaient d'une longue lignée de religieux. La secte savait sans doute mieux maîtriser les subtilités de la religion. Même s'ils n'étaient pas l'ennemi tant recherché, ils pouvaient représenter un obstacle pour son Eglise de la Conscience.

La flotte était dispersée dans toute la Ceinture. Il était difficile de contrôler toute cette immensité. Maya, de l'autre côté de la Ceinture, devait éprouver la même frustration.

Virginia décida d'envoyer un message à Maya. Elle pouvait pour cela utiliser le réseau des vingt vaisseaux répartis autour de l'étoile centrale afin d'éviter d'émettre vers le Centre, où des oreilles indiscrètes auraient pu l'intercepter. Elle proposa à la jeune Martienne de rassembler la flotte autour du plus grand des corps solides qui formaient la Ceinture, Cérès, pour faire un point sur la situation. Si elles n'avaient rien trouvé jusqu'à présent, c'était qu'il n'y avait rien à trouver.

Onze jours plus tard, la flotte était rassemblée autour de Cérès. Maya avait rejoint Virginia sur la passerelle de commandement de l'*Océan*.

— Je crois qu'il n'y a rien à trouver ici, constata amèrement Maya.

— Je le pense aussi. Nous avons fait fausse route. Notre ennemi n'est pas ici.

— Ou alors il est très bien caché.

— On ne peut tout de même pas explorer l'ensemble des millions de cailloux de la Ceinture ! remarqua Virginia, découragée.

— Je vais faire mon rapport à Atama, il aura peut-être une idée.

— En attendant sa réponse, nous pourrions nous occuper des locataires de Vesta, proposa Virginia.

Le visage de Maya venait de virer au rouge. Chez un Extérieur, c'était très spectaculaire. Elle demanda :

— Qu'entendez-vous par-là ?

— Ces gens sont dangereux, je crois que nous rendrions service à l'humanité en les empêchant de nuire, répondit Virginia sans se rendre compte de l'effet qu'elle venait de provoquer chez Maya.

Cette dernière bondit de son siège.

— Il est hors de question que nous nous attaquions à Vesta. La petite colonie est sans défense et ne présente absolument aucun danger!

Maya ne décolérait pas et poursuivit avec hargne :

— Nous ne sommes pas venu massacrer des innocents. Je m'oppose à cette initiative !

Cette vive réaction surprit Virginia. Mais le général n'aurait pas le dernier mot. Virginia se rappela les longues heures au Conseil fédéral. Les gouverneurs, et en particulier Kovalsky, voulaient toujours avoir le dernier mot. Virginia avait toujours fini par céder. Elle ne le ferait pas cette fois-ci.

— Je me fiche de votre opposition. Je peux donner les ordres que je souhaite à mes vaisseaux.

— Si l'un de vos vaisseaux tente de s'approcher de Vesta, je donnerais des ordres pour que les miens l'abattent !

Sur cette menace, Maya quitta la passerelle de *l'Océan* pour se rendre dans la navette de transfert et rejoindre son propre vaisseau de commandement. Virginia savait que Maya n'hésiterait pas à mettre sa menace à exécution. Elle n'était pas du genre à faire des promesses en l'air. Elle décida de ne pas prendre ce risque. Une fois de plus, elle cédait. Mais elle se jura que dès que toute cette histoire d'ennemi anonyme serait réglée, elle repasserait par Vesta avant de revenir sur Terre, et elle détruirait la colonie qui pouvait présenter un si grand danger pour ses plans personnels.

À partir de ce moment, les deux femmes ne s'adressèrent plus la parole. Une moitié de la flotte épiait l'autre. Les deux femmes envoyèrent chacune un message à Atama pour se plaindre du comportement de l'autre.

◆ ◆ ◆

Finalement, le choix de mettre Enora et Andrades en compétition n'était pas aussi bon que cela. *« Je ne comprendrai jamais les femmes ! »* se disait Atama, presque amusé. Si seulement la situation n'était pas aussi grave. Non seulement les recherches n'avaient rien donné dans la

Ceinture, mais voilà qu'une partie de la flotte était prête à se ruer sur l'autre. Cette situation ressemblait beaucoup à ce qui s'était passé dans le camp martien et au sein de la Confédération où les alliés avaient fini par s'entre déchirer, au point qu'Atama se demandait si l'ennemi n'en était pas à l'origine. La flotte avait été montée dans le secret absolu. Non, c'était simplement le résultat de la rencontre de deux caractères impulsifs. Il ne fallait pas céder à la paranoïa.

Atama s'opposait lui aussi à la destruction de la colonie de Vesta et le fit savoir à Virginia. Cela devrait permettre de tempérer un peu la Présidente. Il ne comprenait pas l'acharnement de Virginia. Il savait que cette dernière n'avait d'ordre à ne recevoir de personne mais pour l'heure elle éviterait de briser la fragile entente. La Terrienne avait beaucoup changé et semblait avoir perdu de son humanité. La Virginia de la Terre n'aurait jamais osé prendre la décision d'exterminer une colonie entière sur quelques présomptions. Atama qui pourtant avait moins de scrupules fut étonné de la réaction de Virginia qui semblait être sous l'emprise d'une force extérieure. Étaient-ils donc tous en train de devenir fous ?

La combinaison Andrades-Enora avait malheureusement fait son temps. Les deux femmes avaient cessé tout contact et la flotte n'était plus gérable. Pourtant il fallait aller jusqu'au bout. Triton était la prochaine destination. Il pensait que lui-seul avait encore des chances d'être entendu par Enora. Atama décida donc à contrecœur de rappeler Maya sur Mars et de prendre l'affaire personnellement en mains. Il ne quittait que rarement sa planète. C'est ainsi qu'Atama quitta Mars, tout comme Enora avait quitté la Terre quelques mois plus tôt.

Maya continuerait à travailler pour lui, et pour commencer, il décida de l'envoyer à nouveau à Memphis afin d'assister à la fameuse réunion dont tout le monde parlait. Les Extérieurs étaient en train de s'unir pour préparer quelque chose et un représentant de Mars se devait d'être présent. Atama aurait aimé s'y rendre en personne pour exiger des explications, mais il jugeait l'affaire des tritoniens prioritaire. Maya saurait très bien se débrouiller.

◆ ◆ ◆

Memphis était en alerte maximale. Toutes les bases de défense orbitales étaient activées et prêtes à faire feu. Les bases au sol étaient-elles aussi préparées à prendre le relais au cas où les assaillants arriveraient à passer la première barrière défensive – ce qui était plus que probable, compte tenu de la puissance de la flotte. Atama avait à peine quitté Mars pour rejoindre la flotte que celle-ci s'était mise en mouvement vers Jupiter. Zerdan et les autres représentants Extérieurs s'attendaient à une action imminente, cependant cette manœuvre de la flotte créa la surprise. Aménor n'était pas encore arrivé, mais toutes les autres délégations étaient là.

Deux jours plus tôt, le général Andrades avait annoncé son désir de participer à la rencontre. Ce devait encore être une nouvelle ruse pour détourner l'attention. La plupart des habitants de Memphis avaient rejoint les abris souterrains, construits pour protéger les populations dans le cas où se produirait une brèche dans la coupole. On avait retenu les leçons de la catastrophe d'Asgard. Cependant, on n'avait jamais imaginé qu'une attaque sur la cité pouvait avoir lieu un jour. C'est pourquoi personne n'était capable de certifier l'efficacité des abris contre un bombardement éventuel.

Zerdan avait décidé de rester à la surface. Il faisait les cent pas dans la salle de contrôle du cosmoport. Les vingt vaisseaux de la flotte apparaissaient sur les écrans de radars comme autant de points lumineux. Et ces points lumineux s'approchaient à grande vitesse.

Quelque chose semblait cependant clocher dans cette trajectoire. Contrairement à toute attente, les points ne décéléraient pas et semblaient même prendre encore plus de vitesse. Pourtant ils devaient bien freiner pour se mettre en orbite autour de Jupiter et attaquer de manière efficace. S'ils ne freinaient pas, ils ne pouvaient réaliser qu'un survol à très grande vitesse. Était-ce la stratégie des Deux? Allaient-ils simplement bombarder Memphis lors d'un survol rapide? C'était évidemment concevable. Une seule brèche dans la coupole suffirait à faire des dégâts importants. Et il y avait vingt croiseurs. Et qui pouvait dire de quelles armes ils étaient équipés ? L'anxiété de Zerdan ne fut qu'attisée par ces pensées.

Les points continuaient toujours leur accélération. Les derniers relevés indiquaient qu'ils passeraient très loin de Memphis. La flotte fonçait tout droit vers le sommet des nuages de la Géante. Qu'est-ce que cela pouvait bien vouloir dire ? Zerdan mit plusieurs minutes à réaliser ce qui se passait réellement.

Memphis n'était pas la destination de la flotte. Après une demi-journée d'attente dans l'angoisse, Zerdan pouvait enfin respirer. Jupiter avait simplement été utilisé par la flotte telle une fronde gravitationnelle. Les points étaient passés à une allure folle à côté de la géante pour continuer vers l'Extérieur. La flotte avait simplement utilisé la masse énorme de la planète Jupiter pour gagner de la vitesse et modifier sa trajectoire.

– Je veux les coordonnées de leur nouvelle trajectoire. Je veux savoir où ils vont ! Ordonna Zerdan aux techniciens du centre de contrôle. Il était intrigué par la manœuvre, mais soulagé de n'avoir pas été la cible. *« Du moins pas encore… »* songea-t-il.

Dix minutes plus tard, les résultats des calculs de trajectoire tombèrent. Zerdan dut les relire à trois reprises. Il demanda confirmation. Les calculs furent refaits, mais les résultats concordaient.

– Mais que vont-ils faire sur Neptune ? se demanda Zerdan à voie haute.

◆◆◆

Notre petit séjour dans la base climatologique du pôle Nord prenait enfin fin. Bien que sympathique, notre hôte Socrate nous devenait insupportable. Il buvait beaucoup et nous ne nous sentions pas en sécurité. Nos vies étaient entre les mains d'un alcoolique et nous nous trouvions dans une petite base fouettée en permanences par des radiations mortelles, loin de toute civilisation. Socrate manquait visiblement de compagnie. Notre arrivée avait été une bénédiction pour lui. Les premiers jours, il nous fit visiter la base, nous expliqua en quoi consistait son travail. Il nous fit aussi admirer les fabuleux jeux de lumière des aurores boréales de Ganymède qu'il nous avait promises. Au bout de la quatrième journée, les désagréments de la promiscuité commençaient à se faire ressentir. La base n'était équipée que pour trois personnes, ce qui était largement confortable pour Socrate, mais nous étions huit.

Notre humeur commençait à devenir de plus en plus mauvaise. Même le petit Moïse qui avait été très patient commençait à râler de plus en plus. Notre hôte, qui ne travaillait finalement pas beaucoup, passait son temps à nous raconter ses aventures. On pouvait douter que la plupart d'entre elles fussent réelles. Et puis, au bout de six jours, nous étions las d'entendre toujours les mêmes histoires.

Malgré notre irritation croissante, nous essayions de conserver notre calme. Cet homme nous avait sauvés la vie. Nous pensions qu'il était grand temps de partir, mais lui semblait ne pas s'en rendre compte. Nous comprenions que nous avions brisé sa solitude et que sa vie serait sans doute encore plus difficile lorsque nous serions repartis, mais nous ne pouvions pas rester éternellement prisonniers dans la base. L'Amiral se proposa d'aller parler à notre hôte, mais il dut attendre que ce dernier ait fini sa sieste qui suivait systématiquement les deux bouteilles d'alcool quotidiennes.

Nous attendions tous dans la grande pièce dans laquelle nous logions depuis notre arrivée. Socrate dormait dans une petite pièce attenante. De lourds ronflements nous indiquaient que sa sieste n'était pas encore finie. De temps à autre, ils s'arrêtaient pour reprendre de plus belle. Puis soudain ils cessèrent définitivement. Le bruit de ses deux pieds heurtant brutalement le sol à son levé nous confirma qu'il était enfin réveillé. C'était le moment pour l'Amiral d'aller lui parler de notre départ. Tulk rejoignit Socrate dans la petite pièce. Nous écoutions tous la conversation.

— Alors, la sieste a été bonne ? lança-t-il.

— Oh, comme d'habitude, répondit une voie encore endormie. Je crois que j'ai un peu trop bu !

— Seulement deux bouteilles, essaya de plaisanter l'Amiral.

— Vous savez, ici il n'y a pas grand-chose à faire, alors pour oublier et passer le temps…

— Mais rien ne vous oblige à rester ici ! l'interrompit l'Amiral.

— Et où voudriez-vous que j'aille ? Je n'ai pas de famille, et ici au moins j'ai un chez moi, et un petit salaire. Les autorités se fichent complètement de mes recherches, mais l'administration ferme les yeux et continue à me payer et à me fournir en vivres. Je suis fonctionnaire de l'État et il est bien vu que l'État soit présent sur tout le territoire de Ganymède, même près des pôles. Je ne coûte pas cher et symbolise la présence de l'État.

Après un long silence triste, l'Amiral, usant de son sens de la diplomatie, continua :

— Je suis en fait venu vous parler de notre départ. Cela fait une semaine que vous nous logez ici à vos frais. Je pense qu'il est temps pour nous de reprendre notre route.

— Déjà, une semaine ! se contenta de dire tristement Socrate.

— Eh oui, nous non plus n'avons pas vu le temps passer, mentit l'Amiral.

— Alors, vous voulez repartir ?

— Nous ne pouvons pas raisonnablement rester plus longtemps.

— Vous avez sans doute raison. Je m'attendais à ce moment et l'appréhendais.

— Vous savez, lorsque les choses se seront calmées, nous repasserons de temps en temps vous rendre une petite visite. Vous avez beaucoup fait pour nous !

— Pas autant que vous pour moi !

Nous n'avions pas réalisé que Socrate n'avait pas vraiment choisi la solitude. Son attitude assurée n'était en réalité qu'une façade cachant un malaise profond.

Le lendemain matin, nous nous engouffrâmes dans le vaisseau sphère, soulagés de partir enfin, mais le cœur lourd de devoir abandonner Socrate. L'Amiral avait fini par lui proposer de rejoindre l'équipe de *l'Albatros*, mais Socrate avait poliment refusé. Malgré le poids de la solitude, la base était son unique maison, son repaire. Notre hôte prit les commandes du vaisseau. Nous nous élevâmes dans les airs et après que le halo vert protecteur apparût autour de nous, nous quittâmes la base. Socrate nous expliqua qu'il nous guiderait vers la base abandonnée d'Anzu, de l'autre côté du pôle, sur la route de Memphis. Là-bas, des hommes de la police de Memphis viendraient nous prendre en charge pour nous escorter jusqu'à la capitale. Il nous rassura en nous disant que nous n'avions pas à craindre la police de Memphis. Elle était efficace et incorruptible.

Anzu était un immense dôme naturel, tous comme Zaqar que nous avions survolé lorsque nous avions fui Harpagia. À notre arrivée, un vaisseau identique au nôtre nous attendait. Lui aussi était entouré d'un halo vert. C'était le second vaisseau à posséder le système anti-radiations dont Socrate nous avait parlé.

— Ce vaisseau que vous voyez m'appartient aussi, me confirma Socrate, comme s'il avait lu dans mes pensées. Je le prête de temps en temps à ces policiers. Ils m'apportent aussi des vivres et d'autres denrées nécessaires.

Notre descente fut rapide et nous finîmes par nous poser à deux mètres à peine de l'autre vaisseau. Nous n'avions toujours pas retraversé la Barrière Nord et continuions à recevoir la pluie de rayonnements. Un tube de passage fut mis en place entre les deux vaisseaux. Lui aussi avait son système de protection. Puis, les sas des deux vaisseaux s'ouvrirent et nous quittâmes enfin le vaisseau sphère et son occupant. Le visage de Socrate resta impassible lorsque nous le remerciâmes encore une fois et lui fîmes nos adieux, mais nous savions tous que cet homme était malheureux. Mais y avait-il vraiment quelqu'un d'heureux sur nos mondes ? Seul à bord de *l'Albatros*, ce sentiment semblait encore exister de temps en temps.

◆◆◆

La planète bleue était visible déjà depuis trois jours. Elle ne cessait de grossir à travers les baies vitrées. Triton était maintenant aussi visible sous la forme d'un petit point orangé, mais les senseurs de la flotte n'y avaient pas encore détecté le moindre signe d'activité. Atama avait encore une journée standard à attendre, puis ils pourraient enfin frapper l'ennemi ! Tout le monde dans le système solaire avait entendu parler de son expédition punitive et l'ennemi devait les attendre de pied ferme. Ils devaient se montrer très prudents. On ne savait rien de lui. Surtout, on ignorait sa force. Atama n'était cependant pas très inquiet. La civilisation de Triton ne devait pas posséder une technologie très avancée. À part la glace, les matières premières étaient rares si loin de Sol.

Il s'inquiétait davantage de ce qui se passait vers le Centre. La situation avait évolué très vite. Il avait reçu un message de Maya une heure plus tôt. Il avait fallu quatre bonnes heures au message pour lui parvenir. Cela lui rappela la distance énorme qu'ils avaient franchie et leur isolement total, aux confins du système solaire.

Maya ignorait toujours le but de la réunion à Memphis mais elle avait réussi facilement à s'y faire inviter. Atama avait un mauvais pressentiment. Il s'était précipité loin vers l'Extérieur avec son ancienne ennemie jurée, et cela au moment même où les événements s'accéléraient au Centre. Mais il refusa d'admettre qu'il venait une fois de plus de se faire manipuler. Il préféra se convaincre que c'était de son propre chef qu'il se retrouvait ici. De toute manière, il fallait maintenant aller jusqu'au bout. Il avait agi sur un coup de tête irréfléchi, guidé plus par l'impatience et la colère que par la raison. Atama doutait de plus en plus de lui-même. Il s'abstînt cependant de partager son sentiment avec la Présidente Enora. Il en aurait le cœur net très bientôt, puisque Triton était maintenant proche.

La stratégie d'attaque avait été mise au point de concert avec Enora. Ils formeraient neuf groupes de deux croiseurs, dont un pour l'attaque, et l'autre pour la défense. Chaque paire survolerait la surface de Triton à basse altitude à la recherche de toute activité humaine. Dès que les nids des ennemis seraient localisés, ils les bombarderaient. Ils n'hésiteraient pas à utiliser l'arme atomique. Bien qu'interdite, chacun continuait à la fabriquer secrètement. On était loin de tout, et personne ne saurait. Les deux vaisseaux de commandement resteraient au loin à surveiller et guider les actions.

◆◆◆

L'agitation autour et dans le palais de Memphis ne cessait de grandir. On aurait pu se croire au Grand Marché. Et pourtant, tous les représentants officiels n'étaient pas encore arrivés. L'armada montée par Enora la Terrienne et Amata le Martien ne cessait d'alimenter les rumeurs les plus folles. Les différentes délégations se succédaient au cosmoport.

La Confédération était représentée par les gouverneurs Farney et Kovalsky, les ennemis jurés terrestres. Farney avait l'air très mal en point. Il était presque aussi blême qu'un Extérieur. Cela arrivait souvent aux Terriens après leurs séjours obligatoires dans les centres de décontamination. Leur organisme ne supportait pas toujours les traitements drastiques.

Les deux Terriens avaient été logés dans le plus prestigieux hôtel de Memphis, à l'instar des autres délégations. Le bâtiment d'architecture plutôt ancienne et sobre comportait vingt-cinq étages et était le plus haut des immeubles du quartier central. Seuls les six gigantesques piliers centraux placés sur un cercle de trois cent mètres de diamètre le dépassaient en s'élançant vers le ciel de Memphis. Il n'y avait pas de tour centrale comme dans les cités Extérieures plus petites. Le Palais de Zerdan n'était situé qu'à un petit kilomètre de l'hôtel. On avait fait augmenter la température et la pression atmosphérique dans leurs appartements pour les leur rendre plus confortables. Malgré ces efforts, l'état du gouverneur Farney ne semblait pas vouloir s'améliorer. Il restait alité et était incapable d'ingurgiter quoi que ce fût depuis son arrivée à Memphis, trois jours plus tôt. Les meilleurs médecins de Memphis avaient été appelés à son chevet.

Cette situation amusa plutôt le gouverneur Kovalsky qui, malgré quelques rougeurs résiduelles dans le visage, s'était très vite habitué aux conditions de Memphis. Il s'était même permis une petite promenade dans les rues dès le second jour de son arrivée. Il fut la cible de tous les regards. On n'avait pas vu de Terrien à Memphis depuis longtemps. Les passants préféraient cependant rester à distance, au cas où le Terrien porterait encore sur lui quelques germes mortels pour eux. Il était escorté par une dizaine de policiers armés.

Les autres délégations espéraient beaucoup de la venue des deux représentants de la Confédération. Ils étaient les seuls à pouvoir apporter quelques lumières à l'assemblée sur les projets d'Enora. Et peut-être, par leur présence, empêcher une attaque sur la capitale de Zerdan.

Titan était représenté par l'ambassadeur Tournon, l'un des instigateurs de la rencontre. Tournon était à Memphis depuis plusieurs mois et continuait à œuvrer à l'organisation de la réunion. Halana qui s'ennuyait fortement lui avait proposé son aide. La Première Dame des lieux lui était d'une grande utilité dans la mesure où elle pouvait lui ouvrir toutes les portes à Memphis. Bien que n'étant pas associée officiellement au pouvoir, elle était tout aussi respectée et crainte que Zerdan lui-même. Elle jouait son rôle d'hôtesse avec brio. Et ce rôle semblait énormément lui plaire.

Le maire Bartolu de Samarkhand n'était pas encore arrivé. Son vaisseau était attendu dans la soirée. Tournon s'était proposé pour aller l'accueillir au cosmoport, pour le plus grand plaisir de Zerdan. Zerdan le taciturne détestait toute cette agitation. Il commençait à regretter sa décision d'organiser cette conférence. Il n'était plus le maître chez lui. Bien qu'Halana lui eût assuré que cette initiative était une excellente chose pour son image et finalement pour les mondes de Jupiter, il n'en était pas convaincu. Il préférait le calme. Il pensait aussi que tout cela pouvait être pris pour une provocation par les *Deux*. Car c'était bien une provocation. Ne risquait-il pas tout simplement d'attiser encore un peu davantage leur colère ?

Et puis, il y avait tous ces hôtes ! Tous ces inconnus qui se promenaient dans son palais. Il était devenu un étranger dans sa propre maison ! Rien ne lui répugnait davantage que de devoir tous les jours rencontrer ces parasites. La bienséance voulait que le maître des lieux accueillît chacun à son arrivée, pire, donnât des banquets en leur honneur. Heureusement qu'Halana adorait ça. Et elle se débrouillait plutôt bien. Lui, s'enfermait de plus en plus dans sa coquille.

Aménor, le chancelier de Narcisse était aussi en chemin. Il venait de très loin et n'était pas attendu avant deux jours. En attendant son arrivée, les autres délégations en profitaient pour se rencontrer, créer de nouvelles alliances, en défaire d'autres.

Une autre invitée inattendue allait se joindre à eux. Le général Maya Andrades avait aussi beaucoup insisté pour assister à la rencontre. Après plusieurs refus, Zerdan avait finalement fini par capituler sous l'insistance du général, mais aussi et surtout de celle des autres délégations des mondes Extérieurs. Il était injuste que Mars ne fût pas représentée, mais Zerdan n'aimait pas cette femme. Ce fut une fois de plus Halana qui trouva les mots pour le convaincre.

◆◆◆

Quelque part entre Uranus et Jupiter, Aménor préparait son intervention à la conférence. Pour la première fois depuis très longtemps il ressentait une certaine sérénité. Il était loin de Messina et de Narcisse. Avec la distance, il sentait que l'oppression permanente qu'il subissait commençait à diminuer petit à petit. Il savait qu'il était entouré d'hommes à la solde de Narcisse. Ils avaient probablement reçu des ordres stricts. Au moindre faux pas du chancelier, il serait abattu. C'était la condition à laquelle Narcisse avait fini par accepter son départ vers Jupiter. Son escorte n'était pas là pour le protéger, mais pour le surveiller et le supprimer le cas échéant. Pourtant, Aménor était heureux : Narcisse était loin.

Il avait quitté Messina depuis cinq semaines, et il restait encore deux jours de trajet avant d'arriver à Memphis. Narcisse avait refusé de mettre à sa disposition un croiseur neuf et celui-ci n'était pas des plus rapide. De plus, la planète Saturne n'était pas idéalement placée sur son chemin et le voyage devait se faire en trajectoire directe, donc l'aide gravitationnelle de la planète aux anneaux pour gagner de la vitesse, et donc du temps.

◆◆◆

Les neuf groupes se formèrent et la flotte se sépara. Comme convenu, *l'Océan* et le navire de commandement d'Atama, *l'Elyseum*, restèrent sur une orbite plus haute. Les senseurs n'avaient toujours pas détecté la moindre activité humaine. Même pas un satellite climatologique autour de la géante de gaz. Le petit point orange de la veille s'était transformé en un monde à part entière, avec ses montagnes, ses failles et ses volcans. Des nuages flottaient en altitude, dans la fine atmosphère d'azote et de méthane.

Les croiseurs se placèrent en orbite basse, à une centaine de kilomètres seulement de la surface. Leurs télescopes scrutèrent le sol à la recherche des installations ennemies. Tous les senseurs étaient en alerte. Virginia attendait. Au bout d'une journée de recherche rien n'avait encore été signalé. Pas la moindre émission de chaleur suspecte ! Seul un quart de la surface avait été exploré. Virginia ne s'attendait pas à les trouver dès le premier jour.

De la passerelle de commandement de *l'Océan*, Virginia avait une superbe vue sur cet autre monde de glace. Il était très différent de tout ce qu'elle avait vu jusqu'alors plus vers le Centre. Il avait une beauté glaciale très particulière. C'était le monde le plus froid du domaine des hommes. L'azote, composant majoritaire de l'atmosphère de la Terre, s'y trouvait solidifié à la surface. Un paysage de marécages gelés s'étendait à perte de vue. On aurait dit la peau ridée d'un melon. Plus au sud s'étendait la bordure de la gigantesque calotte polaire Sud. La région d'un blanc immaculé avait été appelée Uhlanga Regio. Par-ci et par-là d'étranges taches sombres contrastaient avec la blancheur de la calotte polaire, des traces laissées par les retombées de gaz et de poussières éjectés vers le ciel par les geysers d'azote.

Virginia en aperçut un en pleine action, éjectant un panache sombre vers une altitude d'au moins huit kilomètres. À cette altitude, le panache se transformait en un long nuage qui s'étirait sous la pression des faibles vents tritoniens. Ce monde était vraiment beau. Et étrangement calme. Ce n'était pas le cas de la planète centrale, Neptune, qui, malgré sa couleur bleu engageante, n'avait rien d'un paradis. Les tempêtes y étaient les plus violentes de toutes les planètes.

Trois jours plus tard, les sondages n'avaient toujours rien donné. L'intégralité de la surface avait été sondée deux fois. Et pourtant, il n'y avait rien. Il n'y avait personne ici. Triton n'avait jamais été le siège d'une quelconque civilisation !

Atama ne fut pas surpris du résultat. Il ne le fut pas non plus par la colère justifiée de la Présidente. Il l'avait entraînée dans cette aventure sans issue. Elle avait quitté la Terre, endurée à trois reprises la torture de la décontamination pour se retrouver complètement isolée, à des milliards de kilomètres de son monde, à chasser une civilisation qui n'existait pas. Atama en bon perdant dut reconnaître que l'ennemi était vraiment très fort.

Il savait aussi qu'au même moment se tenait la grande conférence à Memphis. Cette rencontre devait être très importante pour leur ennemi invisible. Sinon pourquoi ce dernier aurait-il tenté avec succès d'éloigner les deux personnages les plus puissants du système solaire. Il espérait que Maya, sa seule représentante sur place arriverait à défendre Mars, quoi qu'il se passât.

Virginia de son côté avait donné ordre à sa flotte de se rassembler. Elle avait fait tout ce chemin en vain. Et ils étaient tous coincés en ce lieu encore pour au moins un mois. Les calculs de trajectoire avaient été formels. Il était impossible de désorbiter avant qu'Uranus ou Saturne ne soient en bonne configuration pour faire une escale ou servir de fronde pour revenir directement vers le centre. Ils n'avaient pas assez de carburant pour tenter une trajectoire directe sans l'aide de l'une de ces deux planètes. Cela avait été prévu avant leur départ, mais ce qui était imprévu, c'était qu'il n'y avait rien à chasser autour de Neptune. Il n'y avait donc rien à faire qu'à attendre.

C'est pourquoi Virginia prit la décision de prendre la navette de *l'Océan* et d'aller se poser à la surface de Triton, ce monde qui la fascinait tant. Elle se dit que si le destin avait voulu qu'elle vienne jusqu'en cet endroit, ce n'était pas sans raison. Cette folle histoire devait avoir une raison d'être. Elle imaginait Munstersen lui répéter cette phrase. Elle aurait dû emmener le vieux bonhomme avec elle. Et cette fascination pour cette lune étrange confirma son intuition.

♦♦♦

La petite navette se posa dans une gigantesque plaine d'un blanc éclatant. Un seul occupant était à bord. Virginia voulait faire le voyage seule. Il n'y avait point besoin de pilote. La navette avait été programmée pour atteindre sa destination de manière automatique.

Virginia était engoncée dans une épaisse combinaison qui la protégeait du froid glacial qui régnait à la surface. Elle connaissait sa destination. Ruach planitia, tel était le nom officiel de cet énorme lac gelé sur lequel elle avait choisi de se poser. L'atterrissage se fit en douceur. La navette s'enfonça légère dans l'épaisse couche de neige qui recouvrait le sol à perte de vue. Par endroits, le paysage avait des reflets bleutés. C'était le gigantesque globe bleu de la planète Neptune qui se reflétait dans les cristaux de glace.

Virginia quitta le cocon métallique et posa le pied sur ce nouveau monde. Comme il n'y avait pas de Tritoniens, elle réalisa qu'aucun humain n'avait jamais posé le pied sur Triton avant elle. Des expéditions avaient bien été organisées, mais on n'avait jamais cru utile de se poser sur Triton. Le temps des premiers pas de l'homme sur la Lune ou sur Mars était révolu et ce genre d'exercice n'avait plus rien d'extraordinaire. La légende des Tritoniens n'était effectivement qu'une légende.

Alors, pourquoi le destin avait-il voulu qu'elle vienne jusqu'ici ? Tout cela devait avoir un sens. Munstersen aurait peut-être su lui donner la réponse, mais il était très loin, sur la Terre, en direction du petit point lumineux, à peine plus gros qu'une étoile comme les autres, qu'elle apercevait dans le ciel. Le Soleil nourricier qui pouvait être si féroce sur la Terre n'était ici qu'une petite et froide étoile. Il ne parvenait même pas à faire fondre la neige d'azote sur laquelle elle s'était posée. La glace d'eau avait ici la dureté de l'acier.

Elle déclencha l'ouverture du sas et sortie de la navette. Le sol était assez ferme pour qu'elle ne s'y enfonçât pas plus de quelques centimètres. Elle écoutait le silence. Elle goûtait la solitude absolue. C'était magnifique. De légères secousses sismiques brisèrent de temps en temps ce calme absolu, juste pour lui rappeler que ce monde était encore bien vivant. Virginia se dit que c'était pour lui souhaiter la bienvenue. *« Ah ! Munstersen, si vous saviez ! »* soupira-t-elle à voix haute. Personne ne pouvait l'entendre. C'était l'endroit idéal pour installer le centre de son Eglise. Un lieu de recueillement comme il n'en existait nulle par ailleurs dans le système solaire. La Nature dans toute sa splendeur. Elle sut alors pourquoi le destin l'avait entraînée en ce lieu.

Chapitre 33

Un petit tour de piste

La grande salle d'audience en pierres de Lune était prête à recevoir les délégations. On avait fait installer huit tables sur un cercle parfait d'environ dix mètres de diamètres. Les délégués se trouvaient ainsi à une distance raisonnable de leurs ennemis. Des amplificateurs sonores avaient été placés à chacune des places. Ainsi tout le monde pouvait entendre ce qui était dit. Derrière chacune des grandes tables étaient aménagées deux rangées de huit sièges pour ceux qui accompagnaient les représentants. Halana s'était chargée en personne de placer les différentes délégations.

Deux heures avant le début de la rencontre, Zerdan, qui avait évité autant qu'il était possible les préparatifs et les palabres avec tous les invités, avait fini par se rendre dans le lieu des futurs débats. Aménor, le dernier des représentants attendu, était arrivé la veille. La grande salle était encore vide. Zerdan était très anxieux. Il marchait entre les tables, essayant de comprendre l'agencement hétéroclite des invités autour du cercle. Ses pas résonnaient dans le silence de la grande salle.

Il commençait par inspecter la grande table la plus au nord du grand cercle. Deux sièges avaient été placés derrière elle. Deux étiquettes sur la table indiquaient leurs futurs convives. Elle était destinée couple Tournon-Bartolu. *« Ils sont devenus inséparables, ces deux-là ! »* se dit ironiquement Zerdan. Il décida de faire son tour des tables dans le sens inverse des aiguilles d'une montre. Il aimait bien aller à contresens des choses établies. Il se dit que chacun devait avoir des lubies semblables. Après tout, il était tout seul dans la salle et pouvait faire ce qu'il désirait. Du moment que personne ne le remarquât. Et même si c'était le cas, quelle différence cela aurait-il bien pu faire ? Qui pouvait bien savoir ce qui se passait dans sa tête à part lui ?

Chacun devait avoir un monde intérieur très différent de ce qu'il montrait. Après la Révolution Culturelle, la société des apparences avait disparu. Avant, le paraître était bien plus important que ce qu'on était réellement. La vie était une sorte de comédie permanente. L'hypocrisie avait été érigée en loi sociale primordiale. La libéralisation des esprits avait relancé la créativité. Et puis, la société des apparences était revenue en force et avait repris le dessus.

Tout en méditant, Zerdan se dirigea vers la table suivante où il eut sa première surprise. Deux sièges aussi avaient été aménagés. L'étiquette annonçait l'Amiral Alphonsius Tulk et le capitaine William Cooper. Que pouvaient bien faire ces deux personnages dans une telle réunion ? Halana s'était permis des libertés. Zerdan regretta de ne pas s'être davantage impliqué dans l'organisation. Sous le nom était indiquée leur qualité. *Observateurs externes et représentants des hommes libres.* Que pouvait bien signifier cette remarque ?

La table suivante était la sienne. Deux sièges avaient aussi été placés derrière elle. Sur l'étiquette il lisait : *Empereur Zerdan et Dame Halana, représentants des mondes de Jupiter.* Halana s'était hissée presque au même niveau que lui. *« Quel culot ! »* grommela-t-il intérieurement. Mais il se calma aussi vite. Cette conférence était un peu celle d'Halana. Elle s'était beaucoup investie, contrairement à lui. Il était donc près à lui laisser cette petite gloire passagère. Du moment que ça ne devenait pas une habitude !

La quatrième table ne comprenait qu'un seul siège. Elle était destinée au gouverneur Kovalsky, représentant de l'Union des Etats Progressistes de la Terre. Ce nom amusa Zerdan. Il avait complètement oublié la scission de la Confédération Terrienne. Il avait pensé que lui et Farney allaient représenter l'ancienne Confédération, un peu comme ce que faisaient Bartolu et Tournon. Mais il n'en était rien. Chacun représentait une partie de l'ancienne grande puissance. Zerdan se réjouissait d'avance de voir s'affronter les deux Terriens arrogants. Il se dit que les deux ennemis jurés représentaient bien la population terrestre. Ne disait-on pas arrogant comme un Terrien ? Zerdan ne connaissait pas le gouverneur Kovalsky, mais le Terrien avait trahi sa patrie. Même s'il avait eu de bonnes raisons de le faire, Zerdan n'approuvait pas la trahison. On ne se retourne pas contre sa patrie et on ne fait rien qui puisse l'affaiblir. Zerdan ne voyait pas comment il pourrait apprécier cet homme.

Il venait de parcourir la moitié de son petit tour de piste et chaque étape lui avait révélé une surprise. Il se dit qu'il n'oserait pas finir le tour, de peur d'être complètement dégoûté. Il décida cependant de poursuivre. Il valait mieux qu'il fut au courant. Officiellement, n'était-il pas l'hôte ?

Comme pour la table précédente, la suivante ne comportait qu'un seul siège. Et ce siège allait recevoir le chancelier Aménor. *« Je l'avais presque oublié celui-là ! »* maugréa-t-il. La tentation de saboter le siège était très forte et Zerdan eut du mal à se retenir. Zerdan savait que le chancelier était seul. Les deux rangées de sièges derrière lui seraient remplies d'Uraniens, mais il n'aurait aucun soutien. Ils étaient les yeux de Narcisse. Cette pensée rassura un peu Zerdan. Au moins Aménor ne serait pas parfaitement libre de ses paroles. En même temps Zerdan se dit que s'il pouvait libérer Aménor du joug de l'ignoble Narcisse, ça pourrait devenir amusant. *« À méditer ! »* se dit-il encore en poursuivant son inspection.

La table suivante ne comprenait aucun siège. Zerdan en comprit la raison lorsqu'il lut l'étiquette indiquant le nom et la qualité de l'hôte : le gouverneur Farney, représentant de la Confédération Terrienne. Farney n'avait toujours pas récupéré de ses traitements de décontamination successifs et était incapable de se déplacer sans aide. C'était donc en fauteuil à suspensions anti-gravité qu'il allait assister à la rencontre. Farney était le représentant officiel de Virginia Enora. On attendait beaucoup de lui. Zerdan espérait que son état de faiblesse permettrait de lui soutirer plus facilement des renseignements sur Enora et sa flotte.

La table suivante était celle de Maya, la représentante de l'Empereur de Mars. Ainsi les représentants de Virginia et d'Atama seraient côte à côte sur le grand cercle. Halana n'aurait pu les placer mieux. La salle avait une allure de tribunal. Et les deux accusés se retrouveraient face à leurs accusateurs. Zerdan remarqua que la place de Maya se trouvait juste en face de sa propre place, de l'autre côté du cercle. *« Je vais ainsi pouvoir te tenir à l'œil ! »* se réjouit-il. Elle aussi allait avoir à fournir des explications. Et contrairement à son allié Farney, elle n'était pas souffrante. Il décida qu'il ne l'épargnerait pas.

Restait une dernière table. Zerdan semblait pourtant avoir fait le tour des délégations. Halana avait insisté pour qu'il invite les Marchands de Fer, mais heureusement ces derniers avaient refusé l'invitation. Alors, pourquoi une huitième table ? Halana lui avait-elle réservé une autre surprise ? Il se dirigea donc vers la huitième étiquette. *Le gouverneur Alexy Mirelli et son bras droit.* La présence de l'Amiral et de son capitaine passait encore, mais que les deux fugitifs assistent à la conférence était plus que surprenant. Même si leur fuite leur avait donné une célébrité relative, ils n'avaient rien à faire ici. Zerdan haïssait par-dessus tout le mélange des genres, et Halana avait malheureusement cette tendance. Il ne se priverait pas de le lui faire remarquer. Cependant à moins de deux heures du début de la réunion, il était trop tard pour modifier la composition de l'assemblée. Cela aurait été du plus mauvais effet et Zerdan ne voulait pas montrer une telle image devant l'ensemble des mondes des humains.

La table suivante était à nouveau celle des Saturniens. Zerdan avait donc fait le tour du cercle. Il décida d'aller s'installer dans le siège qui lui était imparti. Il dut admettre que le siège était confortable et que la géométrie des tables avait été parfaitement étudiée pour que chacun ait tout le monde à l'œil. Maintenant qu'il connaissait la place de chacun, il essaya de s'imaginer l'assemblée qui allait bientôt se former.

L'idée que ces personnages soient tous rassemblés dans cette salle lui parut une fois de plus irréelle et même saugrenue. Jamais on n'avait organisé une telle assemblée. Tous ces gens qui allaient se rencontrer, pour la plupart pour la première fois, n'avaient absolument rien en commun. Si, il y avait bien un point commun entre tous. Leur ambition personnelle. Zerdan savait qu'ils allaient tous essayer de tirer la couverture vers eux. Zerdan était convaincu que cette conférence n'avait aucune chance d'aboutir à une solution quelconque. Dans deux heures, il se trouverait au milieu de ce zoo. Les observer pourrait peut-être lui apporter quelque chose. Chacun avait ses idées, ses méthodes. Zerdan aurait été bien incapable de dire laquelle parmi ces personnalités pittoresques trouverait le moyen de s'imposer, et surtout de quelle manière. Oh oui, se dit-il intérieurement, peut-être que ça pourrait être intéressant. Il quitta la pièce, mais ne fut pas rassuré pour autant.

♦♦♦

Notre arrivée à Memphis s'était faite de la manière la plus discrète possible. Le petit vaisseau sphère nous déposa dans le cosmoport de Memphis. Le cosmoport était une véritable ruche. Des dizaines de vaisseaux de toutes sortes se posaient et s'élançaient dans le ciel en l'espace de quelques minutes. Le tarmac grouillait de gens et parmi eux, la police en uniformes rouge vif était très présente. Notre pilote nous expliqua que la cité était en ébullition en raison de la rencontre pour la paix qui était en train de se préparer à Memphis.

On nous transféra rapidement dans un petit bus à propulsion électrique qui nous attendait au pied de l'appareil. Le directeur du cosmoport en personne nous y attendait. C'était un homme très cordial.

— Lorsqu'il s'agit d'accueillir des hôtes spéciaux, c'est toujours moi qui suis de service ! nous lança-t-il en guise de salutations.

Nous ne comprenions pas cette remarque et pensions qu'elle était sans doute destinée à se donner de l'importance. Il nous serra chaleureusement la main et eut un petit mot gentil pour Moïse qui était le plus fatigué d'entre nous tous.

— Je vais vous conduire à votre hôtel. C'est un endroit très discret pas loin du centre. Vous serez en sécurité à Memphis.

L'homme avait l'art de nous réconforter. Il fallut bien cinquante minutes au bus pour nous amener à notre hôtel, un petit bâtiment vert, situé dans une petite ruelle multicolore. Tout avait été arrangé pour notre arrivée et nous n'eûmes qu'à rejoindre nos chambres où pour la première fois depuis très longtemps nous pûmes enfin nous reposer confortablement et dormir d'un sommeil profond.

Les trois jours qui suivirent, nous profitâmes de ce moment de répit pour visiter la ville, sous escorte permanente. Ce n'est qu'à la fin du troisième jour, alors que nous rentrions à l'hôtel, que les courriers officiels nous attendaient. Contrairement à mes coéquipiers, je ne fus pas surpris de l'invitation qui nous avait été envoyée.

Bêta, Delta, Oméga, Gamma et Sigma se rencontrèrent pour la dernière fois avant la conférence. Ils étaient tous les quatre très nerveux. Delta fut le premier à évoquer son inquiétude :

— Nous arrivons au bout de la route. J'espère qu'elle va nous mener quelque part !

— Nous sommes tous inquiets, répondit calmement Bêta. Mais ce n'est pas le moment de flancher. Dans un peu plus d'une heure commencera la conférence. Presque la totalité des représentants des humains seront réunis.

— Si nous manœuvrons selon le Plan, tout devrait bien se passer, essaya de se rassurer Sigma.

— J'espère simplement qu'il n'y aura pas trop de réactions imprévisibles ! ajouta Delta.

Oméga qui était resté silencieux jusqu'à présent attisa l'inquiétude ambiante :

— Moi, je crains surtout la réaction du Martien et de la Présidente Enora. Ils ne vont pas apprécier. Ils ont toujours leur flotte, même si pour l'instant ils sont hors de portée. On ne sait ce qu'ils vont faire quand ils reviendront. Surtout que maintenant ils doivent savoir qu'ils ont été dupés.

— C'est vrai qu'Enora est sans doute la plus imprévisible de tous et donc la plus dangereuse, confirma Sigma.

Bêta se devait de rassurer ses troupes avant l'affrontement final. Il leur parla alors comme un chef et non plus un simple collègue.

– Cessez donc de vous torturer l'esprit avec ce que pourraient faire les Deux. Atama et Enora sont loin pour un bon moment. On ne les reverra pas avant au moins deux mois. Si nous réussissons tout à l'heure nous aurons le temps pour nous préparer à les accueillir. Notre seul souci pour l'instant doit être la rencontre.

Bêta regretta l'absence l'Alpha. Il savait qu'Alpha n'était pas loin et qu'il le reverrait très bientôt, mais il aurait apprécié son aide pour motiver les troupes. Alpha avait un don inné pour ce genre de tâche. Savoir qu'on a un chef qui sait ce qu'il fait pouvait être rassurant. Mais compte tenu de la situation, cela ne suffisait pas.

Bêta reprit plus calmement:

– Je vous rappelle que nous sommes ici pour répéter en détails ce que nous devions faire.

Ils essayèrent alors de se concentrer et répétèrent. Trente minutes plus tard Bêta était rassuré. Ça ne pouvait pas rater. Ils se séparèrent.

Chapitre 34

La Conférence

Nous étions tous assis dans l'immense salle. Je ne me sentais pas à ma place. Alex, assis à côté de moi n'avait pas l'air davantage rassuré. D'ailleurs en observant les visages des uns et des autres, je vis bien que tous étaient angoissés. Le faible éclairage dans la grande salle n'aidait pas à apaiser l'énorme tension qui y régnait. Le moindre bruit était amplifié par l'écho. L'atmosphère semblait irréelle, comme si nous étions dans un rêve. Ou plutôt un cauchemar. J'étais entouré par la plupart des puissants du système solaire. Il ne manquait que la Présidente Enora et l'Empereur Atama. Narcisse était lui aussi absent. Mais étrangement, son absence n'était pas remarquée. Comme s'il avait déjà disparu de la scène politique. C'était sans doute le signe que le destin de l'immonde personnage était sur le point de prendre une nouvelle direction.

La présence familière de l'Amiral et de Bill, de l'autre côté du cercle me rassura quelque peu. Bien que sus qui étaient tous les autres, je ne les avais jamais rencontrés. C'était le cas des Terriens, mais aussi du Général Maya Andrades ou encore de l'empereur Zerdan. Halana était beaucoup plus connue et même populaire sur les mondes d'Uranus que son illustre compagnon.

Le silence était pesant et je crois que nous espérions tous que Zerdan, qui devait prononcer le discours d'ouverture, ne tarderait plus longtemps avant de le briser. Zerdan était déjà installé à sa place lorsque nous arrivâmes dans la salle. Il avait observé un à un les invités au fur et à mesure qu'ils étaient entrés. Son visage était resté inexpressif. Même lorsque le chancelier Aménor était arrivé. Il savait parfaitement contrôler ses émotions. Zerdan devait être un adversaire redoutable. Je pensai que tous ceux qui étaient là devaient plus ou moins lui ressembler. Les différents personnages réunis autour du cercle avaient tous réussi à s'imposer dans notre société sans pitié. Quand je songeai à ce qu'ils avaient réussi seuls, j'essayai d'imaginer ce qu'ils auraient pu réaliser s'ils s'étaient unis.

Finalement, Zerdan se décida. Il se leva et prit la parole :
– Mes chers amis !

Le ton glacial employé ne laissa aucun doute quant à la réalité de sa pensée. Zerdan l'avait sans doute fait intentionnellement. À qui était-ce destiné ? Sans doute à la plupart des participants. Chacun releva l'attaque, mais fit mine de ne pas l'avoir remarquée. Zerdan, sans montrer aucune fierté ou déception suite à cette première offensive continua :

— Nous sommes rassemblés pour essayer de trouver ensemble une réponse à la provocation du Martien et de la Terrienne. Je suis conscient que ce ne sera pas une chose facile, tant nous sommes différents. Afin de n'avoir pas organisé tout cela pour rien, j'espère que nous arriverons tout de même à un accord minimal.

Suivait à nouveau une petite pause durant laquelle Zerdan scrutait chacun, essayant de détecter l'effet de ses mots sur les visages de ses invités. Mais tous restèrent impassibles. Nous avions l'impression de marcher dans un champ de mines. À tous moments quelqu'un risquait d'exploser. Et la réunion ne faisait que commencer !

Zerdan poursuivit :

— Pour ne pas perdre inutilement du temps, je propose que ceux qui connaissent les projets des deux scélérats veuillent bien nous les expliquer.

Son regard se tourna vers le Général Andrades.

— Par exemple, vous, général, vous étiez à bord de la flotte, vous devez savoir ce qu'il en est.

La réunion à peine commencée venait de prendre une allure de procès. Maya Andrades qui devait s'y attendre ne parut pas étonnée, ni même offusquée. Elle se leva tout doucement et prit la parole.

— Je remercie l'Empereur Zerdan de me donner la parole devant vous, les représentants des Mondes de l'Extérieur. Ça me permettra enfin de clarifier le malentendu qui règne depuis le début de toute cette affaire. Atama et Enora n'ont jamais eu l'intention de s'en prendre à quiconque d'entre vous. Ils ont monté cette expédition pour trouver et éliminer un ennemi sournois demeuré invisible jusqu'à présent. Quelqu'un qui depuis des années tente de déstabiliser notre société !

Les visages impassibles au début de la réunion commençaient à se métamorphoser. On put lire la surprise chez les uns, la colère chez les autres, et même l'amusement chez certains.

Zerdan ne semblait absolument pas amusé.

— Vous n'allez pas nous resservir l'histoire de votre chasse aux fantômes ? Vous auriez pu au moins faire l'effort de changer votre défense !

Maya, ne se laissant pas démonter, poursuivit :

— Pourquoi changerais-je de version si c'est la vérité ? Vous ne pensez pas que, s'ils avaient voulu vous attaquer, ils l'auraient fait depuis longtemps ? Pourquoi croyez-vous qu'au lieu de cela ils sont partis vers Neptune ?

Maya venait de faire mouche. Mais Zerdan qui avait déjà entendu l'histoire à plusieurs reprises resta sceptique.

— Peut-être le gouverneur Farney pourrait-il nous renseigner davantage ! lança-t-il en regardant le gouverneur affaibli, affalé dans son fauteuil à suspensions anti-gravité.

Ce dernier ne pouvait pas se lever. Il n'essaya d'ailleurs même pas. Il déglutit à plusieurs reprises avant de pouvoir péniblement sortir quelques mots.

— Je n'ai rien de plus à ajouter à ce qu'a dit le général Andrades.

Cette intervention avait nécessité un énorme effort de la part du représentant Terrien et Zerdan décida qu'il n'en tirerait pas davantage. Farney faisait peine à voir, et on le laissa en paix durant toute la suite de la réunion.

Zerdan reprit la parole :

— Et vous, gouverneur Kovalsky, avez-vous des lumières à nous apporter sur cette affaire ?

Ce dernier, visiblement heureux que l'on s'intéressa enfin à lui, se leva et, d'une voix assurée, se lança :

— Dans cette histoire je suis victime comme vous tous. Enora a beaucoup intrigué sur Terre. Nous n'avons jamais été mis dans la confidence et pour être franc, je ne sais pas quel projet elle a pu mettre au point avec le Martien. Tous les deux ne sont que des traîtres.

— Donc vous ne pouvez pas nous en dire plus ? demanda Zerdan.

— Non.

Kovalsky se rassis, satisfait d'avoir fait sa petite représentation.

— Avant de discuter d'une riposte appropriée à leur provocation, j'aimerais que nous en finissions une fois pour toutes avec cette histoire d'ennemi. Y a-t-il quelqu'un d'autre dans l'assemblée qui sache quelque chose au sujet de ce soi-disant ennemi invisible ou pouvons-nous tirer un trait sur cette histoire ridicule ?

Zerdan espérait qu'après cette dernière intervention sur un ton ironique, ils allaient enfin pouvoir passer à des discussions plus sérieuses. C'est pourquoi ce qui suivit le surprit.

Au lieu du silence attendu, une personne dans l'assemblée se manifesta :

— Moi je crois savoir qui a fait tant peur aux Deux !

Tous les regards se tournèrent vers Bêta.

— Moi aussi ! intervint immédiatement Gamma.

Puis, ce fut au tour de Delta suivit de Sigma et Oméga.

Dans la mesure où mes compagnons se dévoilèrent, je n'avais d'autre choix que de les suivre. C'est pourquoi je fis de même.

Ceux qui ne s'attendaient pas à notre réaction furent consternés. Seule Maya souriait. Elle était très intelligente et devait savoir qu'Atama avait été intentionnellement éloigné à l'occasion de cette rencontre et s'attendait à quelque chose. Elle ignorait simplement qui étaient les personnes impliquées dans la conspiration et qui ne l'était pas. Maintenant, elle savait.

Zerdan semblait réellement perdu. Il ne comprenait pas ce qui venait de se passer.

— Mais qu'est-ce que tout cela veut dire ?

Il avait posé la question à Halana, sa compagne assise à ses côtés.

Mais ce fut Aménor qui se leva :

— Je vais tout vous expliquer, commença-t-il, usant d'un ton apaisé.

Son heure était enfin venue. Rien n'était encore gagné et le plus difficile restait à faire.

Aménor-Bêta continua :

— Nous avons décidé de nous unir pour remettre sur les rails une société en pleine dégénérescence. Nous sommes redevenus des barbares. Nous avons fait des progrès gigantesque en technologie, nous avons posé le pied sur une multitude de mondes et pourtant nous n'avons pas gagné en humanité. Depuis des années, nous œuvrons pour un retour à l'humanité !

— En favorisant le chaos ! l'interrompit Maya, offensive.

— Quand on veut reconstruire à neuf, il faut d'abord raser le vieux, répondit Aménor.

— Mais il y avait moyen de s'appuyer sur ce qui existait déjà, renchérit Maya. Atama était sur le point de réunir les humains.

— Tout comme Enora ou Narcisse, Atama voulait créer sa société, une société à son image. Vous savez tous qu'il vaut mieux bâtir du neuf que consolider ce qui existe déjà. Une vieille maison, même rénovée, reste une vieille maison.

— Et quelle société voulez-vous nous imposer ? demanda Zerdan.

– Je ne veux rien imposer du tout. Nous sommes justement réunis ici pour discuter de cela.

– Et vous croyez vraiment que nous trouverons un accord ? reprit-il, sceptique.

– J'en suis persuadé, répondit simplement Aménor.

Bartolu-Oméga et Kovalsky-Sigma échangèrent des sourires complices. Quant à Halana-Gamma, elle était plus rayonnante que jamais. À partir de cette seconde, plus personne ne doutait de la réussite du plan, même Tournon-Delta qui avait été le plus sceptique commençait à se détendre. De mon côté, je songeai davantage à la réaction de mes compagnons de *l'Albatros*. L'Amiral et Bill, de l'autre côté du cercle, et Alex, à côté de moi, me scrutaient d'un air interrogateur. Je supposai que Louisa et Fran, assises derrière moi sur les bancs des observateurs se posaient les mêmes questions. Je ne savais pas encore comment j'allais leur expliquer mon rôle dans toute cette histoire, sous le nom de code d'Alpha. Ils avaient pris des risques énormes pour Alex et moi, et moi je leur avais caché une partie essentielle de ma vie. Mais c'était pour la bonne cause et je savais qu'ils finiraient par me comprendre. J'éprouvai en même temps une fierté intérieure à l'idée d'être enfin arrivé à surprendre l'Amiral.

– Comment pensez-vous que les populations vont vous suivre ? demanda Maya, toujours sceptique.

– Grâce à notre intervention, mais aussi grâce à la précipitation des *Deux* qui nous a été bien bénéfique, le maire Bartolu est arrivé à fédérer les mondes de Saturne. Cela n'aurait d'ailleurs pas été possible sans l'aide de l'ambassadeur Tournon. De plus, le gouverneur Kovalsky a beaucoup d'influence sur Terre et contrôle déjà la moitié de la Confédération.

– Traître !

Le gouverneur Farney venait de faire un effort surhumain pour lancer cette pique à son ennemi.

– Ainsi, c'est vous et Tournon qui êtes à l'origine des rumeurs qui ont entraîné le sabordage de la Confédération ? demanda-t-elle à Kovalsky.

– Oh nous n'étions pas seuls, répondit fièrement le Terrien. Le maire Bartolu sur Saturne et mon collègue MacBrook-Epsilon nous ont bien aidés.

– Cela permettait de détourner un peu les soupçons et surtout de faire réagir aussi Titan. Rien n'aurait été possible autour de Saturne si Titan n'avait pas été secouée et obligée de réagir, intervins-je.

— Et ce furent Dame Halana et le chancelier Aménor qui ont manipulé respectivement Zerdan et Narcisse pour faire pourrir la situation entre les alliés d'Atama, conclut Maya, qui avait très vite compris tout le schéma du Plan.

Zerdan lança un regard furieux à sa compagne. Il ne parlait plus depuis un moment. Il semblait avoir abandonné la partie. Maya continua à attaquer. Elle savait que l'édifice qu'Aménor essaya de construire était très fragile.

— Pour l'instant, vous ne contrôlez pas grand-chose. Vous ne tenez même pas entre vos mains vos propres mondes. Narcisse règne toujours à Messina et je suis sûre qu'il n'acceptera jamais votre conception de la société ! Et je ne parle pas de Zerdan ici présent, ou encore Atama et Enora. La majorité reste contre vous !

Elle avait essayé de prononcer ces dernières paroles sur un ton assuré. Mathématiquement, elle avait raison. Mais son intuition lui disait que la situation pouvait facilement basculer.

Aménor ne se laissa pas démonter.

— Ce que nous construisons, c'est pour les humains que nous le faisons, non pour le pouvoir ou la gloire. Et quand tout le monde aura compris cela, ils vont tous nous suivre. Vous-même vous nous suivrez.

Puis, il se tourna vers Zerdan :

— Vous aussi, vous avez tout à gagner. Nous vous proposons simplement de nous rejoindre. Memphis est une position stratégique, une voie de passage obligatoire entre le Centre et l'Extérieur. Votre capitale deviendra la capitale de tous les humains et vous pourrez continuer à gérer vos propres mondes, avec les conseils avisés de votre compagne.

Zerdan ne répondit pas. Il ne doutait pas qu'Halana avait bien travaillé et qu'une grande partie de l'administration, voire de l'armée était déjà prête à la suivre. Il n'aurait pas dû s'enfermer dans sa coquille toutes ces dernières années. Les voyages d'Halana n'étaient pas que des promenades touristiques. Zerdan venait de le réaliser. Aménor avait déjà gagné les mondes de Jupiter à sa cause. Il se tourna ensuite vers Maya :

— Mars aussi sera la bienvenue. Vous êtes une personne intelligente, vous savez que vous avez tout à gagner.

— Mais je ne suis pas l'Empereur !

— Nous arriverons bien à le convaincre.

— Et vous pensez que vous arriverez à convaincre Narcisse ?

Narcisse restait une épine dans le pied d'Aménor. Bêta savait qu'il ne parviendrait jamais à rallier le vieux fou à leur cause.

— Je crois hélas que le cas de Narcisse ne pourra être réglé autrement que par la force ! admit Aménor.

À ce propos, je remarquai que les sbires de Narcisse assis derrière Aménor n'étaient plus en état de faire taire le chancelier. Des hommes armés, sans doute à la solde d'Halana, les tenaient en joue.

— Je vois, votre nouvelle société plus humaine commencera par une guerre et un coup d'état sanglant ! ajouta encore Maya.

— Peut-être suffirait-il de lui faire peur ! osai-je.

— Narcisse est fou, et il est prêt à faire couler le sang, répondit Maya.

— Mais pas ses hommes ! L'Amiral venait d'intervenir pour la première fois dans les discussions. Maintenant qu'il avait pris la parole, il continua.

— Si nous leur faisons assez peur, ils ne vont pas prendre le risque de perdre leur vie pour défendre un despote fou.

— Sa garde rapprochée le fera ! insista Maya.

— Sa garde rapprochée est limitée à une petite centaine d'hommes. Ils ne seront jamais assez forts pour résister, reprit Aménor.

— Cela vous permettrait de rentrer triomphalement à Messina ! ironisa encore Maya.

— Je n'ai pas l'intention de retourner à Messina. L'ancien gouverneur d'Ariel ici présent saura reprendre en mains les affaires d'Uranus. Il sera même accueilli comme un libérateur.

— Et où vous installerez vous ? demanda alors Zerdan, qui venait de sortir de sa torpeur, l'air très inquiet.

— Je désire rester ici, à Memphis, pour tout organiser.

Zerdan faillit s'étouffer. C'était exactement ce qu'il craignait.

— Eh oui, mon cher collègue lui fit Aménor avec amusement, il va falloir que nous apprenions à coexister !

La rencontre s'était déroulée mieux que nous l'espérions. Il ne nous fallut pas moins de trois jours standard de tractations et de nombreuses concessions dans chaque camp pour arriver à convaincre l'ensemble des participants et faire plier Zerdan. Toutes les trois heures, nous faisions une pause pour nous rafraîchir et nous dégourdir les jambes. Le gouverneur Farney abandonna et quitta l'assemblée au deuxième jour. Les palabres se poursuivaient tard dans la nuit, parfois jusqu'au petit matin et nous avions très peu dormi. Mais ce marathon en valait la peine. Le sort de l'humanité dépendait du résultat. Tard dans la nuit, au bout du troisième jour, nous finîmes par trouver un accord satisfaisant la plupart des participants. Nous étions épuisés, mais heureux d'avoir réussi ce qui semblait encore impossible quelques mois plutôt. Malgré cet épuisement, je ne dormis pas davantage la nuit suivante. Dans ma tête, j'essayai de me rappeler les moindres détails de ce long parcours qui nous avait finalement amenés à Memphis. Je revivais chaque instant de cette épopée, depuis ma première rencontre avec Aménor il y avait de cela bien des années jusqu'à cet aboutissement final.

◆◆◆

J'avais rencontré Aménor lorsque lors de mes études sur Miranda, avant que je ne quitte mon monde natal pour Agapa sur Ariel. Il enseignait la psychosociologie à la faculté de Verona. Il avait un sens pédagogique exceptionnel et très vite je fus passionné par cette matière. Une relation amicale très forte se forgea entre nous. Puis, je partis pour Ariel et notre lien fut rompu.

Je n'eus de ses nouvelles que cinq ans plus tard lorsque j'appris qu'il était entré dans l'équipe des ambassadeurs de l'ignoble Narcisse. Cette nouvelle m'avait profondément consterné. J'avais gardé de lui l'image d'un homme intègre et droit. Avait-il changé à ce point ? Comment avait-il pu vendre ainsi son âme au diable ? C'est pourquoi je m'étais permis de lui envoyer un petit message pour lui exprimer ma désapprobation.

Trois mois plus tard, j'eus la surprise de sa visite à Agapa. Il était venu en tant qu'ambassadeur de Narcisse signer des contrats commerciaux avec le prédécesseur d'Alex. Il en profita pour un petit détour discret par mon appartement. Mon accueil fut plus que glacial, mais il insista pour me parler et sous son insistance, j'avais fini par l'écouter.

Il m'expliqua alors qu'il s'était infiltré dans l'équipe de Narcisse pour faire petit à petit évoluer les choses, à la fois à Messina, mais aussi partout ailleurs dans le système solaire. Il rêvait de former une fédération englobant tous les mondes humains. Les mêmes droits pour tout le monde.

C'est alors que germa l'idée du Plan. En tout cas la première ébauche. Nous décidâmes de nous retrouver régulièrement pour échafauder une stratégie. Enfin, nous mettions en pratique nos théories de psychosociologies, dont nous avions beaucoup parlé des années plus tôt. Nous savions que même si Aménor arrivait un jour à remplacer Narcisse, son influence se limiterait au Système d'Uranus. Il fallait aussi placer ses hommes à des postes importants, partout où c'était possible. Son statut d'ambassadeur commercial lui permettait de voyager sur les divers mondes, de se faire des relations, parfois des amis, un peu partout.

C'était lui qui signait les contrats juteux et son influence financière nous fut très utile. Il avait le pouvoir de soutenir et de placer ses alliés à des postes importants. C'est ainsi qu'il participa au financement des campagnes électorales de Kovalsky et MacBrook. C'est aussi grâce à son influence que Bartolu était devenu le maire de Samarkhand. Il avait songé à moi pour remplacer le gouverneur vieillissant d'Agapa. Mais j'avais refusé son offre. Je n'avais jamais aimé les postes à responsabilités. C'était moi qui avais eu l'idée de choisir Alex. C'était moi qui l'avais poussé à se présenter. C'était donc à moi de le sortir de la situation dans laquelle je l'avais mis lorsque les événements se précipitèrent.

Je dois avouer que les méthodes utilisées n'étaient pas toujours très morales, mais nous le faisions pour la bonne cause. C'est ainsi, qu'après une dizaine d'années de travail acharné, nous avions réussi à placer certains de nos hommes à des hautes responsabilités. Beaucoup échouèrent cependant. En utilisant sa science, Aménor était arrivé à se hisser au poste stratégique de chancelier de Narcisse. Cette situation comportait cependant un risque énorme. Narcisse surveillait de près ses chanceliers. De plus, Aménor se retrouvait bloqué à Messina.

Tournon quant à lui faisait partie du complot dès le début. Il était le fils d'Aménor. Sa mère était originaire de Titan et une parente lointaine de la Reine de ce petit monde. À sa mort accidentelle, Aménor avait été obligé de l'élever tout seul. Au moment de son entrée dans l'équipe de Narcisse il avait préféré éloigner son fils unique et l'envoyer se faire oublier sous les brumes de Titan, loin des turbulences politiques d'Uranus. Il savait que Narcisse n'hésiterait pas à s'en prendre aux familles de ses collaborateurs pour mieux les contrôler.

En ce qui concernait Halana, ce fut très différent. Aménor l'avait croisée lors d'une de ses rencontres avec Zerdan. Il avait tout de suite compris comment utiliser cette femme en manque d'affection, qui n'avait plus vraiment de but dans la vie. De plus, elle aussi voyageait beaucoup, ce qui représentait un avantage. Elle fut facile à convaincre et devint une de nos meilleures recrues.

Cependant, malgré nos efforts, il était impossible de placer quelqu'un auprès d'Atama. Atama n'avait confiance en personne. Il régnait en maître absolu et ne se laissait pas approcher. Toutes nos tentatives furent vaines. De plus, nous n'avions pas prévu l'escalade fulgurante de Narcisse, qui devenait de plus en plus puissant et incontrôlable. Un deuxième Atama en quelque sorte.

La situation se compliqua lorsqu'Atama arriva à convaincre Narcisse et Zerdan à signer leur pacte pour créer l'Alliance. Atama l'intouchable allait prendre le contrôle des mondes de Jupiter et d'Uranus, et réduire ainsi à néant des années d'efforts acharnés. Au même moment, Narcisse décida d'agrandir son territoire en envahissant Ariel et Miranda, condamnant du même coup les gouverneurs en place. Alex risquait sa vie par notre faute. C'est moi qui aurais dû être à cette place !

Nous devions agir vite. Il fallait modifier le Plan en tenant compte de ces nouvelles données. Il fallait d'abord sauver Alex. Je me sentais responsable, c'est donc moi qui ai pris en charge de m'occuper de la sauvegarde d'Alex ! Je savais que le réseau interplanétaire qu'Aménor avait mis en place nous viendrait en aide, dans la mesure où ça ne le trahirait pas. Nous n'avions pas compté sur la providence qui nous envoya l'Amiral avec son *Albatros*. Ils nous ont sans le savoir simplifié énormément les choses.

Il fallait ensuite casser l'Alliance du Martien. Aménor à Messina et Halana à Memphis se chargèrent d'attiser les tensions entre Narcisse et Zerdan en jouant sur leur paranoïa. Le harcèlement psychologique auquel Bêta et Gamma s'étaient livrés auprès de leurs maîtres respectifs avait fini par porter ses fruits. Dans le même temps, nous tentions une nouvelle stratégie pour approcher le Martien. C'était à Kovalsky de le convaincre d'une Alliance entre ses partisans et Mars. Nous savions qu'Atama serait tenté par ce nouveau pacte dans la mesure où il aboutissait à l'éclatement de la Confédération, son ennemie héréditaire. Nous contrôlions l'un des deux camps de la Confédération, nous pouvions donc décider de son éclatement. Kovalsky était petit à petit arrivé à créer deux clans très distincts, mais de force égale au sein du Conseil.

Tournon avait pour mission de déclencher les événements sur Titan. Kovalsky devait profiter du choc créé par les fausses nouvelles venues de Titan pour passer à l'action du côté de la Confédération. Il était aidé en cela par le gouverneur MacBrook qui jouait très bien son rôle au sein du Conseil. Tournon n'était évidemment pas enchanté de duper de cette manière sa famille adoptive, mais comme je l'ai déjà énoncé, c'était pour la bonne cause.

Atama, quant à lui, était à l'abri d'un coup d'État. De plus, il commençait sérieusement à se douter d'un complot et devenait de plus en plus méfiant. Il avait même lancé Maya Andrades sur notre piste. Nous avions beaucoup travaillé pour la mener sur des fausses pistes. Pour cela, il nous fallait duper la brillante Maya. J'avais personnellement eu l'idée du faux mendiant dans les rues de Memphis. J'étais plutôt fier du succès de cette ruse.

Atama ne serait pas tombé dans le piège aussi facilement si nous n'avions pas aussi attisé sa propre paranoïa. Nous avions infiltré la CTC au plus haut niveau et nous étions à l'origine de l'attentat manqué au-dessus d'Olympe. Nous comptions sur la réaction des Martiens pour éviter la catastrophe. Nous ne voulions surtout pas que l'attentat réussisse, mais les retombées politiques et surtout psychologiques étaient immenses. Atama devenait de plus en plus paranoïaque et Enora se retrouvait elle aussi dans une situation déstabilisante en étant mêlée à cette histoire qu'elle devait absolument tenter de garder secrète. Ajoutant à cela les attaques incessantes de Kovalsky et l'apathie feinte de MacBrook, nous espérions que l'exaspération finirait par lui faire commettre des erreurs. Les événements qui suivirent dépassaient nos espérances car nous n'avions pas imaginé qu'Atama entraînerait Enora avec lui au loin, dans les confins du système solaire.

Chapitre 35

La Fédération

Aménor était à Memphis depuis maintenant six mois. Ses chiens de garde avaient été renvoyés à Messina. Ils avaient sans doute dû apporter à Narcisse le message du nouveau Conseil. Même si officiellement, la Grande Conférence avait pris fin deux mois plus tôt, les réunions de conciliations se poursuivaient. Tournon et Bartolu étaient les premiers à être repartis vers Saturne. Ils étaient rentrés avec le nouveau traité qui redéfinissait l'union des mondes de Saturne, ainsi que l'appartenance de ces mondes unifiés à la Nouvelle Fédération de Sol. Herring et le vieux Roi de Titan avaient fait beaucoup avancer les choses sur place et cette partie du Plan était le dossier le plus avancé de la Fédération.

Zerdan avait été beaucoup plus difficile à convaincre. Il avait très mal vécu la trahison d'Halana. Aménor avait cependant bon espoir qu'il finisse par signer le traité. Le fait que Memphis devînt la cité principale de la Fédération était un argument essentiel pour le convaincre. Il adressait à nouveau la parole à Halana, ce qui était aussi un autre signe encourageant. Le traité stipulait que Zerdan continuerait à gérer le système de Jupiter, mais il devrait en partager davantage le pouvoir avec Halana. Aménor, Premier Citoyen de la Fédération n'interviendrait pas dans la politique interne des mondes de Jupiter tant que celle-ci ne contrariait pas celle de la Fédération. Le rôle principal d'Aménor serait de coordonner des échanges interplanétaires dans le but de partager les ressources entre tous.

Les représentants de la Terre avaient bien compris que leur planète avait tout à gagner dans le traité. Même s'ils n'étaient plus le centre du système solaire, la Terre restait le fournisseur universel par excellence. La paix et l'unification dans une grande Fédération ouvraient des marchés insoupçonnés jusqu'alors. La Fédération, c'était avant tout des règles communes pour les échanges, et la fin des embargos. Aménor avait contacté le très puissant nouveau Président de la Compagnie Terrienne du Commerce. Ce dernier avait semblé très intéressé par ce qui était en train de se préparer et pèserait de tout son poids pour une signature du traité. L'équipe Kovalsky-MacBrook avait ainsi de bonnes chances d'aboutir. Le gouverneur Farney, encore fragilisé par son attachement inconditionnel à la Présidente Enora avait perdu beaucoup de ses appuis. Il n'avait d'ailleurs pas encore complètement récupéré sa santé et risquait de toute manière de ne pas pouvoir retourner sur la Terre avant longtemps. Il finirait sans doute ses jours sur la Lune.

Aménor avait aussi décidé de recenser l'ensemble des petits mondes habités tels que Vesta. Il avait contacté la petite colonie pour leur proposer d'intégrer la Fédération. Ces derniers avaient poliment refusé. Dans la mesure où ils étaient totalement inoffensifs, Aménor n'avait pas insisté.

Restait le délicat problème de Mars et d'Uranus. Maya était encore à Memphis. Elle refusait de signer quoi que ce soit tant que l'Empereur Atama ne serait pas de retour. D'après les dernières nouvelles, son arrivée à Memphis était prévue pour les deux semaines qui allaient venir. Il avait enfin pu quitter l'orbite de Neptune. D'après Maya il avait l'air plutôt serein. Aménor redoutait cependant la réaction du Martien. Il était à la tête d'une flotte puissante et pouvait encore faire de grands dégâts. Cependant une partie de la population Martienne était favorable au traité et Maya elle-même ne semblait pas y être opposée.

Le seul problème insurmontable restait Narcisse. Comme Aménor s'y attendait, Narcisse avait refusé tout compromis avec lui. Le fait que l'instigateur de la Fédération fût son ancien chancelier n'en avait que davantage apporté au refus catégorique de l'empereur fou. Aménor, qui avait toujours des espions sur place, savait que Narcisse avait de plus en plus de crises de folie et qu'il était vraiment très dangereux. Il était impossible de raisonner avec lui. Une réunion spéciale avait été organisée à Memphis pour décider du cas spécial de Narcisse.

Les nouvelles de Memphis avaient déclenché le soulèvement du peuple et le retournement d'une grande partie de l'armée contre l'empereur d'Uranus. Ses fidèles s'étaient retranchés dans Messina où ils faisaient régner la terreur. Les hommes de Narcisse étaient assez nombreux pour tenir la cité. Le nouveau gouvernement de la Fédération décida finalement d'employer la manière forte pour libérer Messina et se débarrasser de Narcisse. Zerdan fut le premier à proposer de participer à la flotte de libération de la coalition. Kovalsky, Tournon et même Maya proposèrent de se joindre à lui.

Par ailleurs, il avait été décidé que l'ancien gouverneur d'Ariel, chassé par Narcisse, était la personne la plus à même de prendre en mains la gestion de l'ancien empire d'Uranus. Contrairement à Aménor, dont l'image restait associée à celle du tyran sur les Mondes d'Uranus, Alex représentait lui l'anti-Narcisse et le meilleur candidat pour reprendre en mains le système. Cela pouvait sembler injuste vis-à-vis d'Aménor, mais la politique était parfois ainsi faite. Les peuples ne réalisaient pas toujours qui étaient leurs meilleurs alliés.

Aménor avait été trop longtemps le chancelier de Narcisse et garderait cette étiquette pour une partie de la population, et puis, il voulait se consacrer entièrement à la construction de la Fédération. Memphis était le point central de cette Fédération. Le passage obligé entre les mondes de l'Intérieur et ceux de l'Extérieur, les mondes de roche et les mondes de glace.

◆◆◆

Narcisse se terrait dans son palais. Il n'avait pas vraiment dormi depuis des mois. Ses accès de fureur étaient maintenant devenus permanents. Il n'y avait plus de chancelier pour servir de défouloir et il devait essayer de se contenir en présence des quelques généraux restés fidèles. Ces derniers avaient de plus en plus de mal à contrôler ce qui restait de son armée. La population de Messina commençait à suivre l'exemple des autres citoyens d'Uranus et la terreur employée par l'armée fidèle ne faisait qu'attiser la colère.

Le traître d'Aménor avait bien manigancé son coup. Il s'était arrangé pour organiser le soulèvement avant son départ pour Memphis. Et maintenant l'ancien chancelier le narguait. Les nouvelles qui arrivaient jour après jour n'étaient pas encourageantes. Les mondes tombaient petit à petit sous le joug de la Fédération. On disait que les négociations avaient commencé avec Atama et que lui-même était sur le point de céder. La présidente Terrienne quant à elle avait perdu la tête et s'était enfuie au loin. Il était le dernier rempart à la mainmise totale de la Fédération sur le système solaire et il était décidé à ne jamais céder.

Le général Turgis l'interrompit dans ses pensées :

– Monseigneur ! lança-t-il un peu irrité. Nous devons prendre des décisions importantes !

Narcisse leva les yeux et se rappela qu'il était en pleine réunion de guerre avec ses généraux. Ils étaient au nombre de cinq. Tous avaient la même mine déconfite.

– Rassurez-vous, c'est ce que nous allons faire.

Aucun membre de l'assemblé ne semblait convaincu par cette réponse.

— Vous avez bien lu le dernier rapport envoyé par Hurley ! Une armée entière fonce vers Messina ! reprit Turgis.

— Laissons les foncer, se contenta de répondre Narcisse.

Son visage s'était subitement transformé, comme si idée lumineuse venait de lui traverser l'esprit. L'assemblée commença à s'impatienter.

— Oui, c'est ça, laissons-les venir. Nous ne serons plus là quand ils arriveront.

— Mais nous n'allons pas abandonner Messina ! s'offusqua Turgis.

Narcisse avait remarqué que le général Turgis était le meneur parmi les cinq. C'était lui qu'il fallait amadouer pour conserver la fidélité de tous les cinq.

— Pour l'instant, nous n'avons pas vraiment le choix. Si nous restons, ils vont nous prendre. Nous ne leur ferons pas ce plaisir. Nous laisserons quelques hommes défendre Messina et pendant ce temps nous partirons. Lorsqu'ils se rendront compte que nous ne sommes plus ici, nous serons déjà très loin.

— Mais il n'y a aucun endroit où aller ! rétorqua encore Turgis.

— Oh si, j'en connais un. Ils ne nous trouveront jamais. Hurley et ses hommes sont déjà en route et nous les y rejoindrons. Et nous aurons tout le temps pour organiser notre retour et faire payer aux conjurés ce qu'ils nous ont infligé. Les mécontents du nouveau régime ne vont pas tarder à apparaître. Vous connaissez les humains, ils ne sont jamais contents de ce qu'ils ont. Et nous les réunirons. Nous allons repartir de zéro et tout reconstruire.

◆ ◆ ◆

L'équipage de *l'Albatros* était à nouveau réuni à bord. Le cargo avait quitté la banlieue de Jupiter un mois plus tôt. Mais nous ne naviguions plus seuls vers notre nouvelle destination. Nous rentrions chez nous, vers Uranus, et nous étions accompagnés d'une gigantesque flotte hétéroclite destinée à effrayer Narcisse et le déloger de Messina s'il ne se décidait pas à quitter lui-même ses fonctions.

J'étais plus isolé que jamais dans la mesure où mes compagnons avaient beaucoup de mal à me pardonner mon rôle caché dans toute l'affaire, et surtout mon silence durant toutes nos aventures. En particulier mes proches, Louisa, Fran et Alex, me regardaient d'un air sévère. Je savais qu'avec le temps ils finiraient par oublier tout cela. Ils me connaissaient et comprenaient très bien ma situation. Alex allait être le nouveau gouverneur des mondes d'Uranus, car je n'avais aucun doute sur l'efficacité de notre flotte pour débarrasser définitivement Uranus de l'ignoble Narcisse. J'espérais simplement que tout cela se ferait en douceur.

La bataille de Messina fut de courte durée. Les quelques hommes de Narcisse qui défendaient la cité n'avaient pas fait le poids face aux forces engagées par la Fédération. Narcisse quant à lui était introuvable. L'arrivée triomphale de la flotte et du nouveau gouverneur Mirelli fut considérée comme un événement historique pour les mondes d'Uranus.

◆◆◆

Atama, n'avait plus rien du vigoureux empereur. Son long voyage loin de tout l'avait beaucoup épuisé. La flamme de ses yeux n'était plus aussi vive.

En attendant que les bâtiments officiels de la Nouvelle Fédération fussent construits, Aménor reçut le Martien dans la salle d'audience du palais de Zerdan. Zerdan était présent, tout comme Halana, mais aussi Maya. Elle seule avait assez d'influence sur le Martien pour essayer de le convaincre.

Contrairement à Narcisse, l'empereur de Mars était admiré et donc suivi par son peuple. Il n'était pas envisageable de lui forcer la main. Si le Martien ne se laissait pas convaincre, la Fédération devait se passer de la collaboration de Mars. Ce n'aurait pas été une situation dramatique en soi. Le gouvernement de la Nouvelle Fédération savait que tôt ou tard, Mars participerait à l'union. Il espérait simplement que cela se ferait le plus tôt possible.

Avant de s'asseoir dans le siège qu'on lui avait réservé, Atama regarda chacun des autres membres de l'assemblée droit dans les yeux. Atama avait conservé l'air digne des grands souverains. Un silence glacial régnait dans la grande salle. Lorsqu'il fut enfin installé confortablement dans son siège il brisa le silence.

— Je suis venu demander des explications, et non pour que l'on me fasse mon procès !

Sa voix rauque résonnait dans la salle grise.

Aménor prit alors la parole :

— Nous ne sommes pas là pour vous juger, mais vous proposer un marché.

— Un chantage n'a rien d'un marché ! répondit sèchement Atama.

— Avant de nous juger, écoutez ce que nous avons à vous dire, proposa Maya.

— Comment voulez-vous que je vous écoute alors que vous avez trahi votre patrie !

Cette remarque blessa profondément Maya qui admirait toujours autant cet homme affaibli, mais non terrassé. Elle se concentra pour retenir ses larmes, inspira et poursuivit :

— Ce que j'ai fait, je l'ai fait en votre nom, pour vous et pour Mars.

Elle savait que les autres l'écoutaient aussi avec attention. Sa prestation serait aussi jugée par ses nouveaux alliés.

— Il ne s'agit nullement de priver Mars de son autonomie et encore moins de son empereur. Nous pensons simplement que nous pourrions mieux organiser les relations entre les peuples.

— Et faire ou défaire des gouvernements ! interrompit sèchement Atama.

Aménor prit la relève :

— Ce n'est absolument pas notre intention. Tous les gouvernants en place le resteront. Nous ne désirons que servir d'arbitre.

— C'est ce que vous avez fait avec Narcisse, je suppose ! ironisa encore Atama.

Zerdan commençait à s'impatienter. Mais n'avait-il pas réagit lui aussi de la même façon ? Atama n'était pas stupide, mais était de son devoir de garder la tête haute et de faire semblant de se battre jusqu'au bout. Il en allait de sa dignité. Zerdan jugea qu'il était le mieux placé pour répondre au vieil empereur.

— Vous savez comme nous tous, le danger que représentait Narcisse. Comme vous j'ai très mal réagi à ce que je considérais être un coup d'état. Et je continue à croire que c'en est un. Mais regardez, je suis toujours en place. Ils ont fini par me convaincre d'accepter le traité. Avec la nouvelle paix, nous pourrons régner paisiblement.

— Vous aurez plus de temps pour vous occuper de vos grands projets de développement de notre planète, ajouta Maya. Vous pourrez enfin vous consacrer à la terraformation et à la construction de nos nouvelles cités, en sachant que la Fédération veillera à ce qu'aucun autre état ne décide de s'en prendre à nous. Vous n'aurez plus à perdre votre temps en querelles interminables. Ce sera la tâche d'Aménor de s'en charger. Vous aurez tout votre temps à consacrer à Mars..

Cette intervention de Maya avait touché à son but. Quelque chose avait changé dans le visage du Martien.

◆◆◆

Deux heures plus tard Aménor se retrouvait seul avec Halana.

– Je crois bien que nous avons gagné la cause du Martien.

Il était exténué, mais la satisfaction pouvait se lire sur son visage livide.

– Maya nous aura été très utile, rajouta Halana.

– Eh oui, et pourtant elle nous avait fait si peur. Finalement elle s'est avérée être une excellente alliée. Ce n'était pas prévu. Et vos relations avec Zerdan ?

Halana fit un grand soupir avant de reprendre.

– Il se méfie de moi, mais c'est normal après tout. Cela fait des années que notre couple n'en est plus un. C'est simplement devenu officiel.

Après un petit silence gêné, elle émit un sourire puis continua :

– Il a besoin de moi pour faire le lien avec vous.

– J'ai entendu dire qu'il voulait déménager sa capitale vers la cité de Tros, de l'autre côté de Ganymède ?

– Oui, il ne veut pas rester à Memphis qui est maintenant la capitale fédérale. Il craint sans doute d'être surveillé de trop près. Et puis ainsi, il pourra rester le maître de sa ville.

– Ça vous fera faire la navette entre les deux capitales.

– Ça permettra surtout de développer notre influence de l'autre côté, ce qui avait jusqu'à présent toujours été négligé par l'administration de Zerdan.

Après un nouveau silence, Aménor fit une dernière remarque. Une coïncidence venait de lui traverser l'esprit :

– Saviez-vous que Memphis tire son nom de la capitale du tout premier empire à l'aube de la civilisation, l'Ancien Empire Egyptien ? Cette Memphis-là avait été construite par les premiers pharaons au point d'unification des deux royaumes fondateurs : le royaume de haute Egypte, désertique, et le royaume de basse Egypte, marécageux. Et notre Memphis est au point de jonction des Mondes Intérieurs faits de roches et chauds d'une part et des Mondes Extérieurs, de glaces. Ainsi la boucle du temps est bouclée !

Chapitre 36

La fin du voyage

L'*Albatros* était à nouveau de retour en orbite autour d'Uranus. La plupart des hommes d'équipage avaient décidé de rester à bord. Ils allaient de temps en temps faire des virées à Messina et rendre visite au tout nouveau gouverneur.

J'avais décidé, avec l'accord de l'Amiral, de m'installer définitivement à bord avec ma nouvelle petite famille, Louisa et Moïse. J'avais des projets pour l'*Albatros* et je devais en parler à Tulk. Je décidai de profiter d'un soir lorsque l'équipage était absent pour m'entretenir avec lui. Sans surprise, il se trouvait dans la bibliothèque. Il semblait endormi, mais un mouvement de ses paupières au moment où j'entrai dans la pièce m'indiqua qu'il m'avait entendu arriver. Les yeux fermés il m'interpella :

— Venez-vous asseoir ici, je suis impatient d'entendre ce que vous avez à me proposer.

— Comment savez-vous que j'ai quelque chose à vous proposer? demandai-je alors, à peine surpris de sa réaction. Je commençais à bien connaître l'Amiral.

— Décidément, vous n'en avez jamais assez de jouer à ce jeu.

— Tout comme vous, osai-je ironiquement.

Nous partîmes dans un rire qui détendit l'atmosphère. L'Amiral reprit :

— Depuis notre départ de Memphis, je vous sens spécialement excité, et votre regard me dit que vous avez un nouveau plan dans la tête.

— J'ai parlé des *Uranoptères* à Aménor, lançai-je brusquement.

— Le contraire m'aurait étonné, se contenta de répondre l'Amiral.

— Je sais que nous pouvons lui faire confiance, il ne trahira pas notre secret.

— Je le sais aussi, répondit calmement l'Amiral.

— Alors, vous ne m'en voulez pas de l'avoir fait ?

— Pourquoi vous en voudrais-je ? Vous êtes assez intelligent pour savoir ce qu'il est possible de faire ou non. Vous n'avez pas besoin de mon approbation !

Après un nouveau silence, je lui posai enfin ma question :

— Comment voyez-vous l'avenir de *l'Albatros* ?

— Je sais que c'est un vieux cargo. Il n'y a plus Narcisse, alors je n'ai plus non plus de raison de résister. Il n'y aura sans doute plus d'autre récolte. Les nouveaux récolteurs sont tellement plus rentables. Mais je ne peux me résigner à abandonner ce navire !

— *L'Albatros* représente aussi beaucoup pour moi. C'est pourquoi j'ai songé à une reconversion. Aménor m'a affirmé que la Nouvelle Fédération était prête à financer les réparations et une nouvelle mission. Et la Fédération va bientôt avoir d'importants moyens.

— Je vous vois venir gros comme un camion ! Je vous l'ai dit, ce serait une erreur de tout révéler au monde !

— Si *l'Albatros* était simplement transformé en station d'étude orbitale de la planète. Officiellement, nous étudierons la composition de la planète, ses vents, ses saisons. Nos plongeuses iraient récupérer des échantillons de l'atmosphère en des endroits précis.

— Et officieusement, nous essaierons d'en apprendre plus sur les *Uranoptères*, compléta l'Amiral.

— Vous ne pensez pas que ce serait une magnifique seconde vie pour *l'Albatros* ?

— Je dois admettre que l'idée me séduit. Mais je ne pense pas que nos activités puissent rester secrètes longtemps.

— Vous avez confiance en l'équipage. Ils pourraient tous rester à bord. La Fédération leur verserait un salaire décent. Ils en savent plus sur la planète que tous les spécialistes reconnus sur les mondes de glace. Ils sauront aussi garder le secret. Il n'y a aucune raison qu'il y ait la moindre fuite. Nous continuerons ainsi l'aventure tous ensemble. Une nouvelle aventure toute aussi excitante.

Je me rendis compte que je m'emportai dans mon élan. Je calmai un peu mon ardeur et continuai :

— Avec Alex qui gouverne les lunes d'Uranus, nous avons un autre allié de poids.

— Vous voulez donc aussi le mettre dans le secret ?

— Plus ou moins, il est déjà largement impliqué dans l'histoire.

— C'est vrai qu'avec le Premier Citoyen et le gouverneur d'Uranus avec nous, je pense que c'est effectivement jouable ! finit par conclure l'Amiral, visiblement satisfait. Il venait de régler un problème essentiel à ses yeux : l'avenir de son navire.

Après mon entretien avec l'Amiral, je retournai vers ma chambre où m'attendaient Louisa et Moïse. Louisa avait fini de bouder et notre relation put repartir de plus belle. Nous avions décidé de prendre définitivement le petit Moïse avec nous, avec l'accord de Tulk et de Bill.

— Alors, il est d'accord ? me demanda-t-elle tout excitée.

Mon sourire lui suffit en guise de réponse. Elle aussi était tout excitée à l'idée de poursuivre plus sérieusement nos recherches sur les *Uranoptères.*

— Le problème sera de convaincre tout l'équipage, lui dis-je alors plus gravement.

— Ne t'inquiète pas, me glissa-t-elle alors dans l'oreille, si l'Amiral est d'accord, il saura convaincre les plus réticents.

Nous passâmes la suite de la journée à préparer notre départ vers Messina où Alex devait nous attendre le lendemain. Trois navettes toutes neuves avaient été mises à disposition de *l'Albatros* par la nouvelle administration. Nous n'avions que l'embarras du choix.

Le lendemain matin, après une nuit remplie des rêves les plus fous, nous quittâmes *l'Albatros* pour Titania, la plus grande des lunes d'Uranus. Nous mîmes moins de trois heures pour rejoindre le cosmoport de la capitale, Messina. Un comité d'accueil impressionnant nous y attendait. Un taxirail spécialement aménagé avait été mis à notre disposition pour nous emmener vers la tour centrale. Alex n'avait pas voulu s'installer dans l'un des nombreux palais à la décoration douteuse que Narcisse s'était fait construire. Il avait préféré le petit appartement, tout au sommet de la tour centrale. En raison de son nouveau rang, il était inconcevable de le laisser dans un minuscule appartement, c'est pourquoi les quatre étages supérieurs avaient été mis à sa disposition.

Fran et lui nous attendaient devant l'entrée de la tour. Je me rappelas alors notre dernière rencontre à la tour d'Agapa. C'était au début de notre aventure. L'atmosphère était lugubre et l'avenir n'était pas tout rose. Mais tout cela, c'était du passé.

◆◆◆

À notre retour à bord de *l'Albatros*, l'Amiral me fit appeler. Je le rejoignis sur la passerelle de commandement. Il s'était arrangé pour que nous fussions seuls. Il était assis dans son siège de commandant. Il m'accueillit chaleureusement et me proposa de m'asseoir dans l'un des sièges des pilotes.

— J'ai beaucoup réfléchi à votre proposition.

— J'espère que vous ne reviendrez pas sur votre décision ! lui répondis-je, un peu inquiet.

– Oh non, rassurez-vous. Plus j'y pense et plus je me dis que vous avez raison. Et pour vous montrer ma bonne foi, je vais vous faire une petite révélation.

– Sur les *Uranoptères* ? l'interrompis-je un peu maladroitement.

Il éclata dans un grand rire tonitruant. Il se leva, se dirigea vers moi et me regarda droit dans les yeux.

– Cessez de les appeler les *Uranoptères*. Les *Uranoptères* n'existent pas et n'existeront jamais !

Le silence qui suivit me parut durer une éternité. Cette nouvelle révélation sonnait comme un coup de tonnerre dans ma tête. Tulk se tourna ensuite vers la baie transparente et admira l'océan bleu qui s'étalait sous le navire. Il reprit, tout doucement :

– Il n'y a pas des êtres vivants là-dessous. Il n'y en a qu'un seul, gigantesque. Et conscient.

Le dernier mot était presque inaudible et je dus lui demander de répéter.

– Vous avez bien compris, me répondit-il simplement.

– Il s'agirait d'une sorte de *Gaïa* ?

– En quelque sorte. Un Gaïa d'Uranus.

– *Urgaïa* ! Le mot venait de me traverser l'esprit.

Je lui demandai encore comment il pouvait savoir tout cela.

– Pour l'instant je n'ai pas envie de vous en dire plus. Mais un jour je vous expliquerai tout.

Je compris que notre discussion venait de prendre fin. Je retournai rejoindre Louisa et Moïse, qui étaient en train de défaire nos valises. L'Amiral resta encore debout devant la grande baie transparente, à observer la grande planète glaciale en silence.

◆◆◆

Ses nouveaux quartiers n'avaient rien à voir avec le luxe de ses anciens palais. Mais ici au moins il était en sécurité. Et puis, se rassura-t-il, ce n'était que provisoire. Lui, l'Empereur des Mondes Unis d'Uranus, l'un des hommes les plus puissants des mondes des humains, le maître de l'énergie, n'était plus qu'un paria, chassé de son monde et recherché.

« Qu'ils cherchent, se disait-il, *jamais ils ne penseront à venir me chercher ici. »*

Il passait le plus clair de son temps enfermé dans ce qui lui servait de nouveaux quartiers. Il en sortait uniquement lorsqu'il était capable de se maîtriser, et cela afin de ne pas montrer sa faiblesse devant ses hommes.

Une centaine d'hommes, c'était tout ce qu'il restait de son armée de fidèles. Hurley et sa petite troupe faisaient partie du groupe. Ils étaient arrivés les premiers sur les lieux. Cordova ne devait pas tarder à les rejoindre, dès qu'il aurait trouvé le moyen de déjouer les radars de la Nouvelle Fédération. Ils avaient à leur disposition trois petits croiseurs et cinq navettes de transfert. Le plus difficile avait été de les dissimuler. Ce n'était pas si mal pour un début, se rassura-t-il. À la pensée de l'ampleur du travail qui l'attendait, Narcisse était plus déterminé que jamais.

◆◆◆

Virginia suivait les événements de très loin. Aménor et les conjurés avaient très bien organisé le coup d'état. Elle savait qu'elle n'avait rien à redouter de la Nouvelle Fédération qui ne semblait absolument pas s'intéresser à elle. Même Atama avait fini par les rejoindre. Après son expérience incroyable à la surface de Triton elle n'était convaincue que davantage qu'elle avait encore un rôle à jouer. Au grand dam de ses subalternes, elle décida de rester autour de Neptune pour une période indéterminée. Elle avait même envoyé un message au nouveau maître des humains, le Premier Citoyen comme il s'était fait appeler pour lui expliquer qu'il était bon qu'une base avancée restât du côté de Neptune. Tout le système solaire serait ainsi occupé par les humains.

Aménor penserait sûrement qu'ayant perdu la Terre, elle chercherait une nouvelle autorité sur un nouveau monde et qu'elle voulait créer une nouvelle colonie dans ce but. Ses raisons étaient en fait bien différentes, mais cela n'avait aucune importance. Aménor accepta sa requête et lui envoya même des moyens de survie. Une armada de cargos allait suivre pour apporter tout le matériel nécessaire à la construction d'une première cité sur Triton.

Virginia n'en demandait pas tant. En attendant, elle s'affairait à convaincre ses équipages de sa nouvelle philosophie. De réunions en réunions, ces gens qui avaient été obligés de venir s'isoler loin de tout, finirent petit à petit par croire en leur nouvelle destinée. *Ah si seulement Munstersen était là !* se surprit-elle à penser de temps en temps. Mais elle était capable de se débrouiller toute seule. Elle espérait que ses deux missionnaires sur la Lune et sur Mars avaient du succès dans leur mission. Munstersen sur Terre devait-lui aussi avoir beaucoup fait évoluer les choses.

◆◆◆

Le Doc ne put se résoudre à cette horrible idée. Le pire qu'il aurait put imaginer est arrivé ! La Terre n'était plus le centre de l'univers. Gaïa était maintenant sous le contrôle des Extérieurs. Il était d'autant plus frustré qu'il n'avait pas pu se venger sur Enora, Kovalsky ou encore Farney.

Rien ne pouvait plus empêcher la formation de la Nouvelle Fédération. Mais il était toujours possible de rendre les choses plus difficiles. Le Doc savait comme tout le monde que parmi les Extérieurs aussi il y avait des opposants à la Fédération. Jamais il ne quitterait la Terre, mais les opposants Extérieurs lui serviraient de bras armé. Bien que l'idée lui parût répugnante, il savait qu'il n'avait pas le choix. Il lui fallait trouver le moyen de contacter ces opposants et de leur proposer une alliance.

Pour l'heure il était assis à la terrasse d'un café, buvant une vraie bière. Il n'avait pas revu la personne qu'il attendait depuis des mois, mais un contrat était toujours en cours. Il avait payé chèrement cet homme pour qu'il se débarrasse de ses ennemis, mais ses ennemis étaient partis de leur propre initiative. L'homme qu'il attendait lui devait toujours un service. Il avait disparu plusieurs mois après le départ de Kovalsky et Farney pour l'Extérieur et le Doc eut beaucoup de mal à le retrouver et réorganiser un nouveau rendez-vous. Le tueur finit par arriver avec beaucoup de retard.

— Vous n'avez pas l'air très content de me revoir ! lança sarcastiquement le Doc.

— À cause de vous j'ai perdu toute crédibilité dans le milieu ! répondit sèchement le tueur. Il continua :

— J'ai ici votre argent. Reprenez-le et ne cherchez plus à me contacter.

Il tendit au Doc une petite mallette de cuir noir. Ce dernier ne la prit pas.

— Je vais vous laisser une dernière chance de vous rattraper, répondit calmement le Doc.

Son interlocuteur ne put cacher sa surprise. Le Doc ne lui laissa pas le temps de s'exprimer et continua :

— Vous gardez cet argent et vous me rendez un petit service. Pour ce prix, vous me débarrassez de Munstersen et on n'en parle plus.

Vous n'aurez évidemment pas la seconde moitié de la somme convenue initialement.

— Ma parole, mais vous voulez vous débarrasser de tout Sydney ! s'étonna le tueur à gages.

— Vous ne croyez pas si bien dire ! se contenta de répondre ironiquement le Doc.

L'accord fut vite conclu et l'homme repartit aussi discrètement qu'il était arrivé. Le Doc resta seul sur la terrasse, sirotant sa bière et profitant encore des derniers rayons de soleil chauds. Le bel automne se terminait et l'hiver n'allait plus tarder à pointer son nez.

Chapitre 37

« JE »

L'Albatros était pratiquement désert. L'Amiral était dans la bibliothèque, assis dans son siège favori. Comme à son habitude, il tenait un livre entre ses mains, et, comme à son habitude, il ne lisait pas. Ses yeux étaient clos et il respirait tout doucement, comme plongé dans un profond sommeil.

— J'ai beaucoup de plaisir à constater que vous êtes de retour.

Les mots qui résonnaient dans la tête de l'Amiral se firent de plus en plus nets. Ils continuaient à défiler, comme si quelqu'un lui parlait. Et c'est effectivement ce qui se passait.

— Je craignais ne plus jamais pouvoir converser avec vous !

— Moi aussi je l'ai craint, répondit mentalement Tulk.

— Votre voyage a-t-il été agréable ? résonnèrent les mots dans sa tête.

— Il a surtout été très instructif.

— Alors, vous allez me le raconter. Je suis impatient d'en apprendre plus sur le monde des humains.

— Je vais tout vous dire, mais d'abord, dites-moi, avez-vous essayé de prendre contact avec d'autres humains en mon absence ?

— Je vous ai promis de ne pas le faire et j'ai tenu ma promesse.

L'Amiral fut soulagé.

— Vous savez que les humains peuvent être dangereux.

— Vous me l'avez déjà dit. Mais n'êtes-vous pas un humain vous aussi ?

— Je me le demande parfois !

Cette remarque laissa son interlocuteur mental perplexe. L'Amiral s'en rendit compte et reprit :

— Je vous expliquerai tout cela.

Après une longue méditation, l'Amiral reprit la parole :

— J'ai essayé de vous contacter durant mon voyage, mais je devais me situer trop loin. Je n'ai pu établir aucun contact.

— J'ai bien ressenti de temps en temps vos tentatives.

— Nos contacts ne sont possibles qu'à courte distance. Dès que je m'éloigne d'Uranus ça ne marche plus.

— Alors ne vous éloignez plus aussi longtemps. Il y a encore tant de choses que je désire apprendre. Mais je suppose que nous avons toute l'éternité pour cela.

La naïveté de l'interlocuteur amusa presque l'Amiral qui dit d'un air grave :

— Vous sans doute, moi non.

La leçon du jour sera la mort. Et l'Amiral devait trouver un moyen d'enseigner ce concept à un être qui était peut-être éternel.

— Je ne vous comprends pas.

— Les humains ne vivent pas éternellement. J'ai cent dix ans et bientôt je partirai.

— Où irez-vous ?

— Je n'en ai aucune idée.

— Reviendrez-vous ?

— Non.

— Mais que vais-je alors devenir ? Qui va converser avec moi, qui va vouloir m'enseigner l'univers ?

— Je réfléchis à cette question depuis des mois et je crois que je vous ai trouvé un nouveau précepteur, un nouvel ami.

— Un autre humain ?

— Oui, un autre humain.

— Est-il dangereux ?

— Non, il ne l'est pas.

— Quel sera son nom ?

— Il s'appellera Victor.